À L'ÉCOLE DE LA NUIT

du même auteur
au **cherche midi**

Un œil bleu pâle, traduit de l'anglais (États-Unis) par Jean-Luc Piningre, 2007.

La Tour noire, traduit de l'anglais (États-Unis) par Jean-Luc Piningre, 2010.

L'Héritage Dickens, traduit de l'anglais (États-Unis) par Jean-Luc Piningre, 2011.

Louis Bayard

À L'ÉCOLE DE LA NUIT

Traduit de l'anglais (États-Unis)
par Pierre Szczeciner

Roman

cherche
midi

Vous aimez la littérature étrangère ? Inscrivez-vous à notre newsletter pour suivre en avant-première toutes nos actualités :
www.cherche-midi.com

Direction éditoriale : Arnaud Hofmarcher
Coordination éditoriale : Marie Misandeau

Titre original : *The School of Night*
Éditeur original : Henry Holt and Company, LLC

23, rue du Cherche-Midi
75006 Paris

À Mark H.
Maintenant, fous-moi la paix.

Prologue

Cela survient trois ou quatre fois par semaine.

Pas un rêve, plutôt une vision. Une vision dont elle ne fait pas partie, mais qui lui est destinée.

Et chaque fois, la vision converge vers un homme. C'est la nuit, il travaille. De grosses gouttes de sueur perlent sur son front et ruissellent dans son cou. Il a la tête penchée – il prie, pense-t-elle, sauf qu'elle n'a jamais entendu une prière comme celle-là.

« *Ex nihilo...* »

Des lapis crépitent dans un récipient en cuivre.

« *...nihil...* »

Sous le cuivre, une flamme qui s'allume.

« *...fit.* »

Un tourbillon de fumée grise s'élève, avant de se transformer en poudre. L'atmosphère se charge d'électricité. L'homme écarte les bras et rugit. Quatre siècles plus tard, elle l'entend toujours...

« *Longue vie à l'École de la nuit!* »

Quatre siècles plus tard, elle l'entend, il rugit toujours...

Première partie

Sont celebrées icy trois nouvelles alliances :
L'arbalestrille à l'astrolabe se fiance ;
L'Estoile et le Soleil jadis en deffiance
D'une sur et d'un frere monstrent la concordance ;
Boussole et carte enfin, oubliant leur mefiance
Tels maistre et compaignon vivent en connivence.

Thomas Harriot,
« Trois alliances marines »

Washington D.C.
Septembre 2009

1

Contre toute attente, et à mon corps défendant, ceci est une histoire d'amour. Et elle démarra, aussi incroyable que cela puisse paraître, aux funérailles d'Alonzo Wax.

Je connaissais très bien Alonzo depuis le début de ma vie d'adulte ou presque, mais les mois qui suivirent sa mort m'apportèrent un nombre surprenant de révélations à son sujet. Par exemple, j'appris qu'il faisait passer sa vodka Grey Goose du matin à coups de nougat. Qu'il n'avait jamais lu le moindre vers d'Alexander Pope – trop moderne – mais ne ratait jamais les *comic strips* du *Washington Post* (y compris *Family Circus*). Que c'était un faux jeton doublé d'un menteur et d'un voleur qui aurait égorgé sa grand-mère pour une édition princeps de *Bussy d'Amboise.* Et qu'il m'aimait.

Mais notre plus grande surprise au cours de ces premiers mois de deuil – si « deuil » est le mot qui convient – fut d'apprendre qu'il s'était converti au catholicisme. Chose dont il n'avait jamais pris la peine d'informer ses parents, un couple de juifs de Rockville, vaguement pratiquants, qui étaient tombés sur le certificat de baptême en rangeant ses papiers. Après une petite polémique familiale, sa sœur Shayla avait fait des pieds et des mains pour dégoter un curé, jusqu'à ce qu'un ami lui explique que l'Église considérait le suicide comme un péché mortel. Elle s'était donc décidée pour une cérémonie à la bibliothèque Folger Shakespeare qui, en plus d'être en marbre, abritait la plus importante collection au monde d'œuvres imprimées de Shakespeare ainsi qu'une petite montagne d'objets d'époque élisabéthaine, dûment répertoriés. Bref, cette bibliothèque s'adonnait aux mêmes activités qu'Alonzo : fureter dans des boîtes et des coffres en quête de documents vieux de plusieurs siècles que leurs auteurs eux-mêmes jugeaient le plus souvent bons pour la corbeille.

Pas mécontente d'avoir échappé à l'encens, Shayla eut soudain une autre crainte alors qu'elle accueillait les invités à l'entrée de la grande salle.

« Henry, murmura-t-elle, j'avais oublié. Je ne supporte pas le luth. »

Je lui fis remarquer que les choses auraient pu être pires : la dernière cérémonie funèbre à laquelle j'avais assisté dans ces lieux mêmes s'était tenue en l'honneur d'un restaurateur bouddhiste, ce qui avait valu à l'assistance une heure de musique tibétaine avec cymbalettes et tambourins népalais, sans oublier un imposant chanteur diphonique emmitouflé dans une peau de chèvre qui éructait accord sur accord en dardant des regards noirs.

« Et puis, ajoutai-je, c'était ton idée, le quatuor de luths.

– Oui, mais je me disais qu'il y aurait peut-être une viole. Ou un hautbois.

– Quand un collectionneur d'œuvres élisabéthaines meurt, les luths sont de sortie, c'est comme ça. »

Les luths et le reste, d'ailleurs. Des personnalités distinguées étaient venues rendre un dernier hommage à Alonzo et çà et là, encadrés par des estocs et des hallebardes, on apercevait les profils de médaille de personnalités-plus-que-distinguées, tels un assistant documentaliste à la Bibliothèque du Congrès, un sous-secrétaire de la Smithsonian Institution, un ambassadeur de l'île Maurice. Il y avait même un sénateur, ami de longue date et bienfaiteur de la famille Wax, qui, en bon professionnel, distribuait les poignées de main comme s'il se trouvait à un banquet de donateurs. Alonzo se serait sûrement senti à la fois horrifié et flatté par ce spectacle.

« Je t'ai dit que tu étais son exécuteur testamentaire ? demanda Shayla. Si tu veux te désister, je comprendrai, ajouta-t-elle aussitôt après avoir surpris l'expression sur mon visage.

– Non, non. J'en suis honoré.

– Il y a un peu d'argent en jeu, je crois. Enfin... pas un pactole.

– C'est grave si je ne donne pas ma réponse tout de suite ?

– Non. La seule chose qui compte aujourd'hui, c'est ton discours. »

Elle me regarda en plissant les yeux. L'unique bande de cheveux non teinte de son crâne luisait comme une peinture de guerre.

« Rassure-moi, Henry, tu l'as préparé ? Tu sais bien qu'Alonzo avait horreur des bafouillages. »

Je le savais si bien que j'avais écrit mon discours sur des fiches bristol mais, comme je les alignais sur le pupitre, elles m'inspirèrent soudain un étrange dégoût. Aussi décidai-je au dernier moment d'improviser. Je contemplai un instant cette foule de trois cents et quelques personnes répartie sur près de mille mètres carrés de carrelage ocre, sous l'impressionnant entrelacs de voûtes du plafond... et j'optai pour la simplicité. Je me mis donc à raconter ma première rencontre avec Alonzo Wax.

C'était le jour de la rentrée universitaire, nous étions en première année, et Alonzo fut le premier étudiant dont je fis connaissance. Comme je ne connaissais alors rien à rien, j'imaginai que tous les autres étudiants étaient comme lui (« Aujourd'hui, je regrette que ça n'ait pas été le cas », ajoutai-je). Le premier geste d'Alonzo fut de m'offrir une lampée de Pimm's – il en avait rempli une minuscule flasque en cristal taillé qu'il gardait dans sa poche revolver. Puis, ayant appris que je comptais me spécialiser en littérature anglaise, il exigea de connaître mon opinion sur le *Conte d'hiver* de Shakespeare. J'avais à peine prononcé trois phrases qu'il m'interrompait en dénonçant mon esprit enténébré (« C'est bien le mot qu'il a employé, enténébré »). Enfin, quand je lui avouai n'avoir jamais rien lu de George Chapman, je crus bien qu'il allait tourner les talons et me planter là. Au lieu de quoi il m'invita à dîner.

« Un vrai dîner, précisai-je, avec entrée, plat, dessert. Alonzo m'expliqua que la nourriture du restaurant universitaire était notoirement cancérigène, en ajoutant : "Bien sûr, les chercheurs ont été muselés, mais leur verdict est unanime. Si tu bouffes leurs saloperies, tu es mort." »

Les derniers mots résonnèrent dans l'air conditionné avant que j'aie pu les retenir – *tu es mort.* Et à cet instant, je l'avoue, j'aurais donné beaucoup pour pouvoir inverser le cours du temps et me retrouver au XVIe siècle, au moment où cette grande salle était sans doute vouée aux divertissements : mascarades, comédies, danses sur les carreaux jonchés de paille, au milieu des chiens errants, dans une omniprésente odeur de ferme, ma voix se fondant dans celle des autres.

Alonzo paya l'addition, enchaînai-je en toute hâte, comme à son habitude, en laissant un pourboire presque équivalent au montant de la note. Il finit par admettre que mon approche du *Conte d'hiver* n'était pas si loufoque qu'il l'avait d'abord pensé... mais que cela ne me dispensait pas de lire Chapman. « Tu n'arriveras à rien, m'assura-t-il, tant que tu n'auras pas déniché un bon poète mineur. »

Je rassemblai mes fiches en une jolie petite pile, paré pour le sprint final.

« L'aplomb d'Alonzo m'apparaît aujourd'hui comme quelque chose de phénoménal. Imaginez le gamin de banlieue que j'étais face à ce garçon de mon âge qui se comportait comme un prof ! Quant aux véritables professeurs, ils étaient tout aussi impressionnés que moi, et du reste, il y avait de quoi, car il était... »

Qu'était-il ? Aujourd'hui, je ne me souviens toujours pas de ce que j'allais dire parce que ce fut elle, en vérité, qui termina ma phrase. Ou en commença une autre, toute différente. Par le simple fait de pénétrer dans la grande salle.

Elle avait au moins quarante minutes de retard et jusqu'à aujourd'hui, je ne suis pas sûr que je l'aurais remarquée si elle avait été habillée convenablement. C'est-à-dire comme nous tous, avec nos lainages noirs et nos crêpes de deuil. Elle portait une robe trapèze surannée, resserrée à la taille, flottante et évasée au niveau des jambes... en coton rouge écarlate ! Elle marchait comme quelqu'un qui a l'habitude de porter ce genre de robe. Elle semblait bien plus à l'aise que n'importe lequel d'entre nous.

Personne ne lui fit de remarque. Nous attendions probablement tous qu'elle s'aperçoive de son erreur. *Ah ! Suis-je bête ! Pour le mariage, ça doit être en face, à l'église méthodiste !*

Mais rien dans son attitude ne suggérait qu'elle s'était trompée. Elle prit place au bout du troisième rang et, le plus naturellement du monde, prêta son attention à l'orateur.

Moi, en l'occurrence. Je l'avais oublié l'espace d'un instant.

« Alonzo, repris-je, était un... un grand collectionneur, nous le savons tous. C'est pourquoi nous sommes... si nombreux ici aujourd'hui, n'est-ce pas ? Et moi, je pense que rien dans sa collection n'était... aussi précieux que lui. Donc... (*Vite ! Trouver une chute !*) Donc c'est de cela que je veux me souvenir. »

Qui parla après moi ? Je ne saurais le dire. Dès que je m'assis, j'essayai de glaner des informations. Entreprise assez complexe, car elle était assise deux rangs derrière moi, ce qui m'obligeait à me retourner à intervalles réguliers en tâchant de ne pas passer pour le goujat de service. Finalement, je parvins à percevoir quelques détails de sa personne entre les têtes et les chapeaux. Une épaisse chevelure brune. Un bras laiteux reposant nonchalamment sur le dossier de sa chaise. Et, plus attirant encore, une clavicule saillante, marque de rusticité faisant ressortir la délicatesse de son cou.

C'est alors que le vibrant contralto de la mère d'Alonzo s'éleva depuis l'estrade.

« Mon cœur déborde, dit-elle, déborde tellement de voir tous ces gens rassemblés ici pour honorer la mémoire de mon fils. »

Vous devez penser que je me sentis coupable. Je dois l'admettre : à cet instant, je n'honorais guère la mémoire de son fils. Mais voilà, les opportunités surviennent aussi souvent aux enterrements qu'aux mariages. Plus souvent en fait, car il s'y trouve toujours quelqu'un ayant besoin de réconfort.

De plus, Alonzo aurait été le premier à reconnaître qu'il n'était pas un mort facile à pleurer. Il ne laissait pas d'enfant. Il n'avait jamais sollicité l'affection de personne, ni quoi que ce soit d'autre, d'ailleurs. Mais malgré tout il me comprenait. Je croyais entendre sa voix me dire : *Reviens quand tu auras fini. Je voudrais te montrer une lettre dans le catalogue de Maggs et Quaritch. Adressée au laird de Craighall...*

Si bien que quand la cérémonie arriva à son terme, j'étais persuadé d'avoir son autorisation pour poursuivre mon entreprise. Malheureusement, au moment où je me levai, une voix de femme retentit derrière moi.

« Henry ! »

Lily Pentzler. Courte sur pattes, fidèle au poste. Bâtie comme un lutteur professionnel, touffes de cheveux gris épars devant des petits yeux marron, elle était là, une pile de serviettes en papier dans chaque main, arborant, comme en toutes circonstances, l'air accablé de celle que sa bonté perdra.

« Tu veux de l'aide ? demandai-je.

– Si je veux de l'aide ? »

Lily était l'« amanuensis » d'Alonzo. J'utilise ce mot car c'est celui qui était imprimé sur ses cartes de visite. « C'est quelqu'un qui rassemble les fragments du maître », m'avait-elle expliqué à l'occasion. Précisément ce qu'elle était en train de faire.

« Pour commencer, la sécurité nous a fait poireauter pendant pratiquement une heure ! me dit-elle. Ensuite, le fleuriste s'est gouré et a livré des lys ! Alonzo détestait les lys. Et pour finir, le traiteur qui vient juste de débarquer ! Seulement maintenant ! Comme si c'était normal ! Il devrait y avoir une loi – et je parle d'une loi divine, pas seulement parlementaire – pour exiger un minimum des gens qui veulent en finir avec l'existence. Quelque chose du genre : "Avant de passer à l'acte, on est prié d'organiser ses propres funérailles. On achète la couronne, on fournit la boisson, on commande le buffet, et seulement après, on se fout en l'air."

– Je comprends ce que tu veux dire.

– Avec ça... »

Les piles de serviettes se mirent à vaciller.

« Avec ça, fini les suicides tels qu'on les connaît !

– Tu ne veux pas que je t'aide ? » insistai-je.

Elle me regarda.

« Tu nous as manqué, Henry. Ça fait longtemps que tu n'es pas passé nous voir.

– Oui, je sais. J'ai été pas mal pris. Les cours. Mon boulot en free-lance. Quelques trucs par-ci...

– Quelques trucs par-là, compléta-t-elle sans me quitter des yeux.

– Exactement.

– Passe donc tout à l'heure. Il y a une veillée à cinq heures. On a réquisitionné le dernier étage du Pour House, et Bridget va nous chanter un truc mièvre et complètement anachronique. *Last Rose of Summer*, il me semble. Oh et puis tout compte fait, épargne-toi cette corvée ! »

Sur ce, elle esquissa un sourire puis, se détournant avec lenteur, elle se dirigea poussivement vers la table du banquet qui était presque aussi haute qu'elle.

Pas plus d'une minute s'était écoulée, mais cela avait suffi. La femme en rouge avait disparu. J'errai à travers la grande salle, examinant d'un œil les carreaux d'arbalète et la copie numérique du Premier Folio, dont les pages tournaient comme par magie sur un écran tactile, avec le sentiment de m'enfoncer toujours plus dans mon propre échec.

Puis soudain, à l'est de mon champ de vision, j'aperçus, tel un lever de soleil, un long bras pâle qui poussait le battant de chêne de la porte d'entrée.

Elle partait. Aussi discrètement qu'elle était arrivée.

C'est alors que le destin intervint de nouveau. Pas en la personne de Lily Pentzler cette fois, mais du grand-père d'Alonzo, un vieillard de quatre-vingt-dix-huit ans convaincu que j'étais son petit-neveu et qui refusait d'en démordre. Il s'agrippa à moi tel le vieux marin de Coleridge et il fallut l'intervention du véritable petit-neveu, un expert en assurance canine de Centreville, en Virginie, pour lui faire lâcher prise. Je gagnai le hall d'entrée en trois enjambées, poussai la porte et m'immobilisai dans la chaleur accablante...

Une fois de plus, elle était introuvable.

J'étais seul sur les marches en marbre, dans la fournaise d'août... La sueur me chatouillait le cou, et tout autour de moi montait une odeur de pneus surchauffés.

Alentour, quelques magnolias et des lilas des Indes occupés à pousser... et c'était à peu près tout.

Difficile d'expliquer l'abattement qui s'empara de moi. Après tout, à quarante ans bien sonnés, la déception était mon lot quotidien. Reprends-toi en main, Henry !

C'est alors que j'entendis une voix dans mon dos :

« Ah, vous voilà ! »

Averti par la familiarité du ton, je me préparai à affronter un autre proche d'Alonzo (la famille Wax était une vaste tribu à l'époque). Il s'agissait de quelqu'un d'autre. Un homme dans l'hiver de son âge : cheveux argentés, plutôt bel homme, sec, droit comme un i. La vigueur personnifiée, une peau qu'on aurait cru lissée à la pierre ponce. Il me serra la main, une seconde de trop peut-être, mais son sourire était bienveillant et légèrement hésitant. Un vrai pasteur de sitcom britannique. Ne manquaient plus que le vélo et les grosses sacoches.

« Monsieur Cavendish, dit-il (avec un accent, de fait, très britannique), pourrais-je m'entretenir avec vous quelques instants ?

– À quel sujet ? »

C'est ici que ma petite narration linéaire se dérègle. Car quand il reprit la parole, ce fut comme s'il avait déjà prononcé les mots. Exactement comme si Alonzo, lui aussi, s'était mis à parler depuis sa sépulture aquatique. Et peut-être aussi comme si une partie de moi-même intervenait. Nos trois voix réunies dans un même accord involontaire, pas tout à fait juste, mais indivisible.

« *L'École de la nuit.* »

2

« Ai-je dit quelque chose qu'il ne fallait pas ? demanda le vieil homme en me jetant un regard qui n'avait plus rien d'hésitant.

– Non, non.

– Si je vous demande cela, c'est parce que j'ai l'impression que vous avez pris peur.

– Oh, non. C'est seulement que... »

Je me passai la main sur le crâne.

« Ça a été une longue... toute cette journée a... l'espace d'un instant, j'ai cru sentir passer le fantôme d'Alonzo.

– Qui vous dit que ce n'est pas le cas ? »

En fredonnant, le vieil homme plongea la main dans la poche de sa veste et en tira un petit parapluie noir. D'une pression du pouce, il l'ouvrit.

« Je suis particulièrement sensible au soleil, expliqua-t-il.

– Je vous demande pardon, mais je n'ai pas saisi votre nom.

– Bernard Styles. »

Quand il le prononça, je notai derrière son accent britannique un soupçon de gaélique, comme l'odeur du tabac qui s'accroche obstinément aux vêtements de l'ancien fumeur.

« Ravi de vous rencontrer, dis-je.

– Peut-être avez-vous entendu parler de moi ?

– Je ne sors pas beaucoup, désolé.

– Eh bien, dans ce cas, je me dois de vous dire qu'à l'instar de ce pauvre Alonzo, je suis collectionneur. La seule différence réside dans la sphère d'influence.

– L'Angleterre, dans votre cas, j'imagine ?

– Le Buckinghamshire, plus précisément. Pas très loin du manoir de Waddesdon.

– Eh bien, c'est très gentil à vous d'avoir fait le déplacement.

– Oh ! Je n'aurais manqué cela pour rien au monde. »

Son ton n'avait pas changé. Son attitude non plus. En revanche, ce fut dans ma peau que je ressentis un changement : un léger chatouillement, comme pour me prévenir d'un danger.

« Vous n'allez pas me croire, ajouta Bernard Styles en faisant tourner doucement son parapluie, mais c'est la première fois que je mets les pieds dans votre capitale. Pour moi, tout a l'air tellement fantastique. »

Je me dis que l'adjectif était peut-être un peu fort, mais en me tournant vers la gauche, je vis le Washington Monument qui formait un phylactère au-dessus de la tête du Capitole.

« Oh ! Je vois ce que vous voulez dire. Et désolé pour la chaleur.

– C'est vrai que c'est insupportable. Le simple fait de respirer est au-dessus de mes forces. Retournons à l'intérieur, si vous n'y voyez pas d'inconvénient. »

Je me retournai pour rentrer, et me retrouvai face à un géant au sourcil unique en forme de pare-chocs.

« Je vous présente Halldor », dit Bernard Styles.

Le nom était scandinave, certes, mais bien malin qui aurait pu deviner d'où était originaire ce colosse : sa peau qui avait dû être hâlée pelait abondamment, et le manteau en vigogne qu'il portait donnait à son cou l'aspect de l'ivoire. Sous le manteau, un T-shirt ample sur lequel était inscrit en caractères rouges : I ♥ DC. Qu'on puisse faire des T-shirts de cette taille me parut en soi effrayant.

« Il n'y a bien que Halldor pour se sentir à l'aise dans un tel environnement. Pour ma part, je préfère largement votre système d'air conditionné. Si vous voulez bien me suivre, monsieur Cavendish. »

Un peu de chaleur s'engouffra avec nous et, pendant une seconde ou deux, l'air parut s'ioniser. En contrebas, au milieu de la pièce, j'aperçus Lily Pentzler en pleine discussion avec le traiteur. Elle marqua une pause le temps de recharger ses munitions et tourna la tête dans ma direction, puis dans celle de Styles. Elle fronça les sourcils, puis se mit à marmonner toute seule comme une déséquilibrée.

« Nous serons sûrement plus à notre aise pour discuter dans le théâtre, déclara le vieil homme. Je vous suggère le dernier balcon. »

Tout en devisant, il gravissait les marches feutrées d'un pas régulier et assuré.

« Jolie petite imitation, commenta-t-il. Évidemment, un vrai théâtre élisabéthain n'aurait pas de plafond. Ni de fauteuils aussi confortables. Qu'importe, c'est tout à fait charmant. D'ailleurs, je me demande ce qui se joue, en ce moment.

– *Peines d'amour perdues*, il me semble.

– L'heureuse coïncidence !

– Ah bon ?

– Je me demande si c'est une interprétation moderne. Quoique non, je le sais. Je suis une espèce en voie de disparition. Maintenant, où qu'on aille, ce sont les Uzis à la bataille d'Azincourt, Imogène en jean, le duc de Cawdor en costume trois-pièces. Encore un peu et Roméo et Juliette s'échangeront des textos. Au diable le balcon. @+ Romeo. LOL. JTM PR TJR. Bah ! *À chacun son goût*[1], me direz-vous. Mais bon, peut-on seulement parler de *goût* ? Pour moi, c'est de l'ordre de la minauderie. Je ne vois pas ce que les pourpoints et les hauts-de-chausses ont d'épouvantablement choquant. Plus tôt nos enfants seront vaccinés contre ce terrorisme moderniste, mieux ils s'en porteront. »

Sur ce, il s'assit au premier rang du balcon et regarda le plafond où était peint un beau ciel bleu – bien plus joli que celui de dehors. Il se tut et s'agrippa à la rampe.

« Vous connaissez Alonzo depuis longtemps, dit-il enfin.

– Je le connaissais, oui.

– Si je ne m'abuse, vous êtes également son exécuteur testamentaire. »

Je l'observai un instant.

« Ça se pourrait, oui, répondis-je.

– Dans ce cas, je crois que vous allez m'être d'une aide précieuse pour résoudre un petit problème.

– Tout dépendra du problème. »

1. En français dans le texte. (NdT)

Il se mit à polir la rampe du balcon avec ses mains, et les rides autour de ses yeux et de sa bouche disparurent comme par enchantement.

«J'avais en ma possession un document, dit-il. Il a disparu.

– Vous m'en voyez navré.

– Et ce document, j'aimerais beaucoup le récupérer.

– Oui... »

Le silence s'installa entre nous jusqu'à ce qu'enfin je lui demande avec la bienséance qui me caractérise :

« Et vous êtes venu me trouver parce que... ?

– Oh ! Parce que, voyez-vous, il se trouve que c'est Alonzo qui me l'a emprunté.

– Emprunté ?

– Eh bien, disons que je suis homme à voir le bien partout. Je suis sûr que ce pauvre Alonzo, s'il était encore en vie, m'aurait retourné le document en temps et en heure. Hélas, il a *quitté le tourbillon de vivre*[1], comme dirait Hamlet. Une grande perte.

– Et ce document, il avait de la valeur ?

– Seulement pour un vieux sentimental comme moi. Quoique d'un point de vue historique, il ne manque pas de piquant. D'ailleurs, je ne doute pas que vous plus qu'un autre saurez en mesurer l'intérêt, monsieur Cavendish. »

Puis il se pencha vers moi et ajouta, d'un air conspirateur :

« N'étiez-vous pas un spécialiste de l'époque élisabéthaine de premier plan, il fut un temps ? »

1. William Shakespeare, *Hamlet*, acte III, scène 1. Éd. La Pléiade, 2002 [trad. de Jean-Michel Déprats].

J'eus soudain l'impression que l'air s'était rafraîchi, mais peut-être n'était-ce que la conséquence d'un coup de chaud au visage.

« L'estime que vous me portez me va droit au cœur, répondis-je. Je suis d'ailleurs flatté que vous ayez retenu mon nom.

– Au diable la modestie ! Comment aurais-je pu oublier cette conférence que vous avez donnée à l'université d'Oriel, en 1992 ? *Ralegh et l'Empire.*

– Vous étiez dans la salle ?

– Bien sûr. D'ailleurs, j'ai trouvé que votre intervention était un joli pied de nez à tous ceux qui considèrent Ralegh comme un dilettante. Et, chauvin que je suis, je dois admettre avoir été surpris qu'un Américain parvienne à saisir l'essence anglaise du personnage de Ralegh. D'ailleurs, à part Shakespeare, je trouve qu'on ne fait pas plus anglais que lui, dit-il avant de faire claquer sa langue. Bref, une conférence très complète et très agréable. Et je suis sûr que je n'étais pas le seul à attendre de grandes choses de votre part.

– Eh bien, je suis désolé de vous avoir déçu.

– Mais vous ne m'avez pas déçu. Du moins pas encore. Et je me dis qu'un ami de longue date d'Alonzo avec une formation comme la vôtre est la personne la plus à même de m'aider à retrouver mon petit document. »

Tandis qu'il parlait, ses mains continuaient à polir la rampe. Aller. Retour. Aller. Retour.

« Mais de quoi s'agit-il ? demandai-je. Un acte ? Une facture ?

– Une simple lettre.

– Adressée à qui ?

– Difficile à dire, seule la seconde page a survécu.

– Et qui en est l'auteur ? »

D'abord, il ne dit rien. Seul un léger tremblement de ses mains témoignait qu'il avait bien entendu ma question. Puis il se tourna vers moi, arborant un large sourire.

« Mon Dieu ! murmurai-je. Ralegh.

– En personne ! répondit-il, triomphant. Et figurez-vous que cette lettre n'a été découverte qu'il y a neuf mois. Un notaire de Gray's Inn Road, à Londres, qui souhaitait se débarrasser de ses vieilles archives (plusieurs siècles de paperasses, vous savez comment ça se passe). Ayant eu vent de ma réputation, il m'a proposé d'évaluer le tout et de faire une offre. Évidemment, il n'avait pas la moindre idée du trésor qu'il avait en sa possession, et j'ai donc pu acquérir la lettre pour une somme très raisonnable. »

À son ton, on sentait qu'il n'était pas peu fier. Certains collectionneurs dépensent leur argent royalement – c'était le cas d'Alonzo. D'autres, au contraire, essaient de grappiller le moindre centime.

« Monsieur Styles, vous m'excuserez, mais l'expérience m'a appris à me méfier des documents portant la signature de Ralegh. Chat échaudé craint l'eau froide, comme on dit...

– Ne vous en faites pas, je réagirais de la même manière à votre place. Mais je peux vous assurer qu'il ne s'agit pas d'un faux.

– Et vous pouvez également m'assurer que c'est Alonzo qui l'a volé ?

– Oh absolument ! répondit-il avec un léger hochement de tête. Il a d'ailleurs tellement bien brouillé les pistes que pendant plusieurs semaines, nous ne nous sommes même pas rendu compte que la lettre avait disparu. Quand nous nous sommes aperçus de la substitution, il a fallu fouiller longtemps parmi les cassettes des caméras de sécurité pour trouver la... la preuve formelle. Et malgré la mauvaise résolution de la vidéo, je vous jure qu'on reconnaît Alonzo au premier coup d'œil.

– Mais il y a d'autres lettres de Ralegh en circulation. Pourquoi Alonzo s'est-il donné autant de mal pour voler celle-là ?

– Je pense que son contenu l'intriguait. »

Styles laissa passer quelques secondes puis, d'un geste théâtral savamment calculé, il se frappa le front et s'exclama :

« Mais suis-je bête ! J'allais oublier ! J'en ai une copie à vous montrer. »

Un imperceptible signe à l'attention de Halldor et, l'instant d'après, le colosse se tenait devant nous, la lettre dans une main, une lampe-torche dans l'autre.

« Quand j'ai acquis le document, j'en ai tout de suite fait une copie numérique. J'imagine que vous n'avez pas d'objection à le lire vous-même, monsieur Cavendish ?

– Aucune.

– Eh bien, faites donc », déclara Bernard Styles en dépliant le papier.

Au balcon régnait un silence absolu, et pourtant, tous les éléments qui m'entouraient évoquaient le bruit. Halldor, campé devant moi comme un immense peuplier. Styles, qui penchait légèrement sa tête vers la mienne. Ma main, baignée dans la lumière de la lampe-torche. Les mots eux-mêmes : tandis que je lisais, je pouvais entendre la plume gratter le papier.

Il n'estoit pas le premier mignon à souffrir ce tretement de la part Kit, lequel se plaisoit à souffler le chaud & le froid dans une mesme respiration & pouvoit arguer en faveur du Diable ou de notre Sauveur selon l'humur où le vent le poussoit. Mainte & mainte fois, blessé de quelque desclaration heretique, Chapman s'entendit affirmer que Kit, ainsi qu'il en avoit coustume, ne l'avait proferée que par maniere de plaisanterie.

Vous me pardonerez, je l'espère, de creuser ce sillon. Je n'ay trouvé meilleur onguent pour mes plaies que le souvenir. En ces temps sombres, ce m'est grande joye de penser à nostre simple eschole, où nous estions heureux de nous retrouver sous la tuition de vostre Genie, qui faisoit paslir les Estoiles.

Et avant même d'avoir pu lire la dernière ligne, je vis la signature que je ne connaissais que trop :

Avecq les meilleurs vœux de vostre très-fidelle ami & humble serviteur.

W Rawley

Manoir de Derum

En ce vingt-septième jour de mars

« Walter Ralegh », murmurai-je.

Je me tournai vers le vieil homme. Dans la pénombre, ses yeux brillaient comme des écailles de poisson.

« Oh, c'est bien plus que ça, monsieur Cavendish. C'est ce qu'Alonzo et vous avez cherché toute votre vie.

– Oh, ça, je ne sais pas si...

– Mon cher ami, nul besoin de prendre ces airs avec moi. Je viens de vous montrer la preuve irréfutable que l'École de la nuit a bel et bien existé.

– On dirait bien, admis-je. À première vue.

– Mais à la dixième et à la vingtième aussi, je vous l'assure. Vous pourrez dire ce que vous voudrez, monsieur Cavendish, ceci est une découverte historique majeure qui, je pense, pourrait faire l'objet d'une thèse époustouflante. Une thèse de nature à relancer une carrière. »

Il s'interrompit un instant, puis poursuivit d'un ton jovial.

« Malheureusement, ni vous ni moi ne pouvons relancer quoi que ce soit avec une vulgaire copie numérique. Un enfant de huit ans pourrait obtenir le même résultat avec l'ordinateur familial. Non, si nous voulons atteindre notre but commun, il nous faudra retrouver l'original. »

Je scrutai le document strié de pliures. Une fois de plus, les mots dansèrent sous mes yeux : *Nostre simple eschole, où nous estions heureux de nous retrouver.*

Je repensai au dernier message d'Alonzo.

« Je peux le garder ? demandai-je d'une voix faible.

– Naturellement. »

J'enfouis la lettre dans la poche de mon manteau et la tapotai par-dessus le tissu. Une seconde, je crus bien l'entendre gazouiller.

« Très bien, monsieur Styles, je peux vous faire la promesse suivante. Ces prochains jours, comme vous vous en doutez, je vais devoir trier tous les papiers d'Alonzo. Si je mets la main sur votre document, je... bref, je garderai l'œil ouvert, en somme.

– L'œil ouvert, répéta-t-il, songeur. J'ai l'impression que vous ne percevez pas l'urgence de la situation.

– Peut-être que je la percevrais mieux si les circonstances l'exigeaient. »

Un bref silence. Puis un rire franc, qui rebondit contre les poutres du théâtre.

« Voulez-vous parler d'une prime, monsieur Cavendish ? Moi qui pensais qu'un retour fracassant dans le milieu universitaire serait une motivation suffisante.

– Qui a dit que je voulais faire mon retour ? »

Il me sourit, admiratif.

« Bon. Une défaite pour l'académie est une victoire pour le commerce ! Très bien, je vous propose un acompte de dix mille dollars. Et je vous verserai quatre-vingt-dix mille dollars supplémentaires à la remise du document. À moins qu'au taux de change actuel, vous ne préfériez des euros ? »

Mais une fois que j'avais entendu ces chiffres, je ne me souciais pas plus des taux de change que de Walter Ralegh. Pêle-mêle, je pensai à la lettre laconique que m'avait envoyée l'avocat de mon propriétaire ; à ma Toyota Corolla de 1995 dont il fallait que je change la courroie de distribution et qui, à proprement parler, n'était même pas à moi ; à la boîte à gants de la voiture en question, bourrée de relevés de compte alarmants (parfois, je m'en servais comme Kleenex).

« Des dollars feront l'affaire, répondis-je.

– Et vous êtes sûr que rien de plus important que ma petite lettre ne viendra accaparer votre temps ? » me glissa-t-il à l'oreille.

Ce fut là mon premier aperçu de la détermination féroce de Bernard Styles.

« Rien qui ne puisse attendre. »

Un autre geste subtil, et Halldor se tenait devant nous, un carnet de chèques relié en cuir et un stylo Cross à la main. On dit des plus grands qu'ils ont une petite signature. Celle du vieil homme ressemblait à des pattes de mouche. Quelques secondes plus tard, j'avais le chèque en main.

«Je suis à la Chemical Bank, me dit-il en se relevant. L'encaissement devrait être immédiat. Comme je vous l'ai dit tout à l'heure, vous recevrez le reste quand vous m'aurez remis le document. En personne.

– Où logez-vous ?

– Chez des amis. Pendant à peu près une semaine. J'imagine que cela vous laisse assez de temps.

– Vous êtes joignable ?

– C'est moi qui vous appellerai, répondit-il avant de caler son parapluie sous son bras. Désolé, je vais devoir vous laisser, on m'a promis une visite privée des archives. Si cela ne vous dérange pas, pourrez-vous transmettre mes condoléances à la famille d'Alonzo ? Quelle perte. Enfin, au risque de passer pour un goujat, monsieur Cavendish, je dois dire que ce fut un plaisir de faire affaire avec vous.

– De même pour moi. »

Pas de poignée de main. Il scella notre accord d'un hochement de tête et d'un sourire presque timide. Alors qu'il allait partir, il parut se souvenir brusquement de quelque chose et se tourna vers moi.

« Vous savez, certaines de mes meilleures transactions ont été conclues à des enterrements. Comme je dis toujours, de la mort jaillit la vie. »

3

C'est au coude d'Alonzo Wax que je dois mon premier contact avec l'École de la nuit.

Ce coude se manifesta un hiver, alors que nous étions en première année et que nous assistions depuis deux heures et vingt minutes à une représentation de *Peines d'amour perdues* montée par une compagnie de l'université. Nous étions là pour des raisons bien différentes. Alonzo voulait confirmer sa théorie selon laquelle l'accent américain serait plus propice à Shakespeare que l'accent britannique (« À l'époque élisabéthaine, on savait prendre soin des consonnes, Henry »), tandis que je n'étais là que pour l'étudiante de troisième année qui jouait le rôle de la princesse de France. Elle m'avait demandé une fois mon cours sur Geoffrey Chaucer et m'avait souri. Ce sourire renfermait tant de promesses que je n'écoutais même pas le roi de Navarre confesser son amour pour la princesse. J'attendais seulement que celle-ci revienne sur la scène.

C'est pour cette raison que j'ai complètement manqué le moment crucial. Et je n'aurais d'ailleurs jamais su ce que j'avais manqué si Alonzo ne m'avait mis un coup de coude à un endroit particulièrement sensible, entre la quatrième et la cinquième côte.

« Putain ! Mais t'es fou ! » protestai-je, le souffle coupé.

Une pause de deux ou trois secondes pendant laquelle mon indignité sembla suspendue dans les airs.

« Laisse tomber », murmura-t-il.

Il n'ouvrit plus la bouche du reste de la pièce et ne m'adressa pas la parole pendant une bonne partie de la soirée. Cependant, plus tard cette nuit-là, alors que nous buvions des gins citron vert à l'Annex, il décida de m'accorder une seconde chance. À l'aide de ses doigts sur la table collante, il mima le moment précis de l'acte IV scène 3 où les compagnons du roi, qui ont fait le serment de renoncer aux femmes, s'avouent vaincus. Ils sont amoureux.

À présent qu'ils ont renoncé, ils sont libres de critiquer les goûts de chacun, et y prennent d'ailleurs beaucoup de plaisir. Ainsi, le roi raille son copain Biron parce qu'il est attiré par la brune Rosaline. Le roi reproche à celle-ci d'être *noire comme l'ébène.* Biron rétorque qu'*il n'est pas de beau visage qui ne soit noir autant que le sien.* À quoi le roi répond – et là, il faut que vous imaginiez toutes les chopes de bière de l'Annex en train de trembler au son de la voix d'Alonzo :

Ô Paradoxe, le noir est le chevron de l'enfer,
La couleur des donjons, et l'ÉCOLE... DE... LA... NUIT[1].

1. Extraits de William Shakespeare, *Peines d'amour perdues*, acte IV, scène 3, Éd. La Pléiade, 1959 [trad. de François-Victor Hugo].

Les pauses sont de lui. Les lettres capitales aussi.

« Et alors ? répondis-je. C'est une métaphore filée. Il y en a plein les sonnets. La dame sombre, *Ma maîtresse a des yeux qui n'ont rien du soleil*[1]... »

Le mauvais gin avait le don de rendre Alonzo magnanime. Ainsi, il se mit à se prendre d'une affection toute particulière pour sa serviette.

« Henry, je ne peux pas te reprocher de l'avoir manqué. Le public de 1594 ou 1595 l'aurait sûrement manqué aussi. À mon avis, seule une poignée de spectateurs devait avoir conscience de ce qui était en train de se passer. Et alors, Henry, dit-il avec un sourire brumeux, je me plais à penser qu'en coulisse, Shakespeare en personne ressentait leur respiration saccadée. »

Alonzo se mit à brasser l'air autour de nous jusqu'à ce que je ressente, en effet, un léger tremblement au niveau des cheveux.

« Mais pourquoi ces quelques spectateurs étaient-ils aussi choqués ? demandai-je.

– Parce que ce petit arriviste du nord, ce fils d'un gantier de Stratford, se moquait ouvertement de certains des plus grands hommes que l'Angleterre ait connus. Et c'est vrai. Walter Ralegh. Christopher Marlowe. Et une bonne demi-douzaine d'autres. *Peines d'amour perdues* n'est en somme qu'une satire de ces grands hommes et de leurs prétentions. Et avec cette seule phrase – *l'École de la nuit* – Shakespeare les révélait au grand jour, les exposait au regard de tous.

– Et tu as une preuve de ce que tu avances ?

1. William Shakespeare, sonnet 130, Éd. La Pléiade, 1959 [trad. de Jean Fuzier].

– Mais bon sang, lis Bradbrook. Lis Tannenbaum. Lis les foutues pièces de Shakespeare, si tu ne me crois pas. Le roi de Navarre et sa cour. Le duc d'Arden et sa cour. Prospero. Hamlet ! Shakespeare en revenait toujours au même thème. Des érudits – des hommes d'une grande originalité, Henry – travaillant isolés du monde. Bannis, somme toute, à cause de leurs idées. Et tous ces personnages sont inspirés de l'école originale créée par Ralegh. »

Contrairement à moi, la boisson rendait Alonzo expansif. Et moins l'alcool était bon, plus son ton montait.

« Mais je ne comprends toujours pas, déclarai-je. C'était quoi, cette école ?

– Cette école, c'était la plus secrète, la plus brillante – diable ! la plus audacieuse – des sociétés élisabéthaines. »

Il rapprocha sa tête de la table et m'observa comme si j'étais la boule blanche du billard.

« Tu es prêt, Henry ? »

Et sans plus de préambule, il m'emmena en voyage dans le passé. En 1592.

Walter Ralegh, le grand courtisan de son époque, s'est attiré le courroux de la reine pour avoir épousé en secret une des filles d'honneur de celle-ci. Reclus dans sa propriété du Dorset, il met en place un projet des plus ambitieux pour passer le temps : il décide de rassembler tous les plus grands intellectuels de sa génération et de leur accorder la liberté qu'ils ont cherchée toute leur vie, la liberté de dire tout haut ce qu'ils pensent tout bas.

« Ce devait être... Ah ! Bon sang ! Comment il disait, Shakespeare ? Dans la pièce qu'on vient de voir ? *Une petite académie...*

– *Calme et méditative, amie de l'art de vivre*[1].

– Précisément. »

Bref, qui aurait pu refuser une telle invitation ? Certainement pas Marlowe.

Ni Henry Percy, le *comte sorcier* de Northumberland.

Ni George Chapman et ses collègues poètes Matthew Roydon et William Warner. Les uns après les autres, ils vinrent s'installer dans le Dorset.

Dès le départ, les membres de l'école avaient conscience des risques qu'ils prenaient. Ils se réunissaient exclusivement en privé, et toujours la nuit. Apparemment, ils ne conservaient aucune trace écrite de leurs conversations. Ils ne publièrent aucune de leurs découvertes. Jusqu'à ce que Shakespeare leur donne un nom, ils n'en avaient pas.

« Et pourtant, affirma Alonzo en appuyant son doigt sur la table comme s'il s'agissait d'un poinçon, ils représentaient une des plus grandes menaces qu'ait connues la société élisabéthaine.

– Pourquoi ?

– Parce qu'ils abordaient des sujets prohibés. Ils remettaient en cause la divinité de Jésus et jusqu'à l'existence de Dieu. Ils pratiquaient les arts occultes. Alchimie, paganisme... satanisme... tout y passait, Henry. Ils avaient le culot d'imaginer un monde sans croyance, un monde sans monarchie, soutenu par le seul esprit humain. Un canif plongé en plein cœur de l'orthodoxie élisabéthaine. »

Ses yeux s'illuminèrent, sa voix s'assombrit.

« Et pour cela, ils ont payé le prix fort », conclut-il.

1. William Shakespeare, *Peines d'amour perdues*, acte I, scène 1, Éd. Robert Laffont, 2000 [trad. de J. Malaplate].

Il prit un plaisir évident à narrer par le menu leur fin respective. Marlowe, assassiné dans un cabaret. (« Une querelle concernant l'addition ? Permets-moi d'en douter, Henry ! ») Ralegh, exécuté. Warner, mort dans des circonstances mystérieuses. Le *comte sorcier*, enfermé à la Tour de Londres pendant dix-sept ans. Roydon, réduit à la pauvreté absolue.

« Et un seul s'en tira indemne, déclarai-je, abasourdi. L'étranger. Shakespeare. »

Il me semble que pour la première fois depuis qu'on s'était rencontrés, je vis dans les yeux d'Alonzo une lueur d'estime.

« Tu as mis le doigt dessus ! Ironie douce-amère, ce comédien sorti tout droit de sa campagne, qui n'a jamais été à l'université, ce type qui n'aurait jamais pu mettre les pieds dans l'école de Ralegh même s'il l'avait voulu (et il le voulait certainement) a été le seul à survivre à tous les changements de gouvernement, d'Élisabeth Ire à Jacques Ier. L'École de la nuit a disparu des mémoires, tandis que Shakespeare entrait dans l'histoire.

– Sa propre petite académie », murmurai-je.

Lentement, Alonzo s'affaissa sur sa chaise.

« Exactement, s'exclama-t-il en laissant échapper de ses narines un long filet de fumée de Dunhill. L'École de la nuit cède la place à Shakespeare. L'École du jour. »

Il devait être deux heures du matin quand nous demandâmes l'addition. Comme d'habitude, Alonzo se chargea de régler, laissant un joli petit tas de billets en guise de pourboire. Je ne sais pas combien cela faisait, mais le barman avait le sourire.

« Henry, me dit Alonzo, je crois que je suis schlass. »

Depuis, je trouve que *schlass* est, par nature, un mot très amusant. C'était d'autant plus drôle de l'entendre sortir de la bouche d'Alonzo Wax. Il ne comprenait pas pourquoi ça me faisait tant rire – moi non plus d'ailleurs – mais il finit par trouver cela aussi drôle que moi.

« Schlass ! hurla-t-il. Je suis schlaaaaass ! »

Quand nous partîmes, le barman ne souriait plus. Nous titubâmes quelque temps sur le trottoir puis, d'un coup, nous traversâmes la rue en courant, faisant de grands moulinets avec les bras. Nous nous arrêtâmes devant les grilles de Nassau Hall, le plus vieux bâtiment de Princeton, et observâmes la tour blanche qui le surmontait. Tranchant sur le violet noir de la nuit, elle avait quelque chose d'intimidant. Une masse de nuages bleutés affluait du sud, et le silence entourait chaque fenêtre à battants, chaque arche, chaque gargouille.

« Henry. »

La voix d'Alonzo me parvint, très lointaine.

« Quoi ?

– Et si on créait notre propre école ?

– On est déjà à l'école. »

Jamais auparavant, et jamais depuis je ne l'ai vu sourire comme cela. Sa bouche s'ouvrit comme une vanne, laissant couler à flots un Alonzo transformé.

« Une École de la nuit. Rien qu'à nous. Commençons ce soir. »

4

Le lendemain des obsèques d'Alonzo, je déposai le chèque de Bernard Styles sur ce qui restait de mon compte en banque. Comme prévu, le jour suivant, l'argent était à disposition. J'en profitai pour payer le matin même trois mois de loyers arriérés à mon propriétaire et retirai deux cents dollars en espèces sonnantes et trébuchantes que j'enfouis dans la poche de mon jean. C'était Noël avant l'heure. Puis, je me dirigeai à pied vers la gare centrale où je devais retrouver Lily Pentzler pour le déjeuner.

Lily avait choisi un restaurant à plusieurs étages, appelé America. Un grand nom, et un grand menu, de la taille d'un panneau de sortie. Il fallait au moins cela, me dis-je, pour contenir toute leur saleté de riz cajun, leur pain frit navajo, leurs frites déclinées sous toutes les formes et leur rôti de bœuf façon Nouvelle-Angleterre. Et pourtant, le menu faisait pâle figure à côté des dossiers que Lily avait empilés sur la table. Un véritable mur d'Hadrien, suffisamment haut pour me cacher Lily, mais hélas incapable de m'empêcher de l'entendre.

« Bon, alors tu as le double des clés de l'appartement d'Alonzo ? Très bien. Maintenant, écoute. Dans ce paquet, tu trouveras trois copies du testament, tamponné et certifié. Il faudra que tu le fasses homologuer, mais ne t'inquiète pas, il ne devrait pas y avoir de procédure judiciaire. Alonzo avait tout fait vérifier par un avocat. Dans ce dossier, tu as tous les baux et toutes les cartes de crédit ; il faut tout résilier. Il y a également toute une liste de contacts : la sécurité sociale, la poste, les abonnements, les cotisations. N'oublie pas d'ouvrir un compte pour rassembler tous ses avoirs ; je te suggère la Bank of America, c'est elle qui détient le portefeuille d'actions d'Alonzo. Je sais qu'il a contracté deux emprunts pour payer le loyer de son appartement de Massachusetts Avenue, donc pour l'instant, il va falloir continuer à les rembourser. Ensuite, au printemps, il faudra que tu remplisses sa déclaration d'impôts, mais ne t'en fais pas, je connais un excellent comptable à Cleveland Park. »

Seule l'arrivée du serveur, venu nous demander si nous avions eu le temps de regarder le menu, parvint à endiguer un instant le flot de paroles.

« Non, nous n'avons pas eu le temps, répondit-elle d'un ton sec. Et il va me falloir encore quinze minutes avant de pouvoir ne serait-ce que penser à manger. Quinze minutes. À ce moment-là, vous pourrez m'apporter un Negroni. Sec. Avec une goutte de soda. Merci beaucoup. »

De l'autre côté de la pile de paperasse, une petite main blanche le congédia comme s'il s'était agi d'une mauvaise odeur. Ce geste, c'était du Alonzo tout craché.

« Bon, où en étais-je ? Oui ! Dans ce dossier, tu trouveras une liste des créanciers d'Alonzo. Ceux à qui il devait le plus d'argent sont en tête. Je te conseille de rembourser immédiatement Calvert-Woodley, les négociants en vin et spiritueux. Il y a également un entrepreneur en bâtiment dont le nom m'échappe, qui a porté plainte contre lui. Tous les documents concernant cette affaire sont dans ce dossier, à la rubrique petits litiges. »

En contrebas, on voyait le hall de la gare. Les carreaux en marbre renvoyaient l'écho des assiettes et des couverts. Et derrière ce cliquetis, le grondement sourd de la circulation. Banlieusards, chalands, voyageurs. Tous se rendant d'un point A à un point B.

« Henry ? Tu m'écoutes ?

– Je me demandais seulement pourquoi Alonzo ne t'avait pas choisie toi, comme exécuteur testamentaire. »

Sa petite tête blanche apparut à côté de la pile.

« Moi ?

– Tu me sembles toute désignée. Tu as tous les dossiers, tu connais tous les organismes. Tu es en quelque sorte la plus grande spécialiste au monde d'Alonzo.

– Henry. Tu m'as bien regardée ? Est-ce que j'ai l'air d'être quelqu'un qui a le temps d'être exécuteur ? »

Et c'était vrai, son agenda était plein pour les six semaines à venir. Si je le sais, c'est parce qu'elle me fit la lecture détaillée de son planning. Vente aux enchères chez Maggs. Foire du livre de Pékin. Rendez-vous avec des marchands à Londres, à San Francisco. Conférence à la Rare Book School de Charlottesville. Quelques pistes prometteuses du côté de Milan. Et ça continuait comme cela sur des pages et des pages, et à chaque note, on pouvait lire en filigrane : *L'agenda d'Henry est vierge.*

« Mais tu sais, Henry, reprit-elle d'une voix plus douce, tu ne devrais pas te sous-estimer. D'ailleurs, Alonzo faisait grand cas de toi. Dès qu'il se procurait un in-quarto ou une lettre, il se demandait toujours ce que tu en penserais. *Oh, Henry adorerait. Il faut absolument que je montre ça à Henry.* Il te respectait, c'est un fait.»

Je réfléchis quelques instants. Était-ce vraiment respectueux de m'appeler quelques heures à peine avant de se suicider ? Était-ce vraiment un plus grand honneur qu'il n'y paraissait ?

Je me souvenais très bien de cette fameuse journée. C'était le matin du 12 mai. Il pleuvait par intermittence, l'air était chargé de pollen. Assis à la terrasse de Peregrine Espresso, à quelques pas d'Eastern Market, je sirotais ma tasse de Finca Nueva Armenia à deux dollars vingt. Sur la table, mon ordinateur portable et une pile de feuilles quadrillées. Des rédactions d'enfants. On me payait trois cents dollars pour présider le jury d'un concours d'écriture organisé par une école privée de Herndon, en Virginie. Le thème était «Wouaou». Dans l'ensemble, j'étais plutôt content qu'on m'ait confié ce boulot mais, comme la perspective de tout ce sérieux me faisait froid dans le dos, je n'avais pas encore lu la moindre copie. En revanche, j'avais passé la majeure partie de la matinée à rédiger une petite annonce sur un site de rencontre. La troisième, cette année.

H, 44, Div, propre sur lui, Ch F fun/amicale, possibilité Rel longue durée...

Et à partir de là, les choses se compliquaient toujours. *Grand amateur de lecture... conversations téléphoniques nocturnes plus que bienvenues... n'a pas exclu l'idée d'avoir des enfants.* Chaque ligne reflétait ma gêne et, au final, je basculai dans la pure non-fiction. *Paria académique... petits boulots sporadiques... vague odeur de honte... hanté par le souvenir de deux mariages ratés ; pas assez hanté, peut-être...*

Dans ces moments, j'étais toujours ébahi de voir comment, tout doucement, l'échec parvenait à prendre le dessus sur moi. Un instant vous êtes un jeune type décontracté, aux spermatozoïdes fertiles, qui se promène dans la rue en humant le pollen. L'instant d'après, vous êtes un de ces piliers de bar qui rentrent chez eux en marchant prudemment pour dissimuler leur état, et qui ne s'aperçoivent qu'une fois arrivés à destination que plus personne n'est là pour les juger. Les trous que vous pensiez creuser à coups de poing dans l'exosquelette du monde ont depuis longtemps été rebouchés.

J'en étais là de mes pensées quand mon téléphone portable se mit à vibrer. Il se mit plutôt à ramper sur la table dans ma direction, comme s'il voulait lui-même répondre à ma petite annonce.

Je regardai l'écran : *Numéro privé.* C'était ainsi qu'apparaissait Alonzo sur mon Nokia. Je pense que ça lui plaisait. J'attendis que le téléphone s'arrête de vibrer puis qu'il se rallume brièvement pour me signaler que j'avais un message. Je laissai alors passer cinq à dix bonnes minutes avant de l'écouter.

Des tréfonds de mon répondeur s'éleva la voix traînante d'Alonzo.

« *Henry. Rappelle-moi. L'École de la nuit a rouvert ses portes.* »

Comment décrire ce que je ressentis en entendant ces mots sortis du passé ? J'étais assis là, au milieu des vapeurs de mon expresso, de l'odeur des grains de café, de la musique diffusée par mon iPod, et ces mots – l'École de la nuit – refusaient de se mélanger avec le reste. Finalement, je conclus que le seul moyen pour qu'ils trouvent leur place était d'effacer le message.

À ce moment précis, une voix dans ma tête me dit : *c'est fini, j'ai eu mon diplôme.*

Ce qui était faux, bien sûr, mais au moins, cela me permit d'oublier tout à fait le fameux message. Le soir même, peu après vingt et une heures, Alonzo héla un taxi (car, en bon New-Yorkais qui se respecte, il ne voyait pas l'intérêt d'avoir une voiture) et lui demanda de l'emmener au bout du MacArthur Boulevard, un coin du Maryland dans lequel il n'avait certainement jamais mis les pieds de sa vie. Le chauffeur se souvenait de lui parce que, comme d'habitude, Alonzo avait laissé un copieux pourboire, et parce que jamais jusqu'alors un client ne lui avait demandé à être déposé au Chesapeake and Ohio Canal à une heure aussi tardive. Le taxi se gara et Alonzo entreprit ce qui était peut-être la première randonnée de sa vie. Une randonnée qui tourna court trois cents mètres plus loin, lorsqu'il grimpa au point d'observation du Washington Aqueduct et se jeta dans le Potomac.

L'endroit était bien choisi : à ce point précis, le fleuve gonflé par l'eau des montagnes se resserrait pour former la Mather Gorge et se poursuivait par une série de rapides et de cascades, Great Falls. Soixante-quinze mètres de chute en à peine un kilomètre.

Voici ce qu'Alonzo laissa derrière lui : 1) Une montre Baume et Mercier. 2) Une paire de chaussures en cordovan de chez A. Testoni, sur mesure. 3) Un message écrit à la main.

À tes pénombres, à ta solitude,
Je consacre ma vie.

Jusqu'au bout, un amoureux de Chapman. Et ne croyez pas que j'aie oublié le titre de ce poème – *L'Ombre de la nuit* – ni le groupe d'hommes qui peut-être l'inspira.

Et, par-dessus tout, ne croyez pas que j'aie oublié le dernier message d'Alonzo : « *L'École de la nuit a rouvert ses portes.* »

Deux jours après son suicide, on retrouva son imperméable Joseph Abboud maculé de sang, sur la rive de Bear Island. Pour ceux d'entre nous qui connaissaient Alonzo, la découverte de cet imperméable équivalait à la découverte de son corps. En effet, il le portait par tous les temps, et ne le quittait même pas pour se rendre aux toilettes. Quelques semaines plus tard, le juge Wax convainquit d'anciens collègues du tribunal des successions et des tutelles de remplir une déclaration de présomption de décès. Le certificat officiel fut vite délivré, et tout le monde put pleurer librement Alonzo Wax.

Quant à moi, je pouvais librement ressasser les mêmes questions : qui aurait pu réunir à nouveau l'École de la nuit ? Quels en étaient les membres ? Et la mort d'Alonzo avait-elle quelque chose à voir avec tout cela ?

Une question en particulier me préoccupait plus que les autres. Est-ce que, si je l'avais rappelé, les choses auraient été différentes ? Un simple coup de fil, qu'est-ce que cela aurait bien pu me coûter ?

Ce sentiment de culpabilité me rongeait de l'intérieur... jusqu'à ce qu'un vieux gentleman britannique du nom de Bernard Styles vienne me parler aux obsèques d'Alonzo et qu'en quelques mots, il éclaire tout d'un jour nouveau.

L'École de la nuit était de nouveau ouverte, mais moi, j'étais toujours dans le noir.

« Henry. »

La voix de Lily s'enroula autour de moi comme un garrot.

« Ces petites rêveries, dit-elle. Tu pourrais peut-être les garder pour ton temps libre. »

Elle avait poussé ses dossiers sur le côté et se tenait en face de moi, assise bras croisés.

« Parle-moi de Bernard Styles », lui demandai-je.

Elle me dévisagea pendant un long moment.

« Qu'est-ce que tu veux savoir ?

– Je ne suis pas sûr. Il est réglo ?

– Il est membre du Grolier Club, la grande société bibliophile new-yorkaise. Il est riche comme Crésus et il serait prêt à donner sa vie pour un in-quarto de Shakespeare. Est-ce que ça fait de lui quelqu'un de réglo ? »

Elle m'expliqua alors que Styles n'avait rien d'un inconnu, et qu'il était un des plus grands bibliophiles de Grande-Bretagne. Il s'était d'abord intéressé à Samuel Johnson et à James Boswell mais avait fini par abandonner, faute de sources. Pour finir, il avait opté pour la période élisabéthaine. Personne n'aurait su dire d'où il tirait sa fortune, mais il n'était jamais à court de liquidités et n'avait jamais eu besoin de revendre un seul de ses livres pour acquérir de nouvelles œuvres. Il avait dépensé des dizaines de millions de livres sterling en volumes anciens et en manuscrits enluminés, qu'il entreposait, disait-on, dans sa luxueuse demeure. Cependant, personne ne pouvait en avoir la certitude, car sa collection était interdite au public. La reine s'était vu accorder à une ou deux reprises une visite privée et la rumeur disait que Styles allait être prochainement décoré de l'Ordre de l'Empire britannique.

« La reine, c'est une chose, commentai-je. Mais le roi, que pensait-il de lui ?

– Tu veux dire Alonzo ?

– Oui. Quel genre de relation entretenait-il avec Styles ?

– Compliquée, répondit Lily en tapotant la table. Comme toutes ses relations, mais là, encore plus. »

Elle finit par m'expliquer que leur conflit était plutôt d'ordre philosophique. Alonzo chassait les livres parce qu'il avait soif d'apprendre ; Styles chassait pour le plaisir de la chasse.

« Ils ont eu quelques petites prises de bec, dit Lily. Et bien sûr, Alonzo ne lui a jamais pardonné l'affaire Snowden.

– Raconte.

– Bah, ça remonte à deux ou trois ans. Cornelius Snowden. Un vieil ami bouquiniste d'Alonzo qui avait son étalage à Londres, près de la cathédrale Saint-Paul. Un soir, il est allé se balader à Postman's Park, et plus personne ne l'a jamais revu. Vivant, en tout cas.

– Un vol ?

– Oui, mais ils n'ont pas pris son argent. Seulement sa première édition des *Annales* de John Stow.

– Et pourquoi Alonzo a-t-il soupçonné Styles ?

– Parce qu'il savait que Styles convoitait ce volume en particulier. Mais bon, tout le monde le voulait, ce bouquin. Et il n'y avait pas l'ombre d'une preuve contre

Styles. La police ne l'a d'ailleurs jamais interrogé. C'était juste... Alonzo et son sens du mélodrame.

– Mais ça fournissait un motif à Alonzo, commentai-je à voix basse.

– Un motif pour quoi ? »

C'est alors que je me rendis compte que je ne lui avais pas parlé de mon entrevue avec Styles. Je tirai de la poche de ma chemise la copie de la lettre de Ralegh. Je la dépliai, la posai sur la table et expliquai à Lily comment je l'avais obtenue, et ce qui était arrivé à l'original.

« Je ne l'avais jamais vue avant, dit-elle. Et tu es sûr que c'est Alonzo qui l'a volée ?

– C'est ce que dit Styles.

– Mais ça ne... ça ne ressemble pas à Alonzo. Ce n'est pas lui, s'exclama-t-elle en s'écartant de la table. Je n'y comprends rien, Henry.

– Moi non plus. À compter que ce document soit un vrai, ça irait chercher dans les combien ? Cinquante mille ? Soixante mille dollars ?

– Quelque chose comme ça, oui. Plus ou moins.

– Alors pourquoi Bernard Styles m'en a-t-il offert le double pour le récupérer ?

– Je ne... »

Ses joues blanches se mirent à trembloter.

« Si seulement... »

Et soudain, la peine qu'elle avait eu tant de mal à contenir se mit à couler à flots. Ma présence était-elle réconfortante ? Je ne saurais le dire. Toujours est-il que je fais partie de ceux qu'une femme en pleurs met très mal à l'aise. Je me contentai donc de lui tendre ma serviette et de murmurer :

« Je sais. Je sais.

– Non, tu ne sais rien. »

Elle s'appliqua la serviette sur le visage pour arrêter l'hémorragie. Je me souvins alors que, quelques années auparavant, Alonzo l'avait demandée en mariage. Pour la première et certainement la dernière fois de sa vie, elle lui avait dit non. Tous deux en avaient été grandement soulagés.

Son chagrin disparut comme il était venu et, lorsqu'on lui apporta son Negroni, elle le vida d'un trait et en commanda un autre pour accompagner son sandwich au homard. À la fin du repas, elle était passablement éméchée et flirtait dangereusement avec le fou rire. En caressant ses cheveux de paille, elle jeta un œil par-dessus la rambarde et grimaça :

« Un ami à toi, Henry ? »

Je suivis son regard. Dans le hall central, adossé à une colonne dorique, un grand type vêtu d'un manteau en vigogne noir nous regardait. Depuis la dernière fois, seul un détail avait changé dans l'apparence de Halldor : son T-shirt. On pouvait lire ce qu'il y avait écrit dessus à trente mètres : *la liberté, y'a que ça de vrai.*

Apparemment, il ne se souciait pas d'avoir été repéré. Sans un mot, il fit demi-tour. Il ajusta les pans de son manteau et se dirigea tranquillement vers le flot ininterrompu de voyageurs.

« L'homme de main de Styles ? demanda Lily.

– Ouais. »

Nous le regardâmes disparaître dans la foule.

« Henry, je peux te donner un conseil ? »

Le deuxième Negroni commençait à faire effet. À chaque syllabe, un peu de martini débordait.

« Joue pas au con avec les collectionneurs. »

5

Une recherche de dix secondes sur Google, et je tombai sur la rubrique nécrologique du *Daily Telegraph* :

Cornelius Snowden, décédé le 3 décembre à l'âge de 66 ans, était un bouquiniste spécialisé dans le livre ancien et un collectionneur connu pour son sens des affaires original et, pendant les dernières années, pour son dévouement aux travaux de John Stow, l'historien spécialiste de la période élisabéthaine.

À peine quelques mots sur les circonstances de sa mort (*La police poursuit son enquête)* mais, en avant-dernière position dans la liste des témoignages, quelques lignes écrites par Bernard Styles en personne.

La passion contagieuse qu'avait Cornelius pour le codex était pour nombre d'entre nous une source d'inspiration. Il laisse derrière lui un vide immense.

« Et devant moi une belle première édition », commentai-je à voix haute.

La sonnerie de mon téléphone fixe retentit. J'approchai le combiné de mon oreille. La voix de baryton de Bernard Styles se fit entendre.

« Monsieur Cavendish ! Comment allez-vous ? »

À cet instant, j'aurais pu jurer qu'il se tenait derrière moi. À regarder par-dessus mon épaule.

« Ça peut aller, ça... excusez-moi mais, est-ce que je vous ai donné mon numéro de fixe ?

– Absolument pas.

– Je suis sur liste rouge, c'est pour ça que je demande.

– Et je ne doute pas que vous ayez d'excellentes raisons. Mais dites-moi. Avez-vous des nouvelles de mon malheureux petit document ?

– Oh ! m'exclamai-je en m'éloignant de l'ordinateur. Désolé. Je suis tellement pris par les affaires d'Alonzo. Responsabilité fiduciaire, vous savez ce que c'est.

– Naturellement.

– Mais ne vous inquiétez pas, je finirai par tomber dessus tôt ou tard. Je suis très confiant.

– Très bien. Je suis ravi de vous l'entendre dire, monsieur Cavendish. Malheureusement, mon temps ici est compté.

– J'entends bien.

– Même si Washington est une ville charmante.

– Bien sûr. »

S'ensuivit un silence de trois ou quatre secondes. Je commençai à me demander si nous avions été coupés, quand la voix de Styles résonna de nouveau.

« Je rappellerai demain, si vous n'y voyez pas d'inconvénient.

– Ou je peux vous appeler, si...

– Navré, je dois vous laisser. J'ai promis à Halldor de l'emmener à Mount Vernon voir la résidence de George Washington. Poursuivez vos efforts, monsieur Cavendish ! »

Efforts.

Alors que je reposais le combiné, ce mot provoqua en moi comme une piqûre de culpabilité. J'avais encaissé l'argent de Styles, j'en avais même dépensé une petite partie, mais je n'avais rien fait pour le mériter. Contrairement à ce que j'avais promis, je ne gardais pas l'œil ouvert. Je ne suivais aucune piste. J'attendais que le document tombe du ciel.

Il y avait au moins une chose que je pouvais faire : fouiller l'endroit le plus susceptible de renfermer un vieux papier. L'appartement d'Alonzo.

Après tout, j'avais la clé. En revanche, je n'avais pas la motivation. Ou plutôt, la force. La force de passer au crible les affaires d'Alonzo, de sentir sa présence sur chaque vêtement, de sentir son esprit me poursuivre de pièce en pièce. C'était trop en demander à un simple exécuteur testamentaire. Je ne pouvais pas y aller seul.

J'appelai donc Lily, mais tombai directement sur son répondeur. Je lui laissai un message, lui demandant de me retrouver à l'appartement le lendemain.

« À treize heures, si ça te va. Rappelle-moi. »

Une journée de répit. Et, hélas, une foule de choses à faire en attendant. Des montagnes de paperasses à escalader : lettres de menaces, ébauche de projets, disputes par courriers électroniques interposés... bref, tout ce qui constitue les vestiges d'une vie humaine.

Et surtout, des dettes. Un océan de dettes. À vue de nez, au moins trois prêts à rembourser. Plus toutes les cartes de crédit, les emprunts immobiliers et les dizaines d'impayés : salaires (pauvre Lily), rendez-vous chez le dermatologue, agence de voyages, importateurs de prosecco, et toutes les agences de recouvrement qui montraient les dents, en vain. Difficile de trouver un secteur économique à qui Alonzo ne devait pas d'argent.

Quant à ses avoirs, c'était une autre histoire. Il avait hérité de sa grand-mère une petite pension qui aurait suffi à payer le loyer d'une modeste garçonnière sur Connecticut Avenue. Mais il avait opté pour un immense appartement à Cathedral Heights, qu'il avait équipé d'un coffre-fort. En somme, tout son capital – toute sa vie – était rattaché aux livres, et le seul moyen qu'il avait trouvé pour accroître ce capital était de dépenser toujours plus.

Plus d'une fois, je me demandai si je devais mon statut d'exécuteur testamentaire à quelque coup du sort : peut-être le destin tenait-il à me faire payer d'anciennes offenses. Je fus conforté dans cette idée quand, plus tard cette nuit-là, je découvris une enveloppe en papier kraft, sur laquelle on avait noté mon nom au marqueur noir.

HENRY

À l'intérieur se trouvait une simple feuille de papier avec deux noms.

Le premier, AMORY SWALE. À côté, un numéro de téléphone précédé de l'indicatif 252. J'essayai d'appeler, mais le numéro n'était plus attribué.

Le deuxième, curieusement, rimait avec le premier : CLARISSA DALE.

Indicatif 904. Cela ne me disait rien.

J'appelai le lendemain matin. Je n'eus pas le temps d'attendre deux sonneries qu'un « Allô » franc et énergique retentit, comme si mon interlocutrice se tenait à côté du téléphone. Et c'était peut-être bien le cas car, quand je lui dis qui j'étais, elle me répondit :

« J'attendais votre appel. »

Je lui expliquai qu'en essayant de reconstituer les affaires d'Alonzo, j'étais tombé sur son nom dans un dossier et que je me demandais si elle avait été en contact avec lui les jours précédant sa mort.

« Il faut qu'on parle, Henry.

– Oui, enfin... on est en train de parler, là...

– En tête à tête, de préférence.

– Je veux bien, le problème, c'est que je suis à Washington et...

– Moi aussi.

– Ah, je ne savais pas, répondis-je en me redressant sur ma chaise.

– Vous êtes chez vous, Henry ?

– Heu... en quelque sorte, oui.

– Dans quel quartier habitez-vous ?

– À... vous voyez Capitol Hill ?

– Bien sûr. Je peux vous rejoindre, si ça vous va. »

Je marquai une pause, le temps d'inspecter le carnage qui m'entourait. Les papiers d'Alonzo : je pouvais toujours les remettre en piles. Le cimetière de mouches à côté de la fenêtre : l'histoire d'un coup d'aspirateur (depuis deux semaines que je devais le faire, c'était l'occasion). Mais il n'y avait pas moyen de dissimuler le ronflement de mon réfrigérateur à l'agonie, ni d'effacer les grosses marques de moisissure sur le mur du salon.

« Vous savez quoi, il y a la femme de ménage en ce moment, et l'aspirateur fait un bruit de tous les diables. Quand elle sera partie, sinon. Ou alors on peut se donner rendez-vous autre part. Demain ou...

– Vous voyez le Bullfeathers ?

– Oui.

– Nous n'avons qu'à nous retrouver là-bas. Aujourd'hui, à midi. Je m'occupe des réservations. »

Elle raccrocha avant que j'aie pu dire quoi que ce soit.

Coup d'œil rapide au radioréveil. Quarante minutes pour me donner une apparence humaine.

La douche aida beaucoup. Le rasage aussi. Mais je puais toujours le bourbon Evan Williams. J'avalai une poignée de pastilles menthol, me tamponnai un peu d'eau de Cologne sur les poignets puis, pour faire bonne mesure, vaporisai du Febreze sur une de mes deux chemises mettables.

J'arrivai au Bullfeathers à midi cinq. Drôle d'endroit pour un rendez-vous : un restaurant moyen de gamme qui servait des hamburgers, avec pour logo la tête de Théodore Roosevelt. Fréquenté principalement par des lobbyistes et des politiques, et l'occasionnelle famille de touristes suants revenant du centre commercial.

Je n'eus aucun mal à reconnaître Clarissa dans cet environnement. Adossée au mur, elle portait une robe d'été jaune. Elle me jeta un regard qui me rappela l'intensité avec laquelle elle avait répondu au téléphone.

« Henry. »

Alors que j'allais lui serrer la main, je m'arrêtai.

C'était la femme de l'enterrement d'Alonzo.

La première description que je m'en étais faite était naturellement inexacte. Elle était légèrement plus âgée que ce que je pensais. Trente-deux, peut-être trente-trois ans. En pleine lumière, elle avait plus de taches de rousseur que dans mes souvenirs, et ses cheveux étaient plus enchevêtrés : un véritable fouillis de mèches rebelles.

Quant à ses yeux, ils n'avaient pas la couleur du caramel mais étaient beaucoup plus foncés, presque carbonisés...

De l'ébène, pensai-je en me rappelant soudain les mots du roi de Navarre. *Noire comme l'ébène... la couleur des donjons...*

Cela suffit à me transporter dans le passé. J'étais de retour à l'Annex avec Alonzo. Bribe par bribe, le souvenir de notre conversation me revenait.

« L'École de la nuit, murmurai-je.

– Précisément », répondit Clarissa Dale.

6

Les choses se déroulaient ainsi. Une ou deux fois par an, Alonzo Wax se retrouvait fauché. S'ensuivait une certaine routine. Il vendait une partie de sa collection (ce qui lui rapportait peu financièrement mais lui coûtait beaucoup émotionnellement). Il passait de la vodka Grey Goose à la Svedka, il troquait sa table chez Geoff's contre un traiteur coréen à emporter et, surtout, il devenait plus enclin à accepter de participer aux conférences dont les invitations finissaient d'ordinaire au panier.

Évidemment, cela n'échappait pas aux bibliothèques, aux ateliers d'écriture, aux sociétés de généalogie et autres organismes privés, qui se disputaient tous sa présence. La nouvelle se répandait comme une traînée de poudre : Alonzo Wax, le collectionneur et universitaire de renommée nationale, était disponible. Sous réserve qu'on lui paie le voyage, qu'on lui verse une coquette somme et qu'on offre le gîte et le couvert. Sans oublier le vin.

Il se trouvait toujours quelqu'un prêt à accepter ses conditions. C'est ainsi qu'un jeudi soir de février 2009, Alonzo se retrouva à palabrer au Civitan Club de St. Augustine, en Floride.

Clarissa était dans la salle et, à l'entendre, sa présence était encore plus extraordinaire que celle d'Alonzo. En effet, elle était tombée par hasard sur une affiche chez un commerçant du coin, et elle avait failli rater la conférence parce qu'elle avait pris à gauche au lieu de prendre à droite sur l'avenue San Marco. Arrivée avec un quart d'heure de retard, elle s'était faite toute petite au dernier rang, mais la voix d'Alonzo avait su l'y trouver, lui taper sur l'épaule.

« *L'inconscient refoulé de l'époque élisabéthaine* », disait-il.

Ne connaissant pas encore Alonzo, elle ne pouvait pas savoir qu'il rabâchait le même thème depuis l'université. Pour lui, l'École de la nuit était le sombre pendant psychologique de l'Angleterre des Tudor. Depuis les fenêtres du château de Sherborne – la résidence de Ralegh dans le Dorset – les savants de l'École assistaient à la terreur en marche. Ils assistaient aux complots politiques, à la torture institutionnalisée. Aux exécutions de catholiques. Aux contestations d'intellectuels réprimées dans le sang. Et, entourant toute cette terreur, un immense silence. Il n'y avait qu'à Sherborne qu'ils pouvaient le rompre. Il n'y avait qu'aux plus sombres heures de la nuit qu'ils pouvaient faire émerger la lueur de la vérité.

« *De la nuit jaillissait la lumière* », déclara Alonzo à la conférence.

Clarissa elle aussi ressentit l'émergence en elle d'une aube nouvelle. D'après ses souvenirs, les gens à côté d'elle disparurent comme par enchantement et le monde lui-même parut se dissoudre. Ne restaient plus qu'Alonzo et elle, reliés par un fil invisible.

Clarissa fit donc quelque chose qu'elle n'avait jamais fait auparavant, ni à l'école primaire, ni au lycée, ni même à l'université. Elle resta après la classe.

«Je voulais lui raconter mon expérience, me dit-elle.

– Et quand vous lui avez expliqué, comment a-t-il réagi ?

– Vous voulez savoir s'il a pris ses jambes à son cou ?»

Très légère trace d'espagnol dans la prononciation des r. *Prrris.*

« Eh bien non, reprit-elle. Il a même été très poli. C'est d'ailleurs étonnant, parce que je disais n'importe quoi. Il avait un petit sourire de côté qui ne le quittait jamais. Je me disais qu'il devait être content, et puis je me suis rendu compte que c'était la forme naturelle de sa bouche.

– Oui, c'est de naissance», confirmai-je.

Je fis alors l'erreur de baisser les yeux vers mon cheeseburger. Je ne savais même pas pourquoi je l'avais commandé (je n'étais vraiment pas en état de manger). Écœuré, je dus le dissimuler sous ma serviette.

« Donc, après cette conférence, dit Clarissa, nous avons échangé quelques mails très cordiaux. Il m'a d'ailleurs envoyé des articles très intéressants. Et puis en mai dernier – le 12 je crois – il a laissé un message très étrange sur mon répondeur. *L'École de la nuit...*

– ... *a rouvert ses portes*, achevai-je d'une voix étouffée.

– Vous avez reçu le même message ?

– Oui.

– Bon, eh bien, nous y voilà. »

Sa bouche trembla légèrement. L'esquisse d'un sourire, promptement réprimé. Mais qui suffit à faire ressortir le rouge naturel de ses lèvres.

« Très bien, repris-je, tâchant de rassembler mes esprits. Voilà ce que je n'arrive pas à comprendre. Tout d'abord, pourquoi êtes-vous allée à la conférence d'Alonzo ? Est-ce que vous... »

Et, alors même que je posais la question, j'anticipai son éventuelle réponse.

« Est-ce que vous travaillez dans le domaine ?

– Quel domaine ? demanda-t-elle, vaguement renfrognée.

– La littérature britannique. Ou l'histoire. Enfin, les sciences humaines.

– Ah, non ! Dieu merci ! »

À présent, elle souriait vraiment. Je ne sais pas si je saurais décrire le changement que cela provoqua en elle, mais essayons toujours. Une sorte de clarté transforma son visage en une expression de soulagement inattendue. Non, c'était plus que cela. Ce sourire dévoilait une personne complètement différente. Sauf que cette personne avait toujours été là.

« Je n'ai jamais été une grande lectrice, expliqua-t-elle. J'ai fait des études de commerce à l'université de Floride. Si j'ai vu une pièce de Shakespeare dans toute ma vie, c'est un maximum. Je ne connais tellement rien à tous ces trucs que c'en est gênant.

– Dans ce cas, que faisiez-vous là-bas ?

– Ce n'est pas évident à expliquer, concéda-t-elle en triturant une feuille de salade et un morceau de fromage du bout de sa fourchette. Disons que le sujet d'étude d'Alonzo me touche personnellement.

– Ah oui ?

– Oui. En fait, je l'ai vue. De mes propres yeux.

– Vous avez vu quoi ?

– L'École de la nuit.

– Vous voulez parler... d'un tableau ?

– Non, dans ma tête. Comme un rêve, sauf que je ne suis pas en train de rêver.

– Et ça vous prend souvent ?

– Vous n'avez pas idée, Henry. »

Elle haussa les épaules, récupéra sa fourchette et piqua un morceau de fromage. J'en eus un haut-le-cœur.

« Et ces histoires de visions, ça fait combien de temps que ça dure ? demandai-je.

– Un peu moins d'un an, je dirais. Peut-être un peu plus.

– Toutes les nuits ?

– Une ou deux fois par semaine. Mais parfois ça peut arriver trois ou quatre nuits d'affilée. »

Elle inclina légèrement la tête, me lança un sourire timide, puis reprit :

« Ce n'est pas pour tirer la couverture à moi, Henry, mais l'École de la nuit, c'est un peu ma malédiction personnelle. »

Elle attendait ma réaction, les yeux secs et alertes.

« Vous êtes sceptique, commenta-t-elle.

– Euh... oui. Enfin... oui.

– Je le serais aussi, vous savez. Mais finalement, peu importe si vous me croyez ou pas. Quelque chose est arrivé à Alonzo. Et maintenant, qu'on le veuille ou non, nos destins sont liés. »

Elle reposa sa fourchette et joignit les mains.

« Il se passe quelque chose d'important. Vous devez bien le sentir aussi, Henry. Et ça a commencé à la mort d'Alonzo. »

Pour l'heure, je n'avais conscience que de la sensation de tourbillons dans mon corps et de la brusque montée d'adrénaline qui me dilatait les pupilles et accélérait les battements de mon cœur.

Je pris une profonde inspiration et repoussai mon assiette.

« Vous savez quoi, Clarissa ? Je n'ai pas senti qu'il se passait quelque chose d'important. Je suis vraiment désolé, mais des visions de voyage dans le temps ? Pour moi, il est évident...

– ... que je suis folle.

– Oui. Et autre chose : mon destin n'est pas lié au vôtre, il n'est lié à celui de personne d'autre. D'ailleurs, je lui en suis plutôt reconnaissant, surtout maintenant. Ah oui, et Alonzo ? Quelque chose ne lui est pas arrivé, il a fait en sorte que quelque chose arrive. C'est un peu le principe du suicide. C'est sa décision, un point c'est tout. »

À son tour, elle repoussa son assiette et déclara :

« Jamais l'homme que j'ai rencontré à St. Augustine ne se serait suicidé. Jamais de la vie. »

Derrière mes oreilles, je sentais perler les gouttes de sueur. Mes yeux tremblaient dans leur orbite.

« Vous savez que j'ai raison, n'est-ce pas, Henry ? »

Je regardai ma montre : 12 h 50. Lily était peut-être déjà en train de m'attendre.

« Je suis vraiment désolé, déclarai-je en me levant.

– Qu'est-ce qui ne va pas ?

– Je dois aller à l'appartement d'Alonzo. »

Et soudain, Clarissa se leva également et me fit face.

« Je viens avec vous.

– Oh ! Ce n'est vraiment pas la peine, lui dis-je en tendant une main tremblante. Vous trouveriez ça ennuyeux. »

Elle ne m'écoutait pas et faisait déjà signe au serveur. Quand ce dernier apporta l'addition, elle déclara d'un ton guilleret :

« Vous ne voyez pas d'inconvénient à ce que je vous invite ? »

Elle me jeta un regard oblique et ajouta :

« Vous n'avez pas l'air du genre à y voir un inconvénient. »

Jadis, l'appartement consistait en deux appartements distincts. Mais Alonzo avait soudoyé le syndic et fait démolir le mur de séparation pour obtenir une suite immense proche du très grand standing. À l'ouest se trouvait la chambre, avec le lit à baldaquin aux châlits surmontés de feuilles d'acanthe. À l'est, la cuisine. Immaculée, car Alonzo n'y entrait jamais (de mémoire, le réfrigérateur ne contenait qu'une bouteille de champagne et un pot de moutarde).

Et au sud ? Un balcon, presque aussi large que l'appartement. Je m'y dirigeai sitôt franchie la porte d'entrée. En contrebas, une cour intérieure sommeillait dans la chaleur du début d'après-midi : la fontaine glougloutait doucement et l'aire de jeu était aussi déserte que d'habitude. Une rangée de sycomores sembla se mettre au garde-à-vous quand sonnèrent les cloches de la cathédrale nationale de Washington.

« Vous avez remarqué qu'il fait un froid de canard, ici ? demanda Clarissa, debout dans l'entrée, en frictionnant ses bras nus.

– Vingt degrés Celsius, expliquai-je. Et cinquante-deux pour cent d'humidité. L'environnement optimal pour stocker des livres.

– Et pour affoler les compteurs. Les sociétés d'électricité devaient l'adorer !

– Je n'en suis pas si sûr, répondis-je, repensant aux piles de factures impayées qui jonchaient le sol de mon appartement.

– Vous savez, Henry, ça aiderait peut-être si vous me disiez ce qu'on cherche.

– Un papier.

– Un papier ?

– Oui, un document.

– Ancien ? Récent ?

– Ancien.

– Dans ce cas... »

Nul besoin pour elle d'achever sa phrase. Dans l'appartement d'Alonzo, on ne voyait que ça : le coffre-fort où il entreposait ses livres. Un bunker climatisé en fer et en ciment d'environ huit mètres cubes. Tellement massif qu'on avait l'impression qu'il avait traversé le toit pour atterrir dans le salon.

« Vous connaissez le code ? demanda Clarissa.

– Oui, s'il ne l'a pas changé. »

Je me collai à la porte blindée... mais un détail à l'angle de ma vision m'obsédait : un sac à main noir effet croco était posé par terre, sous une table surmontée d'un plateau de marbre. Je le reconnus tout de suite, tout comme le BlackBerry Pearl qui en dépassait.

Le téléphone portable de Lily. Elle ne s'en séparait jamais, et l'avait d'ailleurs une fois comparé à l'enfant qu'elle n'avait jamais eu. Je décidai d'en assumer la garde, et regardai l'écran. L'icône *Messagerie vocale* clignotait. Trois messages (dont celui que je lui avais laissé, sans doute). Elle n'en avait écouté aucun.

Je ressentis un étrange engourdissement au bout des doigts lorsque j'enfouis le téléphone dans ma poche.

Pas la peine de se mettre dans des états pareils. Elle est forcément quelque part.

Ce n'était pas comme si j'avais besoin de son aide pour ouvrir le coffre-fort. Je n'avais qu'à me souvenir de la date de mort de George Chapman – une date que je connaissais jadis aussi bien que celle de mon anniversaire – puis taper les chiffres sur le clavier.

Cependant, cette action toute simple n'était pas aussi évidente qu'il y paraissait. Il était mort en décembre, non ?

Douze...

Quant au jour... bon sang, c'était quoi le jour ?

Seize...

Ne manquait plus que l'année. Mais ma main droite était désormais incapable d'appuyer sur les boutons, et je dus appeler la gauche en renfort.

Un... six... trois... quatre.

D'abord, je crus que je m'étais trompé. Puis, dans l'obscurité de l'appartement, une diode verte s'alluma, suivie d'un bip aigu.

« Impressionnant ! » commenta Clarissa.

La porte du coffre laissa échapper un curieux soupir. Clarissa et moi agrippâmes la poignée – il y eut un léger grésillement quand nos deux mains se touchèrent – puis nous nous mîmes à tirer.

Un bruit de succion, une bouffée d'air froid. Enfin, dans un long gémissement, la porte s'ouvrit tout à fait et Lily Pentzler roula sur le sol.

Ou plutôt, se déroula, tel un tapis persan. Elle ne bougeait pas. Sa gorge était bleutée et ses lèvres violacées. Quant à son visage – un visage figé aux paupières gonflées – il avait une teinte de bleu encore différente.

Bleu barbeau, pensai-je.

J'étais ravi d'avoir trouvé la bonne couleur, et cette réflexion totalement décalée faisait monter en moi un fou rire bien difficile à réprimer. Heureusement, Clarissa prit les choses en mains, enjamba le corps de Lily – comme s'il s'agissait effectivement d'un tapis – et regarda à l'intérieur du coffre.

« Les livres, dit-elle. Tous les livres d'Alonzo ont disparu. »

7

Je n'avais jamais croisé quelqu'un du nom d'August avant ma première semaine à l'université, où j'en rencontrai deux. Et en vingt-sept ans, je n'en avais plus jamais revu, jusqu'à ce jour funeste, dans l'appartement d'Alonzo. August Acree. *Inspecteur* August Acree, de la brigade criminelle. Il avait la carrure d'un meneur de jeu de basket-ball malgré un début d'embonpoint, et il portait une moustache de dandy dont l'effet comique était sapé par l'expression sévère et inflexible de son regard circonscrit dans deux petites billes. Une fois ou deux, je le surpris à sourire. Mais je n'ai pas souvenir de l'avoir vu cligner des yeux.

À présent, un légiste prenait des photos du corps de Lily sous tous les angles, des techniciens du labo faisaient des allers-retours dans le coffre d'Alonzo, et deux flics en uniforme s'ennuyaient de pied ferme devant la porte de l'appartement.

À l'extérieur, une cohorte de voitures de police, quelques chaînes de télévision locales, ainsi qu'un groupe de petites vieilles – les locataires de l'immeuble – qui s'inquiétaient de la tournure des événements. Et il y avait de quoi, car dans ce quartier de Washington, la mort naturelle était presque garantie dans les clauses du bail.

L'inspecteur Acree ne s'arrêtait pas à ce genre de considérations. Pas de retenue, pas de beaux discours. Dans les beaux quartiers comme dans les pires ghettos, une scène de crime restait une scène de crime. Et il observait le coffre-fort comme s'il s'agissait d'un laboratoire de méthamphétamine.

« Il y a un système de ventilation, dit-il. Une soufflerie.

– Exact, répondis-je.

– En état de marche ?

– Jusqu'à preuve du contraire.

– Alors je ne vois pas comment cette femme a pu mourir asphyxiée, dit-il en rajustant délicatement sa cravate. À l'heure qu'il est, elle devrait être en vie.

– Inspecteur ? demanda Clarissa en s'approchant. Si je peux me permettre... »

Une ride apparut sur le front d'August Acree lorsqu'il se tourna vers Clarissa.

« Comment vous appelez-vous, madame ?

– Clarissa Dale. Je crois que je peux peut-être vous venir en aide.

– Ah. »

Il y a beaucoup de façon de dire *ah*, mais je ne l'avais jamais entendu prononcer avec aussi peu d'enthousiasme.

« De ce que j'en vois, dit-elle, le coffre-fort de M. Wax ressemble beaucoup à ceux qui équipent les banques. Ce qui signifie qu'il doit avoir un système de protection incendie. Pas de pulvérisateur d'eau classique dans notre cas, à cause des livres. Si c'est pour qu'ils se transforment en éponges, autant les laisser brûler, n'est-ce pas ? »

La ride sur le front de l'inspecteur se creusa davantage.

« La plupart des banques, reprit Clarissa, utilisent un gaz : le fréon. C'est assez sûr et ce n'est pas trop toxique. Cependant, son usage est réglementé. Si vous n'êtes pas agréé, vous pouvez toujours vous rabattre sur le dioxyde de carbone.

– Le dioxyde de carbone, répéta Acree.

– Maintenant regardez, inspecteur. Et ne vous inquiétez pas, je ne toucherai à rien. Je veux juste vous montrer le plafond du coffre. Imaginons qu'un incendie se déclare. Vous voyez ces petits trous ? C'est par là que s'échappe le dioxyde de carbone. Il envahit le coffre et prend la place de l'oxygène. Le feu n'est plus alimenté, et il s'éteint. Si vous voulez une image, c'est comme si une main pressait l'oxygène jusqu'au sol.

– Donc, dans l'hypothèse où quelqu'un se trouverait à l'intérieur pendant l'opération...

– Il n'aurait que quelques minutes à vivre. Et si cette personne sait comment fonctionne le système, elle saura qu'il faut rester près du sol, là où se trouve l'oxygène. Pour peu qu'il en reste. Quand nous avons trouvé Mlle Pentzler, elle était recroquevillée par terre, dit Clarissa en s'accroupissant, pensive. Elle avait le visage collé à l'entrebâillement de la porte. Si vous voulez mon avis, elle cherchait de l'air frais. »

L'inspecteur rajusta de nouveau sa cravate.

« Mais qu'est-ce qui a pu déclencher l'alarme incendie ? »

La réponse ne tarda pas : un des techniciens sortit du coffre en brandissant un sac plastique de façon triomphale. À l'intérieur, un mégot de cigarette d'à peine deux centimètres. Qui aurait pu croire qu'une si petite chose puisse faire l'objet d'une telle attention ?

« Mlle Pentzler fumait-elle ? demanda l'inspecteur Acree.

– Pas à ma connaissance, répondis-je. Mais peut-être, après tout.

– Un non-fumeur qui rentre dans un coffre-fort avec une cigarette allumée et qui se retrouve enfermé. Je ne sais pas ce que vous en pensez, mais moi, je trouve ça un peu... »

Il émit un petit sifflement.

« Et si c'était la cigarette de quelqu'un d'autre ? avançai-je.

– Dans ce cas, où se trouve ce quelqu'un d'autre ? Si sa cigarette était encore allumée, il ne devait pas se trouver bien loin. Et oublions un peu la cigarette. Si Mlle Pentzler avait conscience de la situation désespérée dans laquelle elle se trouvait, pourquoi n'a-t-elle appelé personne ? Le syndic, les urgences ? »

Peiné, je tirai de ma poche le BlackBerry de Lily.

« Nous l'avons trouvé à côté du canapé », expliquai-je en m'efforçant de garder un ton neutre.

Acree prit le téléphone et le fit mettre dans un sac plastique. Puis il se tourna vers le coffre.

« Plus d'air, dit-il à mi-voix. Plus de téléphone. Et personne pour entendre ses cris.

– Et plus de livres, ajouta Clarissa.

– Pardon ? demanda l'inspecteur en fronçant les sourcils.

– Inspecteur, n'allez pas vous imaginer que je cherche à dédramatiser la mort de Mlle Pentzler, mais un autre crime s'est déroulé ici, et pas des moindres. Toute la collection de M. Wax a disparu.

– Ah oui ? »

Au même moment, Clarissa et Acree se tournèrent vers moi, attendant confirmation.

«J'ai bien peur qu'elle ne dise vrai, inspecteur. Alonzo possédait une collection d'œuvres élisabéthaines parmi les plus estimées au monde. Des in-quarto et des in-folio de Shakespeare. Des premières éditions de poètes de l'époque. Une bible ayant appartenu à la reine Élisabeth. Il devait y en avoir pour trois, quatre, cinq millions de dollars. Au bas mot.

– Et s'il avait tout vendu ? demanda Acree.

– Un volume ou deux, pourquoi pas, ça lui est déjà arrivé. Mais pas toute sa collection, c'est impensable.

– Pourquoi pas ?

– C'était toute sa vie. »

Oui, mais après tout, Alonzo avait mis fin à la sienne. Après avoir au préalable pris soin d'effacer le disque dur de son ordinateur. Avec application, il s'était mis à effacer toute trace de son passage sur cette terre. Et le moins qu'on puisse dire, c'est qu'il n'avait rien laissé au hasard.

À dix-sept heures, les médecins légistes avaient rendu leurs derniers hommages, et Lily Pentzler était prête pour sa housse mortuaire. Lorsqu'ils hissèrent la petite forme grassouillette sur le brancard, quelque chose se détendit en moi. J'étais triste, remarquai-je soudain. Lily Pentzler avait consacré toute sa vie à un seul homme, et voilà comment elle était récompensée.

La porte du balcon était toujours ouverte, et l'air extérieur formait un anticyclone au contact de l'air conditionné de l'appartement. À l'intérieur du coffre, on entendait le tic tic irrégulier de l'hygrothermographe d'Alonzo, qui s'insurgeait contre les changements de températures et d'humidité.

« Monsieur Cavendish ? »

L'inspecteur Acree me fit signe d'approcher.

« Vous avez dit être l'exécuteur testamentaire de M. Wax, il me semble.

– C'est exact.

– Alors peut-être saurez-vous me répondre : est-ce que sa collection de livres était assurée ?

– Euh... oui, oui, bafouillai-je.

– Et qui en était le bénéficiaire ? »

Deux jours plus tôt, je n'aurais pas su lui répondre. Mais après des heures passées à éplucher les papiers d'Alonzo, je ne le savais que trop bien.

« Moi, répondis-je. Je suis le bénéficiaire. »

Sa bouche se plissa, mais je m'y attendais. En revanche, je ne m'attendais pas au ton légèrement plus aigu de sa voix lorsqu'il me dit :

« Quel terrible coup du sort. »

8

Le lendemain matin, je me réveillai en sueur en entendant la sonnerie de mon portable hurler depuis les tréfonds de mon pantalon.

« Monsieur Cavendish ! dit Bernard Styles. Nous venons d'apprendre la mort de Mlle Pentzler aux informations. Quelle tragédie ! »

Le brouillard qui enveloppait mon cerveau se dissipa instantanément. Car ce n'était pas Styles que je visualisais, mais son acolyte silencieux, Halldor. Debout dans le hall de la gare, en train de nous regarder, Lily et moi.

« Oui, répondis-je. Une terrible tragédie.

– Je la connaissais bien, vous savez. Une femme avec la tête sur les épaules. J'ai toujours pensé qu'Alonzo avait de la chance de l'avoir à ses côtés.

– C'est curieux, vous savez où j'étais hier, mais peut-être pourriez-vous me dire où vous étiez, vous. »

J'avais lancé ma petite question comme ça, mais ma voix me trahit, et Styles laissa passer quelques secondes avant d'y répondre.

« Eh bien, comme je vous l'ai dit, nous comptions descendre jusqu'à Mount Vernon, mais il faisait trop chaud pour une promenade. À la place, nous sommes allés au musée Crime et châtiment.

– Je vois.

– Un endroit passionnant, mais qui fait froid dans le dos. Oh, mais j'y pense, nous avons aussi appris que la collection d'Alonzo avait été volée. Proprement scandaleux ! Bah, ce genre de choses finit toujours par refaire surface.

– Cornelius Snowden ne partagerait peut-être pas votre avis.

– Qui donc ?

– Un vieil ami à vous. Il avait avec lui les *Annales* de Stow au moment de sa mort. Et il ne me semble pas que cet ouvrage ait refait surface depuis. »

Je le laissai réfléchir quelques secondes, puis ajoutai :

« Snowden avait un point commun avec Alonzo. Il possédait quelque chose que vous convoitiez.

– Vous m'excuserez, mais je ne vois pas ce que Cornelius Snowden vient faire dans cette histoire. Quant à Alonzo, je me permets de vous rappeler que l'objet qu'il possédait n'était pas à lui. Je vous ai engagé, monsieur Cavendish, pour retrouver un document qui légalement m'appartient.

– Et si je ne peux pas le retrouver ?

– Si vous pensez vraiment que vous n'en êtes pas capable, vous me rendez mon chèque et nous repartons chacun de notre côté. Mais... commença-t-il d'une voix plus traînante. Rassurez-moi, vous n'avez pas encaissé le chèque, monsieur Cavendish ? »

Je fermai les yeux.

« Bien sûr que si.

– Oh, s'exclama-t-il. Oh mon Dieu !

– Écoutez, jouons cartes sur table, d'accord ? S'il se passe quelque chose de bizarre… entre vous et Alonzo, ou entre vous et qui que ce soit, il faut me le dire.

– Monsieur Cavendish, je peux vous assurer que je n'ai rien à cacher. En est-il de même pour vous ? »

Clarissa appela dix minutes plus tard.

« Où êtes-vous ? demandai-je.

– En bas, à la porte. »

J'allai à la fenêtre. Une tignasse brune à l'air étrangement déterminé, dans le soleil de midi. Je l'observai pendant plus longtemps que nécessaire. Puis, sans prévenir, elle leva la tête et croisa mon regard. Elle me fit signe.

« Ah ! Oui, salut ! répondis-je, en m'adressant au combiné. Comment savez-vous où j'habite ?

– Je vous ai déposé, hier soir. En taxi.

– Exact, j'avais oublié.

– Je peux monter ?

– C'est que… c'est vraiment le bazar.

– Vous devriez la virer.

– Qui ça ?

– Votre femme de ménage. Vous m'avez dit qu'elle était là, hier. J'en conclus donc qu'elle ne fait pas du bon boulot.

– Ah, oui. Écoutez, donnez-moi dix minutes, je descends. »

Elle sentait la crème solaire. Une de ces solutions non grasses qui rappellent l'après-rasage sport de papa. D'ailleurs, son short en madras semblait sortir tout droit de la garde-robe de mon père. Il avait cependant l'avantage de révéler ses jambes fines, légèrement musclées, et parfaitement proportionnées. Je tâchai de ne pas les regarder trop fixement. En vain.

« Allons à Stanton Park, dit Clarissa. Il y fera plus frais. »

Au début, elle marchait tellement vite que j'avais du mal à suivre. Puis soudain, au bout de quelques centaines de mètres, elle perdit toute son énergie et, quand enfin nous atteignîmes le parc, elle ressemblait à quelqu'un qui vient de traverser le Sahara.

« Quelle chaleur ! » s'exclama-t-elle, haletante.

Nous nous installâmes sur un banc, sous un cerisier. Je lui proposai mon mouchoir pour s'éponger le front et m'aperçus, trop tard, qu'il était constellé de trous. Un silence s'installa.

« Vous semblez bien connaître le quartier, déclarai-je enfin.

– Je loue un appartement dans Fourth Street. »

Ainsi, Clarissa Dale était pour ainsi dire ma voisine. Mais depuis combien de temps ?

« Un appartement, répétai-je. Vous avez donc l'air d'être à Washington pour un moment.

– Oh, vous savez, avec moi, ça ne veut rien dire. »

Sur les bancs d'en face se trouvait une rangée de mamies. Leurs bras croisés formaient une ligne ininterrompue. Elles nous dévisageaient d'un air soupçonneux, et parfois, leur progéniture s'interrompait au milieu d'un dessin à la craie ou de l'ascension d'un toboggan pour nous fixer du regard, tels des animaux farouches sentant venir l'orage.

« Où avez-vous appris tous ces trucs sur les coffres-forts de banque ? » demandai-je.

J'avais oublié la satisfaction qu'on éprouve quand on fait rire une femme. Un grognement de surprise... un bref aperçu de ses gencives rouge vif... une main blanche qui vient couvrir la bouche.

«Je travaillais pour une banque, expliqua-t-elle. Il y a longtemps.»

Elle essuya la sueur sur son visage. Étendit le mouchoir trempé sur sa cuisse.

«Bon, Henry. J'ai le disque dur d'Alonzo.»

Je la dévisageai.

«Comment vous avez fait?

– Ben, je l'ai retiré de l'ordinateur.

– Non, je voulais dire, à quel moment vous vous y êtes prise?

– Avant l'arrivée de la police.»

Un intervalle de trois ou quatre minutes, pas plus.

«J'ai toujours un tournevis dans mon sac, ajouta-t-elle, comme si cela expliquait quoi que ce soit.

– Mais ce disque dur est une preuve.

– Pas s'il a été effacé.

– Mais s'il a été effacé...?

– Disons qu'il y a effacé et effacé. Vous le sauriez, Henry, si vous aviez suivi un cours d'informatique.»

Elle s'arma de patience et m'expliqua que les disques durs n'effacent pas vraiment les informations, mais qu'ils les marquent comme ayant été effacées. Si bien que tant qu'on n'a pas copié d'autres données par-dessus, on peut très souvent les retrouver.

Ainsi, après avoir récupéré le disque dur d'Alonzo, Clarissa Dale l'avait tranquillement copié sur son ordinateur. Puis elle avait analysé les structures de fichiers avec Windows Explorer, et avait finalement pu récupérer quelques documents Word ainsi qu'un agenda professionnel qui nous intéressait tout particulièrement.

Elle se rendit directement au 12 mai – le jour de la mort d'Alonzo – et trouva trois noms dans sa liste de personnes à appeler

« Moi, dit-elle. Vous. Et...

– Amory Swale. »

Je lui expliquai comment j'étais tombé sur le nom de Swale, juste au-dessus du sien, dans les dossiers d'Alonzo. Cette anecdote sembla lui faire plaisir.

« Très bien, dit-elle. Vous avez donc appelé, et ?

– Le numéro n'était pas attribué.

– Et vous n'avez pas cherché son nom sur Google ? Qu'importe, je m'en suis chargée. Il a un site internet, Swale's Antiquarian quelque chose. Je lui ai envoyé un mail hier soir, avant d'aller me coucher, et ce matin, devinez quoi, il m'avait répondu.

– Qu'est-ce qu'il a dit ?

– Très méfiant. Il ne voulait rien dire par mail ou par téléphone. Il m'a demandé de venir le voir en personne.

– Il habite où ?

– Nags Head, en Caroline du Nord. »

Deux cinq deux. L'indicatif régional de Swale.

« Cinq heures de voiture, Henry. À cette époque de l'année, il n'y a pas trop d'embouteillages. Si on part demain – vers sept heures du matin, mettons – on peut y être pour midi.

– Sept heures du matin.

– Oui, pour partir avant les bouchons. Vous avez des choses à faire ? »

Je repensai à tous les papiers d'Alonzo, étalés dans mon salon. Les comptes à ouvrir, les factures à payer, les rendez-vous incontournables. Ah ! Et l'enterrement de Lily. Je n'y pensais plus. Sans oublier un certain inspecteur de police qui ne verrait certainement pas d'un bon œil que je m'absente pendant l'enquête.

Bref, j'avais face à moi une montagne d'obligations... et de l'autre côté de la balance ? Une femme qui voulait aller se promener dans une station balnéaire.

« Sept heures, répondis-je. C'est noté. »

9

« Qui c'est, ce Kit ? » demanda Clarissa. Nous avions passé Richmond depuis une demi-heure. Elle était vautrée sur le siège passager de ma Toyota Corolla de 1995 et avait la tête penchée sur la copie du document de Bernard Styles. Ses cheveux, qui tombaient de chaque côté, la dissimulaient plus sûrement qu'un isoloir.

« Kit ? répétai-je.

– À la première ligne : *Il n'était pas le premier mignon à souffrir ce traitement de la part de Kit, lequel* – *se plaisait*, j'imagine – *de souffler le chaud et le froid dans une même respiration...*

– Ah, oui. C'est Marlowe.

– Marlowe ?

– Oui, c'est très probable.

– Vous voulez parler de Christopher Marlowe ?

– Oui.

– Genre, le dramaturge ?

– Genre le dramaturge.

– Et donc, il était copain avec Ralegh.

– Oui, on en a d'ailleurs la preuve. On a ainsi retrouvé une petite blague écrite par Ralegh en réponse à un poème de Marlowe. Par ailleurs, Marlowe a été accusé d'avoir *tenu une conférence sur l'athéisme devant sir Walter Ralegh et d'autres personnes.*

– D'autres personnes ? Vous pensez qu'il s'agit de l'École ?

– Difficile à dire. Le type qui l'a dénoncé était de mèche avec le grand rival de Ralegh, le comte d'Essex. Il y a donc fort à parier que ce comte a tenté de faire d'une pierre deux coups en accusant à la fois Marlowe et Ralegh. Si ça se trouve, ces accusations ne reposent sur rien.

– Ou alors ils se connaissaient vraiment. Et ils étaient vraiment athées.

– Peut-être. »

Alonzo n'aimait pas beaucoup le mot *peut-être.* Et apparemment, Clarissa non plus, car elle pinça les lèvres comme un enfant puni.

« Autre chose, dit-elle. Si Ralegh a vraiment écrit cette lettre, comment se fait-il qu'il ne sache même pas écrire son propre nom ? *R-a-w-l-e-y.* Il est où le *i* ? »

Je m'appuyai la main sur la tempe.

« Vous vous moquez de moi, là ?

– Non.

– Vous ne savez rien sur l'orthographe à la Renaissance ?

– J'ai fait des études de commerce, je vous l'ai déjà dit.

– Admettons. À l'époque, la langue n'était pas standardisée. Il n'y avait pas de dictionnaire de référence, et les gens ne pensaient pas qu'il devrait y avoir une graphie attestée pour chaque mot. C'étaient donc la prononciation et la logique qui dictaient la façon d'écrire de chacun. Le nom *Shakespeare*, par exemple, avait quelque chose comme seize orthographes différentes. D'ailleurs, lui-même n'écrivait pas son nom comme nous le faisons aujourd'hui.

– Et Ralegh ?

– Il l'écrivait d'une façon, son père d'une autre, et son demi-frère avait encore une autre orthographe. D'ailleurs ça changeait d'un document à un autre. C'est incroyable le nombre de versions différentes qu'on trouve de son nom. La seule chose dont on soit à peu près sûr, c'est sa prononciation.

– D'accord. N'empêche que j'ai toujours cru qu'il y avait un *i* à *Ralegh. R-a-l-e-i-g-h.*

– Ça, c'est la faute de sa femme. Comme il est mort avant, elle était libre d'écrire son nom comme elle voulait. Ce n'est que récemment que les spécialistes ont décidé de retirer le *i.* Je pourrais vous expliquer pourquoi, mais ça prendrait des heures, et en attendant, j'ai une autre question à vous poser.

– Je vous écoute.

– Si vous avez fait des études de commerce, comme vous dites, pourquoi n'êtes-vous pas occupée à faire du commerce quelque part ? »

Un delta de rides apparut juste au-dessus de l'arête de son nez.

« Henry, surveillez votre ton.

– Désolé, c'est juste que... j'ai l'impression que vous avez toujours du temps libre. À côté de ça, vous n'avez pas l'air d'être dans le besoin. Je veux juste connaître votre secret. D'ailleurs, si ça marche vraiment, je suis sûr que le monde entier voudrait le connaître !

– Je pense que le monde entier serait assez déçu. Si vous tenez tant que ça à savoir, j'ai négocié mon licenciement de chez StrategoStats, une boîte spécialisée dans l'automatisation de la conformité des données. Une équipe de vingt-trois personnes, et un siège à Manchester, dans le New Hampshire. En 2006, un chiffre d'affaires de 83,1 millions de dollars. Si ça ne vous suffit pas, Henry, vous pouvez toujours vérifier sur Internet.

– Et pourquoi avoir choisi de venir à Washington ? »

Ses sourcils noirs s'abaissèrent légèrement.

« Pour rendre un dernier hommage à Alonzo.

– Il serait touché.

– Et pour m'instruire.

– À quel sujet ?

– Tout. »

Elle reposa le papier dans la boîte à gants. Puis elle étendit les jambes et s'affaissa contre l'appui-tête.

« Ce n'est pas grave, Henry. Je ne m'attends pas à ce que vous me fassiez confiance. »

J'eus envie de lui demander pourquoi je ferais confiance à une femme qui n'était même pas capable de s'habiller convenablement à un enterrement.

Mais moi, étais-je digne de confiance ? Ma Toyota appartenait en fait à une ex qui habitait à Hoboken. D'ailleurs, celle-ci n'était même pas au courant que j'avais sa voiture. Pour tout dire, je ne m'étais jamais vraiment soucié de la légalité de la chose car, jusqu'à l'arrivée de Bernard Styles, je n'avais jamais eu assez d'argent pour sortir la voiture du box où elle moisissait depuis des mois. D'ailleurs, quand je vins la récupérer avec Clarissa, elle était tellement couverte de crasse que quelqu'un avait trouvé le moyen d'écrire un message avec son doigt sur la lunette arrière.

Par pitié.

« Eh bien, voilà qui est intéressant, nota Clarissa. Par pitié quoi ? Oh, au temps pour moi, je n'avais pas vu ce qu'il y avait marqué en dessous. *Lavez-moi.* »

Nous fîmes une halte au lavomatic de South Capitol Street, avant de passer au McDonald's prendre un petit déjeuner. Enfin, nous prîmes l'autoroute 95, en direction du sud. L'autoradio ne fonctionnait pas, mais la voiture fredonnait sa propre mélodie tandis que dans ma tête tournaient en boucle les mêmes images : le corps de Lily roulant par terre, le T-shirt de Halldor et l'imperméable ensanglanté d'Alonzo.

Et en guise de refrain, Clarissa. Son port altier, ses petits poignets, et sa clavicule obsédante qui laissait entrevoir des pouvoirs cachés. Sans oublier l'odeur entêtante de la transpiration de ses cuisses au contact du siège en synthétique de la voiture.

« Vous pouvez conduire, si vous voulez.

– Avec joie, répondit-elle. Vous conduisez comme mon papi, paix à son âme. »

Nous nous arrêtâmes à un restoroute sur la nationale 64. Un bâtiment tout neuf et très propre, ce qui nous surprit tous les deux. Des ventilateurs, des télévisions branchées sur CNN, et un robuste distributeur de Pepsi intergalactique. Clarissa prit deux canettes de soda light et but la première sur place. Elle pencha la tête en arrière et versa le liquide directement dans son gosier, sans s'arrêter.

Elle posa la deuxième canette dans le porte-gobelet de la voiture. Il s'agissait là de la première étape d'un rite préparatoire plutôt amusant à regarder. Rétroviseur extérieur ? OK. Rétroviseur intérieur ? OK. Siège positionné exactement à 12,5 degrés ? OK. Houston, paré au décollage !

« J'ai réfléchi, dit-elle. Nous n'avons pas besoin de nous faire confiance. Après tout, vous ne faites pas confiance à ce Styles, et vous continuez quand même à travailler pour lui.

– Travailler ? repris-je en rabattant le pare-soleil côté passager d'un geste brusque. Jusqu'à preuve du contraire, je n'ai pas signé de CDD ! Je ne suis pas son employé. Au mieux, je lui fournis un service.

– Une sorte de consultant, en somme.

– Si vous voulez.

– Mais vous n'avez pas confiance en lui. »

J'observai par la vitre les chênes et les lilas des Indes desséchés par la chaleur de cette fin d'été.

« Je ne sais pas, répondis-je. J'ai l'impression que quand il est dans les parages, les gens perdent de leur vitalité. L'espérance de vie tend à chuter brusquement.

– Vous pensez qu'il a un rapport avec la mort de Lily ?

– Oui. J'en suis sûr. Et il n'y a pas que Lily. »

Elle se tourna vers moi.

« Alonzo ?

– C'est vous-même qui l'avez dit, vous vous souvenez ? Alonzo ne se serait jamais suicidé. Et si on repense au message qu'il nous a laissé... Il ne disait pas *Adieu, mes amis*, mais *Salut les gars, vous savez quoi ? L'École de la nuit est de retour*. Il était prêt à passer à l'action. Tous les voyants au vert. »

À moins, pensai-je, qu'il ne soit allé trop loin et qu'il ne lui soit devenu impossible de faire marche arrière.

« Dans ce message qu'il nous a laissé, dit Clarissa, il devait faire allusion à la lettre de Ralegh.

– Oui, j'imagine.

– Donc, il ne pensait pas qu'il puisse s'agir d'un faux.

– Je n'en doute pas une seconde. Et je suis sûr que Bernard Styles en est également persuadé. Pourquoi sinon se donnerait-il tant de mal pour la récupérer ? »

Elle s'interrompit une minute pour réfléchir.

« Alors, vous pensez qu'il voulait la récupérer au point de tuer Alonzo ?

– Je ne sais pas. Mais vous devez admettre que c'est une hypothèse crédible.

– Mais ce Styles, c'est un collectionneur de livres, non ? Ces gens-là ne sont-ils pas plutôt du genre à porter des gilets en laine et à boire du thé ? »

Je lui narrai alors l'histoire de Cornelius Snowden, un collectionneur de livres tout ce qu'on fait de plus typique, assassiné en plein Londres pour un simple volume. Et plus je rentrais dans les détails, plus je trouvais mystérieux le suicide d'Alonzo. Après tout, n'avais-je pas eu moi-même un aperçu de la détermination de Bernard Styles ? Pouvais-je décemment penser qu'une fois qu'il avait décidé quelque chose, l'idée du meurtre le ferait reculer ?

Nous restâmes silencieux un long moment. Même les bruits de la voiture paraissaient couverts par le poids de nos pensées.

« Voilà ce que je voudrais savoir, dit Clarissa.

– Quoi donc ?

– Vous, est-ce que vous pensez que ce document est un vrai ? »

J'appuyai ma tête contre la vitre. À cet instant, le verre m'apparut comme une membrane particulièrement instable séparant la chaleur extérieure de l'atmosphère glacée de l'habitacle. Ma tête ne reposait plus sur de la matière, mais sur une idée.

« Vous savez, finis-je par répondre, je ne suis plus dans la partie. Et si vous avez besoin d'un renseignement concernant un document attribué à Walter Ralegh, je suis la dernière personne à qui s'adresser. Croyez-moi. »

J'avais toujours les yeux fermés, mais je sentais sa présence, son regard brûlant.

« Mais vous étiez professeur d'université, non ? Vous deviez bien avoir une chaire quelque part ?

– C'est exact. »

Un silence pesant.

« Je vois, dit-elle. Je comprends très bien si vous ne voulez pas en parler. N'hésitez pas à me dire de la fermer. »

Et j'aurais pu le faire. Mais à cet instant, pour des raisons que je ne saurais expliquer, dire la vérité me parut plus simple que la cacher.

Je lui racontai donc l'histoire d'un jeune professeur adjoint dans une université de Pennsylvanie, qui avait reçu un jour un cadeau très rare. Un poème de Walter Ralegh jusqu'alors inconnu.

Il ne s'agissait pas de n'importe quel poème, mais d'un poème d'amour que Ralegh adressait à sa jeune épouse, Élisabeth Throckmorton. Celle-ci avait été fille d'honneur de la reine, mais quand son mariage secret avec Ralegh fut révélé (à la naissance de leur premier fils), la reine entra dans une colère noire et fit enfermer Ralegh à la Tour de Londres. Il put racheter sa liberté, mais il ne regagna jamais les faveurs de la reine et de sa cour.

Dans ce poème nouvellement découvert, Ralegh méditait sur son amour pour une femme qui l'avait fait tomber en disgrâce, une femme dont le hasard avait voulu qu'elle porte le même prénom que la reine. À première lecture, l'effet était à la fois charmeur et complexe : Ralegh, tiraillé entre ces deux Élisabeth.

Deux experts certifièrent l'authenticité du document, mais le vendeur – un aventurier-bibliophile péruvien domicilié aux îles Caïmans – en demandait une coquette somme. Les fonds de recherche en payèrent une partie, ma bourse une autre, le doyen de l'université fit un geste. Et le reste ? Je l'empruntai à Alonzo Wax.

Le document fut dévoilé lors de la réunion annuelle de l'Association pour l'étude de la Renaissance. Il ne s'agissait pas du petit exposé de vingt minutes, dans le salon privé exigu d'un minable hôtel de banlieue. Non. Une salle de bal pleine à craquer : des centaines de spécialistes... des journalistes, des photographes... la promesse d'un article dans le prochain numéro de la revue spécialisée... un contrat pour un livre avec une maison d'édition universitaire renommée... Bref, dans l'air, la magie était palpable.

Dix minutes après le début des questions réponses, un vieux professeur de Berkeley se leva au dernier rang. Il portait un nœud papillon à pois à la Frank Sinatra. D'une voix douce qui parvint sans peine à atteindre l'estrade, il me dit :

« Professeur, j'ai bien peur que vous ne vous soyez fait avoir. »

Le même aventurier péruvien lui avait offert le même poème. En lui disant qu'il était de Marlowe.

« Finalement, conclus-je, nous avons fini par découvrir qui était le véritable auteur : William Henry Ireland.

– Jamais entendu parler.

– Un escroc réputé de la fin du XVIIIe. Entre autres faits d'armes, il a écrit toute une pièce de Shakespeare. Et puis une lettre de Shakespeare à sa femme, accompagnée d'une mèche de cheveux du grand dramaturge. Pour dissimuler ses traces, Ireland utilisait des feuilles de papier vierges qu'il prenait dans des livres datant de la Renaissance. Par ce stratagème, il a réussi à duper de nombreux experts.

« Bref, poursuivis-je. En un rien de temps, tout était terminé. Mon article, à la poubelle. Aucune revue au monde ne voulait plus imprimer ce que j'étais susceptible d'écrire. L'épouse du doyen me jetait des regards compatissants aux réceptions. J'étais fini.

– Alors c'était cela, votre crime, dit Clarissa. Vous être fait escroquer ?

– Peut-être qu'avec un peu plus de détermination, j'aurais pu prendre cet épisode avec un regard plus postmoderne. Vous savez : “Je vous présente mon étude déconstructive de la dualité entre authentique et imitation. Bah c'est vrai, les gars, l'authenticité, ça ne se fait plus !” Mais je n'en avais ni la force, ni le courage, poursuivis-je en grimaçant. Et je ne supportais pas d'être le raté de service.

– Vous n'auriez pas été le seul.

– Dans mon monde à moi, j'étais le seul. Vous savez ce que ça fait quand les gens viennent vous parler en sachant qu'il y a un seul sujet à ne pas aborder ? C'est comme si leur voix se comprimait. C'est très léger, mais on n'entend que ça.

– Vous avez donc trouvé refuge dans un endroit silencieux.

– J'ai trouvé refuge là où j'avais des amis. Et à l'époque, je n'en avais qu'un : Alonzo. C'est comme ça que j'ai atterri à Washington. »

Je me forçai à ouvrir les yeux et repris :

« Alonzo connaissait du monde, et j'avais besoin d'un boulot. Ça me semblait une bonne idée. C'était il y a sept ans. Mais vous devriez être reconnaissante, je vous ai épargné les sombres mois d'errance de mon âme. »

Pire, pensai-je : les années grises de mon esprit. Professeur adjoint dans une petite fac de banlieue, à enseigner l'écriture à des étudiants de première année pour deux mille dollars par semestre. Demandes de financements privés pour le secteur associatif. Critiques gastronomiques pour un hebdomadaire alternatif. Relecteur, correcteur de CV, assistant juridique. Quelques rédactions de plaidoyers : selon le client, je défendais la proposition de taxer les énergies fossiles, ou je mettais en garde contre les obsédés du changement climatique. Après quoi j'avais rédigé des brochures pour une colonie de vacances juive, donné des cours du soir dans un centre d'apprentissage spécialisé dans les arts, et même travaillé quelque temps dans une boutique de prêt-à-porter.

Effectivement, j'épargnais beaucoup à Clarissa. Et à moi, par la même occasion.

« Voilà. Maintenant, vous savez tout.

– Non, attendez. Il y a une suite. Les années passent. Arrive un certain Bernard Styles. Il vous dit *Bonjour, j'ai une lettre de Walter Ralegh.* Et là, vous vous dites...

– ... *Mais tirez-moi plutôt une balle dans la tête!*»

Elle rit de bon cœur.

« N'empêche, vous auriez pu refuser son offre.

– Oui, mais le problème, c'est qu'il m'a mis un joli petit chèque entre les mains. J'ai beaucoup trop de respect pour l'argent, c'est ma faiblesse. »

Elle réfléchit quelques instants, puis reprit d'une voix soudainement très vive :

« Vous savez ce qui me titille ? C'est qu'il manque la première partie de la lettre de Ralegh. J'aimerais beaucoup savoir à qui elle est adressée. Qui est ce *Génie qui faisait pâlir les étoiles* ?

– Ah oui. Lui.

– Bon sang !

– Quoi ?

– Vous savez qui c'est, Henry. Vous le savez, ça se voit. »

Sauf que c'était faux. Du moins jusqu'à cet instant précis, où tout ce qui s'était accumulé en moi – les événements de la semaine, les extraits de cette lettre – vint se mélanger à d'anciennes conversations, à des images à moitié oubliées, à la perspective des plages blanches de Caroline du Nord balayées par le vent. Et soudain, tout se matérialisa en un seul être. Et cet être avait un nom.

« Harriot, déclarai-je. La lettre était adressée à Thomas Harriot. »

Deuxième partie

Vous tous qui jouissez d'une humeur enjouée,
D'un alerte penser de hauteur singulière,
Consacrez vos ouvrages à la Nuit sacrée !
À mon imitation détestez la lumière !
Car nul ne peut écrire pour l'éternité
Si l'esprit de la nuit sa plume n'a teinté.

George Chapman,
« L'Ombre de la nuit »

Isleworth, Angleterre
1603

10

Il rêve encore de la Virginie.

Là-bas, c'est toujours l'été. L'air est humide et l'odeur des kakis en putréfaction est obsédante. Les nuages semblent ivres de soleil.

La première fois qu'il s'y est rendu, il n'était encore qu'un jeune homme de vingt-cinq ans qui se réfugiait dans les livres et évitait la lumière du jour. Il n'était en aucun cas préparé – et comment aurait-il pu l'être ? – à la plénitude qui l'y attendait. Des tapis d'herbe soyeuse. Des cèdres, des sapins, des érables, des chênes. Des calebasses et des citrouilles. Des huîtres, des moules. Des noix à la coquille épaisse et des fraises d'une douceur divine. Une rivière par endroits aussi large que la Tamise. Parfois, c'était plus qu'il n'en pouvait supporter mais, après quelque temps, l'idée de quitter ce paradis lui était devenue encore plus insupportable.

Par moments, le spectacle qui s'offrait à lui le laissait sans voix. Au milieu de cette contrée sauvage battue par les embruns se cachaient vingt-huit espèces d'animaux (d'après ses estimations) jamais recensées auparavant.

Et qui était cet homme chargé de les repérer, de les décrire et de les nommer ? Tom Harriot d'Oxfordshire. Émissaire au Nouveau Monde.

Il errait, seul, pendant des semaines. Un jour, il observait le vol du faucon pèlerin et mesurait la taille des harengs qui frayaient le long des côtes ; un autre il comparait les différentes façons de cuisiner la fève *okindgier* (plus plate que la fève anglaise mais aussi douce au goût que les petits pois) et étudiait les propriétés colorantes de l'écorce du *tangomóckonomindge.* Comme les Algonquins le laissaient dorénavant libre de faire ce qu'il voulait, il passait des heures et des journées entières sans crainte d'être attaqué, et sans ne serait-ce qu'apercevoir le moindre être humain. Quand il se retrouvait ainsi entouré par le silence, il se prenait à s'imaginer seigneur de sa propre île verdoyante et déserte.

C'est ici que je serai, se souvient-il avoir pensé. *Toujours.*

Mais à l'extérieur de son royaume paisible, les choses n'étaient pas aussi simples. Depuis leur arrivée, les colons étaient en conflit avec les Indiens. Il y avait eu des accrochages, on avait attaqué et incendié des villages, et un chef de tribu avait été assassiné. Quand, à la surprise générale, sir Francis Drake rappela tout le monde, les dirigeants de la colonie laissèrent éclater leur joie. Fini les Indiens ! On rentre en Angleterre ! Jamais il ne leur vint à l'esprit qu'un des leurs puisse avoir envie de rester.

Ils partirent au plus fort d'un cyclone. Le ciel était noir, les brisants aussi hauts que des têtes de mât. La chaloupe qui transportait Harriot s'échouait sans cesse sur des bancs de sable. Pressés de partir, les marins se mirent à tout jeter par-dessus bord. En silence, Harriot regarda ses coffres, ses livres, ses écrits et ses instruments – son astrolabe, son bâton de Jacob et sa pierre d'aimant – s'enfoncer dans l'eau bouillonnante. À la fin de l'opération, il ne lui restait plus que les vêtements qu'il avait sur le dos, quelques pages qu'il avait enfouies dans ses bottes et quelques racines cachées dans ses poches.

Depuis la poupe de la barque de Drake, il regarda la côte disparaître doucement derrière un rideau de brume et de grêle.

Aujourd'hui, il habite dans l'ombre d'une des demeures les plus grandioses d'Angleterre, et la nature n'est plus qu'un lointain souvenir car ici, elle a été arrachée, repoussée, domestiquée. Mais trois ou quatre fois par an, Harriot prend un plaisir tout particulier à observer le bras mort de la Tamise sortir de son lit pour étendre ses eaux boueuses jusqu'à Syon House.

Là, le maître des lieux attend, très digne. Personne ne peut refouler la crue – l'expérience en a été faite – mais s'il existait un homme capable d'un tel exploit, ce serait Henry Percy, comte de Northumberland, l'archétype de l'aristocrate moderne : sceptique mais loyal, impétueux mais modéré, homme de peu de mots à la repartie incisive. Un être de génie, absorbé, sociable, mécène des poètes et des savants. Ses ancêtres sont nobles et anciens. Huit comtes l'ont précédé, et la reine a dîné quatre fois à sa table. Depuis les tours qui s'élèvent à chaque angle de son manoir, il peut regarder au nord vers Ealing, à l'ouest vers Isleworth, à l'est vers Londres et au sud vers le palais de Richmond. De là-haut, il peut surveiller les quatre mille acres de forêts, de champs et de pâturages sur lesquels il règne en maître.

Signe de son tempérament, son domaine – la preuve même de sa grandeur – peut à la fois être source d'avanie et de plaisanterie. Ainsi, il fixe l'endroit précis où les eaux troubles et puantes de la Tamise atteignent les bottes de chasse qu'il porte aux pieds.

« La nouvelle Atlantide ! »

Il ne s'adresse à personne en particulier, mais la remarque est de toute évidence destinée à l'homme debout à côté de lui : Thomas Harriot. Car celui-ci a lu les récits de Platon sur l'Atlantide en grec ancien. Certains considèrent Harriot – le comte compris – comme un des plus grands philosophes naturalistes anglais, alors que d'autres au contraire le considèrent comme l'incarnation même du Malin.

Le plus paradoxal, c'est qu'à peine une vingtaine des concitoyens de Harriot saurait le reconnaître s'ils le croisaient dans la rue. En effet, sur les quarante-trois années qu'il a passées sur cette terre – soit plus que son père ou sa mère – il n'a guère vécu en Angleterre. Et parfois, quand l'amertume le gagne, il se dit qu'il aurait mieux fait de rester en Virginie.

Toutefois, Harriot sait qu'il n'est pas à plaindre : il possède sa propre maison sur le domaine de Syon Park, avec une petite escorte de domestiques à sa disposition. Il dispose en outre d'une pension annuelle de cent livres et rien n'est exigé de lui en contrepartie, si ce n'est déchiffrer les mystères de la nature.

Pourtant, au fil des années, les mystères qui le rongent accaparent de plus en plus son temps et son attention. La tristesse est devenue une deuxième peau qui l'enveloppe telle une couche de cendre. Il passe la moitié de ses nuits à chercher le sommeil et les journées sont pires que les nuits. À tout moment, sans prévenir, il lui arrive de fondre en larmes – des larmes corrosives, féminines, qu'il ne parvient pas toujours à contenir. Il y a deux semaines, alors qu'il expliquait au dératiseur que des rongeurs avaient élu domicile derrière les pots en étain, il sentit soudain ses yeux devenir rouges et ne put retenir ses pleurs.

« Vous êtes sûr que tout va bien, maître Harriot ? »

Il se força à sourire, mais ce geste censé rassurer le dératiseur n'eut pas l'effet escompté : l'homme fit un pas en arrière et regarda ses pieds.

« Navré de vous avoir dérangé. »

Si on en croit les philosophes, cette affliction serait un don. Aristote dit de la mélancolie qu'elle élève l'homme au niveau du divin. *Cette* humor melancholicus, écrit Agrippa, *a une puissance telle qu'on dit qu'elle attire certains démons en notre corps, et que leur présence et leur activité nous font tomber dans l'extase et prononcer des choses merveilleuses.* On peut d'ailleurs admirer l'illustration de ce principe dans la magnifique gravure allégorique de Dürer : la Mélancolie, le visage sombre, est en proie à l'abattement, tandis que derrière elle s'élève l'échelle de la création. Des mondes au-delà des mondes.

Mais pour Harriot, la mélancolie n'est pas acquise mais innée : il l'imagine sous la forme d'un nuage qu'il aurait aspiré en prenant sa première respiration. Une fois, alors qu'il avait huit ou neuf ans, sa mère l'envoya chez le boucher pour acheter de la graisse de cuisson. Rien que de très anodin. Mais quand il vit ce garçon si jeune qui portait déjà sur le visage le masque du malheur le plus primaire, le boucher éclata de rire.

Même Ralegh se moquait de lui :

« Thomas, peut-être serais-tu de meilleure humeur si tu ne t'habillais pas systématiquement en noir. N'oublie pas que tu n'es plus à Oxford. La tenue de moine n'est plus de rigueur. »

Mais lors de ces soirées passées au château de Sherborne, il y a bien longtemps de cela, la vision de ces visages blancs qui dansaient à la lueur de la bougie avait éveillé l'anabaptiste qui sommeillait en lui.

« Bon sang, se souvient-il avoir dit. Nous n'avons même pas assez de lumière pour noter nos résultats. Toute cette mise en scène est-elle vraiment nécessaire ? Devons-nous transformer notre travail en une représentation théâtrale ? »

Comme on pouvait s'y attendre, ce fut Marlowe que la remarque amusa le plus.

« Tom, crois-tu vraiment que nous soyons les seuls à agir de la sorte ? Qu'est-ce qu'une messe selon toi, si ce n'est une pièce de théâtre ? Et un mariage ? Une conférence ? Une cérémonie de couronnement ? Tiens-tu vraiment à savoir pourquoi j'écris des pièces ? Parce que je sais qu'à chaque moment, nous jouons un rôle. Et il n'y a que sur une scène que nous pouvons tomber les masques et contempler notre vie dans tout ce qu'elle a de vrai, dans tout ce qu'elle a de tragique. »

Quelques années plus tard, un soir de décembre glacial, Ralegh l'invita au théâtre. Le traîna, pour être exact, car Marlowe étant mort, le théâtre avait perdu toute sa saveur d'antan. Harriot détestait l'intimité forcée... le mélange de bruits, d'odeurs... les courtisans qui se flagornaient, perchés dans leur loge, tandis que dans la fosse, la populace criait à pleins poumons... un mélange d'idiomes qu'aurait abhorré Aristote. Comédie et tragédie jetées comme de la viande dans un ragoût.

Mais au moins, ce soir-là, Ralegh ne l'emmenait ni au Swan ni au Globe, mais au Grand Hall du Middle Temple, où une cohorte d'étudiants en droit s'était rassemblée sous l'imposant plafond à poutres martelées pour oublier un instant les études.

« Tu devrais trouver cette pièce savoureuse », dit Ralegh.

Savoureuse. Un adjectif si laudatif n'était pas fait pour rassurer Harriot, qui ne ressentit que de l'appréhension lorsque les quatre acteurs, parés avec autant de faste que des courtisans de Westminster, montèrent sur la scène.

Ils jouaient le rôle de jeunes Espagnols, des idiots pleins d'esprit qui avaient fait le serment de renoncer aux femmes pour se consacrer à l'étude. Leur roi déclara :

La Navarre sera la merveille du monde
Et notre Cour une petite académie,
Calme et méditative, amie de l'art de vivre[1].

Le choc arriva doucement, comme si tout ce qui était irréel se regroupait. Avant même que le roi n'ait fini de parler, Harriot remettait déjà en cause son existence. L'existence de la pièce. Et sa propre existence.

En revanche, il ne pouvait pas nier le sourire satisfait qu'arborait Ralegh. Harriot comprenait à présent : il était écrit qu'il devrait entendre ce nom une fois de plus.

1. William Shakespeare, *Peines d'amour perdues*, acte I, scène 1, Éd. Robert Laffont, 2000 [trad. de J. Malaplate].

Ce nom qu'ils s'étaient donné tant d'années auparavant à Sherborne.

Notre petite Académie.

Dès le début, comme ils se plaisaient à s'identifier à Platon, ils s'appliquaient toujours à mettre l'accent sur l'adjectif plutôt que sur le nom, comme en grec ancien. Notre *petite* Académie. *Des problèmes de taille pour une si petite Académie... Puis-je proposer un thème pour notre toute petite Académie ?*

Et voilà que le fils de gantier (c'est ainsi que Marlowe, le fils de cordonnier, l'avait toujours appelé) leur faisait l'affront d'associer leur nom à une farce prétentieuse. Car le message de Shakespeare était clair : *Une bien belle académie. Mais attendez que passe une jolie fille, et vous verrez à quels philosophes vous avez affaire.*

Et là, dans cette académie bien réelle du Middle Temple, le message avait été bien reçu. Pendant deux heures, Harriot resta assis sur son banc tandis qu'autour de lui éclataient les rires. Tous ces jeunes juristes qui se repaissaient de sa chair.

Plus tard ce soir-là, alors qu'il remontait la Strand, il se retourna et aperçut le valet de Ralegh qui souriait encore en repensant à la pièce.

« Tu sais, Tom... », dit Ralegh.

La robe du grand homme paraissait moins austère, car des perles avaient été cousues sur le velours noir. Il aurait même pu passer complètement inaperçu s'il n'avait mesuré plus d'un mètre quatre-vingts, ce qui le faisait dépasser d'une tête tous les passants.

« Il ne faut pas s'inquiéter. Qu'est-ce que cela peut bien nous faire si le monde s'est retourné contre nous ? Il se retournera à nouveau. »

Ralegh boitait – une vieille blessure à la jambe, souvenir de la prise de Cadix, qui se réveillait. Ils marchèrent quelque temps en silence puis, avec son accent du Devonshire, Ralegh prit la parole.

« Drôle d'expression.

– Quoi donc ?

– L'École de la nuit. »

11

Ils l'adoptèrent d'emblée, tous les deux.

Car le nom n'était-il pas parfaitement trouvé ? Les huit hommes n'avaient-ils pas toujours mis un point d'honneur à se retrouver tard le soir ? Dans les ruines de l'ancien château, loin des quartiers des domestiques, ils conversaient jusqu'aux premières lueurs de l'aube... dans le secret le plus absolu.

Quand l'un d'entre eux désirait débattre d'un ouvrage interdit – Machiavel, Montaigne, *De occulta philosophia* d'Agrippa, l'*Histoire de Henry IV* de John Hayward – il devait prendre soin de cacher le livre dans un sac en toile avant de l'apporter. Aucun compte rendu, aucun rapport. Chacun recevait sa propre chandelle de cire pour rejoindre le lieu de réunion, si bien qu'au début, la pièce paraissait encore plus sombre que la nuit.

Puis, tandis que les yeux s'adaptaient, l'obscurité laissait apparaître des formes : d'indistinctes taches grises qui chuchotaient. D'invisibles auditeurs, pensait parfois Harriot, qui les poussaient à redoubler de panache pour répondre aux questions les plus difficiles.

Du panache, Marlowe n'en manquait pas.

« Moïse était un charlatan ! Qu'en pensez-vous ? »

Et là, dans cette pièce sombre, c'était comme s'ils étaient de retour à l'université. Marlowe arguait que Moïse avait utilisé la magie égyptienne pour effrayer et duper les esclaves hébreux. Chapman mettait en garde contre une telle théorie qui, si elle devait se répandre, menacerait de faire s'effondrer les piliers de la civilisation judéo-chrétienne. Et tous les autres jetaient de l'huile sur le feu. Peu importait si, à la fin, ils ne parvenaient pas à une conclusion. Ils n'en cherchaient pas.

Aux premiers rayons du soleil, Ralegh sortait sa bouteille de vin des Canaries et servait un verre à chacun.

« À notre petite Académie. »

Le cœur joyeux, ils répétaient à l'unisson, car malgré tous leurs efforts pour se mettre d'accord, ils se rendaient bien compte que seul un quasi-miracle leur avait permis de se découvrir, sinon une complète parité de vues, du moins un égal appétit. Quelle que soit leur condition ou leur émancipation, tous voulaient savoir ce qui était permis de penser, et ce qui était interdit.

Et le courage de l'un donnait du courage à l'autre. Ainsi, le comte de Northumberland, papiste réformé, pouvait-il se permettre quelque chose qu'il n'aurait jamais osé faire en public : critiquer l'Acte de suprématie qui entraînait de sévères persécutions contre les catholiques. Matthew Roydon avançait que la Terre n'avait pas six mille ans, comme le disaient les pères de l'Église, mais plutôt seize mille. William Warner, échauffé par la boisson, remettait en question la résurrection du corps. Et un soir, Ralegh alla même jusqu'à remettre en question celle de l'âme.

Les nuits se succédaient ainsi. Et chaque matin, quand ils s'effondraient dans leur lit, ils ne ressentaient plus que la fatigue de l'effort. Ce dont ils avaient parlé, ils l'avaient déjà presque oublié.

Et pourtant, rien ne fut oublié. Car malgré leur vœu de silence, il y eut des fuites.

Un an plus tard, Marlowe se retrouvait accusé de blasphème et d'hérésie, pour avoir comparé Moïse à un jongleur. Un prêtre jésuite avait mis en garde contre l'*École de l'athéisme* de Ralegh, et contre le *Charlatan* (Harriot), qui incitait les jeunes hommes à se moquer de l'Ancien et du Nouveau Testament, et à écrire Seigneur avec un *a*.

Puis, très rapidement, un fils de gantier du Warwickshire avait écrit une comédie mettant en scène des intellectuels ridicules qui tentaient le destin et leur propre nature en s'enfermant dans une *petite Académie*.

Et ainsi, toutes leurs mises en scène, tous leurs arguments refaisaient surface, par fragments déformés, à peine reconnaissables. À se mettre au défi de nager le plus loin, ils avaient fini par perdre pied. Et ils n'allaient pas tarder à en payer le prix.

Marlowe fut, sans véritable raison, assassiné. Chapman fut réduit à l'indigence. Ralegh, accusé de nier la résurrection du corps et l'existence de l'âme, fut traîné devant un tribunal ecclésiastique.

Mais aucun d'eux ne vit sa réputation plus entachée que celle de Harriot. Des gens qui ne l'avaient jamais vu étaient persuadés qu'il était un démon, un mage qui séduisait les jeunes hommes.

Un véritable Socrate des temps modernes. Mais si Harriot n'avait pas encore été contraint de boire la ciguë, c'était que, contrairement à Socrate, il s'était réfugié à l'abri des regards.

Oui, en cette période de troubles, Thomas Harriot avait su faire preuve de sagesse. Il s'était placé sous la protection d'un homme d'influence et vivait en ermite, entouré de brebis.

Le printemps arrive tard cette année. Les roues des charrettes continuent à s'embourber (les jurons des cochers lui rappellent les cloches d'une église), le vent glacé et humide continue de souffler depuis le fleuve et, dans le seau, le lait continue à former une croûte. Cependant, les rouges-gorges sont de retour et se chamaillent dans les prairies inondées, les pouillots véloces ont regagné les saules, et pour la première fois depuis des mois, il peut humer les effluves que libère la terre, l'un après l'autre.

Cela l'inquiète. Car les secrets ne sont-ils pas libérés de la même manière ? Marlowe n'a-t-il pas été assassiné au milieu du printemps ?

Quant à Ralegh, lui aussi devrait se méfier de la fin de l'hiver, car la reine a fait quelque chose à quoi plus personne ne s'attendait : elle est morte. Et en ce moment même, son successeur arrive du nord, menaçant tous les grands hommes du royaume. Et ces hommes, Walter Ralegh en fait partie.

Car Ralegh n'a vraiment rien de commun avec le nouveau roi, tout le monde le sait. Jacques est partisan de la paix, Ralegh ne vit que pour la guerre. Jacques déteste le tabac, Ralegh en fait commerce. Jacques est pieu, c'est un théologien. Et Ralegh... il est de notoriété publique qu'il sort de l'École de l'athéisme. Dont Thomas Harriot est le maître.

D'une façon ou d'une autre, les fameuses nuits passées au château de Sherborne ont toujours leur pouvoir de nuisance. Quelle n'est donc pas la surprise de Harriot lorsqu'il reçoit la lettre de Ralegh, deux semaines à peine après la mort de la reine. Une narration amère, conclue de la manière suivante :

> *Vous me pardonerez, je l'espère, de creuser ce sillon. Je n'ay trouvé meilleur onguent pour mes plaies que le souvenir. En ces temps sombres, ce m'est grande joye de penser à nostre simple eschole, où nous estions heureux de nous retrouver.*

Harriot fixe du regard les mots *grande joye.*

Dans sa main, le papier paraît bien fragile. Il devrait le déchirer. Il devrait le brûler. En ces temps troublés, les espions rôdent. Le roi Jacques Ier, Robert Cecil, le comte de Northumberland lui-même... tous se trouvent au centre d'une toile quasiment infinie et attirent à eux secrets, alliés et ennemis.

Harriot place la lettre au-dessus de la bougie. Il regarde les flammes lécher le coin supérieur droit.

Il retire la lettre.

À sa droite, un léger mouvement. Il tourne vivement la tête et se retrouve face à une jeune femme vêtue d'une robe grise. Penchée au-dessus de sa table de travail, elle est très concentrée sur un des documents de Harriot, et ses lèvres prononcent chaque syllabe.

Elle relève la tête, croise son regard. Comme lui, elle a peur, mais dans ses yeux, il lit que cette crainte n'a rien à voir avec la sienne. Cela le rassure.

Déjà, elle part, ses chaussures en cuir effleurant à peine le plancher. Pris de court, il ne réfléchit pas, et se surprend à l'appeler :

« *Vous savez lire ?* »

Outer Banks, Caroline du Nord
Septembre 2009

12

Comme l'avait prévu Clarissa, il était midi passé de quelques minutes quand nous traversâmes le pont menant aux Outer Banks, une bande de sable de cent cinquante kilomètres s'étirant le long des côtes de la Caroline du Nord. En été, il faut compter au moins une heure pour passer le pont, mais nous étions le deuxième jeudi de septembre : les enfants avaient repris l'école, les parents avaient suivi. Le long de la nationale qui descend du nord au sud, tous les centres commerciaux et les campings étaient déserts.

À Nags Head, nous nous arrêtâmes à un motel qui donnait sur l'océan, le Pelican Arms. Il s'agissait d'une bâtisse fatiguée aux murs en papier, aux distributeurs de glaçons hors service et aux machines à boissons vides. Une couche de brindilles et de papiers gras recouvrait la piscine extérieure (fermée à cette période de l'année). Les seuls autres occupants semblaient être des chiens – tous d'un poids inférieur à un kilo et demi, conformément au règlement de l'établissement. Pékinois, caniches, teckels à poils longs, ainsi qu'un schnauzer nain qui sortit seul d'un ascenseur, l'air digne et fier.

Je réservai deux chambres simples contigües tandis qu'assise dans le hall, Clarissa consultait sa messagerie électronique. Comme il n'y avait aucune nouvelle d'Amory Swale, notre insaisissable marchand de livres, et que nous étions tiraillés par la faim, nous nous dirigeâmes à pied vers le fast-food le plus proche, un restaurant Five Guys. Cette fois, la vue de la viande et du fromage fondu me mit l'eau à la bouche, et j'engloutis mon cheeseburger. Clarissa m'imita. Après quoi nous prîmes nos aises et échangeâmes un regard gêné tandis que nous essuyions nos mains graisseuses.

« Racontez-moi un peu qui était ce Harriot », dit-elle.

Je me mis donc à parler et, l'une après l'autre, les choses que j'avais sues à son sujet et que je pensais avoir oubliées refaisaient surface. Un quart d'heure plus tard, alors que je continuais à accumuler les anecdotes, Clarissa me fit signe de m'interrompre.

« Très bien, attendez, dit-elle. Je récapitule. Thomas Harriot est un des grands scientifiques de son époque. Il entretient une correspondance avec Kepler, il influence Descartes, il observe la comète de Halley soixante-quinze ans avant Halley en personne. Il découvre une espèce de loi de la réfraction – comment avez-vous dit déjà ? La loi de Smell ?

– La loi de Snell, avec un *n*.

– Voilà. Et cette loi, il la découvre avant Snell. Il observe les satellites de Jupiter avant tout le monde. Il remarque les taches solaires avant tout le monde. C'est un pionnier de – il y en a tellement, j'ai du mal à m'en souvenir – la balistique, la cryptologie, la géométrie sphérique...

– Et l'algèbre, ajoutai-je. C'est de Harriot que nous viennent ces... »

Je dessinai deux symboles sur la dernière serviette en papier propre.

< >

« Le crocodile mange le plus grand nombre, murmura-t-elle. C'est comme ça que nous expliquait Mme Clabault à l'école primaire. »

Elle retraça lentement les symboles, puis se tourna vers moi.

« Mais sinon, quel est le rapport entre Harriot et l'École de la nuit ?

– Pour commencer, Harriot était employé par Ralegh.

– Et qu'est-ce qu'il faisait ?

– Il traînait, principalement. Non, ce n'est pas honnête de dire ça. Il lui enseignait la navigation et s'occupait de ses affaires professionnelles. En qualité de comptable. Et il lui est resté fidèle jusqu'au bout, même après l'arrivée de Northumberland.

– Qui c'est, celui-là ?

– Henry Percy, dit le *comte sorcier*. Un autre ami de Ralegh, et un autre membre éminent de l'École. Riche comme Crésus. Percy versait à Harriot cent livres par an pour qu'il habite sur son domaine, à Syon Park.

– Pour y habiter et pour y faire quoi d'autre ?

– Réfléchir.

– Hmm. Pas de cours à donner, pas de thèse à soutenir. Sympa, le boulot ! »

Elle se mit à se balancer sur sa chaise.

«Je repense à cette expression dans la lettre, reprit-elle, *Sous la tuition de vostre Genie*, je crois.

– Qui faisait pâlir les étoiles, oui. Cela signifie que si l'École de la nuit a vraiment existé, Harriot en était le maître.

– Mais pourquoi ne sait-on rien de lui, alors ? C'était quand même le premier scientifique anglais à explorer l'Amérique, non ? Il était là avant même l'arrivée de la Colonie Perdue.

– C'est la faute de Harriot, expliquai-je. Il n'a pratiquement rien publié de son vivant. Après sa mort, ses carnets sont restés introuvables pendant près d'un siècle et demi. Aujourd'hui, les spécialistes en sont toujours à chercher ce qu'il savait, et surtout à quelle date il le savait.»

L'année précédente, expliquai-je à Clarissa, ils avaient mis la main sur un document daté prouvant que Harriot était le premier à avoir établi une carte détaillée de la Lune grâce à un télescope. Six mois avant Galilée. Mare Crisium, Mare Tranquillitatis, Mare Fecunditatis... elles y étaient toutes. Et la précision des cartes qu'il dessina au cours des quatre ou cinq années suivantes resta inégalée pendant des décennies.

«Regarder la lune, dit Clarissa en appuyant son menton sur sa paume. Pendant toutes ces années. Ce devait être un sacré rêveur.»

Avec ses paupières fatiguées, elle était bien placée pour parler.

«Vous arrive-t-il d'avoir peur, Henry ?

– Oui, bien sûr.

– Peur sans raison ?

– Ça, je ne sais pas. J'imagine qu'on a toujours peur pour une raison, il suffit de trouver laquelle.

– Et si c'était précisément de trouver la raison qui vous faisait peur ? »

À l'extérieur, deux masses d'air s'apprêtaient à se rencontrer. Un mur de brouillard humide... le soleil caché derrière un nuage qui lançait quelques regards... Et au milieu, insensible aux éléments, Clarissa marchait en observant ses sandales.

« Alors, à quoi ressemblait-il ? demanda-t-elle.

– Harriot ?

– Oui.

– Pourquoi ça vous intéresse ? »

Elle ne dit rien et continua d'observer ses pieds.

« Vous l'avez vu ? suggérai-je. C'est cela ? »

Un mouvement d'humeur. Suivi d'un grésillement dans la jungle de ses cheveux.

« Écoutez, dis-je. Je sais que je n'ai pas été très réceptif, hier. Concernant vos... enfin ce que vous appelez... bref, vos visions, c'est bien de cela qu'il s'agit, non ?

– Alonzo utilisait le terme *rencontres*, dit-elle doucement.

– Eh bien, vous voyez ? Vous en avez parlé avec lui, alors pourquoi pas avec moi ?

– Il était plus ouvert d'esprit que vous.

– Peut-être, mais en ce moment même, je fais un effort héroïque – et franchement ça me coûte beaucoup – pour tâcher d'ouvrir un peu mon esprit, d'accord ? L'ouvrir d'un millimètre. »

Elle me considéra, les yeux plissés.

« Dépêchez-vous, haletai-je. Je ne vais pas pouvoir tenir très longtemps. »

Et là, sur le trottoir du Virginia Dare Trail (du nom du premier sujet du royaume d'Angleterre né en Amérique), à mi-chemin entre notre motel et le fast-food du coin, Clarissa me raconta l'histoire de celui qui, parfois, venait hanter ses nuits.

Chez lui aussi, il faisait nuit. La scène se passait en septembre. Rien ne permettait à Clarissa de deviner qu'il s'agissait bien du mois de septembre, mais elle le savait. Il portait une cape en laine noire et un chapeau noir bien droit, à bords ronds, comme une barrette de curé. Des pieds à la tête, il était vêtu de noir. Cela faisait ressortir son visage blafard qui ressemblait à un masque sinistre.

« Un prêtre ? demandai-je.

– Je ne crois pas, répondit-elle. Pas de croix, pas de crucifix. Pas de génuflexion.

– Et que fait-il, précisément ? Dans votre rêve ?

– Il tient dans sa main une poignée de pierres. On dirait des lapis. Il les jette dans une poêle en cuivre. Sous la poêle, il y a une flamme. Et il parle pendant toute l'opération. Il répète inlassablement les quatre mêmes mots.

– Lesquels ?

– *Ex nihilo nihil fit.* »

Elle marqua une pause, peut-être surprise par la sonorité des mots dans sa bouche.

« C'est Alonzo qui en a trouvé la signification.

– *Rien ne vient du néant.*

– Précisément.

– Et c'est tout ce qu'il dit ?

– Non. Quand il a fini sa litanie, il penche brusquement la tête en arrière et il se met à hurler. Mais vraiment à hurler. Cette fois, c'est en anglais. Enfin, je crois.

– Et qu'est-ce qu'il hurle ?

– *Longue vie à l'École de la nuit !*»

À mon grand soulagement, elle ne s'était pas sentie obligée de crier. Mais la façon dont elle avait imité le mouvement avait quelque chose d'épouvantable : la façon dont son cou avait tressailli, comme sous l'effet d'un garrot.

« Et vous n'aviez jamais entendu ce nom auparavant ? demandai-je.

– Jamais. Et maintenant, je n'entends plus que ça. »

Sans nous en apercevoir, nous avions recommencé à marcher. Côte à côte, suffisamment proches pour que nos coudes se frôlent.

« Donc quand vous dites que vous avez vu l'École de la nuit, c'est de cela que vous vouliez parler. »

Elle opina.

« Et vous n'avez vu personne d'autre ?

– Hélas, non.

– Bon, une dernière question : est-ce que vous sauriez reconnaître son visage ? Si je vous le montrais ?

– Henry, je peux vous assurer que si le même homme débarquait chaque semaine dans votre chambre pendant pratiquement un an, vous sauriez le reconnaître. »

L'ordinateur portable de Clarissa était plus récent et plus rapide que le mien. Je le posai donc sur la couverture écossaise qui recouvrait mon lit et tapai quelques mots dans la barre de recherche Google. Quelques instants plus tard, une image apparut sur l'écran.

« Est-ce que c'est lui, dans votre rêve ? » demandai-je à Clarissa en faisant pivoter l'écran vers elle.

L'homme sur l'image était petit, simiesque, et il paraissait méfiant. Il était par ailleurs doté d'une tête énorme et disproportionnée. Il portait la collerette blanche de rigueur et tenait une plume à la main. Autour de lui, une inscription en latin : *Si malum, meum peccatum ; si bonum, Dei donum.*

En le voyant, Clarissa éclata de rire.

« Vous êtes sérieux, là ?

– Oui.

– On dirait un animal de compagnie !

– Dites-moi juste si c'est notre homme.

– Non, absolument pas. »

Elle se tourna vers moi.

« J'en déduis donc qu'il s'agit de Thomas Harriot, dit-elle.

– Raté, répondis-je en retournant l'écran vers moi. En revanche, c'est ce qu'on a cru pendant très longtemps. Mais passons. Et lui, qu'en dites-vous ? »

Cette fois, le candidat était plus présentable : un front d'intellectuel ; une barbe taillée en pointe, des lèvres fines, des yeux larges. Une gravité profonde mais modeste.

« Hmm. Eh ben ! »

Elle fit le tour de l'image avec son doigt. Elle approcha son visage de l'écran jusqu'à presque le toucher. Elle hocha la tête d'un côté, puis de l'autre.

« La barbe, oui, il y a quelque chose. Mais le front est un peu bombé. Je ne crois pas que... »

Elle se recula et observa l'image dans son ensemble une dernière fois.

« Non, conclut-elle. Ce n'est pas lui. »

Nos regards se croisèrent. Elle prit une profonde inspiration, et ses pommettes se teintèrent d'une pointe de rose.

« Très bien, dis-je enfin. Parce qu'on pense qu'il ne s'agit pas de Harriot non plus. En fait, il n'existe pas de portrait attesté de lui. Personne ne sait à quoi il ressemblait. »

Elle poussa un léger grognement en se levant du lit. Elle s'approcha de la fenêtre et resta debout devant un long moment. Elle n'avait certainement pas conscience de la façon dont le soleil accentuait la noirceur de ses cheveux et décorait de lumière la peau de ses bras.

« Alors dites-moi, demanda-t-elle. J'ai réussi ?

– Le deuxième test, oui.

– Quel était le premier ? »

Je rabattis l'écran et repoussai l'ordinateur.

« Le test de l'*École de la nuit.* Thomas Harriot n'aurait jamais utilisé ces mots. C'est une création de Shakespeare, pas de lui.

– Et Harriot n'aurait pas pu emprunter le nom ?

– Pour quoi faire ? À l'époque où Shakespeare écrivait sa pièce, l'École – si tant est qu'elle ait vraiment existé – n'existait certainement déjà plus. Plus besoin dans ces circonstances d'y trouver un nom. »

Elle se tourna vers moi et m'observa fixement.

« Donc en fait, vous m'avez menée en bateau.

– Non, je vous ai replacé les choses dans leur contexte. »

Elle s'adossa au cadre de la fenêtre.

« Allez vous faire foutre, avec votre contexte. »

C'était la première fois que je l'entendais jurer. Mais c'est son air fatigué qui me frappa le plus. Son corps s'éteignait, comme la veille, au parc.

« Vous m'excuserez, ajouta-t-elle. Mais je vais faire une sieste. »

J'aurais pu lui faire remarquer que nous étions dans ma chambre, mais je me contentai de descendre à la véranda océanique, comme l'appelaient pompeusement les propriétaires du motel. L'air était saturé d'iode. Juste devant moi, sur une chaise longue, se trouvait un bichon maltais enroulé dans une couverture. Il observait la mer avec l'air d'une doyenne de sanatorium. Je m'assis à proximité et pendant une bonne heure, nous regardâmes les oyats. Dès que mon attention flanchait, Lily Pentzler me rappelait à la réalité. Lily, et son visage bleu barbeau.

Quand je retournai à la chambre, Clarissa était encore éveillée et elle fixait le ventilateur au plafond.

« Le *Washington Post*, déclarai-je en lançant le journal sur le lit. Il y a la nécro de Lily.

– Qu'est-ce qu'elle dit ?

– Je ne sais pas, je ne l'ai pas lue. »

Clarissa attrapa le journal et tourna les pages jusqu'à la section *Annonces et Faire-part*.

« Mais attendez, s'exclama-t-elle. Vous m'aviez dit qu'elle n'avait pas de famille.

– C'est ce que je pensais.

– Apparemment elle avait une cousine. Joanna Frobisher. Qui habite à Hyattsville, dans le Maryland. »

Hyattsville était à vingt minutes en voiture de l'appartement de Lily. Mais ce n'étaient pas les distances qui me faisaient tiquer.

« Pouvez-vous me redire le nom ? demandai-je.

– Joanna Frobisher. Ça vous dit quelque chose ?

– Et comment. »

13

Depuis la mort d'Alonzo, je m'étais posé à de nombreuses reprises la même question : *Et si personne ne l'avait vu sauter ?*

Le message qu'il avait écrit pour expliquer son geste aurait très bien pu s'envoler. La montre et les chaussures auraient très bien pu être dérobées par un passant malintentionné. Et le manteau qui avait échoué quelques jours plus tard sur Bear Island ? Un débris de plus charrié par la rivière. À quoi bon en faire mention ?

En effet, la mort d'Alonzo Wax aurait pu passer totalement inaperçue si le destin ne lui avait fourni un témoin.

Il s'agissait d'une femme de quarante-six ans, résidant à Hyattsville, qui s'était perdue au cours d'une randonnée sur le sentier de Goldmine Loop. Comme son téléphone portable ne captait pas, elle avait décidé de couper vers la rivière dans l'espoir de trouver de l'aide.

Elle expliqua plus tard à la police qu'en arrivant en vue du point d'observation du Washington Aqueduct, elle avait d'abord aperçu dans l'obscurité un imperméable kaki. En s'approchant, elle était parvenue à distinguer son propriétaire. Sans se poser de question, elle s'était alors précipitée vers la silhouette silencieuse qui se tenait debout au sommet du point de vue. Et qui déjà s'élançait dans le vide.

Choquée, elle avait scruté les trombes d'eau où il venait de sauter. Mais la nuit était nuageuse, et elle n'avait pas de lampe-torche. Qui qu'ait été cet homme, quelle qu'ait été sa peine, il avait disparu.

Lors de l'enquête sur la mort d'Alonzo, elle fut invitée à témoigner. Elle déclara que cette expérience lui avait appris à aimer la vie et à ne jamais rien considérer comme acquis. Je me souviens avoir pensé qu'en matière de témoignage, on aurait difficilement pu imaginer scénario plus mélodramatique.

« Et cette femme, elle s'appelait Joanna Frobisher ? » me demanda Clarissa.

Je fis oui de la tête.

« Quelle est la probabilité qu'il y ait deux Joanna Frobisher à Hyattsville ? ajouta-t-elle.

– Toutes deux en lien avec le même mort ? Plutôt faible. Très faible, même. »

Clarissa se leva.

« Personne n'a demandé à cette femme si elle connaissait Alonzo ? Ou si au moins elle avait entendu parler de lui ?

– Pour quoi faire ? C'était une enquête, pas un procès. L'hypothèse du suicide avait déjà été confirmée. La famille d'Alonzo n'avait qu'une idée en tête : en finir avec cette histoire pour pouvoir faire son deuil.

– Mais si la cousine de Lily était au même endroit cette nuit-là...

– C'est que Lily avait dû l'envoyer, complétai-je en m'enfonçant les phalanges dans la tempe.

– Mais pourquoi ?

– Parce qu'il fallait un témoin.

– Une fois de plus, pourquoi ? »

Je dus écouter la réponse dans ma tête avant d'oser la formuler à voix haute.

« Parce que c'était le seul moyen pour que le monde entier croie qu'Alonzo s'était suicidé. »

Parce qu'il avait trop de raisons de ne pas le faire. Et parce qu'il n'avait pas besoin de parcourir des dizaines de kilomètres pour quelque chose qu'il aurait pu faire à deux pas de chez lui.

Celui qui avait choisi ce pont devait avoir des critères bien précis en tête. Un endroit sombre et reculé. Un endroit où personne ne saurait dire exactement ce qui s'était passé.

« Eh ben ! s'exclama Clarissa. Si vous dites vrai...

– Si je dis vrai, Lily Pentzler était complice de meurtre. »

Pendant le silence qui s'ensuivit, ce dernier mot parut tourner autour de nous, suspendu dans l'air. Tourner tout doucement, pour nous permettre de bien en étudier chaque aspect.

Je sais. C'est ce que j'avais dit à Lily, la dernière fois que je l'avais vue vivante. *Je sais.*

Non. Tu ne sais rien.

Je croisai le regard de Clarissa.

« Police ? » suggéra-t-elle.

Je tirai la carte de mon portefeuille et composai le numéro sur mon téléphone portable.

« Vous êtes bien sur le répondeur de l'inspecteur August Acree. Je ne suis pas disponible pour le moment... »

Je laissai un message vague sur le répondeur, mon numéro et puis, après un blanc de quelques secondes, un dernier mot :

« Euh... merci. »

Puis, pendant plusieurs minutes, nous restâmes assis à écouter le vrombissement du climatiseur.

« Toujours pas de nouvelles ? demandai-je.

– Des nouvelles de qui ?

– Amory Swale, le marchand de livres. »

L'air absent, Clarissa attrapa son Palm et consulta sa messagerie électronique.

« Rien.

– Qu'est-ce que vous diriez alors d'une petite promenade ?

– Où ça ? »

J'hésitai à répondre *N'importe où*. Mais en fait, j'avais ma petite idée : le site historique de Fort Ralegh.

Située à quelques kilomètres dans les terres, cette localité correspondait à peu près à l'endroit où Thomas Harriot et les colons qui l'accompagnaient s'étaient installés, plus de quatre siècles auparavant. Évidemment, il ne restait aucune trace de leur passage, et seul un chemin de randonnée portait toujours le nom de Harriot même si, pour d'énigmatiques raisons, on l'avait orthographié *Harlot*, qui signifie « catin » en anglais.

« Ooh, s'exclama langoureusement Clarissa. Ça, c'est un nom qui me plaît ! »

Cette remarque grivoise suffit à me faire ralentir le pas. Bien m'en prit, car je fus récompensé par une vue imprenable sur ses jambes d'albâtre. Après une bonne centaine de mètres, je me décidai enfin à revenir à sa hauteur.

«J'imagine que vous avez déjà été marié, Henry.

– Une fois ou deux.

– Qu'est-ce qui n'a pas marché ?

– Euh, moi, je pense. Faut-il vraiment qu'on parle de ça ?

– Non.»

À présent, nous n'entendions plus que le bruit de nos pas, étouffé par le tapis d'aiguilles de pin.

«Donc quel est votre problème, Henry ? Pourquoi est-ce que vous n'arrivez pas à garder une femme ?

– Euh...

– Vous savez pourtant être gentil, quand vous vous en donnez la peine.

– Oui, enfin, c'est le cas de tout le monde. Tenez, les tueurs en série, par...

– Et vous êtes plutôt agréable à regarder.»

Voilà que je rougissais.

«Vous voulez dire pour mon âge, répondis-je.

– Il n'a jamais été question d'âge, rétorqua-t-elle en me regardant droit dans les yeux. On pourrait même dire que vous feriez une belle prise, Henry.

– En tout cas, toutes celles qui m'ont attrapé m'ont vite remis à l'eau.

– Mais pourquoi ? Que s'est-il passé ?

– Je vois que vous tenez vraiment à ce qu'on ait cette discussion.

– Seulement si vous n'y voyez pas d'inconvénient.»

Je ramassai un bâton, visai une mûre encore rouge, et esquissai doucement le geste du batteur au baseball.

«Le problème, ce n'était pas tant qui j'étais que qui je n'étais pas.

– Et qui n'étiez-vous pas ?»

Je discernai une certaine insolence dans son ton. Mais quand je regardai dans les strates de chocolat amer de ses yeux, j'y trouvai... disons tout simplement que je me perdis. L'espace d'une seconde ou deux.

« Bah, vous savez, je n'étais pas vraiment le genre de type avec un futur prometteur, une carrière brillante, tout ça. C'est ce que j'ai cru un temps, mais je me suis trompé. Et malheureusement, je n'étais pas un artiste non plus.

– Mais l'amour d'une femme, ça ne garantissait pas un futur prometteur ? »

Je réfléchis aux implications de cette question.

« Honnêtement, non. C'est la grande leçon que j'ai tirée de mon second mariage.

– Qu'importe, à défaut d'être un bon mari, vous êtes sûrement un bon professeur.

– Tout dépend des qualités que vous attribuez à un bon professeur.

– Donnez-m'en une.

– Euh... je n'ai jamais été absent ?

– Pas mal.

– Je n'ai jamais couché avec une de mes étudiantes ?

– Enfin, pas encore. »

Et soudain, je me sentis paralysé. Je m'imaginai Clarissa Dale, les cheveux ébouriffés, les lèvres rouge framboise, vêtue d'une jupe plissée écossaise et passant la tête par la porte de mon bureau.

Professeur Cavendish ?

L'effet était tellement érotique et surtout tellement improbable que j'éclatai de rire. Une minute plus tard, je riais toujours.

« Bon, dit-elle. Je vois que vous savez comment on fait.

– Pour quoi ?

– Pour être heureux.

– Ah, oui. Ça me prend parfois. »

J'hésitai à demander à Clarissa de me raconter son histoire, mais je n'étais pas sûr de vouloir savoir. Ou plutôt, je n'étais pas sûr que savoir valait mieux que ne pas savoir.

Nous poursuivîmes notre route. Le sentier se mit à descendre, l'espace entre les cèdres et les chênes s'éclaircit, et soudain, les arbres disparurent, laissant place à une étroite bande de sable qui traversait l'eau grise et bouillonnante.

Le détroit de Roanoke.

La première fois que je l'avais vu, j'étais encore enfant, et je ne me souvenais pas que la mer y fût si agitée. Écrasée, ridée, battue par le vent. Pas plus d'un ou deux mètres de profondeur au maximum, mais cela, seuls les gens du coin le savaient. Les autres en étaient quittes pour une bonne surprise... D'ailleurs, Thomas Harriot lui-même s'y était échoué.

« Harriot ne s'est jamais marié, déclarai-je.

– Ce n'est pas parce qu'il ne s'est jamais marié qu'il n'a jamais été amoureux.

– Aucun témoignage historique ne semble l'indiquer.

– Vous m'avez dit qu'on ne savait pas non plus à quelle date il était né. Et pourtant, il a bien fallu qu'il naisse ! »

Nous restâmes debout un moment, à quelques mètres l'un de l'autre. Le vent du sud soufflait fort et deux goélands s'efforçaient de voler en direction de l'est en lançant des cris stridents.

« Écoutez, dit Clarissa. Il y a quelque chose que je ne vous ai pas dit.

– Je vous écoute.

– Le type... là.

– Celui qui est dans votre tête ?

– Dans mes visions, pas dans ma tête. Attendez, comment dire ça sans passer pour encore plus folle que vous me croyez déjà ?

– Allez-y, allez-y.

– Il souffre, dit-elle enfin. Une souffrance inimaginable, épouvantable. Elle est sur son visage, dans son corps. Elle est... elle est partout.

– Donc ce que vous essayez de me dire, commentai-je en prenant bien soin de ne pas croiser son regard, c'est qu'il est en train d'essayer de se soigner ? C'est ça qu'il fait avec les pierres ?

– Je ne sais pas. »

Elle attrapa une pomme de pin et la jeta dans l'eau.

« De quoi est mort Thomas Harriot ? demanda-t-elle.

– D'un cancer. Et croyez-moi, vous l'auriez remarqué. Le mal s'est déclaré au niveau du nez avant de s'étendre à la bouche. Au moment de sa mort, il était complètement défiguré. »

Un châtiment, comme je pensais à l'époque où je croyais encore que rien n'arrivait par hasard. Pas tant pour avoir consommé du tabac que pour avoir poussé ses compatriotes à le faire. À eux deux, Harriot et Ralegh étaient parvenus à faire de l'Angleterre une nation de fumeurs.

« À quel âge est-il mort ? demanda Clarissa.

– Soixante, ou soixante et un.

– En quelle année ?

– 1621.

– Quel mois ?

– En juillet, je crois.

– Ah. Dans mes visions, la scène se passe en septembre. Ou peut-être en octobre. À l'automne, en tout cas. »

Elle ne dit plus rien pendant quelque temps, puis brusquement, elle s'exclama :

« C'est sympa, ici !

– Hmm. »

C'était sûrement fortuit : le frôlement de son avant-bras nu contre le mien ; la sensation de pétillement dans nos peaux. Je me tournai vers elle, et j'allais parler quand un bruit derrière nous – un craquement dans les rhododendrons et les mûriers – me fit me retourner.

J'aperçus un éclat de blanc, ou plutôt de blanc cassé. Une manche, peut-être... ou une jambe de pantalon... ou peut-être rien du tout. L'éclat n'avait duré qu'un instant, et moi, je me sentais comme ces premiers colons venus d'Angleterre et qui se frayaient un chemin en ces contrées inconnues, tous les sens aux aguets.

C'est alors que retentit un bruit qui me ramena à la réalité. La sonnerie du Palm de Clarissa.

« Que le spectacle commence ! s'exclama-t-elle.

– Amory Swale ?

– Oui, et il veut nous voir maintenant. Ou même avant si c'est possible, ajouta-t-elle en tournant la tête vers moi. Il a utilisé le mot *urgence.* »

14

Amory Swale habitait juste à côté de l'océan, dans une résidence appelée Tarheel Estates, qui consistait en un ensemble de petits lotissements en bois en état de décrépitude avancée. La chaux se décollait des murs, les châssis des fenêtres s'effondraient, les cordes à linge pendouillaient. Çà et là, des touffes de graminées desséchées. Mais de toutes ces petites maisons branlantes, le lotissement numéro 7 était de loin le plus délabré – certainement le prix à payer pour être le plus proche de la mer. Des morceaux de papier goudronné d'un mètre avaient été arrachés des murs, on avait remplacé les marches originales par des parpaings, et le jardin était un bac à sable de mégots de cigarettes, de coquillages pulvérisés et de pousses de cyprès calcinés.

On aurait pu croire que l'endroit était abandonné s'il n'y avait eu sur le fronton un panneau visiblement récent. Des lettres turquoise peintes sur un fond blanc : SWALE, LIVRES ET GRAVURES ANCIENS.

Nous nous avançâmes prudemment sur le porche squelettique. Clarissa frappa doucement. La porte constellée de traces de moisissures s'ouvrit brusquement, comme l'entrée d'un rêve.

« Monsieur Swale ? »

Il était dix-neuf heures passées, et le soleil se couchait de l'autre côté du détroit. L'intérieur de la maison était donc plongé dans l'obscurité. Au fond, nous entendîmes un bruit continu et étouffé, puis un homme sortit de l'ombre pour pénétrer dans la pénombre. Nous vîmes d'abord une paire de pieds nus, tout blancs. Puis le reste du personnage apparut tout à fait.

« Bien le bonjour », dit-il d'une voix où subsistaient quelques traces d'un accent new-yorkais.

Il portait un costume gris tourterelle encore très présentable assorti d'une cravate représentant des cygnes. Il arborait un sourire timide et accueillant. Cependant, l'impression qu'il conférait avec ses épaules étroites et ses hanches larges, ses lunettes sales et trop grandes, les quelques cheveux gris qui semblaient vouloir s'échapper de son crâne... cette impression était si étrange que je ne pus lui rendre son bonjour.

« Vous devez être monsieur Swale, dit Clarissa.

– Du thé ? », répondit-il.

Il replongea dans les ténèbres pour en émerger quelques minutes plus tard avec une théière en céramique ébréchée recouverte d'un couvre-théière en forme de coq, ainsi qu'un plateau de tasses en porcelaine, crasseuses au niveau de l'anse, mais d'un blanc immaculé à l'intérieur.

« Je vous en prie, dit-il. Asseyez-vous. »

Il nous indiqua d'un geste un vieux canapé en chintz décoré de scènes de chasse et maculé de taches qui ressemblaient à des vomissures de chat. Un des coussins piquait du nez, comme terrassé par la fatigue. Il n'y avait pas de table basse. Swale posa donc soucoupes et tasses directement sur nos genoux et se mit à verser le thé.

«J'espère que vous avez fait bon voyage. Je trouve que c'est la meilleure période de l'année pour venir. Tous ces satanés touristes sont partis. C'est vrai que quelque part, vous êtes aussi des touristes, mais ce n'est pas la même chose. Non, je vous considère comme des amis, si cela ne vous paraît pas trop présomptueux. Du sucre, mademoiselle Dale ? Vérifiez quand même : la semaine dernière, je me suis trompé et j'ai servi du sel à une amie. J'ai bien peur qu'elle ne puisse plus jamais boire de Lapsang souchong. »

Une forte odeur goudronneuse s'éleva de nos tasses. Je pris une gorgée et posai la tasse sur le sol.

« Monsieur Swale, excusez-moi de vous interrompre, mais vous avez parlé d'une urgence ?

– Oui. C'était bien le cas.

– Dans ce cas, vous feriez peut-être mieux de nous expliquer. Parce qu'à vous voir, on n'a pas vraiment l'impression que vous êtes en danger. »

Il se mordit la lèvre et cligna des yeux derrière ses lunettes.

«Je ne suis pas sûr que ce soit... maintenant...

– Monsieur Swale, dit Clarissa en se penchant vers lui. Je peux vous garantir que vous pouvez avoir toute confiance en nous. Nous avons tous les trois un point commun : nous sommes les trois dernières personnes qu'Alonzo Wax a contactées avant de mourir.

– C'est vrai, c'est vrai, dit-il d'un ton quelque peu blasé.

– *L'École de la nuit a rouvert ses portes.* N'est-ce pas ce qu'il vous a dit ?

– Si, si.

– Nous pensons que le message d'Alonzo était en rapport avec un document qu'il avait acquis, expliqua

Clarissa. Une lettre de Walter Ralegh à Thomas Harriot. Ce serait à cause d'elle qu'il aurait été assassiné.

– Et à moins de la retrouver, ajoutai-je, j'ai peur que d'autres personnes ne soient également en danger.

– C'est curieux, le danger, dit Swale en soufflant doucement sur son thé. Quand on est face à lui, on ne le reconnaît pas toujours. »

Son sourire dévoila une série de dents grises.

« Vous souvenez-vous, monsieur Cavendish, de ce qui s'est passé lorsque les premiers visiteurs anglais se sont rendus dans les villages indiens ? Tout cela est décrit dans le livre de Harriot. Quelques jours à peine après la visite, les villageois ont commencé à mourir. Par centaines. Personne ne comprenait pourquoi. Ces étranges hommes blancs dans leur carapace de fer, si impuissants, si inaptes à survivre dans la nature, et pourtant capables d'un tel massacre. Sans même avoir à lever... »

Il acheva sa phrase en exhibant son auriculaire à la lumière.

« Ils étaient porteurs, déclarai-je.

– Porteurs d'un virus, oui. Mais qui aurait pu le savoir ? Et qui pourrait imaginer ce dont nous sommes peut-être porteurs en ce moment même ? »

Clarissa se leva.

« Monsieur Swale, avec tout le respect que je vous dois, nous ne sommes pas venus pour parler histoire et virus. Deux personnes sont mortes, et il serait peut-être temps que vous nous aidiez. En commençant par nous expliquer ce qui se passe, par exemple. Pourquoi nous avez-vous dit de venir ? »

Il déglutit une fois ou deux, puis regarda sa montre d'un air ébahi.

« Oh ! Sapristi ! Je reviens tout de suite ! »

Nous l'observâmes gravir les marches, ouvrir une porte, puis la refermer derrière lui.

« Eh ben ! soupira Clarissa en s'asseyant de nouveau sur le canapé. Quand je pense que vous m'avez traitée de folle.

– Ce que je trouve fou, ce sont les livres. »

Comme ils étaient l'élément le plus visible de la maison, ils en étaient devenus presque invisibles. Mais ils étaient bien là, empilés, couverts de poussière, étalés à même le sol en linoléum, cherchant à se hisser jusqu'au plafond en tuc fissuré, submergeant la bibliothèque en bois plaqué qui ne pouvait plus tous les contenir.

La plupart étaient des éditions reliées. De vieux polars, d'anciens manuels d'instruction, des compilations du Reader's Digest, des conseils de golfeurs morts depuis longtemps... au moins cinq exemplaires des *Souliers de saint Pierre* de Morris West. Plus les livres étaient hauts, plus les titres étaient obscurs : *Balsa et Modélisme*, *Exercices de grammaire italienne : niveau débutant et intermédiaire*, *Société de la Rose d'Ontario : Album 1918*. Çà et là, un bijou scintillait – j'aperçus ainsi un *Jane Eyre* illustré de gravures gothiques. Aucun système de classement. Tout était rangé au petit bonheur la chance.

En revanche, si Amory Swale avait quelque peu laissé tomber l'intendance, il n'avait pas pour autant oublié les fondamentaux. Je remarquai ainsi que le taux d'humidité était bas, et qu'il faisait environ vingt degrés. Les conditions optimales pour entreposer des livres. Si tant est qu'il y eût des livres dignes de ce nom.

En entendant un bruit de pas, Clarissa et moi posâmes sagement nos mains sur nos genoux en prenant un air impassible. Je parvins même à garder cet air alors même que je m'apercevais que l'homme qui descendait les escaliers n'était pas Amory Swale, mais un inconnu.

Grand et trapu comme un réfrigérateur. Chemise de bûcheron, collier de barbe parsemé de touches de gris. Sa poitrine était d'une taille incertaine. Il portait d'énormes chaussures d'ouvrier à coque en fer mais descendait l'escalier d'un pas feutré. Quand il s'arrêta sur la dernière marche et qu'il tourna la tête, je vis un menton... et je sus instantanément que c'était lui. Aussi profondément qu'il cherchât à l'enfouir, il lui était impossible de dissimuler cette attitude de défiance hiératique.

«Je savais que vous viendriez», dit Alonzo Wax.

15

« Bon Dieu », murmura Clarissa.

Je regardai Alonzo s'approcher de nous. Sa lèvre si caractéristique luisait derrière la barbe.

« Henry », dit-il.

La distance entre nous fondait, et sans m'en apercevoir, je plaçai ma main au milieu de sa poitrine – je sentis son cœur battre entre mes doigts – et le poussai violemment.

Il tomba de tout son poids sur le linoléum crasseux, les bras écartés, la langue tirée sous le choc.

Je le dévisageai un long moment. Puis je sortis.

Je n'allai pas bien loin. Le jardin de derrière : une montagne de sable compacté couverte de bouteilles de bière et de mégots. Un jerrycan vide ayant contenu de l'additif pour essence et les restes d'un panneau de basket complétaient le paysage. Accroché à une chaîne distendue, un vieux panneau Défense de stationner claquait dans le vent. C'était le soir, la nuit n'était pas loin. Entre les touffes grelottantes d'herbes sèches, on apercevait un morceau d'océan argenté.

Je reconnus immédiatement son pas étouffé par le sable.

« Henry.

– Va-t'en.

– C'est ce que j'ai fait. »

Je me retournai et vis qu'il me tendait les bras.

« Non, Alonzo. Ça ne suffit pas. Ça ne peut pas suffire. Tu aurais beau passer trois jours à te justifier que ça ne parviendrait pas à rattraper le mal que tu as fait.

– Et quoi ? On m'a pleuré ? dit-il en enfonçant ses chaussures dans le sable. C'est vrai que je l'espérais un peu, mais... »

Puis il leva les yeux et vit que je m'avançais vers lui une fois de plus. Je repoussai sa main, approchai mon visage du sien et murmurai les mots qui me brûlaient la langue :

« Va... te... faire... foutre. »

Alonzo trébucha en arrière et se rattrapa sur une poubelle retournée.

« Henry, dit-il. Tu me connais. Tu crois vraiment que je me serais donné tant de mal dans le simple but de me moquer de toi ?

– Oh, mais ce n'est pas de moi qu'il est question. Si je puis me permettre de te le rappeler, tu as une famille. Tu as des parents, il me semble ; tu as une sœur, tu l'avais oublié ? Sans compter Lily...

– Je sais. Je sais ce qui lui est arrivé.

– Donc tu sais comment elle a été récompensée de toutes ses années de bons et loyaux services.

– Henry, tu ne peux décemment penser que...

– Ah non ? Eh bien dis-moi ce que je suis censé penser. Il y a une heure, tu étais mort. Il y a deux jours,

Lily était en vie. Alors vas-y, dis-moi ce que je suis censé penser.

– Que j'aurais préféré me couper le bras droit plutôt que faire du mal à Lily. Ou permettre qu'on lui fasse du mal. Et ça, tu le sais très bien.

– N'empêche, tu t'es enfui, m'exclamai-je avant de lui tourner le dos. Et tu l'as laissée se débrouiller toute seule. »

Quand je lui fis de nouveau face, il était assis sur la poubelle abandonnée, la tête légèrement inclinée d'un côté. Ses pieds (étrangement menus) dessinaient des paraboles sur le sable.

« Lily était au courant des conséquences, dit-il.

– De toute évidence.

– Henry, elle était dans la confidence. Depuis le début.

– Alors elle a menti pour toi.

– Évidemment.

– Et sa cousine, elle a menti, elle aussi ?

– Joanna ? Déjà, les journaux se sont trompés, ce n'est pas sa cousine germaine, mais sa cousine par alliance. Ça faisait des siècles qu'elle n'était plus en contact avec Lily. Joanna avait besoin d'argent pour une opération de chirurgie esthétique ; toutes ses autres sources potentielles s'étaient taries, à commencer par son mari. En dernier recours, elle a donc appelé Lily.

– Et Lily lui a dit qu'elle pouvait lui procurer l'argent si elle prétendait avoir vu quelque chose qui n'était jamais arrivé.

– Quelque chose comme ça.

– Et cette cousine par alliance, où est-elle, maintenant ?

– En Italie, à Cinq Terres. Avec son nouveau cou. J'espère qu'elle en est satisfaite ; j'ai dû revendre un original d'*Endymion* de John Lyly pour payer l'opération. »

Je repensai soudain au coffre-fort d'Alonzo, dépouillé de tous les John Lyly, John Donne, John Stow, et tout le reste.

« Tes livres, murmurai-je.

– Je sais. »

Il n'y avait pas de chaise, aussi m'assis-je à même le sable. J'appuyai mes coudes sur mes genoux et me passai les doigts dans les cheveux.

« Mais pourquoi es-tu allé jusqu'à simuler ta propre mort ?

– Henry, si je ne l'avais pas fait, on s'en serait occupé pour moi, et ça n'aurait pas été de la simulation. »

Il se leva et m'invita à rentrer.

« Viens. Je vais tout te raconter. »

Je ne bougeai pas. Assis dans le sable, je sentais le froid remonter dans mes jambes. Je me dis – et cette extraordinaire prise de conscience me fit mal – que je pouvais partir. Tout quitter. Gravir la dune... descendre sur la plage... et marcher droit vers la mer.

Je tiens à préciser que je n'avais nullement l'intention de me suicider (j'avais abandonné cette idée depuis bien longtemps). Non, ce que je cherchais, c'était la fuite. Je pouvais sans mal imaginer le berceau des vagues, la trajectoire de la lune, ma peau briller comme celle d'un dauphin. Et pourtant, dix minutes plus tard, j'étais toujours assis au même endroit, et je n'avais pas avancé d'un pouce. Qu'est-ce qui me retenait ?

La réponse à cette question se resserrait déjà autour de moi comme un étau, et je ne l'avais pas vue venir.

« Henry ! »

La voix d'Alonzo, l'appel de clairon.

« On n'a pas toute la nuit ! »

Deux ampoules de quarante watts éclairaient à présent l'intérieur de la maison d'Amory Swale. Clarissa se déplaçait parmi les cercles de lumière et, à l'aide d'un balai qu'elle agitait comme un encensoir, tâchait d'enlever quelques moutons de poussière.

« Il y a une chose que je ne comprends pas, déclarai-je. Qu'est-ce qui a bien pu te faire croire que Bernard Styles allait te tuer ?

– Qu'est-ce qui me fait croire que le soleil se lève le matin ? C'est dans ses habitudes, c'est tout.

– Tu es en train de dire que Styles est une espèce de tueur en série ? Tout ça parce qu'à Londres, un pauvre type s'est fait voler son livre ?

– Un pauvre type ? Ah, s'il n'y en avait qu'un. Amory, explique-lui. »

Je m'interromps un instant, car Amory mérite une description. Il portait un tablier sur lequel était écrit *Barbecue cul nu*, et tenait à la main une assiette de biscuits Milano de la marque Pepperidge Farm.

« Alonzo a raison, vous savez. Il n'y a pas eu que Cornelius Snowden. Par exemple, cette pauvre bibliothécaire de Philadelphie...

– Maisie Hartzbrinck.

– Elle a fini sous un bus. Et les *Travaux* de Ben Jonson qui faisaient sa fierté ? Introuvables. Et ça ne s'arrête pas là. Tenez, à l'automne dernier, un spécialiste de la poésie métaphysique à l'université de Southampton... c'était quoi son nom, déjà, Alonzo ?

– MacGrath.

– C'est ça, et ce n'est pas n'importe qui : ce type a écrit un article sur George Herbert qui a fait saigner du nez les spécialistes. Bref, il est tombé du toit de son université. Il n'a pas sauté... il est tombé. Et sa lettre de John Donne à sir George More, datée du 7 mars 1602 ? Cette lettre qu'il gardait sous clé dans une crédence ? »

Avec emphase, il posa l'assiette sur le sol et reprit :

« Introuvable.

– À chaque fois, expliqua Alonzo en prenant un biscuit, Bernard Styles avait voulu acquérir le livre ou le manuscrit en question. À chaque fois, il avait essuyé un refus. Et à chaque fois, il était dans les parages quand ces personnes sont mortes. Accompagné de sa brute d'acolyte. »

Une fois de plus, l'image de Halldor me revint en mémoire. Au garde-à-vous dans la gare. Je me dirigeai vers la fenêtre et tirai la guillotine vers le haut au maximum.

« Désolé mais je n'y crois pas, déclarai-je. Tout ça, c'est du pipeau, c'est du... biblio-mythe.

– Un mythe, reprit Alonzo avec froideur, ce n'est pas la même chose qu'un mensonge.

– Qu'importe, si tu craignais vraiment pour ta vie, pourquoi n'as-tu pas appelé la police ?

– La police ? répéta-t-il, incrédule. Pour lui dire quoi ? Qu'un gentil vieillard britannique a proféré des menaces indirectes à mon endroit ? Tu penses bien que même le standardiste se serait foutu de moi. »

Il avala le dernier morceau de biscuit et se lécha méticuleusement les doigts.

« Henry, je sais que tu as parlé à Styles.

– Et comment tu pourrais le savoir ?

– À ton avis ? Parce que Lily me l'a dit. Non, ne cherche pas à te justifier. Je ne peux pas te reprocher d'avoir accepté son argent, j'aurais fait pareil à ta place. Mais il faut que tu saches à qui tu as affaire. Bernard Styles est un spécialiste de pacotille, un écrivaillon, un escroc. En revanche, c'est un génie du meurtre : il ne laisse aucune trace derrière lui. S'il était parvenu à m'assassiner, personne n'en aurait jamais rien su. Repense un instant à ce qui est arrivé à Lily. Tu crois vraiment qu'elle aurait laissé tomber une cigarette allumée dans le coffre ? Maniaque comme tu la connais ? Jamais. Jamais de la vie.

– Oublions un instant les allégations, dit Clarissa en reposant son balai contre l'escalier. D'un point de vue purement légal, Styles a de quoi vous en vouloir, Alonzo. Vous lui avez volé son document.

– Il a volé une bonne moitié des ouvrages de sa collection. D'ailleurs, maintenant qu'il a mis la main sur mes livres, on doit plutôt en être à deux tiers.

– Peut-être, mais pas la lettre de Ralegh, déclarai-je. Celle-là, il l'a acquise de façon tout à fait...

– Arrête ! m'interrompit Alonzo en levant la main. Je t'interdis de dire *honnête*. Je parie qu'il t'a raconté comment il a réussi à flouer ce pauvre notaire. Comment il a réussi à payer son document un centième, un millième de sa valeur. Toujours à jubiler comme un avare sur son tas d'or. Si tu ne trouves pas que c'est du vol, Henry, si tu ne trouves pas que c'est contraire à l'éthique du collectionneur, je ne sais vraiment plus quoi te dire.

– Est-ce que ça te donne pour autant une légitimité à le voler ?

– Plus que ça. Ça relève du défi sportif ! »

Je repensai à Halldor. *Tu parles d'un défi.*

« Donc où est-il, ce précieux document ? demanda Clarissa.

– Juste à côté du coude de Henry. »

Comme par magie, une table s'était matérialisée. En forme de croissant, surmontée d'une plaque en granit rose où l'on voyait encore les traces circulaires laissées par d'anciens pots de fleurs. Dessus, un seul objet : une enveloppe FedEx, fine et discrète.

À temps, partout dans le monde.

La lettre volée, posée bien en évidence. Il fallait admettre que comme cachette, c'était bien trouvé.

Le paquet ne faisait que quelques millimètres de large, mais plus je le regardais, plus il paraissait imposant.

« Vas-y, dit Alonzo. J'imagine que tu as bien dû te laver les mains à un moment ou un autre.

– Il ne faut pas des gants ? murmura Clarissa.

– Mais non ! Les gants, c'est le meilleur moyen de faire une déchirure. Vas-y, Henry. »

Je tirai sur la languette. Je glissai mon index dans la fente et tâtonnai à l'aveugle, jusqu'à ce que je bute sur une arête. Un coin, qui reculait tout doucement au toucher.

Je l'attrapai entre deux doigts et tirai le plus légèrement possible.

Ça venait. D'abord réticent, ensuite obéissant. La seconde d'après, je l'avais dans les mains : un linceul en papier bulle.

« Continue », m'encouragea Alonzo.

Plus à l'aise, je déchirai le scotch. Le plastique s'écarta pour révéler deux feuilles de papier cartonné. Ces deux feuilles tombèrent à leur tour et soudain, l'objet était en contact direct avec ma peau.

Certaines personnes ne jurent que par le vélin et le parchemin. Moi, je préfère le papier chiffon. Le papier dans sa forme la plus brute, la plus ordinaire, fabriqué à partir d'une pulpe de tissu. J'en adore tous les aspects : la transparence, la fragilité, l'inégalité des côtés, les taches, le ternissement.

Ce papier-là avait une fine frange qui ressortait d'un côté, ainsi qu'une entaille dans le coin supérieur droit, sous laquelle se trouvait une tache : terre d'ombre et henné. Et les pliures d'origine ! Toutes à un centimètre d'écart l'une de l'autre, car à l'époque, on pliait les lettres comme les collégiens d'aujourd'hui plient les petits mots qu'ils se font passer en cours d'histoire-géo.

J'entendis le toussotement impatient d'Alonzo et retournai m'asseoir sur le canapé, la lettre à la main. Je la posai sur le coussin qui paraissait avoir été le plus épargné par le chat malade. Nous nous rassemblâmes autour, à genoux comme des druides devant un coudrier. Pour la première fois, j'oubliai un instant le papier pour m'intéresser aux mots écrits dessus.

En ces temps sombres, ce m'est grande joye de penser à nostre simple eschole, où nous estions heureux de nous retrouver.

L'*École de la nuit*, pensai-je. Elle a *rouvert ses portes.*

« C'est tout ? demanda Clarissa. C'est juste pour ça que Styles a volé tous vos livres ? Et qu'il a tué Lily ?

– Et c'est pour ça qu'il finira par nous tuer tous, répondit Alonzo.

– Mais ce n'est qu'un bout de papier.

– Juste un..., bégaya Amory Swale, ... bout de...

– Ça vaut combien au maximum, un document comme ça ? demanda Clarissa. Les personnes qui en offriraient le plus au monde sont pratiquement toutes dans cette pièce, non ?

– Elle n'a pas tort », renchéris-je.

Alonzo s'assit brusquement sur le canapé et prit une profonde inspiration avant de s'exclamer :

« Mais bon sang de bonsoir ! C'est le verso du document qui est important.

– Le verso ? répéta Clarissa, sceptique. Ralegh a écrit un P.-S. ou quelque chose comme ça ?

– Un pé-esse ? Mais oui, bien sûr. « *J'te fais des bisous, réponds quand t'auras un moment, et bien le bonjour chez toi.* » Ne dites pas n'importe quoi, ce qui se trouve au verso n'est même pas de la main de Ralegh. C'est quelque chose d'infiniment plus précieux.

– C'est-à-dire ?

– Un brouillon de Thomas Harriot. »

Clarissa et moi ne nous attendions certainement pas à un tel rebondissement.

« Attendez, dit-elle. Vous êtes en train de me dire que Thomas Harriot a utilisé une lettre de Walter Ralegh comme papier de brouillon ? Comme s'il s'agissait d'une publicité qu'il avait reçue dans sa boîte aux lettres ?

– En fait, c'est très plausible, répondis-je. Le papier était une denrée rare, à l'époque. Et chère. Quand on trouvait un espace vierge – le verso d'une facture, les pages blanches d'un livre – on le remplissait de mots.

– Mais il ne s'agit pas de n'importe quel espace vierge, protesta Clarissa. Cette lettre a été rédigée par l'un des hommes les plus brillants de son temps.

– Mais pour Harriot, Ralegh était seulement un ami. Qui lui envoyait probablement des dizaines de lettres par an. Alors une de plus ou une de moins... Harriot était un homme pragmatique, vous vous souvenez ? S'il avait besoin de noter quelque chose, il attrapait certainement la première feuille qui lui passait sous la main. »

Clarissa décroisa les bras et haussa les épaules.

« Si vous le dites. Eh bien, voyons donc ce fameux verso ! »

Seulement, personne n'osait retourner le document. Pas au début. Même Alonzo ne bougeait pas d'un cil, alors qu'il se considérait pourtant comme propriétaire légitime du morceau de papier. Mon envie fut la plus forte et, une fois de plus, je posai mes doigts sur la lettre. Je l'élevai dans les airs, la retournai, et la laissai retomber délicatement sur le coussin.

J'observai la face cachée du document. Et je n'y compris rien.

« Qu'est-ce que c'est que ça ? demandai-je.

– Je dirais qu'il s'agit d'une énigme, répondit Amory Swale de sa voix suintante. Une énigme que nous a laissée maître Harriot. »

Prenant soin de ne pas toucher le papier, Clarissa s'appuya sur mon bras et traça un cercle invisible autour de l'étrange croix sur la gauche.

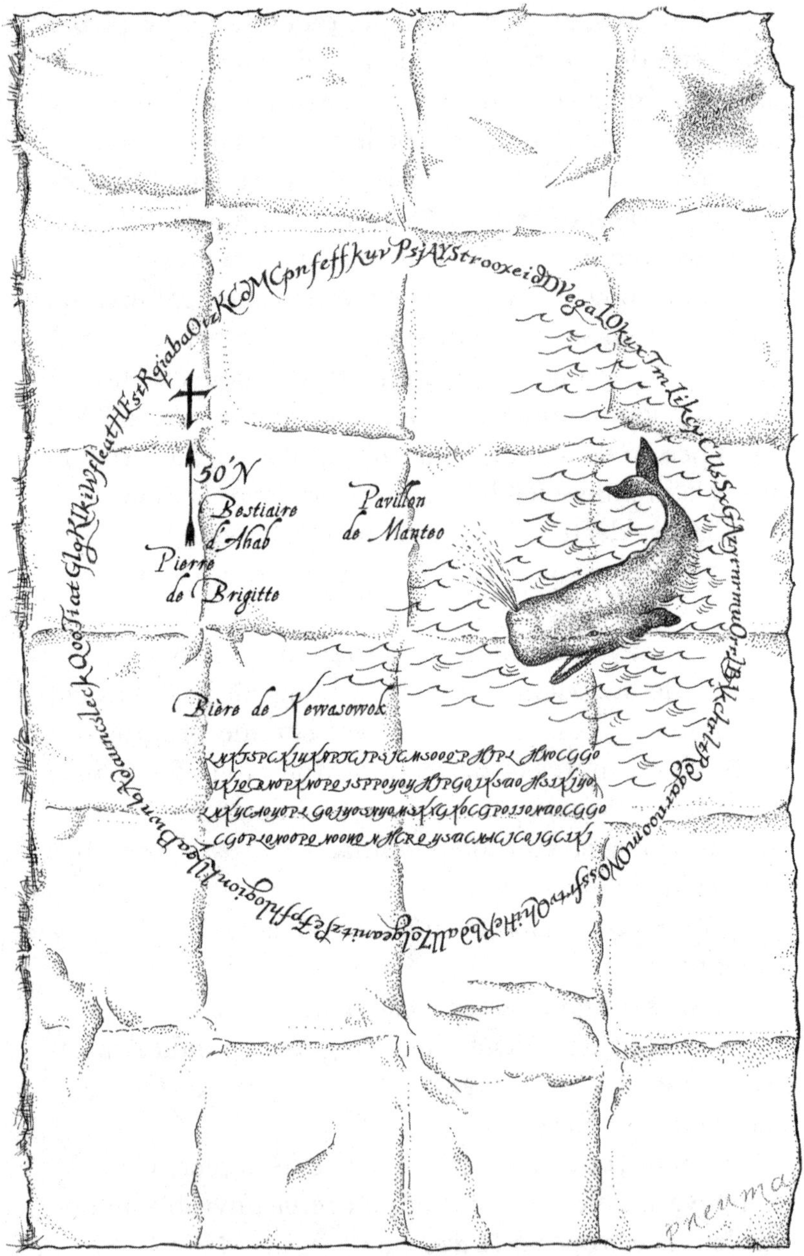
50'N
Bestiaire d'Ahab
Pavillon de Manteo
Pierre de Brigitte
Bière de Kewasowok
pneuma

«Je ne voudrais pas passer pour une imbécile, mais on dirait...

– Oui ?

– On dirait une carte de pirate. Vous savez, comme pour les chasses au trésor.

– Exact, dit Alonzo. C'est précisément de ça qu'il s'agit. »

Je me levai et me frottai les yeux.

« De quel genre de trésor s'agit-il ? » demandai-je.

À entendre Alonzo, la réponse était bien en vue depuis le début, à l'instar de l'enveloppe FedEx.

« De l'or, dit-il. La rançon d'un pape. »

16

« On va dîner quelque part ? » proposa ensuite Alonzo, sans transition.

Nous abandonnâmes donc le taudis d'Amory Swale et parcourûmes la centaine de mètres qui nous séparait du centre commercial. Ce dernier abritait un restaurant thaïlandais, une antenne du Rotary Club et, coincé entre les deux, un pub sombre qui parut nous engloutir sitôt que nous en eûmes franchi l'entrée. On nous invita à nous asseoir sur une banquette et moins d'une minute plus tard, une jeune femme à la crinière sauvage nous demanda ce que nous désirions boire.

« Un Pimm's n° 1, s'il vous plaît, demanda Alonzo.

– Euh, je ne crois pas qu'on en ait. Par contre, nous pouvons vous proposer plus de cinquante bières différentes. Et ce soir, nous avons une offre spéciale sur les grandes canettes de Pabst Blue Ribbon. Ça vous tente ? »

La tête d'Alonzo retomba en arrière.

« Des canettes ? Apportez-moi plutôt une vodka. De la Ketel One. Avec des glaçons. Amory, vérifie la table, elle a l'air poisseuse. »

Alonzo n'avait pas choisi ce bar au hasard. Il n'était fréquenté que par des locaux, des hommes excités et agressifs desséchés par le soleil, agglutinés autour des tables de billard, des jeux de fléchettes, des baby-foot et des flippers. Les télés branchées sur la chaîne de sport, les enceintes crachant du Nickelback et le vrombissement des aspirateurs de fumée nous garantissaient une conversation confidentielle.

«Je ne crois pas l'avoir précisé, dit Alonzo, mais mon bon ami Amory, entre autres talents, est un éminent spécialiste des légendes algonquines locales.

– Tu me flattes, répondit l'intéressé. Je n'irais pas jusqu'à parler de spécialiste, mais c'est vrai que ce peuple me passionne. Je ne sais pas si vous connaissez le nom "Mattamuskeet". Il s'agit d'une tribu indienne qui à l'origine vivait dans le comté de Hyde, à quelques kilomètres au sud d'ici. Mon histoire commence en 1654. Un jeune Anglais et ses trois compagnons, qui faisaient commerce de fourrure, s'aventurèrent au sud de la Virginie à bord d'une petite chaloupe bien difficile à défendre.»

Swale avait passé un foulard violet autour de son cou avant de sortir, ce qui lui donnait un air emprunté que renforçait la façon dont il narrait son histoire. Il nous racontait avec tant de détails la guerre des Tuscaroras et le déclin des Shakoris que je m'attendais à une narration homérique. Mais soudain, il se décida à en venir abruptement au fait.

«Voyez-vous, avec la disparition de leur territoire, les Mattamuskeets furent petit à petit dispersés. Ils ne disparurent pas pour autant: nombreux sont ceux qui ont survécu par le biais de mariages interethniques, ou par le choix d'un isolement total. Ainsi, les plus vieilles légendes ont pu être perpétuées, souvent telles quelles, d'une génération à l'autre.

« Bien entendu, comme elles étaient transmises à l'oral, les détails de ces légendes varient souvent. Mais l'une d'elles m'a particulièrement marqué : elle raconte l'histoire d'un homme blanc, qui faisait partie de la première vague de colons anglais. Apparemment, cet homme a fait une sacrée impression, et ce pour plusieurs raisons. Premièrement, il parlait l'algonquin. Très bizarre. Deuxièmement, il venait en paix, et se déplaçait presque exclusivement seul. Et troisièmement... il possédait une quantité d'or incroyable. »

Haletant, Swale avala une gorgée de whisky.

« Tant et si bien, poursuivit-il, qu'on le surnomma *Weroance Wassador*, que l'on pourrait traduire par *Roi du Précieux Métal Brillant.* De nombreuses boucles d'oreille de chefs de tribu ont été réalisées avec l'or de ce Blanc étrange. Des pépites de la taille de fèves, dit-on. Oh, j'allais oublier un détail tout aussi curieux : en échange de son or, cet homme ne demandait que ce qu'on pourrait appeler des informations.

– Quel genre d'informations ? demanda Clarissa.

– Il voulait connaître le nom des choses. Les mots qu'utilisaient les Indiens pour désigner tel oiseau, tel arbre. Il voulait voir leurs territoires de chasse et leurs coins de pêche. Il voulait tout savoir de leurs dieux, il voulait connaître leurs histoires. Les Indiens n'avaient jamais rencontré un Blanc de son espèce. Et ils n'étaient pas près d'en recroiser un autre.

– Ce Blanc, demanda Alonzo, son nom a été colporté, non ?

– Oh, oui. Il s'appelait *Ha-yot.* »

Les deux syllabes parurent résonner longtemps avant de retomber dans le silence. Swale attrapa une rondelle d'oignon frite et la considéra d'un œil expert.

« Bref, reprit-il en attaquant la croûte, j'ai entendu cette histoire sous une forme ou sous une autre à de très nombreuses reprises, et je ne me suis jamais dit qu'elle était peut-être tirée de faits réels. Jusqu'à ce que je participe à une vente aux enchères, à Ocracoke. Des effets appartenant à un vieux gentleman dont la famille habitait la région depuis toujours, et qui avait subi un revers de fortune. Comme à mon habitude, j'ai misé une somme symbolique et je suis reparti avec une boîte de...

– ... de saloperies ? » suggéra Alonzo.

Swale protesta et nous expliqua qu'au fond de la boîte, il était tombé sur un objet complètement inattendu. Pas un service à thé ébréché ni une pile de magazines *Look*, mais une croix pectorale. De dix centimètres sur cinq. Ternie par les années, elle ressemblait plus à de l'ambre qu'à de l'or, mais sa provenance ne faisait aucun doute. Au moment où Swale la toucha, il sut tout de suite ce qu'il avait entre les mains.

« C'est alors que j'ai appelé Alonzo.

– Avec Amory, nous l'avons fait estimer, bien entendu. Et comme je m'y attendais, elle avait au moins quatre cents ans. Mais si vous ne me croyez pas... »

Il tira de la poche de sa veste un petit paquet enveloppé dans un mouchoir blanc. Il le posa au centre de la table et tira délicatement la soie.

« Je vous en prie, dit-il en sortant une loupe de poche. Jugez par vous-mêmes. »

Nous nous approchâmes et ma tête effleura celle de Clarissa. Je distinguai d'abord trois lettres grossièrement gravées au sommet de la croix.

TEH

Sur la barre transversale, une autre série de lettres, à moitié effacée mais toujours lisible :

MDLXXXVI

« 1586, murmurai-je.

– L'année même où Thomas Harriot arpentait ces côtes », dit Swale.

Clarissa se cala au fond de la banquette et étira ses bras laiteux.

« Bon, et cette croix, combien vaudrait-elle sur le marché, aujourd'hui ? demanda-t-elle.

– Vu sa provenance, dit Alonzo, jusqu'à dix mille dollars aux enchères. Mais à présent, imaginez cette somme multipliée par cent. Par cinq cents, par mille. Et vous serez plus proche de sa véritable valeur.

– Et qui a décrété cela ? demandai-je. Vous devez bien admettre qu'il y a quand même un grand pas à franchir entre une croix en or et un coffre au trésor. Les lettres gravées, qui peut dire à quand elles remontent exactement ? Quant aux légendes locales, désolé, mais c'est du bruit pour moi. Désolé d'être aussi terre à terre, Alonzo, mais tu n'as pas grand-chose.

– C'est vrai, répondit-il calmement. Il ne tient donc qu'à nous de trouver d'autres éléments.

– Il y a néanmoins une chose que tu oublies. Il n'est jamais fait mention d'or dans le *Rapport* de Harriot.

Ni dans aucun autre compte rendu de cette expédition. Tu te doutes bien que si les colons étaient rentrés en Angleterre avec de l'or, on aurait envoyé une autre flottille à la prochaine marée. La Colonie Perdue n'aurait jamais été perdue, car dix colonies de plus auraient assuré les arrières.

– Sauf que l'or n'a pas été rapporté en Angleterre, dit Alonzo. Il est resté ici. »

17

« Amory, dit-il, tu veux bien éloigner les oignons ? »

Alonzo posa alors sur la table un journal qu'il déroula, révélant une copie agrandie de la carte de Harriot, badigeonnée au surligneur.

« À présent, je vous demande de regarder ici, dit-il. Quelqu'un – on suppose qu'il s'agit de Harriot – a dessiné de jolies petites vagues. Vu que la carte n'est pas orientée, on peut supposer que ces vagues se trouvent à l'est. On y voit également le dessin d'une baleine. Bon. Où Thomas Harriot a-t-il pu croiser une telle créature ? »

Clarissa leva la main, un sourire moqueur aux lèvres.

« L'océan Atlantique, m'sieur ?

– Voilà une idée intéressante. À présent, dirigeons-nous vers l'ouest, vers l'intérieur des terres, pour voir si on trouve quelque chose. »

Son doigt dansait d'un point à un autre.

« Pavillon de Manteo... Pierre de Brigitte... Bière de Kewasowok... Aucune trace de ces noms en Angleterre, ni dans le reste de l'Europe. Faites-moi confiance, j'ai vérifié. Harriot ne pouvait parler que d'une région du monde précise : la région qu'il surnommait Virginie.

– En même temps, déclarai-je, l'étendue d'eau pourrait correspondre à la mer d'Irlande. Harriot a passé trois ans en Irlande, après tout. Bière, pavillon, ça veut tout et rien dire. Si ça se trouve, ce n'est qu'une vaste blague.

– Ta prédictibilité métronomique m'avait manqué, Henry. Comme tu peux le voir, dit-il en retournant la photocopie, j'ai reproduit ici les notes de Harriot, celles qui se trouvent juste sous la carte. »

LNKTSPCKJYKNPTCJPSJCMSOOQPHJPLHNO-CGGO

IKJQBNOPKNOPQISPPOYOYHJPGOJKSUOH-SIKJYO

LNKYCAOYOPLGOJYOSNYOMSKXGKOCG-POIIONUOCGGO

CGOPLONOOPQNOOWQNHCRQYSUCNACJ-COJGCIKJ

« Qu'est-ce que c'est ? demanda Clarissa. Un genre de code secret ?

– Je dois avouer que je m'attendais à plus sophistiqué. Ceci est une banale clé de substitution. Et son fonctionnement est d'une simplicité presque gênante.

– D'accord, dit-elle. Et vous pourriez me gêner en m'expliquant comment ça marche ?

– Très bien. »

Il sortit un carnet et un stylo à pointe d'acier.

« Ça se résume à ça, expliqua-t-il. À partir de notre alphabet, on crée un alphabet de substitution, en insérant simplement un mot clé. Choisissons le mot Henry, par exemple. Voyez plutôt. »

Alphabet normal	A	B	C	D	E
Alphabet de substitution	H	E	N	R	Y

« Comme vous le voyez, le A devient H, le B devient E, etc. Et le reste de l'alphabet reprend normalement, en décalé : »

Alphabet normal	F	G	H	I	J
Alphabet de substitution	A	B	C	D	F

« Bon, et à présent que nous avons bien fait notre petit travail, on a une lettre de substitution pour chaque lettre du message qu'on veut écrire. Quand on veut écrire A, on écrit H, quand on veut écrire F, on écrit A, c'est aussi simple que ça. La seule difficulté pour celui qui cherche à percer le code consiste à deviner le mot clé.

« Le plus simple, c'est d'utiliser son propre nom. Le problème avec le nom Harriot – du moins avec l'orthographe qu'on utilise aujourd'hui – c'est qu'une lettre est répétée. Avec deux R, ça marchera moins bien, puisqu'il faudra attribuer à chacun une lettre différente, ce qui provoque une confusion. J'ai donc essayé avec les autres façons d'écrire son nom, et après quelques essais infructueux, j'ai fini par trouver. »

A	B	C	D	E	F
H	E	R	Y	O	T

« De là, j'ai retrouvé les lettres originales. Si ça t'intéresse, Henry, je t'invite à essayer...

– Ça ira. Poursuis.

– Voilà, après cette substitution, j'avais déchiffré le message. Ne restait plus qu'à recouper pour former des mots, et tadam ! »

Il tourna la page et fit glisser le carnet vers nous.

Profusion d'ors fins unique et sans pareille,
Mon thresor est mussé dedans le Nouveau Monde.
Prodige de splendeur de quoy l'œil s'emmerveille,
Il espere estre extraict du virginien limon.

« *Le Nouveau Monde*, dit Alonzo, pas besoin d'explication. *Le virginien limon*, c'est évidemment la Virginie, c'est-à-dire la région où nous nous trouvons précisément. Et qu'y a-t-il caché ? *Mon thresor. Prodige de splendeur de quoy l'œil s'emmerveille.*

– Une métaphore, suggérai-je.

– Ne dis pas n'importe quoi. Quel était le rôle de Harriot en venant ici ? Découvrir des richesses naturelles, des minerais, des choses concrètes donnant à l'Angleterre une bonne raison de conquérir ce territoire. Voilà ma question : qu'est-ce qui est plus concret que l'or ? Je te l'accorde, si tu ne regardes que la croix, ou que la carte, ça ne fait pas grand-chose, comme tu dis. Mais si tu les mets ensemble et que tu saupoudres le tout du message de Harriot, je trouve que ça fait un repas. Un repas de roi, devrais-je dire. »

J'attrapai ma chope de bière et m'aperçus en la portant à mes lèvres qu'elle était vide.

« Donc Harriot l'incorruptible, déclarai-je, le type en qui Ralegh avait une confiance aveugle, au point de lui confier la gestion de toute sa fortune... Il tombe sur un immense trésor et il décide de tout garder pour lui ?

– Peut-être qu'il le mettait de côté pour plus tard. En cas de besoin.

– Tout cela est bien joli, déclara Clarissa en reprenant une gorgée de Heineken, mais ça ne nous dit pas pourquoi il a laissé l'or derrière lui. À quoi ça pouvait bien lui servir de l'enterrer ici ?

– À rien, répondit Alonzo. Sauf s'il avait l'intention de revenir.

– Et pourquoi serait-il revenu ?

– Et pourquoi pas ? Harriot était un atout inestimable pour la Couronne. Il parlait la langue des autochtones, il connaissait le terrain, il s'était mis dans la poche tous les chefs de tribu de la région. Ç'aurait été une folie de ne pas le renvoyer en Virginie.

– Sauf qu'on ne l'y a jamais renvoyé, fis-je remarquer.

– C'est exact, dit Amory Swale qui arborait un sourire craintif. Mais ce n'est dû qu'à un concours de circonstances imprévisibles : la guerre a éclaté entre l'Angleterre et l'Espagne, la reine avait besoin de Ralegh, et Ralegh avait besoin de Harriot. Il attendait une opportunité de retourner au Nouveau Monde, elle n'est jamais venue.

– Mais où Harriot a-t-il bien pu trouver de l'or, pour commencer ? demanda Clarissa. La Caroline du Nord, c'est très mignon, mais c'est pas la Californie.

– L'or ne venait pas de la terre, expliqua Alonzo, mais de la mer.

– Vous reprendrez quelque chose ? » gazouilla la serveuse qui venait d'apparaître.

Alonzo se tourna vers elle.

« Comme c'est prévenant. Effectivement, je reprendrais bien la même chose. Pourtant, je ne sais pas si c'est la soif qui me tiraille le plus ou un besoin primaire d'intimité. Quel dilemme ! Voilà ce que je vous propose. Revenez dans exactement douze minutes. Et faites du bruit en marchant. Je suis sûr que vous y parviendrez sans problème, vous m'avez l'air très capable. Allez, à tout à l'heure. »

Il la congédia d'un geste, enroula le journal et le cacha sous la table.

« Question pour vous, les enfants : à part les frères Wright et leur avion, qu'est-ce qui fait la renommée des Outer Banks ?

– Le vent, répondis-je.

– Continue.

– Les tempêtes.

– Et ?

– Les naufrages, répondit Clarissa.

– Précisément. Le cimetière de l'Atlantique. Et s'il y a bien une chose qu'on trouvait en abondance dans l'Atlantique à cette époque, c'étaient des bateaux. N'attendant que de couler. »

L'âge d'or de la marine à voile. Les océans regorgeaient de cogues et de caraques à quatre mâts en provenance d'Espagne, de France, du Portugal, du Danemark, de Suède, des Pays-Bas. De Naples, de Venise et de Gênes, de Turquie et de Barbarie. Un nouveau bateau à chaque marée, rempli de colons, de marchands, de soldats ou de pirates, et chargé de trésors pillés au Nouveau Monde : épices, tabac, pierres précieuses, argent...

Et or.

« Et donc, quelle est ta théorie ? demandai-je. Un galion espagnol sorti de nulle part heurte un récif, un rocher, un banc de sable ? Et le trésor vient s'échouer aux pieds de Harriot ? Tu ne trouves pas que c'est un peu tiré par les cheveux ?

– Pas le moins du monde, répondit Alonzo. De nombreux bateaux avaient déjà sombré, ici. Des centaines d'autres ont coulé depuis. N'oublie pas qu'il n'y avait pas de phares et que les cartes n'étaient pas aussi précises qu'aujourd'hui. Pour les navires, cet endroit était synonyme de mort. »

Clarissa se pencha par-dessus la table.

« Mais un immense naufrage à quelques mètres des côtes, ça ne passe pas inaperçu. Comment Harriot aurait-il pu en être le seul témoin ?

– Mais parce qu'il n'y avait personne d'autre, tout simplement. La colonie devait compter en tout et pour tout une centaine d'hommes, et la plupart étaient dans les terres à protéger leur fortin. Seul Harriot avait la liberté – que dis-je ? la consigne – d'aller où bon lui semblait. Et il en a parcouru, des kilomètres ! Norfolk, Elizabeth City... c'était le premier Blanc à y mettre les pieds. Et on peut supposer qu'il était seul pendant de longues périodes. Peut-être même recherchait-il la solitude.

– Mais ça se saurait, dit Clarissa. Un tel trésor qui disparaît, ça doit bien faire un trou dans les comptes, non ? »

Alonzo posa sa main sur celles de Clarissa.

« Je pars du principe que vous avez sûrement trop bu, et je ne vous tiendrai donc pas rigueur de votre remarque. Vous pensez vraiment qu'on tenait des comptes, à l'époque ?

– Je n'en sais rien.

– Eh bien la réponse est non. Aux Bermudes, à mille kilomètres d'ici, on découvre tous les jours de vieilles épaves fracassées sur les récifs. Et pourtant, on ne trouve trace d'aucune d'entre elles dans les archives. Les seuls témoins – Dieu ait leur âme – ont coulé avec leur bateau. Si Thomas Harriot a assisté à un tel naufrage, il devait savoir que c'était tout bénéfice pour lui.

« En clair, reprit-il, nous avons la géographie : un endroit du monde connu pour ses naufrages. Nous avons l'occasion : un jeune Anglais qui se promène dans les parages, sans surveillance. Et nous avons le témoignage : les récits des autochtones, une carte, et un message crypté de la main de Harriot. *Prodige de splendeur de quoy l'œil s'emmerveille.* »

Il croisa les bras et posa les coudes sur la table.

« Mesdames et messieurs, je n'irai pas jusqu'à dire que le match est déjà gagné mais, si vous voulez bien me passer cet abus métaphorique, nous bénéficions d'un coup franc inratable. »

C'était là que nous étions censés applaudir, mais mes mains ne bougèrent pas d'un centimètre.

« Allons, Henry, dit-il. Y a-t-il quelqu'un au monde qui connaisse plus de choses que toi sur Harriot ? Y a-t-il quelqu'un plus à même que toi de débrouiller sa logique ? Seul toi peux le faire !

– Faire quoi ? demandai-je en le regardant droit dans les yeux. Qu'est-ce que tu attends de nous exactement, Alonzo ?

– Ce que j'attends de vous ? Mais que vous m'aidiez à retrouver le trésor de Harriot. Et je veux que nous nous y mettions tout de suite. »

18

« Et s'il n'y a pas de trésor ? demandai-je.

– Eh bien nous ne le trouverons pas.

– Et si on le trouve ? lança Clarissa.

– Vous voulez parler du partage ? Eh bien, vu que cette entreprise est mon bébé, je pense pouvoir prétendre à une part un peu plus grosse des bénéfices. Mais je suis tellement ému que je suis prêt à renoncer à mes droits de propriété.

– C'est-à-dire ?

– On partage en quatre parts égales.

– Et quand toute cette aventure sera terminée, dit Clarissa, vous promettez de raser cette vilaine barbe ?

– Promis ! Et je retourne à la civilisation, avec une histoire d'amnésie pas piquée des vers.

– Et Bernard Styles récupère son document ?

– Avec ma bénédiction. »

Alonzo s'interrompit. Puis, d'une voix grave et volontairement neutre, il demanda :

« On est tous partants ? »

Alors que les secondes défilaient, je m'aperçus que tous avaient les yeux rivés sur moi.

« Donc tu nous dis que tu vas trouver de l'or, résumai-je. Là où personne n'en a jamais trouvé.

– J'ai l'intention d'essayer. Et j'ai l'intention d'entrer dans l'histoire. Et toi ? »

J'entendais le bruit sourd des boules de billard contre les bandes... le tintement caractéristique d'un flipper... une chanson de Kid Rock... et, en fond, le *basso continuo* d'Alonzo Wax.

« Henry, dit-il. Pour une fois dans ta vie, ne tombe pas dans la médiocrité. »

Il me fallut une grosse seconde pour encaisser le coup. Après quoi je me levai doucement et me dirigeai vers la sortie.

« Va te faire mettre. »

Je pensais que dehors, la nuit m'appartiendrait, mais sur le trottoir se tenait une jeune femme rousse qui fumait rageusement une cigarette sans filtre. Petite mais bien proportionnée, elle portait une veste en jean que je n'eus aucun mal à m'imaginer enlever. Nous restâmes debout en silence, à trois mètres d'écart, à se balancer doucement dans le vent.

« Ça craint, hein ? dit-elle.

– Parfois », concédai-je.

Je m'apprêtais à relancer la discussion quand mon téléphone sonna. J'allais refuser l'appel lorsque je vis le fameux *Numéro privé* s'afficher sur mon écran. Le simple fait d'imaginer qu'Alonzo n'ait même pas levé son gros cul pour me suivre me mit en rogne.

« Quoi ? aboyai-je.

– Petit chenapan, dit Bernard Styles.

– Pardon ?

– Quitter Washington sans prévenir, ce ne sont pas des manières.

– Ah oui, ça. Désolé. Problèmes de famille...

– Je voulais seulement savoir où en était notre petite affaire.

– On progresse, on progresse.

– J'imagine que je dois comprendre que c'est vous qui progressez.

– Oui.

– Avec ces tournures pronominales, on ne sait jamais. Très bien, je vous laisse, je vais me coucher. Demain, nous nous levons tôt avec Halldor pour aller voir l'avion des frères Wright.

– Leur avion ? »

Mon cerveau se mit en pause.

« Et où se trouve-t-il, cet avion, précisément ? demandai-je.

– Au musée national de l'Air et de l'Espace de Washington, bien sûr, dit-il avant de marquer une longue pause. Où pensiez-vous qu'il se trouvait, monsieur Cavendish ?

– Nulle part, j'étais un peu confus.

– Ravi de voir que cet épisode passager est terminé. »

La rousse était retournée à l'intérieur, et j'étais toujours debout sur le trottoir lorsque mon téléphone sonna de nouveau. L'indicatif était de Washington, mais le numéro ne me disait rien. Au bout du fil, une voix circonspecte :

« Bonjour, inspecteur Acree, vous m'avez laissé un message. »

Le message que j'avais laissé six heures plus tôt. Avant de savoir que le type que tout le monde pensait mort était en fait vivant. Avant de savoir qu'on pouvait être assassiné pour un livre. Avant de savoir qu'un scientifique né quatre siècles auparavant pouvait pousser les gens à sonder les décharges de Caroline du Nord, à la recherche d'un trésor qui n'avait peut-être jamais existé.

« Monsieur Cavendish ?

– Oui, je tenais seulement à vous dire que je m'étais rendu en Caroline du Nord pour affaires, pour que vous n'alliez pas croire que j'avais pris la fuite, ou quoi que ce soit.

– Donc vous n'avez pas pris la fuite.

– Euh, non.

– Je vous remercie de m'avoir prévenu. Il y avait autre chose ? »

Centimètre par centimètre, j'éloignai le téléphone de mon oreille.

« Rien du tout, répondis-je.

– Excusez-moi, je n'ai pas entendu.

– Rien du tout. »

Alonzo aspirait les dernières gouttes de sa vodka, pendant qu'Amory Swale jouait au cerceau avec une rondelle d'oignon et que Clarissa se massait les paupières.

« Je suis partant, déclarai-je.

– Parfait, dit Alonzo avant de regarder sa montre. 22 h 23. L'École de la nuit est ouverte. »

Isleworth, Angleterre
1603

19

Le 20 février, Margaret Crookenshanks, une fille de cuisine de vingt-deux ans travaillant à Syon House, est convoquée aux quartiers de l'intendance.

« Vous souhaitiez me voir, monsieur ? »

L'intendant n'est pas quelqu'un de très haut placé sur l'échelle sociale – un lointain parent du comte de Northumberland sans le sou – mais il se tient droit, porte une collerette blanche d'officier de cavalerie et a adopté l'habitude monarchique consistant à parler à la première personne du pluriel.

« À compter de demain, nous souhaitons vous voir occuper de nouvelles fonctions.

– Monsieur ?

– Maître Harriot a requis une gouvernante adjointe.

– Maître Harriot, monsieur ?

– Oui.

– À quelle heure suis-je attendue, monsieur ?

– Au chant du coq. Ne soyez pas en retard, et tâchez d'être présentable.

– Bien, monsieur.

– Vous logerez également là-bas. Vous aurez l'obligeance d'emporter avec vous vêtements et effets personnels. Pour toute autre question, vous vous adresserez à M. Golliver, le majordome de maître Harriot, ou à Mme Golliver, la gouvernante.

– Bien, monsieur. »

Margaret ébauche une révérence quand une pensée l'arrête.

« Si je puis me permettre, monsieur, qui est maître Harriot ?

– Nous avons l'honneur d'affirmer qu'il s'agit d'un homme de la plus grande distinction. Un érudit passionné de sciences et assoiffé de savoir. »

Elle sait aussitôt de qui il parle.

Le lendemain de son arrivée à Syon House, un après-midi de décembre, en descendant à la rivière pour laver un baquet, elle avait remarqué un homme vêtu d'une cape noire, à l'âge indéfinissable. Debout sur le toit de la maison, près du bord, il tenait à la main ce qui ressemblait à deux balles de mousquet de tailles différentes.

À un moment, il avait écarté les doigts et lâché les deux balles en même temps. Le plus étonnant, c'était que quelqu'un attendait en contrebas. Un jeune garçon (un soprano de la chorale paroissiale, apprit-elle plus tard), allongé sur le flanc, l'œil gauche au ras du sol, et qui observait la chute des deux balles.

« En même temps, monsieur.

– Tu en es certain ?

– Oui, monsieur. »

Ils avaient répété l'expérience trois fois, avec le même résultat.

« Pareil, monsieur ! »

Margaret était restée muette d'admiration. Une occupation tellement inhabituelle dans un manoir ! Presque un passe-temps. Presque un moment de joie.

La rumeur dit que l'intendant est omniscient. Et de fait, il semble lire dans les pensées de Margaret.

« Maître Harriot est un drôle de personnage, si vous me passez l'expression. Mais ne vous en faites pas, il ne représente aucun danger pour une jeune fille. D'ailleurs, si notre propre fille devait travailler là, nous n'en dormirions pas moins sur nos deux oreilles. »

L'intendant n'a pas d'enfant, mais son ton n'en est pas moins convaincant.

« Qu'attend-on de moi, monsieur ?

– On vous expliquera dans le détail. Cependant, sur les instances de Madame, il est une règle que vous devrez à tout prix respecter. Maître Harriot exige le silence. Ce n'est pas quelqu'un de difficile, mais il a besoin de calme. »

Cette idée est tellement ancrée en Margaret que lorsqu'elle arrive à la demeure de Harriot, elle se déchausse avant de frapper à la porte. Mme Golliver le lui reproche immédiatement.

« Quelle idée de se promener sans chaussures ? Regardez, M. Golliver, on nous a envoyé une incapable.

– Doublée d'une souillon, renchérit-il.

– Pour quelqu'un qui travaillait dans l'arrière-cuisine, ce n'est guère étonnant. »

À l'instar de nombre de vieux couples, les Golliver se sont construit un rempart contre le monde extérieur, et ce rempart menace de se fissurer à chaque tension d'ordre privé. Chauve, roux de barbe, massif et ramassé, le mari évoque quelque brute butée sortie à contrecœur de son herbage. Quant à Mme Golliver, suante et blême, ventre de péniche en saillie, elle présente avec sa mâchoire prognathe l'air spéculatif d'un équarrisseur de porcs.

« Bon, au moins, vous n'êtes pas si laide. Non pas qu'il le remarquerait. »

Les Golliver prennent grand soin d'énumérer toutes les choses qu'elle n'a pas le droit de faire : parler sans y avoir été invitée, se retirer en premier, se réveiller en dernier, divertir les hôtes, hommes ou femmes, manquer la messe, se plaindre, protester, répondre, poser des questions.

« Eh surtout, écoutez-moi bien, ma petite (les yeux goitreux de Mme Golliver s'éclairent d'une lueur étrange). Vous ne devez vous approcher du maître sous aucun prétexte. »

S'il entre dans une pièce où elle travaille, elle doit en sortir sur-le-champ. Si elle l'entend demander quelque chose, elle doit immédiatement transmettre la requête à M. ou Mme Golliver. Elle ne doit jamais croiser le regard du maître ni lui adresser la parole, et a interdiction formelle de toucher ses effets personnels. Toute infraction à ces règles sera synonyme de renvoi immédiat.

Mme Golliver grimace, révélant l'endroit où devaient jadis se trouver ses dents.

« Vous ne voulez pas finir comme Jane, n'est-ce pas ? »

Margaret apprendra par la suite que Jane était en fait l'ancienne gouvernante adjointe qui, après avoir caché son état pendant sept mois, avait dû finalement avouer en janvier qu'elle était enceinte.

Le père fut rapidement localisé : un fabricant de tabourets de Richmond qui n'avait vu la jeune femme qu'une seule fois, à une fête de village. On s'empressa de rédiger un contrat de mariage, on réduisit la durée de publication des bans et une semaine plus tard, alors que l'accouchement était imminent, Jane Jasper devint Jane Fitzwilliam.

« Imperceptiblement, elle avait commencé à s'écarter du droit chemin, explique Mme Golliver. On oubliait une maille. On laissait tomber un seau d'eau. On se permettait de répondre. Et avant que quiconque n'ait pu l'empêcher, elle ouvrait les cuisses au premier venu. Ne suivez pas son exemple. »

Tous les matins, Margaret se lève à cinq heures, en même temps que les trayeuses. Le froid l'enveloppe dès qu'elle quitte les couvertures et la suit dans la maison, s'insinuant sous son jupon pendant qu'elle enlève les cendres de la veille et attise les braises, pendant qu'elle nettoie et cire les bottes du maître, pendant qu'elle va puiser de l'eau.

Après le petit déjeuner, elle fait les lits, nettoie les pots de chambre, passe le balai, bat les tapis et bourre les matelas de paille neuve. Elle travaille tout l'après-midi, jusqu'en début de soirée. Elle va faire cuire du pain au four, préparer du beurre dans la baratte, elle lave le linge et le plie, elle récure les sols, décape les assiettes, les couverts, et les plats de Mme Golliver avec une crème à base de cerf.

Elle prend son dîner seule, dans le grenier : du pain d'orge avec du lard, de la joue de bœuf le dimanche. C'est également là qu'elle dort, sur une paillasse. Elle sent ses os qui brûlent de fatigue. Il n'y a qu'une fenêtre, l'obscurité est complète (à part l'unique morceau de chandelle dans son bougeoir). Cela ne la dérange pas. Ainsi, elle ne voit pas ses mains, jadis ravissantes.

Elle n'aperçoit le maître que très rarement : un éclair noir dans l'escalier, une voix grave dans la pièce contiguë. Elle n'apprend à le connaître que par objets interposés : son lit défait, par exemple, avec l'empreinte de son corps, son odeur. Ses bottes, qui l'attendent à côté de la cheminée tous les matins. Ses vêtements dont la ressemblance ne cesse de la surprendre. Capes noires, chemises noires, pourpoints noirs, chausses noires... et ses collerettes blanches qui sont toujours molles car il ne supporte pas la sensation de l'amidon contre la peau de son cou.

Une fois par semaine, aux beaux jours, elle étend les vêtements sur un fil pour les battre. Se dégage alors une multitude d'effluves : pomme de senteur, clou de girofle, graine d'anis, soufre... et une odeur particulière qu'elle ne reconnaît pas, une odeur de fumée âpre et douce.

Elle la retrouve quand elle change les draps du maître et, après quelques recherches, elle finit par en découvrir l'origine : des feuilles brunes qui sèchent sur le rebord de la fenêtre et qui ressemblent aux copeaux dont on bourre les poupées. Elle en prend une, la pose sur sa langue et ressent à sa grande surprise un picotement qui semble faire tout le tour de sa tête.

Le lendemain soir, allongée sur son lit, la douleur l'empêche de dormir. C'est alors qu'elle sent de nouveau la même odeur que la veille, qui paraît s'insinuer par la fenêtre à demi ouverte, à la manière d'un songe. Elle se lève, s'enroule dans sa courtepointe et regarde à l'extérieur.

Il se trouve dans la cour, juste en dessous. Il est assis sur un baquet retourné et tient une pipe en terre entre ses lèvres. De cette pipe s'élève une colonne de fumée en direction du ciel. Elle tend le bras et sent la fumée tournoyer autour.

Quelques instants plus tard, la pipe est au sol, et le maître se tient la tête à deux mains. Il est entouré de fumée et tout son être semble saisi de tremblements, comme s'il allait entrer en éruption. Mais non. Une simple immobilité grandissante.

Le lendemain, elle sent encore l'odeur du tabac sur son bras.

L'intendant passe deux fois par semaine, sans prévenir, pour contrôler son travail. Il parle d'un ton grave et affligé.

« Il y a beaucoup trop de cendres dans la cheminée du salon. Le garde-manger est plein de miettes. Les serviettes sont miteuses, l'aiguière est tachée. Nous avons eu le regret de constater une trace de botte dans l'entrée... »

Dès qu'il est parti, les Golliver prennent le relais. Avec Margaret, ils ont trouvé une cause commune qui leur permet d'oublier quelques instants leurs propres différends.

« Une couture, ça ? Qu'est-ce qu'il ne faut pas entendre !

– Quelle maladroite ! C'est à croire qu'elle a deux mains gauches.

– Je me demande quand elle se décidera à aller remplir le pichet du maître. À la Saint-Michel, tu penses ? »

Et quand ils se trouvent à court de reproches à lui faire, ils se rabattent sur les prédictions.

« Vous verrez qu'elle finira comme Jane. »

Mais ils ignorent que ce genre de raillerie n'atteint plus Margaret, car elle a cessé depuis longtemps de considérer Jane comme un exemple à ne pas suivre. Jane a réussi. Elle a un mari, un enfant... un avenir. Ça pourrait être pire.

Un jeudi d'avril, Mme Golliver doit garder le lit à cause de douleurs d'estomac. Elle se tord, mord son oreiller pour étouffer ses cris. S'apercevant que le cataplasme d'herbes aux poules qu'il lui a appliqué reste sans effet, M. Golliver, le regard fou, appelle Margaret d'un ton sec.

« Toi ! Va nettoyer le laboratoire. Fais vite, et reviens ici immédiatement après ! »

Le laboratoire. Un bien long mot pour une petite pièce si austère. Deux escabeaux. Trois coffres où s'entassent des papiers. Une table de travail grossière. Pas de tapis, de coussin ou de cadre au mur. Margaret ne sait pas par où commencer.

Armée de son chiffon, elle époussette pots d'étain, règles, disques de bronze, lentilles grossissantes, plumes d'oie et encriers. Un océan d'objets où affleurent quelques papiers.

Et voici la question à laquelle elle ne trouvera jamais de réponse : pourquoi s'arrête-t-elle sur ce papier en particulier ?

Il n'a pourtant rien de remarquable, avec ces taches d'encre et ces traces de graisse et de cire. Un tableau, rien de plus. Des noms et des chiffres.

Cyprum	*2,43*
Adamas	*2,42*
Sapphir	*1,76*
Krystallos	*2,00*
Rubeus	*1,76*
Achates	*1,54*
Mel	*1,49*

Ce sont les quelques mots griffonnés au-dessus qui finissent par l'interpeller :

Problema : Datis fractionibus ab aere ad aqua et ab aere ad vitrum : fractionem ab aqua ad vitrum invenire.

Ses yeux tentent de déchiffrer les mots tandis que ses lèvres les prononcent.

Aere... aqua... vitrum.

Et soudain, des profondeurs de son esprit, le sens lui vient.

Air... eau... verre.

Ces quelques mots sonnent comme les premières notes d'un air oublié. Une mélodie si palpitante et triste qu'elle se tient là, hébétée, ayant perdu toute notion du temps. Jusqu'à ce qu'un léger bruissement accompagné d'un éclat noir à l'extrémité de son champ de vision la rappelle à la réalité.

Le maître.

Il est assis sur une de ses chaises en chêne brut, un papier étalé sur la cuisse.

Comment a-t-elle pu ne pas le voir ? Le sortilège des mots ?

Elle connaît les règles. *Ne pas parler. Quitter la pièce immédiatement. Rendre compte directement.* Mais quelque chose la retient.

Elle veut parler, se justifier. *Mme Golliver... elle est souffrante...* Mais les mots ne sortent pas. Elle oublie la révérence. Et c'est finalement la peur qui la pousse à quitter la pièce en toute hâte.

Elle est presque déjà sortie de la maison quand elle entend sa voix qui l'appelle. Et les mots qu'il emploie sont d'autant plus terrifiants que ce sont les premiers qu'il lui adresse. Ils sonnent comme un coup de tonnerre aux oreilles de Margaret.

« Vous savez lire ? »

20

Margaret Crookenshanks sait lire.

Elle doit cette aptitude à deux bizarreries du destin : son père adorait les livres, et il n'avait pas de fils.

Quand il s'avéra que la sœur aînée de Margaret restait insensible à la magie des mots, Margaret fut ravie de s'emparer de l'abécédaire. Elle contemplait les symboles étranges et chargés de sens.

Aa... Bb... Cc...

La prière dominicale fut le premier écrit qu'elle apprit à lire. Elle la chantait littéralement, à en croire son père, comme si les mots tombaient en dansant de sa langue.

Puis, très vite, elle passa ses journées en compagnie de Tom Pouce, Robin des Bois et le Roi Arthur. Quand arriva le temps de lectures plus sérieuses, son père l'initia à la Bible de Genève dans sa traduction anglaise et au *Livre des martyrs* de John Foxe. Enfin, quand il s'aperçut que la soif de savoir de sa fille était sans limites, il l'initia au latin.

Nominatif, génitif, datif, accusatif. Temps, modes, personnes, voix, aspects. Elle dévora la grammaire latine de

William Lily afin de déchiffrer, ligne par ligne, Cicéron et Térence, les *Bucoliques*, les *Métamorphoses*, les *Commentaires* de César, Horace et Lucrèce.

Parfois, alors qu'elle était plongée dans sa lecture, elle s'apercevait que sa respiration déposait de la vapeur sur les pages. Elle s'imaginait alors qu'elle s'était aventurée (de son propre gré) dans une serre chauffée par la lumière des mots et rafraîchie par le ton ferme de son père.

« Essaie encore, Margaret. »

Le soir, quand M. Crookenshanks quittait son magasin pour rentrer chez lui, il lui arrivait de faire un détour par la porte ouest de la cathédrale Saint-Paul pour acheter un volume de sonnets d'amour à sa fille.

De quel pas triste, Ô Lune, tu montes dans le ciel, en quel silence, avec quelle face blême !... Viens Sommeil, Ô Sommeil[1] *!*

Mme Crookenshanks ne savait pas lire, mais elle comprenait ce rayonnement qui éclairait le visage de Margaret dans ces moments-là, cette manière dont ses lèvres s'écartaient, pour recevoir chaque mot comme une offrande.

« Range ça tout de suite ! »

Margaret avait bien compris qu'elle était la cause de la guerre que se livraient ses parents. Pour y échapper, elle trouvait refuge dans ces fameux livres que sa mère avait en horreur.

1. Extraits de Philip Sidney, *Astrophel et Stella*, Éd. Montaigne, 1962 [trad. de Michel Poirier].

Quand Margaret eut douze ans, son père se mit en tête de lui apprendre à écrire. Mme Crookenshanks, qui savait à peine signer d'une croix, le prit comme un affront.

« Elle sera incapable de jouer son rôle d'épouse ! »

Un après-midi, Margaret la surprit à essayer de déchiffrer une feuille couverte de l'écriture de sa fille.

« Mère ? »

Mme Crookenshanks détourna vivement la tête, mais Margaret eut néanmoins le temps de lire dans ses yeux une détresse infinie.

Deux semaines après le quatorzième anniversaire de Margaret, un incendie réduisit en cendres la bonneterie de M. Crookenshanks. Comme il n'avait pas les moyens de reconstruire, il essaya de vendre ses articles dans la rue. Hélas, il ne tarda pas à s'apercevoir qu'il s'agissait là d'un travail harassant et que l'air de la ville ne lui réussissait pas. Il se couchait de plus en plus tôt – il n'y avait plus de temps pour la lecture – et, moins d'un mois avant Noël, il tomba malade. Son état se dégrada très rapidement et, deux jours plus tard, il mourut dans son lit. À son cou décharné pendait un crucifix en ivoire.

Dès le lendemain, Mme Crookenshanks prit tous les livres de Margaret – son Ovide, son Cicéron, son Montaigne, son *Astrophel et Stella.* Elle les fourra dans un sac et alla les vendre à un libraire.

« Ils ne te seront plus d'aucune utilité, à présent. »

Mme Crookenshanks faisait seulement preuve d'esprit pratique. Les dettes de son mari ayant anéanti tout espoir de dot ou d'avancement pour ses filles, la famille n'avait à présent d'autre choix que de survivre.

À quinze ans, Margaret Crookenshanks commença à travailler. Un cousin lui trouva une place pour faire les foins à Lambeth. Vêtue d'un jupon rouge en grosse laine et d'un chapeau de paille, elle passait ses journées à éternuer. À l'automne, elle fut engagée comme trayeuse, mais elle se révéla trop frêle pour porter les seaux. Après trois chutes, on la renvoya.

Elle travailla alors à la confection du malt, elle nettoya des chapelles, elle fit de l'étoupe. Les bonnes semaines, elle gagnait six pennies ; les mauvaises, rien du tout. Généralement, elle ne faisait qu'un seul repas par jour. Elle perdait du poids à vue d'œil, tandis que ses os devenaient durs comme la pierre.

L'été suivant, elle attrapa une mauvaise fièvre qui acheva de brûler ses dernières forces. Contrainte de garder le lit, elle laissa sa mère s'occuper d'elle. Quand enfin Margaret put se tenir debout, Mme Crookenshanks l'attendait avec une grande nouvelle : un vieil ami de son mari s'était arrangé pour que la jeune fille se rende à la foire d'Isleworth afin d'y rencontrer l'intendant de la Syon House.

« Rends-toi compte, Margaret ! Le comte de Northumberland ! »

À cette époque, elle avait encore de jolies mains, mais elle avait le teint pâle. Elle marcha donc pendant une heure avant l'entrevue afin de paraître plus radieuse. Elle parla d'une voix douce et garda les yeux baissés. Elle fut engagée sur-le-champ.

Depuis, cinq années ont passé, et Margaret est toujours apprentie. Elle espère cependant être rémunérée dès le printemps prochain. Trente shillings par an, si elle a de la chance.

Elle n'a pas de livres. D'ailleurs, si elle en avait, elle ne les lirait pas.

Telle est l'histoire de Margaret : elle sait lire, mais cela a toujours été la cause de son malheur. Et sans le savoir, maître Harriot vient de réveiller de douloureux souvenirs.

L'histoire va-t-elle se répéter une fois de plus ? Indigné par cette intrusion, maître Harriot ne manquera pas d'en référer aux Golliver. Demain matin, Mme Golliver sera ravie d'apprendre que ses prédictions se sont accomplies. Elle demandera à Margaret de lui remettre sa livrée et la mettra à la porte sans lui donner un sou.

Le lendemain, elle se lève à cinq heures et, accablée, elle entame sa routine matinale. Penchée devant la cheminée pour en retirer la suie, elle entend derrière elle un pas guilleret : Mme Golliver n'est plus alitée. Margaret ferme les yeux, rassemblant tout son courage pour affronter la gifle ou le coup de bâton qui l'attend.

Quelle n'est pas sa surprise de sentir un chatouillement au niveau de sa cheville gauche.

« Empotée ! Tu as oublié ceci ! s'exclame Mme Golliver en lui tendant un vieux morceau de tissu. C'est le maître en personne qui l'a rapporté. »

Margaret reconnaît son chiffon.

Elle a d'abord du mal à croire à ce répit inespéré mais la matinée se poursuit comme à l'accoutumée : les mêmes douleurs dans son corps, la même hargne entre les époux Golliver. Quand arrive midi, elle est apaisée et ne se retourne même pas quand la porte du petit salon s'ouvre derrière elle.

C'est alors qu'elle entend quelqu'un s'éclaircir la voix. Un son bien trop discret pour être l'œuvre d'un Golliver.

Le maître. Comme à son habitude, il est vêtu d'une longue robe noire et porte une calotte sur ses cheveux courts.

«Je vous prie de m'excuser, dit-il. Il semblerait que je vous aie effrayée.»

Il sourit. Ou plutôt, il essaie, mais ses belles dents droites et à peine grises disparaissent bien vite derrière ses lèvres.

«J'ai un don pour passer inaperçu, reprend-il. Parfois, au contraire, je me fais trop remarquer. J'ai bien du mal à trouver le juste milieu.»

Trop occupée qu'elle est à faire amende honorable, Margaret n'entend pas ses excuses.

«Oh, monsieur. Je suis vraiment désolée. Je voulais seulement ranger, je ne pensais pas à mal. Je vous en prie, n'en parlez pas aux Golliver.

– J'ai bien peur qu'il ne soit trop tard. Je leur ai rapporté votre chiffon.

– Je ne voulais pas vous offenser, monsieur, répond-elle, n'osant toujours pas le regarder dans les yeux.

– M'offenser ? Je ne comprends pas.

– Je n'étais pas censée toucher à vos affaires. C'est strictement interdit, c'est une des règles.

– J'ignorais qu'il existait des règles. D'ailleurs, j'apprécierais qu'on m'éclaire à ce sujet. Mais attendez, est-ce pour cela qu'il règne un silence de mort dans cette maison ?

– Oui, monsieur. C'est la première règle.

– Ah. »

Il fait un pas dans le petit salon et hésite brièvement à faire demi-tour.

« Mademoiselle, dit-il. Puis-je vous demander depuis combien de temps vous travaillez ici ?

– Trois semaines, monsieur.

– N'y avait-il pas une autre fille avant vous ?

– Si, monsieur. Jane. Mais elle est partie. Elle s'est mariée.

– Vraiment ? »

Il marque une pause, puis reprend :

« Et vous vous appelez ?

– Margaret.

– Vous venez de Londres, si j'en crois votre accent.

– Oui, monsieur. »

Il hoche la tête à plusieurs reprises et esquisse un sourire.

« Très bien. Je suis Harriot.

– Oui, monsieur. Je sais.

– Bien sûr. Ils vous auront au moins dit cela. »

Les pommettes du maître s'empourprent légèrement.

« Je suis ravi de faire votre connaissance, Margaret.

– Tout l'honneur est pour moi, monsieur.

– Bon, les présentations sont faites. »

Il lève la main pour prendre congé et s'aperçoit qu'il tient toujours le morceau de papier à la main. Il le considère un instant puis le pose sur la table à tréteaux.

Au début, elle ne le reconnaît pas. Puis tout à coup, elle distingue les mots en latin.

« Hum... Je peux vous le laisser, si vous le voulez.

– Je vous demande pardon ?

– Je suis occupé à d'autres affaires, pour le moment. Il m'a semblé que vous souhaitiez le lire. Quand vous aurez le temps, bien sûr. »

Quand elle aura le temps.

« Je vous remercie, monsieur.

– Bien sûr, c'est écrit en latin.

– J'ai vu.

– Je n'étais pas sûr que vous sachiez...

– Si monsieur, un peu. »

Il ne sourit pas, à proprement parler. Mais le mouvement de ses lèvres se veut encourageant.

« Bon. Vous pouvez me le rapporter demain, si cela vous convient.

– Bien, monsieur. »

Les Golliver ne doivent voir le document sous aucun prétexte. Margaret le cache donc dans son corsage pour ne l'en retirer que tard le soir, une heure après que tout le monde est allé se coucher. Elle l'étale sur sa paillasse et l'étudie à la lumière de la bougie, en prenant bien soin de ne pas faire tomber de cire dessus. Elle lit à toute vitesse, aux aguets.

Le lendemain, elle se rend dans le petit salon à midi pour y attendre le maître. Cette fois, elle est préparée.

« Je vous prie de m'excuser, monsieur. Je n'ai pas tout compris. »

Harriot a les lèvres pincées, mais son apparence n'est pas austère.

« Dites-moi ce que vous n'avez pas compris.

– Oh. »

D'un geste raide, elle pose le papier sur la table.

« *De l'air à l'eau*... jusqu'ici, c'est assez simple. *De l'air au verre, de l'eau au verre.* Mais ensuite vient *fractio*...

– *Fractionibis.*

– Voilà, c'est ce mot que je n'ai pas compris. J'imagine qu'il s'agit d'une sorte de fraction...

– C'est de ma faute, j'ai utilisé une abréviation. Il s'agit en fait de l'indice de réfraction.

– Et de quoi s'agit-il ?

– Eh bien... Quand la lumière rencontre une autre substance, une matière transparente comme l'eau ou le verre, par exemple... Cette substance la tord à un certain angle. L'indice de réfraction est en fait un moyen de déterminer cet angle avec précision, selon la substance. Je suis désolé, je n'ai pas été très clair.

– Oh, non, monsieur. Je me disais seulement que tout ceci est très étrange.

– Quoi donc ?

– Le fait que la lumière se torde.

– Rien d'étrange à cela. Vous avez déjà vu un arc-en-ciel, n'est-ce pas ? Ce phénomène n'est en fait que le résultat de la torsion de la lumière. Quand elle se tord, elle se divise et on peut alors voir les différents éléments qui la composent. De même, si vous plongez un bâton dans une mare, vous aurez l'impression qu'il se tord à l'endroit précis où il entre en contact avec l'eau. Ceci n'est qu'une illusion d'optique provoquée par l'action de... de la réfraction. »

Elle opine. Elle se dit qu'il est temps de prendre congé. Et, à sa propre stupéfaction, elle s'entend poser une autre question :

« Et comment peut-on mesurer cela ?

– Ah ah. C'est là une question très intéressante. Après de nombreuses expériences, j'ai réussi à établir de manière convaincante une corrélation entre l'angle d'incidence – l'angle auquel la lumière converge vers l'autre objet – et l'angle de réfraction – celui auquel le rayon est dévié. Si on divise le sinus du premier angle par le sinus du second, le quotient obtenu correspond à l'indice de réfraction. C'est du moins ce que j'ai calculé.

– Donc tous ces chiffres sont en fait les indices de réfraction ? dit Margaret en tapotant le papier.

– Oui, pour différentes matières. Vous n'aurez aucun mal à traduire le latin. Il y a là le verre, le cristal, le marbre. Le rubis. Le cuivre. Et même le soufre, pour lequel le diable a un faible ! »

Il émet un petit rire puis, de peur d'être allé trop loin, il se tait. Elle aussi reste longtemps silencieuse avant d'oser poser la question qui lui brûle les lèvres.

« Mais, monsieur. Pourquoi voulez-vous savoir tout cela ? »

Pris de court, il reprend ses esprits avant de répondre.

« Eh bien, comment dirais-je... Ce n'est pas quelque chose que je confie à tout le monde... Voilà, je fais partie de ces gens qui pensent, à l'instar de Démocrite, que la matière est composée d'entités appelées atomes. Nous pensons que ces entités sont à la fois indivisibles et indestructibles. Et, de par leur nature, bien trop petites pour être observées à l'œil nu. Et c'est là que la lumière se révèle un atout des plus précieux, car elle nous dévoile la structure qui se cache sous la surface de toutes les choses. Et plus on expose diverses substances à la lumière, plus ces substances révèlent leurs caractéristiques les plus profondes, et plus nous touchons à la nature de... »

Les mots qu'il utilise le poussent à s'interrompre un instant, avant de conclure d'un air grave :

« Eh bien, à la nature de la vie. Je ne sais pas si cela vous paraît sensé.

– Oui, monsieur. Parfaitement sensé. Je trouve cela magnifique et très noble. »

Immédiatement, elle regrette. *Magnifique... noble...* Comme ces mots ont l'air ridicules comparés au monde qu'il vient de lui révéler. La lumière. Les atomes. La vie.

« Mon but, Margaret – car j'aime à croire que j'en ai un – consiste à déduire une équation mathématique entre trois variables : densité, structure moléculaire et indice de réfraction. Et ce faisant, je... Oh, je deviens obscur et ennuyeux. Excusez-moi, notre petite conversation me plaisait beaucoup et je me suis laissé emporter.

– Mais non, monsieur, tout le plaisir a été pour moi. Tout l'honneur, devrais-je dire.

– Oh. »

Il fait un pas en arrière et se gratte machinalement la barbe.

« Pour ce qui est de l'honneur, je ne sais pas. »

Elle comprend alors que cet homme n'apprécie guère la flatterie.

« Margaret ?

– Oui, monsieur ?

– Souhaiteriez-vous observer mon travail de plus près ?

– Que voulez-vous dire par là ?

– Il se trouve que je prendrai demain après-midi les mesures de l'ambre. Si vous restez discrète, votre présence ne me dérangera absolument pas. Eh bien, pourquoi me regardez-vous ainsi ? Suis-je en train d'enfreindre une autre loi ?

– J'en ai bien peur, monsieur. »

Les lèvres de Harriot se figent puis, *ex nihilo*, une idée lui vient.

« Peut-être pourrais-je en parler à Mme Golliver ! Je ne vois pas ce qu'elle pourrait trouver à redire. Une interruption de dix minutes dans vos travaux journaliers ne peut pas faire grand mal, n'est-ce pas ? »

Margaret ne sait que répondre. Mme Golliver protestera. Elle s'insurgera même. Mais après tout, c'est une idée du maître. Qui peut le contredire ?

« Monsieur, je... Faites comme bon vous semblera...

– Dans ce cas, je vous propose de me retrouver demain à trois heures. Dans mon laboratoire. »

Et maintenant qu'un lieu et une heure ont été fixés, ce plan qui se concrétise la terrorise, et elle se sent impuissante. Sa réponse sonne comme un glas à ses propres oreilles.

« Comme vous voudrez, monsieur. »

Outer Banks, Caroline du Nord
Septembre 2009

21

Et l'autre École ? Celle qu'Alonzo Wax et moi avions fondée à l'université, tant d'années auparavant ?

Nous ne l'avions jamais officiellement fermée, mais plus l'année avançait, moins nous nous voyions. Nous faisions comme si de rien n'était, mais nous savions pertinemment que c'était moi qui brillais par mes absences. Pour tout dire, cela me surprenait autant qu'Alonzo, car je n'avais aucun autre impératif, aucun ami plus loyal et généreux que lui, et je n'avais certainement rien de mieux à faire que lire de la poésie et discuter philosophie en buvant du gin.

Alonzo n'était pas exclusif et ne voyait aucun inconvénient à ce que je passe du temps avec mes autres amis. Sa préférence pour les hommes était tout à fait assumée, mais jamais il n'eut le mauvais goût de me faire du gringue. Et pourtant, lorsque nous nous voyions, j'avais la désagréable sensation que quelque chose entre nous n'avait pas été consommé. Je commençai à inventer des excuses pour m'absenter, et parfois je ne prenais même pas la peine de trouver une excuse. Quant à Alonzo, le roc jadis si sûr de lui, il devint agité, grincheux, comme un professeur qui s'aperçoit soudain que sa classe a profité qu'il avait le dos tourné pour s'éclipser.

À l'automne, je m'étais trouvé une petite amie, une étudiante en sciences politiques venue d'Austin qui me faisait fondre quand elle boudait. Quant à Alonzo, il avait commencé à fréquenter Kenneth Martineau, l'héritier d'une famille qui avait fait fortune dans les boîtes en carton. Leur relation, qui avait démarré de manière platonique, n'atteignit jamais le stade qu'on pourrait qualifier de torride. Kenneth, qui avait un faible pour les effets de surprise, profita de l'anniversaire de la mort de sa mère pour annoncer qu'il avait décidé de consacrer le reste de sa vie à Alonzo. Sa famille ne l'entendit pas de cette oreille et se lança dans une série de récriminations et de menaces. Quand enfin les choses se tassèrent, Kenneth avait quitté Alonzo pour un constructiviste du ready-made installé à La Jolla, en Californie, dont il devint la muse et le mécène.

Alonzo quitta l'université avant même la fin du premier semestre. Cependant, il mit un point d'honneur à toujours garder contact et, par culpabilité et – il faut le dire – par affection résiduelle, je lui rendais la politesse. Notre école n'existait plus, certes, mais elle n'avait jamais pour autant fermé ses portes.

Et voilà maintenant que nous nous retrouvions tous les matins dans la cabane d'Amory Swale (que nous envoyions faire les courses), comme sur les bancs de l'université. Le premier jour, j'apportai un thermos de café, une brique de jus d'orange, ainsi que des muffins et une vingtaine de bagels sur lesquels Alonzo se jeta comme un mort de faim.

« Je… je réfléchissais à la répartition des tâches. Pour commencer… »

Il s'interrompit pour attraper d'un coup de langue une miette restée sur sa lèvre.

« Pour commencer, je pense qu'Amory et moi pourrions nous occuper du travail sur le terrain. Recouper les sources anciennes, consulter les autorités, inspecter les sites… bref, tout ce qui pourrait nous permettre de retracer les pas de Harriot. Toi et Clarissa…

– Oui ? »

C'est alors qu'il me montra la roue.

Je n'y avais pas prêté attention la première fois que j'avais regardé le document. Une série de lettres minuscules qui formaient un cercle autour de la carte. À l'aide d'une loupe, Alonzo avait recopié la séquence dans le sens des aiguilles d'une montre.

PsjAYStrooxeidDVegaLOkuxTmLikcyCUsSxGAzyrnr-muOrrLBAkchrltRdgarnoomONOssfrtvQhiHeRbdallZolgea-nitzPeFpfhlogionLlLqaBwnbAdauncsleckQooTiatGlgKIkiW-fleatHEstRqiabaOtzKCdMCpnfeffkuv

« C'est la légende de la carte, dit Alonzo. J'en suis convaincu. Si nous perçons le secret de la roue, nous perçons le secret de la carte. »

À présent, mon café était assez froid pour que je puisse le touiller au doigt.

« N'oublie pas que je ne suis pas cryptologue, déclarai-je.

– N'aie crainte, Clarissa fait des merveilles avec un ordinateur. Toi, ton rôle sera de lui fournir un cadre de référence. Cherche des expressions, des noms, des mots. Tout ce que tu pourras associer à notre homme ou à son époque, tu le jettes dans la marmite et tu regardes le résultat. »

Tel un Falstaff des temps modernes, il se flatta le ventre, puis déclara d'un ton où pointait l'espièglerie :

« Au fait, Henry, j'ai beaucoup aimé ton éloge funèbre. »

Je reposai mon muffin et le regardai droit dans l'iris.

« Oh, non. »

Car l'image la plus indélébile que je gardais de l'enterrement d'Alonzo, c'était celle de Lily Pentzler en train de parler dans sa manche comme une possédée.

« Oh, non, tu lui as fait porter un micro, salopard. Elle retransmettait ton enterrement en direct.

– C'était très émouvant, Henry. Tu n'as pas versé dans le pathos, car tu savais que j'abhorrais ça. Oh, mais dis-moi plutôt ce que tu penses de Clarissa.

– Euh, balbutiai-je avec un geste vague de la main. Elle a l'air motivée.

– Mais enfin, pourquoi ne dis-tu pas franchement que tu la trouves glauque ?

– Je ne sais pas. Tu y crois, toi, à cette histoire d'École de la nuit qui lui rend visite chaque soir ?

– Je crois que c'est ce qu'elle voit, oui. Et je crois que ces visions ne viennent pas d'elle mais d'ailleurs.

– Pourquoi ? Parce qu'elle t'a dit deux mots en latin ?

– Non, parce qu'elle n'en peut plus. Parce que pardessus tout, elle souhaite que ces visions disparaissent.

– C'est aussi le cas des schizophrènes. »

En disant cela, je repensai à Clarissa, que j'avais abandonnée ce matin-là dans la pièce commune du motel, assise sur une chaise en rotin, penchée sur son croissant, les yeux hagards.

« Autre chose, déclarai-je. Pourquoi est-elle là, pour commencer ? Une jolie jeune femme comme elle a sûrement mieux à faire, non ?

– Les gens vont où ils doivent aller, répondit Alonzo en aspirant la dernière goutte de jus d'orange à même la brique. Tu n'es pas d'accord avec moi, Henry ? »

Bonne question. Étais-je où je devais être ?

J'étais celui qui s'attendait le moins à trouver de l'or. N'empêche que ces dernières vingt-quatre heures, j'avais eu deux fois l'occasion de partir, et ce n'était pas Harriot qui m'avait retenu. J'en avais bien conscience et, alors que je m'approchais des murs roses du Pelican Arms, je sentis que mon cœur battait la chamade. Clarissa se trouvait dans la véranda, les yeux clos, les cheveux ébouriffés par la brise. Elle portait sa robe d'été jaune qui paraissait grotesque contre le gris terne des coussins. Elle s'était verni les ongles des orteils – en rouge viande – et je dois admettre que, brièvement, je fus pris d'une envie de croquer dedans.

« On a du boulot », déclarai-je.

Nous montâmes dans ma chambre. Elle s'assit dans l'unique fauteuil, alluma son MacBook et se mit au travail avec ardeur. Bien sûr, elle prenait une pause occasionnelle pour aller aux toilettes, s'étirer, ou boire une gorgée de thé glacé, mais cela ne durait jamais plus d'une minute, et elle revenait aussitôt à ses logiciels de décryptage.

Quant à moi, je pris un petit carnet et notai tous les noms que je pouvais associer à Harriot. Ralegh, Percy, Marlowe, Chapman et tous les autres membres connus de l'École. Richard Hakluyt, qui avait enseigné la géographie à Harriot. Thomas Allen, qui lui avait enseigné les mathématiques. Kepler, avec qui il correspondait. Galilée, son rival. Bruno, Brahe, Roger Bacon. John Dee, George Ripley, Avicenne.

Tous les amis de Harriot. Et tous ses ennemis, car il n'en manquait pas. Le comte d'Essex, le beau-frère de Percy. Robert Cecil, le conseiller d'Élisabeth et de Jacques Ier. Anthony à Wood, qui accusa Harriot de renier l'Ancien Testament et d'avoir une *interprétation étrange des Écritures.* Le père Robert Persons, un prêtre jésuite qui accusa Harriot d'avoir encouragé de jeunes fils de bonne famille à railler Moïse et Jésus. Nicholas Jefferys, qui déclara que Harriot reniait la *résurrection du corps.* Le juge Popham qui, lorsqu'il condamna Ralegh à mort, exhorta ce dernier à se libérer de l'emprise de *ce diable de Harriot.*

Puis je passai aux noms de lieux. Clifton, où l'on pense que le père de Harriot exerça le métier de forgeron. Oxford et St. Mary Hall, où Harriot s'inscrivit à dix-sept ans. Le château de Sherborne, probable lieu de réunion des membres de l'École de la nuit. Durham House, la propriété londonienne de Ralegh. L'abbaye de Molanna, sa propriété irlandaise. Les escales de Harriot lors de son trajet vers l'Amérique : Plymouth, Porto Rico, les îles Hispaniola et Wococon.

Chaque nom éclipsait le précédent, et aucun n'était plus prometteur que l'autre. Je trouvais d'ailleurs réconfortant que Clarissa ne s'en sorte pas mieux. Pour l'instant, elle avait seulement réussi à prouver que la suite de lettres n'était ni un système de substitution, ni un algorithme. Et elle avait beau rentrer les mots les uns après les autres dans ses logiciels de décryptage, le résultat n'en était que plus obscur.

Nous continuâmes à travailler pendant le déjeuner, puis le reste de l'après-midi. À 19 h 30, nous commandâmes une pizza et des bières Sierra Nevada. Un pack de six. Assise jambes croisées sur le tapis à poil long blanc et humide, Clarissa enfournait les parts de pizza en jetant de temps à autre un coup d'œil en direction de sa serviette, comme on regarde quelqu'un dont on cherche à se rappeler le nom.

« Alors, dit-elle. Je voulais vous demander. Est-ce que vous le détestez ?

– Qui donc ?

– Walter Ralegh. »

Je bus une gorgée de bière avant de répondre :

« Pourquoi devrais-je le détester ?

– Il a ruiné votre carrière.

– Mais Ralegh n'y est pour rien. Je n'ai jamais... si vous voulez tout savoir, je voudrais plus que tout lui faire honneur.

– Pourquoi ? Quelqu'un lui a manqué de respect ?

– En fait oui, commençai-je en me massant l'arrière du cou. L'histoire, en un sens. Elle l'a masqué. Il était avant tout un poète qui, pendant son temps libre, participait à la prise de Cadix, se battait contre l'Invincible Armada, se promenait en bateau en Guyane et...

– Et jetait son manteau sous les pieds de la reine Élisabeth pour ne pas qu'elle marche dans une flaque !

– Oui, bien que ce dernier fait ne soit pas avéré. Mais si vous regardez les autres faits, ceux qui sont attestés, toutes les occupations qu'il a eues – courtisan, soldat, explorateur, mécène – tout découlait de sa seule véritable vocation. La poésie. Sa vie même est un long poème épique qui ne finit jamais. »

Je m'aperçus alors que cela faisait des siècles que je n'avais plus parlé de Ralegh.

« Et vous ? demanda Clarissa en m'observant, cachée derrière sa bouteille. Quel poème décrirait le mieux votre vie, Henry Cavendish ?

– De la prose. Seulement de la prose. »

Elle sourit doucement avant de se lever. Elle se frotta les yeux et demanda d'une voix fatiguée :

« On est dans quelle chambre ?

– La mienne.

– Très bien. Bonne nuit.

– Mais il est encore tôt, non ?

– Pas pour moi. À demain. »

Je la regardai partir et me demandai ce qui aurait pu arriver si je lui avais dit de rester.

Il n'y avait plus de bière. Je pris donc la voiture pour trouver une épicerie, où j'achetai une bouteille de mauvais vin rouge, que je renversai accidentellement sur le sol de la salle de bains, à peine dix minutes plus tard.

Il en restait néanmoins suffisamment pour passer une bonne soirée. J'allumai la télé et zappai sur une chaîne qui diffusait de vieux classiques. Abruti par l'alcool, je regardai Jeanette MacDonald faire les yeux doux à Clark Gable. Puis je m'endormis.

Je fus réveillé quelques heures plus tard par un battement dans ma tête. Très vite, je m'aperçus que le battement en question venait de la porte, à trois mètres de là.

Clarissa. Elle était vêtue d'un T-shirt gris. Elle entra dans la chambre, les yeux écarquillés.

« C'est Harriot, dit-elle.

– D'accord.

– C'est bien lui.

– Très bien.

– Et il est avec quelqu'un. Une femme du nom de Margaret. »

Isleworth, Angleterre
1603

22

Elle est surprise de constater que le laboratoire où Thomas Harriot cherche la lumière est en fait... presque entièrement plongé dans le noir.

Des couvertures ont été jetées sur les fenêtres. Margaret s'arrête à l'entrée et scrute les ténèbres. Elle finit par apercevoir une forme mouvante et par entendre une voix qui l'enjoint impatiemment d'entrer. Elle fait deux pas dans la pièce et s'arrête de nouveau pour laisser à ses yeux le temps de s'adapter à la pénombre.

« Vous pouvez vous asseoir. »

Enfin, elle distingue des objets. Une table de travail de six pieds de long, recouverte de papier de boucherie. Dessus, un triangle bruni, en ambre. Et, surplombant le tout, une lampe, pendue à une chaîne.

Pas de prologue, pas d'explications : le maître, plongé dans des calculs de dernière minute, est trop occupé à mesurer chaque distance, chaque angle.

Pour finir, il repose le compas et la règle et marque une pause. Il insère alors un morceau de bois noir dans la base de la lampe.

L'effet est immédiat. Le halo lumineux de la lampe se concentre soudain en un unique rayon qui vient frapper la face du triangle. Un second rayon apparaît instantanément, de l'autre côté. Le morceau d'ambre, coupé en deux, reste pourtant miraculeusement intact.

Le maître ne perd pas de temps à admirer le phénomène. Il s'empare de son rapporteur et se met au travail, murmurant le nom de chaque angle (*ABH*... *GBI*... *FBM*...) et griffonnant les résultats sur une feuille. L'opération est longue car chaque mesure est effectuée deux fois. Pendant les dix minutes qui suivent, Margaret lui est tellement sortie de l'esprit qu'elle doit s'y reprendre à deux fois pour qu'il l'entende.

« Excusez-moi, monsieur. Mon travail m'attend...

– Oh, oui. Bien sûr. »

Ne sachant trop ce que l'étiquette exige, elle recule d'un pas, fait une révérence et file tout droit vers la porte. *Vite et bien*, se dit-elle. *Sur la pointe des pieds...*

Et, comme lors de leur première entrevue, il la rappelle :

« Revenez donc demain. »

Elle revient donc le lendemain. Et le jour suivant, et celui d'après. À chaque fois, elle attend devant la porte du laboratoire que l'horloge sonne trois coups. Elle entre alors et se place devant lui, tête baissée.

« Je suis là, monsieur. Comme vous me l'avez demandé. »

Mais pourquoi lui a-t-il demandé ? Qu'attend-il d'elle exactement ? Pour jouer le rôle de public, se dit-elle. Pourtant, la vanité d'acteur ne semble pas être chez lui un trait de caractère. Il s'agite, grommelle, griffonne, perd sa page, s'en prend à sa plume... Bref, il agit comme un homme esclave de son tempérament. On comprendra donc aisément la surprise de Margaret quand, un après-midi, le maître sort de son brouillard et lui demande :

« Margaret, puis-je vous demander de noter les résultats ? »

Elle ne sait d'abord pas comment réagir, car elle sait à peine écrire les chiffres. Elle se met donc à singer l'écriture du maître : les demi-boucles irrégulières de ses 3 et de ses 5, la forme unique de ses 2, la raideur de ses 4. Elle s'en imprègne tellement qu'elle finit par s'approprier son style et très vite, la plume file à toute vitesse sur la feuille. Degré par degré, minute par minute, elle remplit les colonnes. Elle ne joue qu'un rôle secondaire, mais cela la remplit de joie et d'enthousiasme. À moins qu'il ne s'agisse seulement du soulagement d'avoir quelque chose à faire ?

Elle ne s'en rend pas compte, mais elle passe de plus en plus de temps dans le laboratoire. De dix minutes, elle passe à quinze, puis vingt. Et quand enfin elle prend congé, il la considère à chaque fois avec le même air déconcerté, comme si elle était la variable d'une équation qu'il n'arrivait pas à résoudre.

Un après-midi, il pose une grande sphère de cristal sur la table. *Une boule de sorcier*, se dit-elle. Et de fait, les mouvements lourds de Harriot et ses pauses théâtrales ne sont pas sans rappeler les gestes d'un nécromancien. Cette impression se renforce quand, d'une main tremblante, il insère dans la lampe le petit morceau de bois.

Comme d'habitude, le rayon de lumière se forme instantanément mais cette fois, il ne se contente pas de frapper la sphère. Il la fait exploser.

Une éruption de couleurs : indigo, violet, rouge, orange. Un jaune fulgurant. Un vert qu'elle pourrait presque sentir. Tous ses sens sont en éveil, mais aucun ne saurait tout contenir.

Abasourdie, elle se lève de son tabouret, sans prendre garde à ce qui se trouve à portée de son bras droit. L'encrier se renverse... Une rivière sombre et bileuse rampe vers la feuille de résultats.

Le maître, plus prompt à réagir, s'empare du papier d'un geste brusque. Ce faisant, il heurte la lampe de son épaule. Un fracas de verre. La seconde d'après, la table est en feu.

Haletante, Margaret s'empare de la plume et de l'encrier. Elle sent les flammes qui lui lèchent les doigts. Pendant ce temps, le maître s'est saisi d'une couverture qui obstruait la fenêtre. Il la jette sur la table. Hélas, les flammes redoublent d'intensité et dévorent la laine comme de l'amadou.

À l'extérieur, des pas se précipitent. Margaret se retourne pour voir Mme Golliver entrer dans la pièce, vacillant sous le poids d'un seau d'eau. La jeune fille n'a pas le temps de réprimer un éclat de rire devant la cocasserie de la scène que déjà, le flot de liquide se déverse sur la table. Un long grésillement... un dernier souffle... le feu n'est plus qu'un serpent de fumée.

Haletante mais triomphante, Mme Golliver repose le seau.

« Maître Harriot, vous ne pourrez pas dire qu'on ne vous a pas prévenu, dit-elle d'une voix grave de sibylle.

– C'est ma faute, répond-il.

– Autoriser une pauvre fille à accomplir de telles tâches va à l'encontre de la nature et du bon sens. C'est une perversion de l'ordre naturel des choses.»

Margaret comprend alors que Mme Golliver attendait ce moment depuis longtemps.

«Vous devez comprendre, maître, que cette jeune fille a été engagée pour faire son travail, pas pour nous en causer plus.

– Vraiment ?»

On pourrait penser qu'il cherche à la contredire, mais il n'y a pas de défi dans son ton, seulement une agitation qui se propage lentement aux autres parties de son corps : ses sourcils, ses doigts, ses pieds.

Comme il paraît vaciller face à l'inflexibilité de Mme Golliver ! Margaret en viendrait presque à le mépriser si elle ne ressentait pour lui un soupçon de camaraderie à cet instant précis. Comme elle, le maître ne peut pas mener sa vie comme il l'entend.

«Cela suffit, dit Mme Golliver. Par ici, Margaret.»

Une petite tape au menton. Très légère. Ce sont les mots qui font mal. *Cela suffit.* Comme si la vieille gouvernante faisait cause commune avec sa mère.

Ils ne te seront plus d'aucune utilité, à présent.

Cette nuit-là, Margaret est allongée dans son lit froid. Elle ressent un picotement à l'extrémité de ses doigts. Le souvenir des flammes brûlant chaque pore de sa peau. Elle se dit qu'elle aura bien du mal à trouver le sommeil, et pourtant, son esprit est déjà embrumé quand elle entend taper doucement à la porte. Une voix grave.

«Margaret ? Dormez-vous ?»

Vite, elle se lève et s'enroule dans sa couverture pour aller ouvrir.

Il est là. Debout. Vêtu de sa robe noire, tête nue. Une bougie à la main. Sa voix se fait plus assurée.

« C'est donc là que vous vivez... »

Souvent, elle a rêvé qu'un inconnu la rejoignait dans sa chambre. Mais il ne ressemblait en rien au maître.

« Margaret, je me demandais si vous me feriez l'honneur.

– Monsieur ?

– Je voudrais vous montrer quelque chose, explique-t-il avant de marquer une courte pause. Dehors, si cela ne vous dérange pas. »

Il attend dans l'escalier pendant qu'elle remet son corsage, sa jupe et son gilet. Puis il lui fait signe de le suivre. Il s'arrête sur la dernière marche et lui fait signe d'écouter.

Depuis la pénombre des chambres, un son qui rappelle celui de l'océan à marée montante. Les Golliver ronflent.

« M. Golliver tremble dans les aigus, dit le maître. Le *basso continuo* lui conviendrait mieux. »

Il est minuit moins dix. Tout le monde est couché. La terre même semble ronfler au milieu des peupliers gris et des bouleaux argentés.

Elle baisse la tête. Le maître tient à la main un cylindre d'un pied et demi de longueur, rangé dans un étui en cuir élimé.

« C'est ma lunette, Margaret. D'une fabrication très ancienne. Je l'avais avec moi en Virginie, cela me paraît si lointain. Elle a beaucoup impressionné les Algonquins. Je vous en prie... »

Elle s'en saisit maladroitement, applique son œil au verre et l'oriente vers le ciel.

Le choc est instantané. Des étoiles là où il n'y avait que la nuit.

Une illusion, se dit-elle. Et puis la lune apparaît soudain. Tellement grosse qu'elle a du mal à croire que c'est bien elle. Elle n'arrive pas à en détacher le regard.

« Cette lunette ne grossit que trois fois, et le champ de vision est plutôt limité, comme vous pouvez le constater. Mais je suis persuadé qu'un jour, avec le bon agencement de lentilles concaves et convexes, on pourra... enfin, c'est difficile à prédire...

– On pourra voir la lune pour de vrai, dit-elle en abaissant la lunette.

– Oui, dans ses moindres détails. On parviendrait alors à prouver avec une certaine crédibilité qu'il ne s'agit pas d'un gros morceau de gruyère. »

Ou d'étoiles fatiguées, se dit-elle en repensant à l'histoire que lui racontait son père quand elle était enfant. Chaque nuit, les étoiles les plus épuisées descendent sur la lune pour se reposer un moment avant de remonter.

« Monsieur.

– Oui ?

– Puis-je regarder une dernière fois ?

– Bien sûr. »

Une fois de plus, la lune apparaît dans l'objectif : elle n'est pas entièrement pleine et n'a pas l'air réelle, mais elle est vertigineuse ! Pourquoi Margaret n'arrive-t-elle jamais à trouver un mot à la mesure de l'expérience ?

Et puis, pourquoi s'en faire ? Le monde autour d'elle est déjà bien assez occupé à converser : grenouilles, engoulevents, chouettes, colins de Virginie... qui bruissent, frémissent et se font écho. Au sud, les douze coups de minuit battent la mesure de cette musique nocturne. Et, chevauchant le tout, la lune joue les chefs d'orchestre.

Elle entend la voix du maître, grave et ferme.

« Oui. Je pense que cela conviendrait.

– Pardon, monsieur ?

– Je disais, la nuit conviendrait tout à fait. »

Elle hoche la tête, déconcertée.

« Excusez-moi, reprend-il. Je réfléchissais aux conditions optimales pour les expériences d'optique. Je pense que la nuit, avec ses contrastes plus intenses, pourrait nous permettre de prendre des mesures plus précises. De réfraction et, et autre. »

L'emploi du *nous* n'a pas échappé à Margaret. Le maître, qui en est bien conscient, s'empresse de poursuivre :

« Comme nous avons pu le constater, les Golliver sont plutôt amorphes à cette heure-ci. Je pense qu'ils ne viendront pas nous interrompre avec des seaux d'eau. »

Elle comprend qu'il attend son aval. Elle sait aussi que le sommeil est le seul privilège qui lui reste. Debout dans la nuit, elle reste immobile, pendant ce qui lui semble durer une éternité.

« Comme vous voudrez, monsieur. »

23

Le lendemain soir, juste après les neuf coups de l'horloge, elle est là.

À première vue, se retrouver à cette heure ne change rien. Le travail est le même : prendre des mesures, noter les résultats. La pièce n'est pas beaucoup plus sombre que d'habitude, mais les ombres sont plus profondes et le rai de lumière plus net.

La transcription des résultats, en revanche, change du tout au tout. Plutôt plaisante de jour, elle se transforme en un véritable calvaire de nuit. Les mains de Margaret peinent sur la feuille de papier, les chiffres apparaissent pour disparaître aussitôt. Même la voix du maître s'efface parfois dans un bourdonnement indistinct.

Remarque-t-il l'inattention de Margaret ? Se rend-il seulement compte qu'elle est dans la pièce ? Oui, car il lui arrive d'interrompre ses marmonnements pour s'adresser à elle directement. De temps en temps, il va même jusqu'à faire l'effort de lui expliquer un point en particulier – le calcul des sinus et des cosinus, par exemple – mais jamais il ne se départit de son ton professoral. Car même si Margaret comprend bien le latin, ses connaissances en géométrie sont très limitées. Et la trigonométrie s'apparente pour elle à de l'araméen.

«Bien sûr, l'avantage des fonctions sinus et cosinus, Margaret, c'est qu'elles ne dépendent pas de la taille du triangle. Elles ne font que refléter le rapport entre les angles...

– Oui, monsieur.»

Les mots pleuvent sur elle, elle a l'impression d'être noyée sous le flot. Et puis il lui dicte un autre résultat. Alors sa plume noircit le papier, et le travail continue.

Angulus refractus... hdb per calculum... in aqua incidentia...

Quand s'achève la session de travail nocturne, il s'en remet aux plaisirs les plus simples. Il sort sa pipe, la bourre de tabac, l'allume à la chandelle la plus proche et aspire une bouffée. La fumée s'élève en tourbillons dans la pièce, picotant davantage les yeux de Margaret, déjà irrités.

C'est le moment qu'elle choisit pour prendre congé. La tête du maître se tourne alors dans sa direction.

«Bonne nuit, alors. Je vous remercie.»

Quand elle se retire, elle jette toujours un coup d'œil en arrière, mais il se trouve toujours exactement dans la position où elle l'a laissé. Jamais il ne semble prêt à aller se coucher.

Après tout, il n'est pas obligé de se lever de bonne heure. En général, Margaret se couche à une heure du matin, pour se lever quatre heures plus tard. La première semaine, la peur d'être découverte suffit à la tirer du lit. Mais plus les longues journées succèdent aux courtes nuits, plus elle a du mal à entendre le chant du coq. Un matin, c'est Mme Golliver qui doit venir la réveiller.

«Paresseuse!»

Quand elle peut, elle tente de rattraper son sommeil en retard, mais c'est plus souvent le sommeil qui l'a rattrapée. Elle passe le balai dans le bureau et doit soudain s'adosser au mur pour ne pas s'écrouler. Elle se penche sur un seau d'eau et se réveille la tête appuyée sur le rebord. Elle fait un lit et s'effondre dessus.

L'incident survient un vendredi matin, en avril, alors qu'elle revient du poulailler, sa jupe en guise de panier. Elle a le soleil dans les yeux. Une bourrasque de vent achève de l'aveugler. Elle titube pendant quelques secondes à la manière d'un animal blessé avant de s'écrouler, la tête la première.

C'est l'humidité qui la réveille. Les œufs, écrasés par son poids, imprègnent sa jupe et lui glacent la peau. Elle se retourne... attend que le sang remonte à sa tête... puis elle ouvre les yeux, pour découvrir avec horreur le spectre livide de M. Golliver.

« Eh alors, mademoiselle, on est malade ? »

Elle pourrait prétendre que oui, mais la peur qu'ils appellent un docteur, ou pire, l'intendant, l'en empêche.

« Je suis vraiment désolée, monsieur. Je crois que j'ai perdu l'équilibre.

– Ah oui ? Ce n'est pourtant pas comme cela que je vois les choses. Car ce que je constate, moi, c'est que vous avez failli à vos devoirs. »

Doucement, étape par étape, elle se relève. Elle contemple la tache honteuse sur sa jupe.

« Ça n'arrivera plus, monsieur.

– Sur ce point, vous avez tout à fait raison. »

Il saisit alors Margaret par la manche et la traîne jusqu'à la porte de derrière. Mme Golliver, sentant qu'il se passe quelque chose, sort de la cuisine et leur emboîte le pas.

La Tour, pense Margaret, encore embrumée. *Ils m'emmènent à la Tour.*

Comme toujours à cette heure de la journée, le maître s'occupe de sa correspondance.

« Oui ?

– Maître, nous avons de terribles nouvelles. »

Suit alors la lecture de l'acte d'accusation. Elle ne peut s'empêcher d'écouter, impressionnée, la liste de ses fautes. Oublis de réveil, balayage inefficace, travail bâclé, indolence, effronterie, laisser-aller. Cette litanie en serait presque amusante. D'ailleurs, elle doit réprimer un rire quand Mme Golliver, inspirée, s'exclame soudain :

« Elle croit peut-être que les œufs poussent sur les arbres ! »

Le maître reste immobile pendant toute la récitation. Seuls ses yeux bougent. Ils passent d'un Golliver à l'autre, du sol au plafond, puis s'attardent, visiblement gênés, sur la jupe de Margaret dont s'élève une odeur de soufre.

Dans la pièce, le silence est pesant. Puis, d'une voix à peine audible, il déclare :

« Je crains que vous n'ayez appréhendé la mauvaise personne.

– Je vous demande pardon ?

– Voyez-vous, si Margaret a failli à sa tâche, c'est parce qu'égoïstement, je me suis accaparé son temps de repos pour mes besoins personnels.

– Vos besoins ? s'exclame M. Golliver avec un profond dégoût.

– Oui, des expériences de nature hautement confidentielle. Et d'un intérêt tel pour la Couronne et pour l'Église que je dois les mener après la tombée de la nuit. »

C'est au tour de Mme Golliver de s'offusquer.

« La nuit ? »

Margaret s'assoit sur un tabouret. Elle ferme les yeux. Elle céderait au sommeil si la voix du maître ne la ramenait constamment à la réalité.

« Je suis désolé, madame Golliver. J'ai omis de vous informer de ma décision.

– De quelle décision parlez-vous ?

– Après réflexion, je crois qu'il est temps pour moi d'engager une assistante. »

Margaret se force à soulever les paupières pour constater avec surprise que tout le monde dans la salle a les yeux fixés sur elle. Cependant, elle ne prend conscience de la situation qu'au moment où le maître reprend la parole.

« Vous commencez dès aujourd'hui, Margaret. Enfin, non. Prenez plutôt la fin de la semaine pour vous reposer. Une bonne nuit de sommeil ou deux devraient suffire à vous remettre. Tâchons d'éviter les incidents fâcheux, afin de ne pas donner à Mme Golliver plus de travail que nécessaire. »

S'ensuit un silence pesant, interrompu par les exclamations de la vieille femme.

« Non, ce n'est pas possible !

– Impossible ! renchérit son mari.

– J'ai bien peur que si, répond Harriot.

– Mais qui s'occupera des tâches domestiques ?

– L'intendant a eu la gentillesse de nous envoyer Margaret. Je lui fais confiance pour trouver une jeune femme tout aussi compétente. »

À cet instant, les Golliver prennent conscience qu'ils ont un nouveau maître. Et qu'ils doivent opter pour une autre stratégie.

«Je me demande ce qu'en dira le comte, déclare M. Golliver d'une voix chargée de sous-entendus.

– Vous faites bien de m'y faire penser, Golliver. Si la mémoire ne me fait pas défaut, je dois justement m'entretenir avec monseigneur demain après-midi, entre une heure et trois heures. Je ne manquerai pas de lui en parler. Je suis d'ailleurs persuadé qu'il n'y trouvera rien à redire. Après tout, nous lui demandons si peu, n'est-ce pas, Golliver ?»

Le maître soutient leur regard. Puis, avec un sourire navré, il indique d'un geste les lettres sur son bureau.

«Je vous prierais de me laisser, à présent. J'ai à faire, et je pense qu'il en est de même pour vous.

– Monsieur.

– Je vous remercie de m'avoir informé de cet incident. Bonne journée.»

24

Le comte de Northumberland possède une des bibliothèques les plus fournies d'Angleterre : des montagnes et des montagnes de volumes au cuir élimé, annotés de sa main. Cependant, il n'hésite pas à abandonner la compagnie de ses précieux livres pour profiter de la bibliothèque immense qu'offre la nature.

En cet après-midi d'avril, il se trouve à côté du bief du moulin d'Isleworth, assis sous un saule. Il tient une canne à pêche dans la main droite. Ses bottes sont maculées de boue. Il respire lentement, avec une grande régularité. À le regarder, on pourrait presque l'imaginer jeune.

La personne qui l'accompagne ne lui ressemble en rien. Ses habits noirs font penser à un nuage de pluie qui aurait violé ce sanctuaire naturel. À la pêche, Thomas Harriot fait preuve de la même rigueur scientifique que dans son laboratoire. Les expériences qu'il mène méthodiquement en compagnie du comte n'ont pour lui qu'un seul but : améliorer la technique des futures générations de pêcheurs. Et seul l'espoir de progresser dans ce sens lui permet de justifier ces sorties.

Mais aujourd'hui, l'expérience n'est pas concluante : depuis deux heures qu'ils sont là, les deux hommes n'ont pas attrapé le moindre poisson. Pourtant, c'est Harriot qui a lui-même conçu les mouches à partir de laine noire et de plumes de canard. Aurait-il dû peindre le dessous des plumes en noir ? Aurait-il dû au préalable les immerger dans une solution à base de fenouil ? Aurait-il dû les laisser sécher deux semaines supplémentaires ?

À penser de la sorte, Harriot ne peut se laisser séduire par le charme de l'instant : le chant du vent dans les arbres, les jeux de lumière sur la rivière. Seule la voix du comte parvient à le tirer enfin de ses considérations.

« Mon cher Tom. Parlons un peu de ton assistante... »

La phrase reste en suspens. Le comte laisse passer un instant de silence dans lequel Harriot doit s'engouffrer.

« En vérité, monseigneur, j'ai depuis longtemps besoin d'un assistant, mais j'étais trop fier pour vous en faire la demande. Aujourd'hui, vous me voyez dans l'obligation de mettre à contribution vos serviteurs, ce qui crée des tensions inacceptables et, j'en ai conscience, constitue un abus de l'hospitalité que vous m'accordez. »

Sa bouche est sèche.

« Plus à propos, j'en suis à présent à une étape particulièrement délicate de mes travaux d'optique, et grâce à Mlle Crookenshanks, je suis plus proche que jamais d'obtenir les résultats... les résultats escomptés. »

Le comte reste silencieux.

« Bien entendu, monseigneur, je n'ai nullement l'intention de causer plus de travail que nécessaire aux Golliver, dont la loyauté a toujours été irréprochable. Si vous ne deviez pas trouver de nouvelle domestique, je suis prêt à en affronter les conséquences. Désordre, poussière, saleté... je serais le dernier à m'en plaindre. Et certainement le dernier à le remarquer. »

Le comte se redresse, prend la canne à pêche dans sa main gauche, donne quelques coups sur la ligne, puis s'adosse de nouveau contre le saule.

« Tu m'as l'air résolu, Tom.

– Je ne me serais pas permis d'aborder le sujet si ce n'était pas le cas.

– Et tu es déterminé à engager cette personne en particulier ?

– Oui. »

Un autre petit coup sur la ligne.

« Comment te dire cela, Tom ? Si c'est de compagnie que tu as besoin – non je t'en prie, écoute-moi – si c'est une compagne que tu désires, je serai le dernier à m'y opposer. Mais sache qu'il n'est pas nécessaire d'inventer un besoin pour... pour en justifier un autre. »

La délicatesse de son ton provoque chez Harriot une vive réaction.

« Mlle Crookenshanks n'est pas mon amante.

– Je ne t'accuse de rien, Tom, je suis simplement surpris. Dis-moi si je me trompe, mais si la mémoire ne me fait pas défaut, tu ne t'es jamais intéressé à une domestique. Alors, dis-moi donc ce que celle-ci a de si extraordinaire !

– Je ne sais quoi répondre.

– Est-elle jolie ?

– Peut-être. Pas vraiment. Je ne sais pas.

– Ha ! Ha ! Tu n'es vraiment pas un poète !

– Monseigneur, le respect que j'ai pour elle n'a rien à voir avec sa physionomie. Elle est dotée d'une qualité que j'ai bien du mal à définir.

– Essaye. »

Harriot observe de l'autre côté de la rivière un sycomore qui semble le saluer.

« Pour tout vous dire, j'ai l'impression que contrairement à d'autres jeunes filles dans sa situation, elle ne s'est pas encore résignée aux règles de ce monde. Elle se bat pour atteindre la lumière. Seulement, elle ne s'en rend plus compte.

– Dans ce cas, comment fais-tu pour le percevoir ?

– Parce qu'à son âge, j'étais comme elle. Quand je la regarde, c'est moi que je vois. »

Le comte sourit distraitement et hoche la tête.

« Mais tout vous oppose, Tom. Tu es un homme, avec des aptitudes d'homme. Tu ne peux pas t'attendre à ce que la nature équipe une femme des mêmes capacités.

– Monseigneur, je ne prétends pas savoir ce que la nature destine aux deux sexes. Ce que je sais, en revanche, c'est qu'à l'âge de Margaret, si quelqu'un m'avait dit que je ne pourrais pas apprendre... que je ne pourrais pas affronter le monde et tous ses mystères, toutes ses possibilités... Si c'est une question d'argent, monseigneur, je serais ravi de la rémunérer moi-même.

– Ah, l'argent ! Je passe ma vie à le dilapider. Aucun docteur ne pourrait espérer me saigner plus sûrement que je ne le fais déjà pour l'entretien de ce domaine. »

Le comte étend les jambes et laisse le bout de sa canne tremper dans l'eau.

« Très bien, Tom. J'accepte ta demande.

– Monseigneur...

– Mais en retour, il faudra que tu aies la bonté d'accepter la mienne, reprend le comte d'une voix imperceptiblement plus grave. Dimanche 8 juin, Syon House aura l'immense privilège de recevoir Sa Majesté le roi d'Angleterre. Tu es la première personne à qui j'en parle.

Et, à présent que je t'ai fait cet honneur, je dois équilibrer la balance par un affront.

– Monseigneur ?

– Je te prierais d'avoir l'obligeance de ne pas venir. »

Ils se regardent fixement. Le comte est le premier à baisser les yeux.

« Tom, tu es victime de notre époque troublée. Le roi vient tout juste d'accéder au trône, et il cherche encore à savoir qui est de son côté et qui ne l'est pas. Hélas, il est un homme au sujet duquel il ne s'est jamais posé la question.

– Sir Walter.

– Sa Majesté considère notre ami comme un membre gangrené. Et quand il décidera d'amputer, qui l'empêchera de s'attaquer aux autres membres ?

– Vous cherchez donc à contenir l'infection.

– Je cherche à te protéger, Tom. Et à tous nous protéger. Ton nom est plus connu à la cour que tu ne le crois. Si le roi t'aperçoit, il pensera aussitôt à sir Walter. Très vite, la soi-disant École de l'athéisme lui reviendra en mémoire, et dans la seconde qui suivra, il aura perdu sa bonne humeur. Je ne peux me permettre que le roi perde sa bonne humeur. »

Et pour cause, le comte n'est que locataire de son domaine. S'il parvient à gagner les faveurs du roi, il peut espérer en devenir un jour propriétaire.

« Vous me voyez ravi d'apprendre que contrairement à sir Walter et moi, vous êtes parvenu à échapper à la disgrâce.

– Tu es bien placé pour savoir que j'ai fait de nombreux efforts dans ce sens. Nous verrons vite s'ils sont couronnés de succès. »

Le sourire de maître Harriot est à présent emprunt de tristesse.

« Que puis-je dire de plus, monseigneur ? Indiquez-moi le monastère le plus proche, et je m'y retirerai.

– N'oublie pas que nous vivons sur les fondements d'une abbaye. Ta maison devrait constituer un cloître suffisant. »

Le comte soupire. Il pose sa main sur l'épaule de son compagnon, plus petit que lui.

« D'ailleurs, je crois me souvenir que tu n'as jamais vraiment apprécié la vie de courtisan.

– C'est exact.

– Dans ce cas, espérons que je parvienne à convaincre le roi de la sincérité de mes intentions. Ainsi, je parviendrai peut-être à obtenir sa clémence. Pour toi et pour sir Walter. »

Pendant son discours, le comte a légèrement incliné la tête sur le côté et a fermé les yeux à demi. Si sa voix ne restait aussi claire et ferme, on pourrait soupçonner à le voir qu'il est en train de s'assoupir.

« J'imagine qu'il n'y en a pas trace.

– Une trace de quoi, monseigneur ?

– De notre sombre trésor. »

C'était le nom que lui avait donné Marlowe. Et comment mieux décrire le résultat de cette nuit de labeur : cinq hommes s'acharnant jusqu'à l'aube à affronter leurs propres terreurs... jusqu'à observer le résultat de leurs efforts avec une terreur plus grande encore.

« Messire, pour moi, le trésor a disparu il y a dix ans pour ne jamais reparaître.

– Espérons que vous dites vrai. Ces derniers temps, il semblerait que nombre de choses tendent à refaire surface. »

Il scrute la rivière :

« À part peut-être les truites. »

Outer Banks, Caroline du Nord
Septembre 2009

25

« Une femme ? »

Alonzo eut du mal à garder dans sa bouche le muffin qu'il venait d'enfourner. Il but une gorgée de jus de canneberge puis, de son ton le plus implacable, il déclara :

« On ne trouve aucune trace d'une femme dans la vie de Thomas Harriot.

– Ce n'est pas tout à fait vrai, répondis-je. Il avait une sœur, il en est fait mention dans son testament. Il a laissé un legs à une gouvernante ; une gouvernante assistante, je crois. Il a fréquenté lady Ralegh, lady Northumberland...

– Henry, puisque de toute évidence tu as décidé de me contredire, laisse-moi reformuler. On ne trouve aucune trace d'une Margaret dans les papiers de Harriot. »

Les mots de Clarissa me revinrent en mémoire.

Vous m'avez dit qu'on ne savait pas non plus à quelle date il était né. Et pourtant, il a bien fallu qu'il naisse !

Tranquillement, Alonzo mit trois sucrettes dans son café.

« Ah, Henry ! L'éternel sceptique !

– Ce n'est pas toi qui penses que les visions de Clarissa – attends, comment tu avais tourné ça ? – « ne viennent pas d'elle, mais d'ailleurs ? » Eh bien écoute, j'en reviens, et je te rapporte les dernières nouvelles.

– Qu'importe, nous avons plus important à faire que de courir après les Margaret et les Betty. Cet après-midi, je retrouve un expert de l'histoire algonquine à Ocracoke. Un vieil ami de... mais où est passé Amory, bon sang ? »

Le propriétaire de la maison était introuvable. Dix minutes plus tard, alors que je partais, je le trouvai flânant sur l'allée de graviers. Il portait un nouveau costume : pantalons en crépon de coton et chemise de smoking. Un nouveau visage, également. Chaque muscle paraissait avoir capitulé.

« Je n'arrive pas à lui faire entendre raison, dit-il.

– Alonzo ?

– Je n'arrête pas de lui dire que tout s'est déplacé.

– Pardon ?

– C'est ce que font les bancs de sable. Ils se déplacent, ils changent de forme. »

Il se mit à m'expliquer que depuis des milliers d'années, les Outer Banks étaient en mouvement : du sable était apporté à marée montante, du sable était emporté à marée descendante. Depuis plus de quatre cent vingt ans que Harriot avait posé les pieds sur l'île de Roanoke, la côte nord avait reculé de quatre cents mètres, une seule des criques existait toujours, et la plupart des îles au sud-ouest avaient disparu.

« Je n'arrête pas de le répéter à Alonzo, mais il ne veut rien entendre. Si Harriot a effectivement enterré son trésor quelque part, ce quelque part n'existe plus. »

Je me trouvai dans une situation étrange où, pris de pitié pour Amory Swale, j'avais envie de le réconforter.

« Peut-être Harriot a-t-il caché son trésor dans les terres », suggérai-je.

Amory inspecta les volutes de sable sous sa semelle.

« Parfois, murmura-t-il, je me demande si c'est une bonne idée. Déterrer les choses. Peut-être serait-ce un acte de bonté que de ne pas le faire. »

Puis, abruptement, la morosité quitta son visage et il me gratifia d'un large sourire.

« Passez une excellente journée », dit-il.

Cet après-midi-là, Clarissa et moi décidâmes de changer de tactique. Plutôt que des noms, nous rentrâmes des nombres dans les logiciels de décryptage. L'année de naissance de Harriot : 1560. L'année de sa mort : 1621. L'année de son arrivée à Londres : 1580. L'année où il atteignit le Nouveau Monde : 1585. L'année de naissance d'Élisabeth, celle de sa mort, l'année du sacre de Jacques Ier. Nous allâmes jusqu'à mettre la bataille d'Hastings, la signature de la Magna Carta, ainsi que toutes les occasions auxquelles nous pouvions penser.

Après quoi nous passâmes plusieurs heures à combiner noms et chiffres. Enfin, nous essayâmes les équivalents en latin, en grec ancien, en chiffres romains, en gaélique, en sanskrit...

En pure perte. Une fois de plus, arrivés au soir, nous n'avions pas avancé d'un pouce. J'avais juste assez de force pour aller acheter des sandwichs chez Quiznos ainsi qu'une bouteille d'un litre de Svedka que Clarissa, après quelque hésitation, décida de ne pas toucher.

Nous mangeâmes sur le pouce. J'avalai quelques verres. Clarissa allait attraper son ordinateur, mais je l'interrompis.

« Et si nous allions marcher un peu ? »

D'instinct, nous nous dirigeâmes vers la plage. Après avoir atteint le sommet d'une dune et ôté nos chaussures, nous ressentîmes les bourrasques de vent aux effluves énergisants : iode, varech, ainsi qu'une entêtante odeur de poisson.

La lune se trouvait juste au-dessus de l'eau. Un cerf-volant abandonné claquait dans le vent. Au loin, les restes d'un feu de camp continuaient de fumer. Nous étions seuls.

Clarissa attrapa un bâton et dessina une forme de fer à cheval dans le sable.

« Y a-t-il d'autres Cavendish dans le monde ? demanda-t-elle.

– J'ai un frère. Il a cinq ans de moins. Il est docteur.

– Comme vous.

– Non, le genre qui soigne les gens. Mes parents sont des vieilles gens tout ce qu'il y a de plus compétents, des retraités très heureux. Ma mère, c'est la Mary Stuart de Scottsdale.

– On sent que ce surnom est de vous.

– C'est bien pour cela qu'elle le déteste.

– Des enfants ?

– Moi ? Houla ! Non ! Pauvres mômes ! »

Je regardai la mer. La lune virait du doré au blanc crème.

« Et vous ? demandai-je. Vous avez de la famille ?

– Non, tout le monde est mort.

– Des petits copains, naturellement ?

– Oh, oui. Une belle perte de temps. Vous me faites penser à un d'entre eux.

– Ce n'est pas bon signe.

– Est-ce que... dit-elle avant de s'interrompre. Non, rien.

– Quoi ?

– Non, ça ne va pas vous plaire.

– Maintenant que vous avez commencé, il faut finir !

– Je voulais juste dire... j'ai l'impression que... vous buvez beaucoup, dit-elle en faisant mine de s'intéresser au sable à ses pieds. Je crois savoir pourquoi vous le faites, et je trouve que ça n'en vaut pas la peine. Toutes ces choses que vous vous dites sur vous, elles sont fausses. Et je vais m'arrêter, maintenant, promis. »

Je me surpris à rire.

« Qu'est-ce qu'il y a ? demanda-t-elle.

– Je ne sais pas. Jamais je n'aurais cru être l'objet d'une confrontation à ce sujet. Jamais je n'aurais cru devenir un type comme ça.

– Qui vous attendiez-vous à devenir ?

– Je ne sais pas, quelqu'un. Ça va vous paraître stupide, mais à l'époque, j'étais...

– Allez-y, continuez.

– Bon, au risque de passer pour un sale égocentrique, j'étais le genre de type dont on...

– Attendait des choses.

– Voilà. Enfin, oui, peut-être. J'ai eu mon doctorat à vingt-six ans avec mention très bien. J'ai été invité à donner une conférence à l'université d'Oriel. Un Américain qui parle de Ralegh, je ne sais pas si vous vous rendez compte ! Je sais que ça paraît ridicule, ce prof de littérature britannique qui croit qu'il est... non, pas Dieu, bien sûr... Tout ce que je peux dire, c'est qu'au début, j'avais l'impression que je pesais sur le monde, que tout était possible. Et du jour au lendemain, c'est le monde qui a commencé à peser sur moi. Et avant que j'aie eu le temps de dire ouf, j'étais...

– Écrasé.

– Voilà.

– Henry, je ne sais pas si ça peut vous rassurer, mais la vie est pesante pour tout le monde, non ? Dans une certaine mesure ?

– Oui, bien sûr.

– Vous avez seulement eu moins de chance que les autres. Mais au final, vous vous en tirez plutôt bien.

– C'est gentil de dire ça, même si pour ce qui est de s'en tirer bien, je vous trouve un peu flatteuse. »

Nous nous étions remis à marcher, plus lentement à présent, nos vêtements gonflés par le vent. À un endroit, des herbes hautes avaient formé une petite tonnelle au-dessus du sable.

« Y a quelqu'un ? » demanda Clarissa en passant sa tête sous les herbes.

La tonnelle était aussi vide que le reste de la plage. Typiquement le genre d'endroit où, au collège, j'aurais emmené mon amoureuse. Sauf que contrairement à celle-ci, Clarissa semblait bien plus entreprenante. Lèvres légèrement écartées, yeux brillants, elle se pencha vers moi. Au moment où je m'approchai à mon tour de son visage, elle s'interrompit et dit :

« Ce poème.

– Quel poème ?

– Celui qui t'a attiré des ennuis. Le poème de Ralegh. »

Je fronçai les sourcils, déçu de la tournure des événements, et surpris par son passage soudain au tutoiement.

« Ce n'était pas un poème de Ralegh.

– Dis-moi juste le titre !

– Tu es insupportable, répondis-je.

– S'il te plaît !

– Mais c'est pas possible !

– Allez, dis ! Je veux savoir !

– Il s'appelait « Un nom ». Satisfaite ?

– C'est bizarre comme titre. « Un nom ».

– Oui, c'est comme ça. »

Sans prévenir, elle se laissa tomber sur le sable :

« Tu pourrais m'en réciter un morceau ? demanda-t-elle.

– Et ça recommence !

– S'il te plaît. Je serai ta meilleure amie. Je te donnerai un bonbon. »

Je ne pus m'empêcher de rire.

« Allez, seulement deux vers », insista-t-elle.

Je réfléchis un instant, puis cédai :

« Ce sera quatre, le poème est écrit en quatrains.

– Va pour quatre », répondit-elle en tapotant le carré de sable à côté d'elle.

Quand je m'assis, j'avais déjà commencé ma récitation, espérant en être débarrassé au plus vite. Seulement, le vent couvrait ma voix, et je dus recommencer plus fort. Je pensai à Démosthène qui s'exerçait contre le bruit des vagues.

Un nom est à la fois ma joye et mon fardeau,
Le rempart de mon ame et sa douce desfaicte ;
Il fut mon premier cri, il sera mon tombeau
Il dit mon double et triste sort : Élisabeth.

Je m'attendais à ce que le poème sonne creux, mais ce soir-là, il paraissait vibrer, dans une attitude de défi.

«Je comprends pourquoi il t'a plu, dit Clarissa.

– Il m'a plu parce que j'ai cru qu'il était de Ralegh.

– Non, il est vraiment beau. Ce n'est pas parce que quelqu'un d'autre l'a écrit qu'il perd de sa valeur.

– Oh que si ! m'exclamai-je en époussetant le sable sur mes mollets. Il m'a coûté ma carrière, je trouve que c'est quand même cher payé.

– Qu'est-ce qu'il en dirait, à ton avis ?»

Je la dévisageai, confus.

«Je parlais de Ralegh. Tiens, c'est marrant ! s'exclama-t-elle en se frappant le front. Je viens de me rendre compte que Ralegh rime avec *folie* ! Tu l'avais déjà remarqué ?»

Jamais. Pas une seule fois.

Je repensai à toutes les heures que j'avais passées en bibliothèque et dans des salles de séminaire, à remplir des dossiers de bourse, à amadouer les gardiens des archives, à fourrer mon nez dans des boîtes poussiéreuses couvertes de cadavres de mouches. Pendant tout ce temps résonnait à mes oreilles la mélodie de ma fin irrémédiable, et je n'avais pas su l'entendre. *Ralegh... folie.*

« Il n'y avait personne pour me prévenir, murmurai-je en souriant tristement. Tu n'étais pas là. »

Je mis du temps à comprendre l'entière signification de ces derniers mots, et je dus les répéter :

« Tu n'étais pas là. »

Elle approcha ses jambes de sa poitrine comme pour se protéger puis effectua un geste qui signifiait le contraire : elle posa sa tête sur mon épaule. Je glissai mes doigts sous son menton. Levai son visage vers le mien.

« Mmh, murmura-t-elle. C'est salé. »

Son doigt courut sur ma lèvre, avant de disparaître. Puis soudain, elle plaqua violemment sa bouche contre la mienne.

S'ensuivirent les tracas habituels dans ces circonstances : le frottement du sable contre la peau, l'impossibilité de trouver le moindre appui, la peur excitante d'être surpris, même si celle-ci avait perdu de son piquant depuis ma jeunesse.

L'incongruité de la situation ne parut pas déranger Clarissa. Nous tombâmes l'un dans l'autre, comme si nous nous rencontrions pour la première fois.

Après quoi elle se pelotonna contre mon torse nu, ferma les yeux... et s'endormit. La preuve de confiance la plus absolue. Pour moi, c'était une expérience puissante et nouvelle, car de toute ma vie – même si la liste de mes partenaires n'est pas des plus longues – je ne m'étais jamais endormi après la dame.

Je ne pris pas le temps d'en tirer des conclusions, trop heureux que j'étais de profiter de cette sensation grisante de n'avoir de compte à rendre à personne. Et surtout pas à moi-même.

Je la regardai dormir. L'harmonie qu'elle formait avec le reste du décor m'émerveillait. À la lumière de l'océan, sa tignasse ressemblait à un lit d'algues, sa peau avait la couleur des conques et ses yeux étaient noirs comme un oursin. Elle me fit penser à la petite Perdita, abandonnée sur une plage de Bohème, qui allait grandir dans le giron de la nature.

Quelques vers du *Conte d'hiver* résonnèrent dans ma tête :

Et lorsque vous dansez, je vous voudrais
Comme la vague marine, que vous puissiez
Toujours ne faire que danser[1].

Quand je me récite du Shakespeare, c'est en général signe que... disons simplement que j'étais ravi de pouvoir veiller sur Clarissa.

Même s'il n'y avait pas grand-chose à craindre dans les alentours : un vieillard, bottes aux pieds, qui agitait son détecteur de métaux comme une baguette magique. Un autre couple d'amoureux, plus jeunes, toujours en position verticale pour l'instant, et dont la tête disparaissait derrière un nuage de fumée.

Enfin, peu avant minuit, alors que le bras qui supportait le poids de Clarissa avait perdu toute sensation, un bichon frisé s'approcha.

« Kss ! Dégage ! »

Au même instant, j'entendis Clarissa murmurer :

« Va-t'en. »

Ce petit écho me fit sourire. Jusqu'à ce que je me rende compte qu'elle dormait toujours.

Ses paupières s'ouvrirent soudain, et sa poitrine jaillit vers le ciel. Pendant une minute, je n'entendis plus que le son de ses poumons, qui cherchaient à récupérer l'air qu'ils avaient perdu.

« C'est Margaret, murmura-t-elle. Quelque chose ne va pas.

– Ça va aller.

– Non, ça ne va pas aller. Nous sommes tous morts. »

---

1. William Shakespeare, *Le Conte d'hiver*, acte IV, scène 4, Éd. Robert Laffont, 2002 [trad. de L. Lecocq].

26

Sur le chemin du retour, nous restâmes silencieux. Une réticence curieuse qui n'était due ni à la gêne ni à la timidité. Nous avions seulement envie de nous retrouver seuls avec nos pensées. Avec notre corps, également, puisque nous ne nous embrassâmes pas pour nous souhaiter bonne nuit. Clarissa se contenta de me toucher délicatement la joue avant de refermer sa porte.

Il était minuit moins dix lorsque j'entrai dans ma chambre. Mon cerveau ne devait pas être très alerte car il ne remarqua même pas que la lampe à côté de la fenêtre était allumée. Je ne me serais même pas rendu compte que j'avais un visiteur si celui-ci ne m'avait adressé la parole.

« Pas trop tôt ! »

Alonzo. Assis sur un trône en rotin. Il portait un kimono en soie turquoise et brandissait une bouteille de Grey Goose à moitié vide, comme les bénévoles de l'Armée du salut brandissent leur cloche à la sortie des grands magasins à la période de Noël.

« Tu aurais pu laisser un verre propre, marmonna-t-il.

– Tu aurais pu en laver un. On a l'eau courante, tu sais ?

– Et elle court où ? »

Je l'observai verser un peu de vodka dans le bouchon de la bouteille et le boire cul sec.

« Qu'est-ce que tu fais là, Alonzo ? »

Il se versa un autre bouchon. Mais il rata sa cible et une petite pluie de vodka se déversa sur le sol.

« Crise d'angoisse ? demandai-je.

– Qui n'y est pas sujet ?

– C'est vrai.

– Il n'y a pas de honte à avoir. C'est à cause d'Amory, il n'est pas chez lui.

– Où est-il ?

– Que veux-tu que j'en sache ? C'est un oiseau de nuit. Il fait la sieste le jour, il sort le soir, et c'est impossible de le retrouver. Sauf, évidemment, si tu n'as pas besoin de lui. Là, il vient traîner dans tes pattes et il n'y a pas moyen de t'en dépêtrer. »

Alonzo observa la bouteille un long moment, puis la reposa délicatement par terre.

« Que veux-tu que je te dise, Henry ? J'étais allongé dans son espèce de taudis, à essayer de dormir, et pas moyen de fermer l'œil. Même avec de l'alcool dans le sang. Et puis, il y avait ces bruits... »

Il s'interrompit, comme s'il s'attendait à ce que je puisse les entendre également.

« Rien de bien grave, s'empressa-t-il d'ajouter. Je me disais seulement qu'un peu de chaleur humaine ne pourrait pas me faire de mal. Et j'ai pensé à toi.

– J'en suis flatté. Tu ne vois pas d'inconvénient à ce que j'aille me coucher ?

– Fais comme tu veux », répondit-il d'un ton enjoué.

Je ne pris pas la peine de me déshabiller et m'écroulai de tout mon long sur le premier lit double que je vis.

« Si tu veux prendre l'autre, n'hésite pas, marmonnai-je.

– Merci. »

Quand j'ouvris l'œil le lendemain matin, un peu avant huit heures, il était toujours assis sur sa chaise, assommé mais éveillé. Je ne saurais dire s'il avait dormi. Le seul changement par rapport à la veille était le niveau de liquide dans la bouteille.

« 'Jour. »

Alonzo ne répondit pas. Je me levai, me rendis à la salle de bains et enfilai un short que j'avais mis deux jours auparavant. Puis je descendis jusqu'à la véranda, sans prévenir mon compagnon de chambrée.

Le soleil commençait à darder ses rayons, et la plage était aussi déserte que la veille au soir, hormis un homme qui se promenait pieds nus, vêtu d'un T-shirt blanc sur lequel était marqué en rose *Surf's Up!* et d'un bermuda dans lequel j'aurais pu me tailler un pantalon. Il marchait d'un pas lent et régulier. Pas une seule fois il ne regarda dans ma direction.

Dix secondes plus tard, j'étais de retour dans ma chambre. Les yeux d'Alonzo s'ouvrirent un peu plus quand il m'aperçut.

« Qu'y a-t-il ? demanda-t-il.

– Des problèmes. »

Et alors que je me mettais à parler, je repensais à ce que Clarissa m'avait dit sur la plage, quelques heures avant.

Nous sommes tous morts.

La cabane d'Amory Swale paraissait encore plus délabrée que d'habitude. La porte d'entrée n'était pas verrouillée. Personne ne répondit à nos appels, et lorsque nous montâmes inspecter la chambre d'Amory, nous trouvâmes le lit fait.

« Ça ne me plaît pas du tout », dit Clarissa.

Grimaçant, Alonzo nous invita à redescendre jusqu'au salon, où il effectua un balayage minutieux à 360 degrés.

« Dis-moi, Henry, quand tu as vu Halldor ce matin, est-ce qu'il t'a vu, lui ?

– Je n'en sais rien.

– Tu n'en sais rien ?

– Bah, qu'est-ce que ça change ? Si Halldor est ici, ça veut dire que ton vieux copain Bernard Styles sait où on se trouve. »

Alonzo s'assit sur le canapé en chintz et refit le nœud de ceinture de son kimono.

« Si Styles sait que toi, tu es là, Henry, ce n'est pas bien grave. Tu pourras toujours lui dire que tu es venu ici pour chercher son document. Moi, en revanche... Jusqu'à preuve du contraire, il croit toujours que je nage avec les poissons. Je ne vois pas comment il pourrait savoir que je suis vivant. Je sais que vous deux, vous n'iriez pas lui raconter. Et j'ai également toute confiance en... »

Alonzo tiqua.

« Mais où est passé Amory, bon sang ?

– Ce n'est pas à lui, ça ? » demanda Clarissa.

Elle désignait du doigt une paire de lunettes sur la partie gauche du canapé, abandonnée là comme un vieux magazine. Une monture aviateur trop grande aux verres épais, couverte de poussières et de pollen. Une des branches s'était presque désolidarisée du reste de la monture.

« Il a dû marcher dessus, dit Alonzo. Quel maladroit !

– Est-ce qu'il peut voir sans ? demanda Clarissa.

– Non, c'est une vraie taupe. »

Je ramassai les lunettes et les soupesai. Imaginer Amory sans lunettes paraissait aussi absurde que l'imaginer sans peau.

« Alonzo, déclarai-je. Quand est-ce que tu l'as vu pour la dernière fois ?

– Je ne sais plus, vers dix-neuf heures. On a bu quelques cocktails, on a mangé une pizza... et puis j'ai été lire. Amory est parti. Il a dit qu'il avait une course à faire.

– Il n'a pas précisé où ?

– Non.

– Il a peut-être laissé un mot », suggéra Clarissa.

Un examen rapide du rez-de-chaussée ne nous permit de découvrir que des menus de traiteurs coréens, des bons d'achat pour l'épicerie Food Lion, une pile de publicités pour des banques qu'il avait noircies de gribouillages, la couverture de *Shakespearean Negotiations* (sans le livre), ainsi qu'une brochure pour passer des vacances à Anguilla : deux parasols sur une plage de sable blanc.

« Le document ? demandai-je. La lettre de Ralegh ? Où est-elle ? »

Les yeux d'Alonzo restèrent immobiles plusieurs secondes. Puis, il s'agenouilla au sol et tira sur un lambris moisi. Après quelques coups secs, la latte se décrocha du mur, laissant apparaître l'enveloppe FedEx. Alonzo s'en saisit et glissa son œil dans l'ouverture.

« Dieu merci ! souffla-t-il.

– Ça ne change rien au fait qu'Amory soit introuvable, déclarai-je. Il a des amis ? Quelqu'un à qui il ait pu rendre visite ?

– Il y a Mme Poole. Elle a l'âge de Mathusalem et habite à Whalebone, à quelques kilomètres d'ici. Elle élève des chinchillas. Elle a des premières éditions de May Sarton qu'Amory voudrait récupérer depuis des années. Il attend seulement qu'elle... Disons qu'il la travaille.

– Peut-être qu'il est parti la voir.

– Non, elle envoie toujours une voiture.

– D'autres amis ?

– Je n'en sais rien. Comment tu veux que je réfléchisse par ce froid ? »

C'est moi qui allai fermer la fenêtre côté océan. Mais c'est Clarissa qui jeta un œil par-dessus mon bras et qui vit ce qui se trouvait dehors.

« Mon Dieu », souffla-t-elle.

Je regardai à mon tour et fus frappé par la normalité surréaliste de la scène. Le jardin d'Amory Swale étant déjà un cimetière de mégots, de bouteilles et de canettes, y découvrir une main sortant du sable n'avait en soi rien de surprenant. Cela faisait pour ainsi dire partie du paysage.

Derrière moi, j'entendis la voix grasse et grave d'Alonzo.

« Henry. Il y a des pelles derrière, va les chercher. »

27

Le sable, fraîchement retourné, volait par pelletées. Après la main, un bras grêle et larvaire. Puis une épaule. Un cou. Et enfin un visage couvert de saleté, qui paraissait étrangement jeune sans lunettes.

Nous étions par bonheur les seuls témoins de ce spectacle macabre. En effet, nous nous tenions dans un cratère de sable, entouré de chaque côté par des dunes, des arbrisseaux, des oyats, et par la triste maison qui allait vite devenir encore plus abandonnée qu'elle n'en avait déjà l'air. Et même là, en plein jour, cent personnes pouvaient passer à côté de nous – d'ailleurs, une dizaine avait dû passer au cours des vingt dernières minutes – sans s'imaginer une seule seconde la scène effroyable qui se déroulait.

Je me levai doucement et tapai mes mains l'une contre l'autre pour en enlever le sable.

« Que fais-tu ? demanda sèchement Alonzo.

– J'appelle la police.

– Et qu'est-ce que tu comptes leur dire ?

– Je n'en sais rien, je n'avais pas préparé de discours. Mais sûrement quelque chose comme : y avait un type. Il était vivant. Et maintenant, il ne l'est plus.

– Et nous ne pouvons donc plus rien faire pour lui. »

Je ressentis un frisson de dégoût.

« Je vois que tu as ta manière bien à toi de faire ton deuil, Alonzo.

– Je suis navré, mais pour l'heure, je ne peux pas me permettre de porter le deuil.

– Je vais appeler, dit Clarissa. Nous ne sommes pas obligés de vous mêler à ça, Alonzo.

– Ah oui, et comment comptez-vous vous y prendre ? Amory n'était pas votre ami, mais le mien. Et la seule raison pour laquelle vous êtes ici, c'est moi. Je me trompe ?

– N'empêche, déclarai-je. On ne peut pas le laisser là. »

Alonzo ne répondit pas, mais son silence voulait tout dire. À cet instant, deux choses devinrent très claires pour moi. Laisser Amory était une solution envisageable. Laisser Amory était précisément ce qu'avait l'intention de faire Alonzo.

Clarissa avait dû tirer les mêmes conclusions, car je vis son teint pâlir et ses pupilles se dilater.

« C'est impossible, dit-elle. On ne peut pas le laisser ici.

– Est-ce que j'ai dit pour toujours ?

– Oh mon Dieu... !

– Je me répète, est-ce que j'ai dit pour toujours ?

– C'était votre ami.

– Pendant à peine quelques jours ! » s'exclama Alonzo.

Il s'aperçut qu'il était allé trop loin et se tut un instant. Il baissa les yeux et reprit d'un ton plus calme :

« Quarante-huit heures. C'est tout ce que je vous demande. Seulement le temps d'y voir un peu plus clair. »

Clarissa ouvrit la bouche, mais déjà, il levait la main pour l'interrompre.

« D'après mes estimations, nous avons deux options. Soit nous finissons ce que nous avons commencé, soit quelqu'un le finira pour nous. Vous n'avez qu'à demander son avis à Amory. »

Un tremblement dans la gorge d'Alonzo... un signe de tête en direction du cadavre.

« Si vous n'y voyez pas d'inconvénient, je préfère que ce soit moi qui choisisse ma dernière demeure, pas Bernard Styles.

– Alonzo, si ce que tu sous-entends est vrai...

– Pourquoi « si » ?

– Dans ce cas, poursuivis-je sans tenir compte de sa remarque, cela signifie qu'on laisse un tueur se promener tranquillement sur ces plages.

– Ce n'est pas la peine de monter sur tes grands chevaux. Le nombre de victimes potentielles est plutôt réduit. D'ailleurs, elles sont toutes rassemblées ici. Bon, revenons-en aux faits. Amory Swale a été assassiné. Pourquoi ? Parce que le meurtrier voulait la carte de Harriot, bien entendu. Si Amory avait su où elle se trouvait, je peux vous garantir qu'elle aurait disparu. Croyez-moi, Amory serait passé aux aveux en une seconde. Et si j'avais été là, il n'aurait pas hésité à me donner, moi aussi. »

Sauf qu'Alonzo n'était pas là, pensai-je. Il campait dans ma chambre de motel et buvait à s'en rendre aveugle. Une crise d'angoisse, avions-nous conclu. Pour l'heure, cela ressemblait plus à une heureuse prémonition.

« Très bien, déclarai-je. Mais si Amory ne savait rien, pourquoi l'a-t-on tué ?

– Pour faire passer un message.

– Quel message ? Je t'en prie, donne-nous ton interprétation. »

Alonzo attendit quelques secondes.

« Bernard Styles sait tout, et il veut nous le faire savoir.

– Comment ça, il sait tout ?

– Il est au courant pour le trésor de Harriot et il veut s'en emparer autant que nous. Et, comme nous avons pu nous en apercevoir, il est prêt à tout pour mettre la main dessus. Crois-moi, Amory n'a pas dû tenir plus de cinq minutes avant de lui dire ce qu'il savait. »

Comme pour confirmer ses dires, mon téléphone se mit à sonner.

Numéro privé.

J'ouvris le clapet.

« Monsieur Cavendish ! s'exclama la voix aiguë que je ne connaissais que trop. Au risque de passer pour un disque rayé, je voulais savoir où vous en étiez de notre petite affaire. »

Je fixai le torse blanc couvert de sable.

« Peut-on d'abord parler d'Amory Swale ?

– Swale... Ce nom ne me dit rien.

– Figurez-vous que je ne vous crois pas.

– Eh bien rafraîchissez-moi la mémoire. Qui est donc ce monsieur ? »

J'attendis que passe la bouffée de chaleur. Elle ne passa pas.

« J'ai vu Halldor, ce matin, déclarai-je.

– Quelle heureuse surprise. Il avait besoin d'iode, et nous nous sommes laissé dire que les plages de Caroline du Nord étaient plus agréables que celles du Delaware.

– Vous êtes en train de me dire que sa présence ici n'est qu'une coïncidence ?

– Oui, bien sûr. Puisque vous ne m'aviez pas dit où vous étiez, monsieur Cavendish. Ni avec qui vous étiez.

– Je sais ce que vous manigancez.

– Eh bien, comme cela nous sommes deux, monsieur Cavendish. Je vous fais néanmoins toute confiance pour retrouver mon document, et j'espère de tout cœur que nous pourrons conclure ce marché de façon à ce que tout le monde y trouve son compte. »

Il marqua une courte pause avant d'ajouter :

« Bonne chance à vous et à vos compagnons. Et transmettez mes amitiés à Alonzo. »

28

« Et maintenant, dit Alonzo, vous me croyez ? »

Nous étions assis tous les trois, jambes écartées, au milieu du cendrier qui servait de jardin. Le vent s'était levé et faisait voler des grains de sable qui nous piquaient les yeux. Des moucherons s'attaquaient à notre cou couvert de sueur.

« Il n'a pas avoué, dit Clarissa.

– Pourquoi aurait-il avoué ? demanda Alonzo. Vous l'auriez fait, vous ? »

Elle planta une brindille dans le sable.

« Donc pour échapper à Styles, nous devons trouver son trésor.

– Excusez-moi, mais ce trésor n'est pas celui de Styles. Il ne l'a jamais été. C'est celui de Harriot.

– Styles n'est pas de cet avis, fis-je remarquer.

– Voilà pourquoi je préfère considérer toute cette affaire comme une comédie shakespearienne. Nous ne sommes plus qu'à un acte ou deux de l'heureux dénouement. »

Une comédie. Alors que je considérais la tête d'Amory Swale qui disparaissait sous une fine pellicule de sable, le poème « Ozymandias » de Percy Bysshe Shelley me revint en mémoire : *Dans le sable, à moitié enterré gît un visage fracassé...*

« Il faut appeler la police, déclarai-je.

– Je vais me répéter, mais pourquoi ?

– Pour notre sécurité », intervint Clarissa.

Alonzo me regarda, puis il regarda Clarissa. Enfin, il nous considéra tous les deux.

« De quelle sécurité parlez-vous, Clarissa ? N'oubliez pas que je ne suis plus mort, et je peux vous garantir que si vous appelez la police, on m'arrêtera tout de suite pour escroquerie. Vous – et cette fois je m'adresse à tous les deux – serez arrêtés en tant que complices. Ça vous dit quelque chose, l'expression *complices de meurtre* ? »

– C'est ridicule, dit Clarissa. Henry a vu Halldor. Il l'a vu...

– Se promener sur la plage. À près d'un kilomètre d'ici. Ce n'est pas ce qu'on appelle un flagrant délit. Je vous l'ai déjà dit, la spécialité de Styles, c'est de ne pas laisser d'empreinte. Ni de traces de pas. Si une enquête est confiée aux policiers locaux, ils vont faire exactement comme d'habitude : arrêter ceux qui sont à portée de main. Nous, en l'occurrence.

– Mais nous n'avions aucun mobile pour tuer Amory ! protestai-je.

– Un mobile ! railla Alonzo. Tu crois vraiment que ça va les arrêter ? Donne-moi trente secondes, je vais t'en trouver un, de mobile : dispute entre cambrioleurs... querelle d'amoureux... overdose de fraises Tagada... croyez-moi, ils vont tout faire pour que les trois personnes qui ont côtoyé Amory Swale ces derniers jours portent le chapeau. C'est aussi simple que ça.

« Et une fois qu'ils nous auront mis le grappin dessus, vous pensez vraiment que nous serons en sécurité ? Clarissa, avez-vous commis des délits pendant votre jeunesse ? Henry, ta voiture. Peut-être qu'ils voudront voir la carte grise. Si vous pensez vraiment pouvoir vous tirer indemne d'une enquête aussi minutieuse, si vous pensez vraiment pouvoir descendre de la croix sur laquelle ils comptent vous clouer, eh bien je vous en prie, sortez vos téléphones ! Allez-y ! »

Je dois l'admettre : je n'arrêtais pas de penser à l'inspecteur August Acree. Je ne saurais vous dire ce qui se passait dans la tête de Clarissa, mais j'ai l'impression qu'à cet instant, elle prit comme moi conscience de son impuissance. Entre Bernard Styles et Alonzo Wax, nous n'étions plus maîtres de notre destin.

« Je te donne vingt-quatre heures, Alonzo, déclarai-je en fixant Clarissa du regard. Pas une minute de plus. Après, nous appelons la police.

– Marché conclu », répondit-il.

À présent, il observait Clarissa, lui aussi. Il attendait un signe de sa part. Mais son dernier sursaut de dignité fut de retourner à l'intérieur.

Moins d'une minute plus tard, elle ressortit avec un coussin : une des scènes de chasse du canapé d'Amory Swale. Elle s'agenouilla et le plaça sous la tête du mort. Elle l'observa pendant une minute, puis elle dit :

« Il doit bien avoir de la famille quelque part.

– Non. »

Je crois que même Alonzo fut frappé par la brutalité de sa réponse, car il inclina légèrement la tête.

« Quand est-ce que ça va s'arrêter ? demanda Clarissa en se tournant vers lui.

– Qu'est-ce que vous voulez dire ?
– D'abord Lily. Maintenant Amory.
– Ça s'arrêtera quand nous l'aurons décidé, répondit-il. Nous, et personne d'autre. »
Puis il s'empara de la pelle la plus proche et ajouta :
« On s'y met ? »
Je fis ce qu'on me dit : je fis disparaître le cadavre dans son linceul de sable. J'y mis tant de zèle qu'Alonzo dut me taper sur l'épaule.
« Ça ira », dit-il.
Plus rien n'affleurait à la surface à présent, pas même un doigt.
Je me mis à marcher. Je gravis le tas de sable, descendis l'allée et m'arrêtai en apercevant l'océan. Je m'assis sur un banc qui avait été poli par des années d'érosion. Je restai là quelque temps, sans penser à rien, à observer l'eau et ses multiples couleurs : vert émeraude au creux des vagues, brun sur la crête, pourpre à l'horizon. Çà et là, quelques traces d'écume qu'on aurait pu prendre pour des dauphins.
Je retrouvai Alonzo là où je l'avais laissé, couvert de crasse et de transpiration. Il portait toujours son kimono bleu.
Nous retournâmes tous deux à l'intérieur d'un pas lourd. Clarissa fit alors son entrée par la porte de devant, un sac de courses dans chacun de ses fins bras pâles.
« Vous devez avoir faim », dit-elle.

À de nombreux égards, ce fut le déjeuner le plus inhumain de ma vie. Mais aussi le plus humain. Notamment lorsque Clarissa se tourna vers Alonzo pour lui demander :

« Quand avez-vous rencontré Amory pour la première fois ?

– Si vous voulez tout savoir, la première fois que je lui ai adressé la parole, je l'ai insulté. »

Les deux hommes s'étaient rencontrés lors d'un débat organisé par la Shakespeare Society, intitulé « Qui a écrit les pièces ? ». Pour Alonzo, c'était Shakespeare, et il n'y avait pas à discuter ; Amory, assis juste à sa gauche, affirmait en revanche que le véritable auteur était Édouard de Vere, le comte d'Oxford. Cette divergence d'opinions était difficilement supportable pour Alonzo, mais les choses empirèrent quand Amory suggéra de déterrer le cercueil du comte pour voir avec quelles pièces il avait été enterré. Pour Alonzo, c'était la goutte d'eau qui faisait déborder le vase.

« Je lui ai dit "Je vous prie de m'excuser, monsieur Swale, mais vous êtes le plus sidérant crétin que j'ai eu le déshonneur de rencontrer. En à peine quelques années, la thèse du comte d'Oxford finira aux oubliettes, tout comme la théorie du comte de Rutland. Et celle du comte de Derby. Et la théorie de Christopher Marlowe, sans oublier celle de Francis Bacon."

« Mais ce qu'il y avait d'amusant avec Amory, c'est que plus vous l'insultiez, plus il vous appréciait. Ce qui donnait lieu à une interdépendance des plus épuisantes, vous pouvez me croire. Cependant, nous étions d'accord sur de nombreux points et il avait un côté débrouillard qui, utilisé à bon escient, le rendait très attachant. Ainsi, il m'a été d'une aide précieuse pour retrouver une lettre de Robert Cecil, qui avait disparu à Islamorada. Amory connaissait une veuve – Amory ne connaissait que ça – qui... Henry, tu es sûr que ça va ? »

Je regardai fixement par la fenêtre. Tellement fixement qu'Alonzo et Clarissa tournèrent la tête pour voir ce que j'observais.

«J'ai compris, déclarai-je.

– Qu'est-ce que tu as compris ?

– Harriot. J'ai compris quel code il avait utilisé. »

29

« Il me faut un ordinateur. »

Nous retournâmes au Pelican Arms. Je récupérai l'ordinateur portable de Clarissa et me dirigeai vers ma chambre en le portant dans mes bras comme un enfant perdu.

« Laissez-moi la carte, ordonnai-je. Et revenez dans une heure. »

L'heure passa à toute vitesse, et alors même que j'ouvrais la porte pour faire entrer mes deux compagnons, mes neurones continuaient à bouillonner.

« Et tu dis que j'en fais des tonnes ! s'exclama Alonzo en s'affalant sur le fauteuil. Au fait, ça sent la vieille dans ta chambre.

– C'est depuis que tu es entré. Est-ce que tout le monde voit l'écran ? C'est bon ?

– Oui oui oui.

– Très bien. Avant de commencer, je tiens à rendre hommage à Alonzo et à lui adresser mes remerciements.

– C'est vrai que tu me dois tout, plaisanta l'intéressé.

– Je te dois surtout ce qui va suivre. Car c'est toi qui as parlé tout à l'heure de Francis Bacon.

– Qui c'est encore, celui-là ? demanda Clarissa.

– Un scientifique. Un homme politique. Un avocat. Un juge corrompu. C'était également un des plus grands philosophes du Moyen Âge. Et, plus à propos, un cryptologue de premier ordre. Alonzo, qu'ont fait les imbéciles qui voulaient prouver que Bacon avait écrit les pièces de Shakespeare ? Ils ont passé chaque vers au peigne fin, dans l'espoir de trouver...

– Des codes cachés, répondit Alonzo, impatient. Mais comme tu l'as dit si justement, Henry, c'étaient des imbéciles. Ce qui n'est pas le cas de Harriot. Et peut-être l'as-tu oublié, mais Bacon n'a publié ses codes qu'en 1623, soit deux ans après la mort de Harriot.

– Peut-être que c'est toi qui l'as oublié, répondis-je du tac au tac, mais Bacon a inventé son code le plus connu alors qu'il travaillait à Paris pour l'ambassadeur anglais. C'est-à-dire entre 1576 et 1579.

– Mais quelle est la probabilité qu'il ait partagé son secret avec Harriot ? demanda Clarissa.

– C'est là que j'ai calé, admis-je. Je me suis dit qu'ils devaient se connaître. En tout cas, il est évident qu'ils avaient entendu parler l'un de l'autre. Ils ont vécu exactement à la même période. D'ailleurs, Bacon fait mention de Harriot dans *Commentarius Solutus.* Le problème, c'est qu'ils faisaient partie de camps rivaux : Bacon était du côté du comte d'Essex, Harriot du côté de Ralegh. Ce n'est que lorsque Essex a monté son espèce de coup d'État contre Élisabeth que Bacon a senti le vent tourner et qu'il a pris ses distances. Je pense donc qu'il y a de bonnes chances qu'à un moment ou à un autre, ces deux grands intellectuels anglais se soient assis à la même table pour parler boutique. Et quel meilleur sujet de discussion que les codes ? Car Harriot lui-même en connaissait un rayon sur le sujet.

– Mais le code de Bacon, quel est-il, au juste ? demanda Clarissa.

– Tu te souviens quand je t'ai dit de traiter tous ces personnages comme du langage informatique ? Je ne me rendais pas compte à ce moment-là que c'était une idée géniale. Si, si, vraiment, et là où c'est génial, c'est que le code de Bacon est un des premiers systèmes binaires du monde. Il remplaçait chaque lettre du texte d'origine par une combinaison de A et de B. A devenait AAAAA, B devenait AAAAB, C devenait AAABA, et ainsi de suite. Jusqu'à Z : BABBB. »

Clarissa fronça les sourcils.

« Je comprends, dit-elle. C'est plus difficile à craquer qu'un code de substitution parce qu'on ne peut pas repérer les lettres les plus utilisées. Tous les *e*, les *s* et les *a* sont enfouis au milieu du code binaire. C'est pour ça que dans ce cas, les programmes qui calculent la fréquence des lettres sont inefficaces. Il y aura forcément un nombre à peu près équivalent de A et de B.

– Allons, s'exclama Alonzo. Bacon a inventé son code il y a plus de quatre cents ans, et vous allez me dire qu'un programme de décryptage moderne ne pourrait pas le craquer ?

– Pas nécessairement, répondis-je. Le problème, c'est que ce n'est pas un vrai code. Techniquement – pardon d'avance pour le jargon – c'est de la stéganographie. Du grec *stegein*, qui signifie couvrir. C'est une manière d'écrire du code sans que les gens s'aperçoivent que c'est du code. Pour faire simple, le code est caché dans un texte d'apparence normale.

– Le principe de sécurité par l'obscurité, dit Clarissa. Seuls l'expéditeur et le destinataire savent ce qui se passe.

– Précisément.

– Mais attendez, la légende de la carte de Harriot... ce n'est pas du texte normal. Sors-la-moi, Henry. »

PsjAYStrooxeidDVegaLOkuxTmLikcyCUsSxGAzyrnr-
muOrrLBAkchrltRdgarnoomONOssfrtvQhiHeRbdallZolgea-
nitzPeFpfhlogionLlLqaBwnbAdauncsleckQooTiatGlgKIkiW-
fleatHEstRqiabaOtzKCdMCpnfeffkuv

« Quand on voit ça, dit Clarissa, on ne peut pas décemment penser qu'il s'agit d'une lettre pour maman. Ça sent le code à plein nez.

– Oui, mais pas au sens où nous l'entendons, répondis-je. Harriot est un malin, il sait comment fonctionne le cerveau humain. Quand on voit une suite de lettres, on la lit comme du texte. Et c'est exactement ce qu'il veut qu'on fasse. Le secret, c'est d'oublier le contenu pour ne s'intéresser qu'à la forme. Si on part de ce principe et qu'on regarde la série de lettres, que voit-on ? »

Alonzo plissa les yeux.

« Des lettres, grommela-t-il.

– Mais qu'est-ce qui les distingue les unes des autres ?

– Au risque de dire une évidence, il y a des majuscules et des minuscules.

– Et c'est exactement pour cela qu'on n'arrivait à rien. Parce que c'était évident. »

Alonzo fit un pas en arrière et s'exclama :

« Mais bon sang ! Il faut tenir compte de la casse, et moi qui pensais comme un imbécile que...

– Que c'était dû au caractère aléatoire de l'écriture de la Renaissance, je sais. C'est également ce que j'ai cru. Mais à présent, voyons voir ce que ça donne. Si on remplace toutes les majuscules par B et toutes les minuscules par A... Abracadabra... »

Je passai à la page d'après sur l'ordinateur.

BAABBBAAAAAAAABBAAABBAAABABAAAAB-BABABBAAAAAAAABAABBBAAAAAAABAAAAAAAAAB-BBAAAAAABAABABAAAAABAAAAAAAAAABA-BAAAAAAAAABABAABAAABAAAAAAAAAAAABAA-BAAABAABBAABAAAAAABBAABAAAAAABAABBAB-BAAAAAAAAA

« Le code de Bacon, murmura Alonzo.

– Dans toute sa splendeur binaire. Et si on coupe toutes les cinq lettres, on peut retrouver les lettres correspondantes, et petit à petit, on saura ce que Harriot voulait nous dire. »

Pas d'applaudissements. Alonzo se contenta de lever les bras et hurla d'une voix indignée :

« Eh bien quoi ! Décode-le !

– C'est fait, répondis-je en passant à la page d'après.

V R B S S I O N A V R E A P A T R I A L A C T E A C I V E D E C O R A

« Et tu trouves ça drôle ? demanda Clarissa. Ça n'a pas plus de sens que les lettres du début.

– C'est parce que vous ne connaissez pas le latin, lança sèchement Alonzo. Poussez-vous. »

Il se pencha sur le clavier et à l'aide de la barre d'espace, il sépara les lettres pour former des mots.

VRBSSIONAVREAPATRIA
LACTEACIVEDECORA

« *Urbs Sion aurea*, scanda-t-il, émerveillé. *Patria lactea, cive decora*... Bernard de Cluny, murmura-t-il.

– C'est qui, Ber..., commença Clarissa.

– Un moine bénédictin, l'interrompis-je. Un Anglais, probablement, ayant vécu pendant la première moitié du XIIe siècle. C'était un poète et un critique acerbe de l'église médiévale. Il a écrit une satire, *De Contemptu Mundi*, qui étrillait toute la hiérarchie catholique, des prêtres et des nonnes jusqu'au Vatican. Ce texte a été réédité un nombre incalculable de fois. Les premiers réformateurs protestants l'utilisaient comme ouvrage de référence, si bien qu'au XVIe et au XVIIe siècle, il y a fort à parier que tout protestant un tant soit peu lettré devait le connaître, peut-être même par cœur.

– Et pour l'École de la nuit, ajouta Alonzo, c'était le manuel rêvé, car une critique du catholicisme, par extension, c'est une critique de toutes les religions. »

Clarissa leva les bras au ciel.

« Excusez-moi, la diplômée en commerce qui n'a jamais fait de latin aimerait bien en revenir à la carte de Harriot. Est-ce que quelqu'un pourrait se donner la peine de traduire ?

– En gros, répondit Alonzo, ça donne : *La ville d'or de Sion, terre de lait, ornée de citoyens.* Je dois dire que ça sonne mieux en latin.

– Donc Harriot essaie de nous dire quelque chose sur Jérusalem ?

– Pas Jérusalem, insistai-je. *Sion.* »

Même aujourd'hui, quand je repense à cet instant, je suis incapable de me rappeler précisément les expressions par lesquelles passa le visage d'Alonzo, car chacune contredisait la précédente. Il y eut de la fierté puis de l'humilité, et enfin de la surprise. La mort d'une théorie en avait engendré une autre.

« Syon House, murmura-t-il.

– Si l'or de Harriot existe, c'est là-bas qu'il l'a caché. Dans son jardin. Dans le domaine où il a passé les vingt-cinq dernières années de sa vie. La *Sion d'or.*

– Mais Harriot fait expressément mention de la Virginie, fit remarquer Clarissa.

– Certainement son idée d'une bonne farce, répondis-je. Regardons plutôt la carte. »

Comme s'il se sentait investi d'une mission sacrée, Alonzo étala le plan sur le dessus-de-lit à l'odeur de naphtaline.

«Je me suis rendu compte que notre Harriot était un petit marrant, expliquai-je. Qui l'eût cru ? Tous ces noms de lieux – *Pierre de Brigitte, Bestiaire d'Ahab, pavillon de Manteo* – ont une touche exotique. On pense tout de suite à des grottes de pirates, des criques cachées, des repaires d'Indiens. Ce pauvre Amory est mort en pensant qu'il s'agissait du Nouveau Monde. Alors qu'en fait, c'est bien du Vieux Continent dont il est question ici. Ce qui est représenté sur cette carte, c'est l'endroit où habitait Thomas Harriot.

– Absurde, répondit Alonzo. Manteo est un nom indien. Si tu pars d'ici en direction du sud, tu trouveras un village qui porte le même nom, à quelques kilomètres.

– Certes, mais Manteo était aussi un personnage historique. Il n'est peut-être jamais allé à Syon House, mais je peux te garantir qu'il n'en était pas loin. En quelle année les premiers colons anglais ont-ils atteint Roanoke ?

– 1584.

– Exactement. Soit un an avant l'arrivée de Harriot. Et ces premiers colons sont repartis avec un trophée humain. Un Indien de la tribu des Croatans qui leur avait servi d'éclaireur et de traducteur. Un Indien qui n'avait eu d'autre choix que de servir d'ambassadeur auprès des autochtones, et qui de fait était très mal vu par ses compatriotes. En revanche, les Anglais tenaient tellement à lui qu'ils l'ont ramené à Londres, où ils se sont empressés de le baptiser, lui laissant toutefois la possibilité, comme Pocahontas, de garder son nom.

– Manteo, murmura Alonzo.

– En personne. Et c'est auprès de lui et du chef Wanchese que Harriot a appris l'algonquin. C'est grâce à eux qu'il parlait couramment la langue quand il est arrivé là-bas. Et pendant leur séjour en Angleterre, où ont-ils logé ? À Durham House, la propriété de Walter Ralegh, laquelle, comme l'indique la flèche, se trouve à peu près à l'est de Syon Park.

– Poursuis », dit Alonzo en faisant un signe de la main.

Et je poursuivis. Nom après nom...

La Pierre de Brigitte.

Avant de devenir la demeure luxueuse d'un homme fortuné, Syon House était un sanctuaire sacré.

Le roi Henri V, hanté par la complicité de son père dans l'assassinat de Richard II, décide d'expier ce péché en fondant un des monastères les plus opulents d'Angleterre.

À qui le dédie-t-il ? Au nom de qui empile-t-on pierre après pierre ?

Sainte Brigitte.

« Ne t'arrête pas », grogna Alonzo.

Le Bestiaire d'Ahab.

Peu après l'autoproclamation d'Henri VIII à la tête de l'Église anglicane, son premier ministre publie un rapport *monstrant que les moniales de Sion s'addonent au peche de chair avecque leur prieure.* La Couronne confisque le monastère, et l'Ordre de Sainte-Brigitte est dissous. Furieux, un moine franciscain met en garde le roi, lui dit que Dieu rendra son jugement et qu'un jour, *les chiens lécheront son sang comme ils léchèrent celui d'Achab.*

Le 15 février 1547, Henri VIII est mort depuis deux semaines, et son cercueil est entreposé pour la nuit à Syon House. Après la tombée de la nuit, le couvercle s'ouvre et le lendemain matin, les domestiques horrifiés découvrent qu'un chien est occupé à lécher la dépouille du roi.

Achab a rencontré la bête. Dans le grand hall de Syon House.

« Encore », dit Alonzo.

La Bière de Kewasowok

Mars 1603. La reine Élisabeth se meurt. La plupart de ses sujets n'ont jamais connu d'autre monarque ; certains pensaient même qu'elle était immortelle. Ses ministres et ses conseillers doivent faire vite pour lui trouver un successeur.

Le candidat le plus probable semble être Jacques VI, roi d'Écosse, le fils de Marie Stuart, l'ancienne rivale d'Élisabeth. Depuis son domaine, le comte de Northumberland, opportuniste, écrit à Jacques pour lui annoncer que son heure est venue. Le roi répond au comte et lui assure qu'il le considère comme son ami et le tient en haute estime.

Le 24 mars, la reine rend l'âme. Harriot traduit l'événement de la façon la plus subversive qui soit. *Kewasowok* est un mot algonquin signifiant *représentations de dieux sous forme humaine.* Quant à la *bière* de Kewasowok, où peut-elle se trouver si ce n'est à l'endroit où Élisabeth a rendu son dernier soupir ?

Le palais de Richmond, dans le Surrey. Exactement au sud de Syon House, de l'autre côté de la Tamise.

« Ce qui, en plus de confirmer ma théorie, ajoutai-je, restreint nettement nos barrières historiques. Nous sommes à présent certains que cette carte a été dessinée après le 24 mars 1603. »

Les muscles du visage d'Alonzo se mirent à tressauter.

« Mais pas longtemps après, dit-il. Souviens-toi de la lettre de Ralegh : *En ces temps sombres. Mes plaies.* Avec Jacques sur le trône, il savait le danger qu'il courait.

– Quel danger courait-il ? demanda Clarissa.

– Pour faire simple, disons que la reine est morte en mars. En juillet, Ralegh est arrêté pour haute trahison. En novembre, il est condamné à mort.

– Et pas à n'importe quelle mort, ajoutai-je. Le juge Popham a décrété que Ralegh devait d'abord être *pendu puis coupé vif, que son cœur, ses entrailles et ses parties génitales devaient être arrachés et jetés au feu – devant ses yeux – avant que sa tête soit séparée du corps et que son corps soit divisé en quatre quartiers.*

– Tout un programme, dit Clarissa.

– Heureusement pour Ralegh, expliquai-je, le roi a décidé de le gracier. Même s'il allait quand même devoir passer les treize années suivantes enfermé à la Tour de Londres.

– Et il ne faut pas oublier ce que Popham a également dit au procès de Ralegh, ajouta Alonzo : *Ne vous laissez point persuader par ce démon Harriot, ni par quelque autre ennemi, qu'il n'y a pas d'éternité dans le ciel ; car avec cette opinion vous trouverez l'éternité en enfer.*

– *Ce démon Harriot*», répéta Clarissa.

Elle s'approcha de la fenêtre et entoura la ficelle des rideaux autour de son poignet.

« Bon, Henry. Je ne vois qu'une faille à ta théorie. La baleine. »

Nous scrutâmes la carte posée devant nous.

« C'est ce qui m'a le plus posé problème, concédai-je. Et c'est au bon docteur Google que je dois la réponse.

Il y a quelques années, apparemment, une baleine de sept tonnes a remonté la Tamise, dépassé le palais de Westminster, pour venir s'échouer du côté de Chelsea. Elle n'a jamais trouvé le chemin du retour.

– Mais oui, je me souviens d'avoir lu un article là-dessus, s'exclama Alonzo.

– Tu te souviens aussi certainement que la Tamise est un fleuve sujet aux marées. Une fois de temps en temps, une baleine s'y égare. Si tu vérifies, tu verras que ce phénomène s'est déjà produit au cours des siècles passés. »

Une fois de plus, je désignai du doigt la carte de Harriot.

« Cette étendue d'eau qu'on voit ici n'est pas un océan, mais un fleuve. La Tamise. Et là, ajoutai-je en plantant mon index sur la croix, nous avons Syon Park. C'est là que se trouve le trésor de Harriot. »

Le silence retomba, mais il n'y avait pas de silence. Le ronronnement fatigué du système d'air conditionné, le vrombissement aigu d'un moustique à l'assaut de nos jambes... et un sifflement très faible émis par Alonzo, qui ressemblait à un dernier soupir.

« La Perfide Albion. »

Je comprenais sa déception. Tous les scénarios de films de série B qu'il s'était imaginés – les coffres enterrés, les traces de sang, les doublons espagnols – partaient en fumée. Aussi sûrement qu'un galion capturé par des pirates.

Cependant, il y avait un facteur que j'avais négligé. La fièvre de l'or qui s'était emparée d'Alonzo, et qui lui fit bien vite oublier ce désarroi passager.

« En combien de temps pouvons-nous prendre un vol pour Londres ? demanda-t-il.

– Difficile à dire, répondis-je. En combien de temps un mort peut-il obtenir un passeport ? »

Son visage s'assombrit, mais cela ne dura pas.

« Il faut que j'appelle Imahoro ! »

Quatre syllabes pour un nouveau mystère : *Imahoro.*

Et ce n'était pas le seul mystère : Clarissa choisit cet instant pour glisser sa main dans la mienne. Le geste n'était pas furtif, mais assumé. S'ensuivit un grésillement d'électricité statique. L'École de la nuit avait laissé passer un peu de lumière.

Alonzo fixa nos deux mains unies d'un air sévère.

« Tu sais ce que je pense de l'émotion, Henry.

– Je sais.

– Ça complique les choses, ça égare.

– Je sais. »

Il observa notre visage rayonnant et, ne sachant sous quel angle attaquer, se contenta d'un grognement dépité.

« Bon, ça va. Mais je vous interdis de vous embrasser en ma présence. »

Troisième partie

L'âme, dont les facultés ont cerné
La sublime architecture du monde,
Chiffré la ronde errante des planètes,
Gravi sans fin un infini savoir,
Couru la constante course des sphères,
L'âme nous veut sans répit au labeur
Afin de cueillir enfin le fruit mûr,
Pur bonheur, unique félicité,
La jouissance ici d'une couronne[1].

Christopher Marlowe,
Tamerlan

1. Christopher Marlowe, *Tamerlan*, Albin Michel, 1977 [trad. de Philippe de Rothschild].

Isleworth, Angleterre
1603

30

Rien ne les oblige plus à se retrouver la nuit, mais il ne leur vient pas à l'idée de changer leurs habitudes. Ils reprennent donc le travail, comme à l'accoutumée : le maître s'assoit à la table de travail, tandis que Margaret lisse le papier situé devant elle et se saisit de la plume raidie par l'encre séchée.

C'est alors que le maître en personne la lui retire des mains.

« Vous n'êtes plus ma domestique. »

Elle met du temps à comprendre la signification de ces mots. Tient-il vraiment à ce qu'elle s'occupe de prendre elle-même les mesures ?

« Pour que mes théories aient un poids, Margaret, il faut que quelqu'un d'autre obtienne les mêmes résultats. »

Elle s'approche de la table, hésitante. Comme une sage-femme le jour de son premier accouchement, Margaret a peur que ses mains ne la trahissent. Elle se saisit du rapporteur et le positionne contre les rais de lumière. Elle prononce le nom de chaque angle...

FCD... ECG...

Elle entend sa propre voix, sèche et légère.

« *Angulus refractus.* 10 degrés. Non, pardon, 11 degrés. Je marque quarante-huit minutes ? »

Après environ une heure, il n'y a plus d'intonation interrogative dans sa voix. Après quelques nuits, la mesure des angles lui est aussi simple qu'une ligne de couture. Plus simple, d'une certaine façon, car si elle ne se trompe pas dans les mesures, il ne peut y avoir qu'un seul résultat.

Juin succède à mai. Les liquides succèdent aux solides. Eau salée, térébenthine, alcool. Chacun est versé dans un prisme en verre creux et soumis à des rayons de lumière à des angles de 5, 10, 20, 30, 40 puis 50 degrés. Chaque changement de l'angle d'incidence se répercute de la même manière sur l'angle de réfraction. Les mesures sont effectuées deux fois, et les résultats notés dans les colonnes.

Les calculs sont gardés pour la toute fin et, là encore, le maître attend de Margaret qu'elle soit à la hauteur de ses nouvelles fonctions, même si cela signifie qu'il doit lui inculquer les rudiments des mathématiques.

« Comme vous vous en souvenez sûrement, Margaret, le sinus est égal à la longueur du côté opposé divisé par la longueur de l'hypoténuse.

– Mais lequel est le côté opposé, monsieur ?

– Eh bien, le côté opposé à l'angle étudié. En fait, le sinus nous indique à quelle vitesse cet angle monte, tandis que le cosinus nous indique à quelle distance il se déplace horizontalement. C'est l'éternelle relation entre la hauteur et la longueur. Vous suivez ? »

Elle ne suit pas. Du moins pas au début. Et puis, petit à petit, elle finit par comprendre. Cela ne prend pas la forme d'une révélation soudaine, mais plutôt d'une assurance gagnée petit à petit. Si elle devait utiliser ses propres mots, elle dirait que c'est comme traverser une plaine embrumée. On ne peut faire confiance à sa vue, pas plus qu'aux autres sens, et seule l'obstination permet d'atteindre l'autre côté. Le côté opposé.

« Extraordinaire, n'est-ce pas, Margaret ? La proportion entre l'incidence et la réfraction est toujours identique. Si on cherchait une... une preuve a priori de l'existence du divin, on pourrait faire pire. »

Ils sont ensemble de neuf heures du soir à quatre heures du matin. Toujours très respectueux l'un envers l'autre, ils mangent peu et conversent encore moins. Le maître, qui n'a pas l'habitude de la compagnie, parle beaucoup tout seul et ne s'embarrasse pas de civilités. Ainsi, chaque soir, il s'empare de la chandelle la plus proche et, au comble de l'agitation, se précipite à l'extérieur.

À chaque fois, elle s'inquiète en pensant à lui, tout seul dans la nuit. Et si le chien de garde l'attaquait ? Et si le gardien le prenait pour un braconnier ? Mais il rentre toujours sain et sauf, avec à la main l'une de ses découvertes nocturnes : une vieille girouette rouillée, une mue de couleuvre, un seau d'eau rempli de petits tritons. Une nuit, il rapporte de son escapade une vessie de porc gonflée au maximum qu'il lui présente avec un sourire énigmatique.

« J'ai trouvé une sphère presque parfaite. Essayez d'imaginer trois lignes partant du centre de cette sphère et atteignant la surface en trois points différents. Si nous reliions ces points, quelle figure obtiendrions-nous ?

– Un triangle, monsieur ?

– Oui, mais d'un style très particulier, car aucun de ses côtés ne saurait être droit, quoi qu'on essaye de faire. Il ressemblerait plutôt à ceci. »

Il dessine un croquis sur le papier.

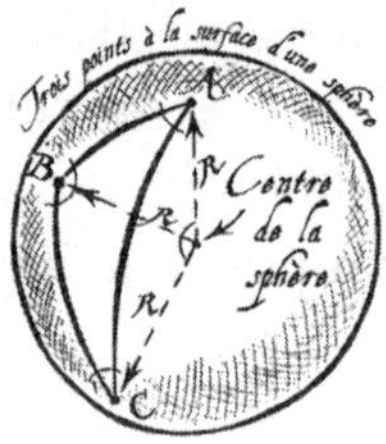

« La difficulté consiste à déterminer l'aire d'un tel triangle. »

Après avoir énoncé le problème, il décide de l'ignorer. Mais les choses ne sont pas aussi simples. Le problème se rappelle régulièrement à lui les heures suivantes : pendant qu'il verse un liquide dans le prisme, pendant qu'il prend des mesures, au milieu d'une réflexion. Il est si perturbé que même la lumière dans ses yeux semble altérée.

Enfin, au moment où la rivière reflète les premières lueurs du jour, le maître se lève tout doucement, à la manière d'un homme resté trop longtemps à la taverne.

Avec la plume, il trace trois points sur la vessie de porc. Puis il les relie pour former un triangle scalène presque parfait.

« Calculons la somme de ces trois angles. »

Son index passe d'un angle à l'autre.

« Soustrayons 180 au résultat obtenu. Considérons la différence comme le numérateur d'une fraction au dénominateur égal à 360. »

Il hoche la tête. Une fois. Puis une deuxième.

« Cette fraction nous donne... elle nous donne la portion de la surface de l'hémisphère qu'occupe notre curieux triangle. »

Il lève les yeux vers Margaret. Il sourit, mais ses yeux témoignent d'un grand sérieux.

« Qu'est-ce que vous en dites ? On essaie ? »

Quand elle s'effondre sur sa paillasse, le coq est déjà en train de chanter. Elle est fourbue, c'est vrai, mais personne au domaine n'est plus éveillé qu'elle en cet instant.

Nombres, figures et angles l'ont suivie jusqu'au lit. Dans ses rêves les plus fous, elle n'imaginait pas de tels amants. Lorsqu'elle ferme les yeux, ils se font encore plus pressants. Elle est assaillie par les longueurs et les hauteurs. Ils la suivent jusque dans ses songes, ils la bercent, lui caressent le cou, la soulèvent. Ils s'insinuent en elle jusqu'au plus profond de son être. Elle ne peut résister.

Le lendemain matin, elle est surprise par l'humidité entre ses cuisses. Des amants fantômes, repartis comme ils étaient venus.

Remise de ses émotions, elle descend l'escalier. Elle trouve Harriot appuyé contre la porte, se tenant la main contre les yeux.

« Maître ?

– Je ne suis pas blessé.

– Mais si ! »

Après plusieurs minutes, il lui confie comment il a fêté leur succès de la veille.

« Vous avez mesuré le soleil, monsieur ?

– Oui. Enfin, naturellement, j'ai attendu qu'il soit passé derrière un nuage suffisamment fin pour pouvoir toujours distinguer le diamètre. Après quelques minutes d'observation, j'ai remarqué que le nuage devenait plus sombre. Je me suis retourné vers la maison... et tout n'était plus qu'obscurité.»

Il est maintenant assis dans un fauteuil et elle est aux petits soins pour lui: elle va lui chercher de la bière et lui applique un linge sur les yeux.

«Vous devez faire plus attention, monsieur.

– Ne vous en faites pas, je suis sûr que tout ceci est passager. Mais je dois dire que je suis curieux d'observer ces points à la surface du soleil que mentionne Jean de Worcester. J'aimerais également calculer sa rotation axiale. Et pour ce faire, je pense qu'il faudrait... je pense que j'aurais besoin de...»

Il retire le bandage sur son œil droit et scrute les ombres de la pièce.

«Des corbeaux.

– Monsieur?

– J'aperçois un vol de corbeaux. Au loin.»

Margaret tourne la tête vers la fenêtre. Les rideaux sont tirés.

«D'accord, monsieur.»

Il continue à voir les corbeaux pendant deux jours. Il garde le lit, une serviette humide sur le visage. Avec sa bénédiction, elle en profite pour fouiller ses coffres – des écuries d'Augias remplies de papiers pliés, froissés, tachés, mélangés. Et au milieu, une liasse de documents curieusement bien rangés: des actes, des factures, des inventaires. Tout est classé par ordre chronologique et paraphé d'initiales mystérieuses.

Fréquenter W.R... accord W.R. ?... Cf. W.R. dps '01...

« Monsieur ? »

Il est toujours allongé dans son lit. Il lève les yeux. Il a enlevé le bandage, les corbeaux commencent à disparaître.

« Désolée de vous déranger, mais pourriez-vous me dire qui est ce W.R. ?

– Ah, il s'agit de sir Walter. »

Le plus naturellement du monde, il le désigne par son prénom.

« Vous voulez dire Walter Ralegh ?

– Oui, oui. Il m'a demandé de superviser quelques questions immobilières concernant ses propriétés. Notamment Durham House – sa propriété londonienne – et le château de Sherborne. »

Ne sachant que dire, elle reste debout, muette. Puis, pour cacher son embarras, elle dit :

« Sir Walter est poète, n'est-ce pas ?

– Oui, la poésie est toute sa vie. Erato plutôt que Clio, c'est sa devise, dit Harriot en forçant sur ses paupières pour ouvrir les yeux. Vous aimez la poésie, Margaret ? »

Elle sent que la question est un piège, aussi tarde-t-elle à répondre. C'est alors qu'à sa plus grande surprise, il se met à réciter :

Non point de prime abord ni d'un trait maladroit
Amour me fit cette blessure qui saignera toute ma vie.
Je reconnus avec le temps l'excellence de Stella,
Qui par degrés me conquit tout entier[1].

1. Philip Sidney, *Astrophel et Stella*, sonnet 2, Éd. Montaigne, 1962 [trad. de Michel Poirier].

En entendant ces mots, son passé la submerge soudain.

« Ai-je dit quelque chose qu'il ne fallait pas, Margaret ?

– Non, monsieur. C'est seulement ce poème, *Astrophel et Stella.* C'est... »

Elle déglutit et reprend.

« Ça a toujours été un de mes préférés.

– Dans ce cas, j'imagine que vous vous réjouissez de loger si près de la sœur de Stella.

– Monsieur ?

– Personne ne vous en a informé ? Eh bien en fait... »

Il lui explique alors que pour rédiger cette série de sonnets, Sidney s'inspira d'une des plus grandes beautés de l'époque : Pénélope Devereux. Selon la légende, même au plus fort de la bataille, la lame de son frère, le deuxième comte d'Essex, ne fit jamais autant de ravages que les yeux noirs de Pénélope. Cette dernière épousa – contre son gré, dit-on – Robert Rich. Quant à Sidney... il finit par épouser la fille aînée de Walsingham. Cependant, l'image de Pénélope ne le quitta jamais, et pendant tout le mois qu'il lui fallut pour mourir, ses lèvres ne cessèrent de prononcer son nom.

« Sa lente agonie remonte à la bataille de Zutphen où, blessé à la cuisse, il s'illustra en offrant son eau à un subalterne, avec ces mots restés célèbres : *ton besoin est encore plus grand que le mien.* »

C'était la première fois que Margaret entendait autant d'émotion dans la voix de Harriot, d'ordinaire peu loquace.

« Mais, si Pénélope est Stella... qui est la sœur de Stella, monsieur ?

– Dorothy Devereux. Moins belle que Pénélope, certes, mais également bien plus intelligente. Un excellent parti pour un homme d'esprit. Après avoir usé un premier mari, elle consentit, après d'âpres négociations, à épouser Henry Percy, qui obtint ainsi Syon House. Où elle règne désormais en maîtresse. »

Depuis qu'elle est là, Margaret n'a vu lady Percy que cinq ou six fois, mais toujours de loin. Car celle-ci, à l'instar d'un prince maure, n'entretient aucun rapport avec les domestiques. Et pourtant, ce rapport existe bel et bien, par l'écheveau des circonstances.

Tant de merveilles à découvrir, et à relier les unes aux autres. Certains après-midi, Margaret traverse la maison, en proie à ses pensées, comme si elle marchait en direction du phare d'Alexandrie.

Ce sont les Golliver qui la ramènent à la réalité. Les stridulations du vieil homme qui peine en montant les escaliers. Les sifflements qu'émet Mme Golliver à son attention quand elle la croise.

« Ssssouillon. »

« Ssssaleté. »

« Ssssaloperie. »

Un jour, plus contrariée que d'ordinaire, Mme Golliver commet l'erreur d'utiliser une insulte commençant par une consonne dure.

« Putain. »

Margaret fait volte-face.

« Dois-je répéter cela au maître ? »

Ce sont des paroles en l'air, mais quand elle lit l'effroi dans les yeux de Mme Golliver, elle prend enfin conscience de son nouveau pouvoir. Ou plutôt, du pouvoir qu'elle avait depuis le début sans le savoir.

« Oh, Margaret, je vous en prie... vous m'avez mal entendue... Jamais je... »

À partir de cet instant, la vieille femme ne prononcera plus le moindre mot en sa présence. Elle a été réduite au silence.

« Ha ! »

Presque à l'unisson, les plumes griffent les feuilles de papier. Par la fenêtre ouverte s'insinue l'air fétide venant de la rivière. Le silence est tel que l'interjection du maître a sur elle l'effet d'une gifle.

« Monsieur ?

– L'École de la nuit. »

Il ne la regarde pas en prononçant ces mots. Il n'explique pas non plus leur sens. Mais elle ne peut ignorer le changement dans son regard : la lueur de rêverie s'est transformée en un frisson dur et sombre.

« Margaret, auriez-vous l'amabilité de m'apporter ma cape ? »

31

Le tour du royaume qu'organisait chaque année la reine Élisabeth, décédée depuis peu, causa la ruine de nombreux nobles. En effet, comme elle ne se déplaçait jamais sans sa suite de courtisans, de femmes de chambre, de cavaliers, de messagers et de musiciens qu'il fallait loger, nourrir, approvisionner et divertir, une simple visite se traduisait souvent pour l'hôte par la banqueroute.

Jacques, son successeur, est d'une nature bien différente, et il sait que la situation financière du royaume laisse à désirer. Il voyage donc léger. Il a annoncé à l'avance qu'il ne passera qu'une seule nuit à Syon House. Il ne tient pas à ce qu'on arrête les pendules en son honneur. Il a horreur des fêtes, des feux d'artifice et des coups de canon. Il ne supporte pas les saltimbanques et les jongleurs, pas plus que les joutes et les pièces de théâtre. Il pousse la modération jusqu'à laisser sa reine au palais (bien que cela ne représente pas pour lui un grand sacrifice). Il rend une visite de courtoisie, rien de plus.

Mais il s'agit tout de même du roi, et il y a donc fort à faire. Il faut dresser une table, préparer un menu, engager des musiciens. Même Margaret est mise à contribution – pour une nuit seulement et avec l'aval de maître Harriot – et retrouve son ancien poste en cuisine. Aujourd'hui, l'endroit lui semble irréel. Alors qu'elle allume les vieux fourneaux, récure les sols et les plans de travail, fait la vaisselle, astique l'argenterie et sort les poubelles, elle se dit *non, ce n'est pas moi qui travaillais ici. Ce devait être une autre fille.*

Cependant, ses membres retrouvent vite les vieilles habitudes, comme si elle n'était jamais partie. Et, comme elle sait qu'elle n'en a que pour quelques heures, elle prend même du plaisir à la tâche et s'y absorbe entièrement. À 7 h 54, le bruit des trompettes la rappelle à l'événement de la soirée.

Elle entend alors monter le fracas des chaudrons, les cris des cuisiniers, les hurlements des valets et des domestiques. Elle ne verra ni le cortège royal, ni la longue révérence de lady Percy. Elle n'entendra pas le poème de bienvenue et ne ressentira pas la tension palpable entre le roi et le comte, lorsque tous deux entreront côte à côte dans la grande salle, en arborant le même sourire figé.

Un fossé sépare les deux hommes : Sa Majesté se pique de théologie et de poésie, le comte de sciences naturelles et de philosophie. Le roi est écossais ; la famille du comte se bat contre les Écossais depuis des générations. Pire encore, le comte envisagea jadis d'épouser lady Arbella Stuart, une alliance qui aurait pu coûter la couronne à Jacques.

Et pourtant, qui fit le premier pas en retrouvant le nouveau roi à Enfield Chase pour une partie de chasse ? Le comte. Qui se trouvait à la droite du souverain lors de son entrée dans Londres ? Le comte. Le passé appartient au passé. Pour l'heure, en cette douce nuit où volètent les phalènes, les deux hommes ont oublié dans le vin espagnol, les viandes grasses et le pain d'épice leurs vieux différends, et se quittent presque bons amis.

Cette réconciliation éclaire la scène d'une lueur nouvelle. Une scène dont Margaret ne prend conscience qu'une fois son travail terminé. Il est alors deux heures du matin et, autour d'elle, on y voit comme en plein jour. Les chambres brillent de mille feux... deux rangées de torches tracent un chemin vers le fleuve où la barge royale et l'armada de sloops au mouillage sont autant de lumières qui dansent dans la nuit. Et chaque lumière trouve son reflet dans l'eau et son écho dans les étoiles.

Un éblouissement magnifique et derrière, un seul mot.

Réfraction.

La lumière atteint l'objet, et cette rencontre affecte la lumière à jamais et révèle pour toujours les secrets de l'objet. *La structure qui se cache sous la surface de toutes les choses.* C'est ainsi que le maître avait dit, et même alors, cela avait eu sur elle l'effet d'une promesse. Et à ce moment précis, elle sent que la promesse a été tenue, elle a l'impression d'être collée à la peau du monde et de regarder par les pores... où trouver les mots pour décrire ce qu'elle ressent ?

La seconde d'avant, elle tenait à peine sur ses pieds, et là voilà qui court à présent, aussi vite que le permettent ses jambes couvertes d'ecchymoses. Elle veut qu'il sache. Il doit savoir que rien de ce qu'elle a accompli avec lui n'a été vain.

Lorsqu'elle arrive, le contraste avec le manoir est saisissant : la maison du maître est presque entièrement plongée dans l'obscurité. Il lui faut plusieurs minutes pour le trouver, car il n'est pas dans le laboratoire mais dans son bureau. Avachi dans une des chaises en chêne qu'il affectionne. Son livre – l'intégrale des essais de Montaigne qu'il avait vraisemblablement prévu de passer la nuit à lire – est posé sur ses genoux, fermé.

Il aperçoit Margaret. Il bégaie, se redresse, le livre tombe, il se baisse, puis se relève d'un bon. Tous ses mouvements le trahissent, mais peut-être pas autant que ses yeux. La façon dont ils captent l'image de Margaret, la tordent pour l'absorber tout entière et enfin, la renvoyer.

C'est donc à cela que ressemble l'amour, se dit-elle. *J'imaginais cela autrement.*

Londres
Septembre 2009

32

Le fait que le 23 septembre 2009, un mort ait pu s'embarquer dans un avion en direction de Londres en dit long sur l'efficacité de la sécurité nationale américaine.

À la décharge de la sûreté aéroportuaire, Alonzo Wax s'appelait Solomon Spiegel lorsqu'il arriva à l'aéroport de Washington-Dulles. Il était bien vivant, et il avait un passeport et un numéro de sécurité sociale pour le prouver.

Sans oublier ceci : quand nous avions retrouvé Alonzo dans les Outer Banks, son apparence physique avait quelque peu changé. Mais là, ce n'était plus le même homme. Certes, il avait rasé sa barbe de contrebandier, mais il arborait à présent une banane couleur caramel. Il était en outre vêtu d'une veste écossaise format XXL, que venait compléter une cravate à rayures Van Heusen. On l'aurait pris pour un industriel de l'agroalimentaire.

Notre curieux personnage avait pris place côté hublot, au cinquante-huitième rang de l'airbus A340 affrété par la compagnie Virgin Atlantic, à destination de Heathrow.

Alonzo détestait voyager en classe économique, mais comme c'était Clarissa qui payait les billets, il n'avait pas eu le culot d'exiger la classe affaires. D'autant plus que Clarissa avait appelé depuis une cabine la police du comté de Dare, en Caroline du Nord, pour l'informer qu'un corps se trouvait enseveli dans le sable.

Je me demande si cet appel fut éprouvant, car sitôt assise dans l'avion, elle avala deux Ambien, vissa les écouteurs sur ses oreilles, et regarda un film avec Sandra Bullock jusqu'à sombrer dans le sommeil.

Je la recouvris d'une couverture et je me tâtais à glisser un petit oreiller sous sa tête quand Alonzo, assis à ma gauche, m'adressa un grognement.

« Non.

– Quoi ?

– Si tu es ne serait-ce qu'en train de te dire qu'elle est trop mimi quand elle dort, je te frappe. »

Je reculai légèrement mon appui-tête.

« Personne n'est aussi mimi que toi quand il dort, Alonzo.

– Solomon, siffla-t-il. Et comment pourrais-tu le savoir ? »

Il n'avait pas tort. Je n'avais pas souvenir de l'avoir jamais vu endormi. En revanche, il m'était arrivé de m'assoupir plusieurs fois en sa présence. La dernière en date, c'était au motel de Nags Head, mais il y avait eu des précédents, notamment une fois à la fin d'une de nos sessions, alors que nous étions encore à l'université. Je m'étais réveillé à midi, et je l'avais trouvé en train de m'observer, le sourcil froncé, comme on regarde un colis livré par erreur.

« Pense d'un point de vue stratégique, lui dis-je. Nous pourrions habiller Clarissa avec une tenue aguicheuse et l'envoyer séduire tu sais qui. »

Alonzo se cacha les yeux derrière son masque Virgin Atlantic.

« Si tu veux parler de M. Bernard Styles, je crains qu'il ne préfère le style grand tueur costaud.

– Mais c'est quoi au juste, ton problème avec Styles ?

– À part le fait qu'il m'ait volé mes livres ? Et qu'il veuille me tuer ?

– Il me semblait qu'en général, les collectionneurs s'entendaient plutôt bien.

– Il faut que tu comprennes une bonne fois pour toutes que ce n'est pas un collectionneur. Laisse-moi plutôt te raconter comment je l'ai rencontré. Je m'étais rendu à Londres pour une vente aux enchères chez Bloomsbury. Comme tu le sais, j'ai l'habitude quand c'est possible de venir la veille pour examiner la marchandise. Mais cette fois, je n'étais pas seul. Il y avait un jeune homme – ou devrais-je dire une saleté de petit mouchard – qui me suivait. Maigrichon et souriant. Le pas souple. Un mauvais VRP qui se serait reconverti dans l'espionnage. Sauf qu'il était incapable de faire une filature. Partout où j'allais, il me suivait, en griffonnant dans son cahier à grands carreaux.

« Je n'y ai pas prêté particulièrement attention. Mais le lendemain, à la vente, dès que j'enchérissais sur un objet, quelqu'un surenchérissait. Toujours le même homme. Aussi insolent que plein aux as. À la fin de la journée, l'employeur de la taupe, M. Bernard Styles, avait acquis tous les livres sur lesquels j'avais des vues. Tous sans exception. Inadmissible, tu dois bien l'admettre. »

Alonzo m'expliqua alors qu'il avait attendu la vente aux enchères suivante. Comme par magie, le même petit mouchard était apparu. Alonzo l'avait alors entraîné dans son sillage et marqué de longues pauses devant les objets les plus insignifiants. Le lendemain, il avait regardé le sourire aux lèvres Bernard Styles dépenser des milliers de livres sterling pour des babioles sans valeur.

« Le lendemain, dit Alonzo, j'ai reçu une invitation de Sa Majesté. Il m'a présenté ses plus plates excuses, m'a servi le thé, le grand jeu. Ne manquait plus qu'il me gratte le dos. Est-ce que nous étions quittes pour autant ? Oh que non ! "La prochaine fois que vous voudrez mon avis, je lui ai dit, vous faites comme tout le monde et vous passez à la caisse". Il m'a dit : "Très bien, combien ?" Je lui ai répondu que je ne vendais pas à n'importe qui.

– Et tu ne te demandes jamais ce qui aurait pu arriver, si...

– Si quoi ?

– Si tu avais été un tout petit peu plus gentil avec lui.

– Il n'y a pas de gentillesse avec les reptiles de son espèce. On les garde à l'œil et on se tient prêt à frapper le premier. »

La minute d'après, les lumières s'éteignirent une à une. Je me penchai vers Alonzo.

« Mais si Styles et toi avez commencé d'un si mauvais pied, pourquoi t'a-t-il ensuite ouvert les portes de sa collection ? Et pourquoi es-tu resté en contact avec lui ?

– Tu devrais le savoir, Henry. Les collectionneurs ne coupent pas les ponts. Ce n'est jamais dans notre intérêt. Après réflexion, j'ai donné à Styles un ou deux os à ronger. Il m'en a donné d'autres. S'ensuivit une entente cordiale. Et si pour cela, il fallait supporter sa politesse vulgaire, au final..., conclut-il en réprimant un bâillement, le jeu en valait la chandelle. »

Le jeu en valait la chandelle. Je pensai à Lily, asphyxiée dans un coffre. À Amory enseveli dans le sable de Caroline du Nord. À Alonzo, en réfugié violant les lois. Et à moi, qu'on soupçonnait certainement de meurtre. Le jeu en valait la chandelle, vraiment.

« Il y a quelque chose que je ne comprends toujours pas, déclarai-je. Si ce n'est pas en Virginie que Harriot a trouvé son or, c'est où ? Après son séjour en Amérique, il n'a plus jamais quitté l'Angleterre. Il n'est, pour ainsi dire, plus jamais sorti de chez lui.

– Peut-être que c'était un don de Ralegh. Ou de Northumberland. Ces deux-là avaient des ennuis. La Couronne confisquait leurs biens. Il n'est pas impossible qu'ils aient voulu en mettre un peu de côté pour l'avenir.

– Mais sur la carte, Harriot l'appelle *Mon thresor.* Tu ne vas pas me dire qu'il a tout gardé pour lui ? »

Car si c'était le cas, pensai-je, il se serait attiré de nombreux ennemis. Or, les archives n'en font pas mention. Dans son testament, Ralegh qualifie Harriot de *confident et ami fidele* à qui, dans un geste de bonté étrange, il lègue *toutes manieres de vestemens noirs qui se puissent trever en ladite maison.* Quant à Northumberland, une des premières choses qu'il fit quand il fut libéré de la Tour de Londres fut de faire ériger un monument à la mémoire de Harriot. S'ils s'étaient sentis trahis par leur vieil ami, ils avaient bien caché leur jeu.

« Il reste toujours une autre possibilité, dit Alonzo.

– Laquelle ?

– Tu te souviens sûrement de ce qu'étudiait Thomas Harriot entre 1599 et 1600. »

À cette période, Harriot s'était laissé envoûter par le chant des sirènes qui avait conduit tant de grands penseurs à leur perte. Leibniz en avait été victime. Robert Boyle et Tycho Brahe, également. Isaac Newton n'était pas mort en pensant à l'algèbre et à la gravité, mais à la pierre philosophale.

Pour ces hommes, l'alchimie signifiait bien plus que changer le plomb en or. Elle représentait l'espoir de la transformation. S'ils parvenaient à altérer les propriétés de la matière inanimée, ils pourraient peut-être un jour s'attaquer à la matière humaine. Dans quel but ? En finir avec nos dernières impuretés charnelles, et permettre à la terre d'atteindre un état de perfection absolue.

Un rêve obsédant. Ce n'est donc pas une surprise si Harriot alluma son athanor pour se lancer dans la quête de l'immortalité. Sauf qu'il y avait un problème...

« C'est impossible, déclarai-je.

– Qu'est-ce qui est impossible ?

– On ne peut pas changer le plomb en or. C'est pour cela que Harriot a abandonné.

– Écoute, Henry. En optique, en astronomie, en physique, il avait des années, des décennies d'avance sur les autres savants. Pourquoi n'aurait-il pas eu plusieurs siècles d'avance dans ce domaine particulier ?

– Mais oui, d'ailleurs j'imagine bien la scène. Harriot se fabrique sa petite réserve d'or. Puis il l'enterre, comme un écureuil. Il n'en parle à personne et il la laisse moisir là.

– Il ne pouvait pas prendre le risque d'en parler. Sous Jacques Ier, l'alchimie était considérée comme de l'hérésie.

– Bon sang, mais comment t'expliquer, Alonzo ?

– Solomon.

– Un atome d'or a trois protons de moins qu'un atome de plomb, Solomon. Tu te doutes bien que ce n'est pas dans un petit laboratoire de la Renaissance qu'on peut s'amuser à enlever ou ajouter des protons à sa guise. Pour ça, il faut – je ne sais pas, moi – un accélérateur de particules. Et même avec ce genre d'outillage, la valeur de l'or produit sera toujours largement inférieure à la valeur de l'énergie dépensée pour le créer. »

Les narines d'Alonzo émirent un léger bourdonnement qui finit par se transformer en mots.

« *Il y a plus de choses...*

– Oh je t'en prie.

– ... *au ciel et sur la terre...*

– Arrête.

– ... *que n'en peut rêver votre philosophie*[1].

– Mais oui, bien sûr, mais tu sais quoi ? Shakespeare n'était pas vraiment un spécialiste de la physique quantique. Et avec tout le respect que je lui dois, Harriot non plus. »

Alonzo se tut, mais je connaissais bien ses silences. Ils ne renfermaient généralement pas la moindre trace de concession.

1. Extraits de William Shakespeare, *Hamlet*, acte I, scène 5, Éd. La Pléiade, 2002 [trad. de Jean-Michel Déprats].

Je commençai à ressentir l'effet de la Dramamine. Je mis mon masque, m'enveloppai dans la fine couverture en acrylique et inclinai mon siège de quelques centimètres supplémentaires.

« Bon sang, murmurai-je. L'alchimie. »

Je me forçai à ne pas me départir de mon scepticisme, mais ce que je n'avais pas dit à Alonzo, c'est que trois jours auparavant, j'avais jeté un œil à l'original de la carte de Harriot. Je n'avais aucune raison de le faire, puisque j'avais vu cette carte des dizaines de fois et que je la connaissais par cœur.

Seulement cette fois, j'avais aperçu un élément nouveau.

Dans le coin inférieur droit se trouvait un mot, comme une cicatrice sur le papier. L'écriture était très fine et je n'avais pu le voir qu'à la lumière particulière de la fin d'après-midi : *pneuma*.

Ce n'était pas de la main de Harriot. L'écriture n'était même pas cursive : les lettres étaient séparées les unes des autres, et le *a* final paraissait vouloir sortir de la page.

Pendant un long moment, j'étais resté hypnotisé. Je savais qu'à un certain niveau, je regardais seulement un mot. Un mot qui signifiait *souffle* en grec. Un mot qu'Aristote avait toujours à la bouche.

Mais je savais également que j'avais sous les yeux quelque chose de très différent : la pierre angulaire de l'alchimie médiévale.

Le *pneuma* était, croyait-on, le principe actif, la force vitale qui animait la matière terrestre. Pour transmuter une chose en une autre, un alchimiste comme Thomas Harriot devait en transformer le pneuma, c'est-à-dire la part de quintessence céleste, se faisant ainsi re-créateur, capable d'insuffler de nouvelles formes à partir du néant.

Étonnant de penser que tant de questions puissent découler de ces six lettres. Harriot avait-il poursuivi ses expériences alchimiques après 1600 ? Avait-il découvert quelque chose dont les archives n'ont pas gardé trace ? Est-il possible qu'il ait vraiment fabriqué cet or qu'il se donna tant de mal à cacher ? Ou du moins, croyait-il l'avoir fabriqué ?

Quelque part au-dessus de l'océan Atlantique, Harriot entra dans mes rêves. Il ne s'agissait pas d'une vision comme en avait Clarissa, mais de la grand-messe habituelle du subconscient. Le savant était là, vêtu de noir de pied en cap, debout devant sa petite maison en briques. Je sentais dans l'air un petit pincement... j'entendais les nuages s'amonceler au-dessus de ma tête... ah, oui, et la maison vomissait de l'or.

Par les portes, les fenêtres, les gouttières, les soupiraux. Des lingots, des pièces, des sceptres, des diadèmes, qui s'empilaient toujours plus haut, comme du blé dans un silo. Et au milieu de cette éruption dorée, Harriot me regardait, l'air profondément désolé.

«Je n'arrive pas à l'arrêter», disait-il.

33

Nous les vîmes après avoir passé la douane. Ils avaient tellement l'air de nous attendre que j'allai jusqu'à regarder s'ils ne portaient pas un petit panneau avec nos noms dessus : Henry Cavendish. Clarissa Dale.

Leur attitude n'était pourtant pas accueillante. Pas plus que leurs vêtements : costumes sur mesure noirs en laine peignée, mocassins noirs cirés jusqu'à la semelle. Le plus petit des deux était un rougeaud au visage grêlé. Son orteil gauche frottait le sol comme une pouliche dans son paddock, et il nous dévisageait comme s'il nous avait surpris à nous connecter à Internet avec son mot de passe. L'autre était basané et rasé de près. Une carrure de Wisigoth et une contenance austère qui disparut soudain pour laisser place à un sourire d'hôtesse de l'air.

« Bienvenue ! s'exclama-t-il. Comment s'est passé le vol ? »

Clarissa s'arrêta en premier... puis moi... mais le Wisigoth se dirigeait déjà vers Alonzo.

« Monsieur Spiegel, dit-il (un soupçon d'ironie tandis qu'il prononçait le faux nom). Je suis l'agent Mooney.

Et voici l'agent Milberg. Nous sommes... Oh, attendez un instant. »

Il fouilla ses poches et en tira un badge plastifié.

« Désolé. Interpol.

– Interpol, répéta Alonzo d'une voix faible.

– Ne vous en faites pas, monsieur Spiegel, vous êtes entre de bonnes mains. Nous ne sommes pas là pour vous arrêter.

– Pas de menottes, ajouta son acolyte.

– Ce n'est pas dans nos manières. Nous voulons juste vous poser quelques questions. Après quoi, vous serez libre de retourner à Londres et d'y prendre du bon temps. »

Ayant encaissé la surprise initiale, Alonzo bombait à présent le torse.

« C'est que j'ai beaucoup à faire.

– Je n'en doute pas.

– Sur quoi portera cette conversation, si ce n'est pas trop demander ?

– Je suis désolé, je ne peux pas entrer dans les détails.

– Et où se déroulera cet entretien ?

– Au QG, bien sûr. Vous verrez, tout va bien se passer. »

Puis il tapa des mains et déclara d'un ton de moniteur de ski :

« On y va ?

– Et mes amis ? demanda Alonzo.

– Oh ! Ils peuvent nous accompagner, répondit le Wisigoth en se tournant vers nous.

– Mais bien sûr qu'ils peuvent nous accompagner ! » renchérit l'agent Milberg.

Il n'y avait qu'en Angleterre qu'on pouvait espérer se faire conduire en garde à vue de façon aussi serviable. Pas un éclat de voix, pas l'ombre d'une incivilité. Nous récupérâmes nos bagages sur le tapis roulant et les fîmes rouler jusqu'au trottoir. Éblouis par les premiers rayons du soleil, nous montâmes à bord d'une magnifique Lincoln Town Car noire, dotée de sièges électriques programmables et d'un intérieur cuir si immaculé que nous n'osions rien toucher.

Clarissa prit le siège du milieu. De nous trois, c'était la seule à ne pas paraître résignée.

«Je ne suis jamais venue en Angleterre, dit-elle, mais vu que nous ne sommes qu'à quelques kilomètres de Londres et que vous êtes d'Interpol, je suis prête à parier que vous nous emmenez au Secrétariat.»

Visiblement, les deux hommes n'avaient pas l'intention de prendre le pari. Après quelques secondes, l'agent Milberg, avachi sur la vitre côté passager, marmonna:

«Exact.

– Oh, mais non, non, attendez! s'exclama Clarissa. Le Secrétariat d'Interpol se trouve à Lyon. Où avais-je la tête?»

Elle se tut. Cependant, il y avait en elle quelque chose de dangereusement élastique et résistant, comme un ballon de baudruche subissant la pression d'un objet pointu. Je ne sais pourquoi, mais c'est à ce moment-là que je décidai de regarder par la vitre. Naturellement, je m'attendais à ce que nous empruntions l'autoroute M4 en direction de Londres. Or, nous étions sur la nationale A312 et faisions cap vers le nord. Destination inconnue.

C'est alors que je me rendis compte que les remarques de Clarissa n'étaient pas destinées aux deux agents. Elles s'adressaient à Alonzo et moi. Clarissa tirait la sonnette d'alarme.

« Bah, qu'importe, reprit-elle. Il me reste beaucoup à apprendre. Mais maintenant que j'y pense, il me semblait que les agents d'Interpol n'avaient pas le droit d'arrêter les gens. »

Silence à l'avant. Enfin, l'agent Milberg tourna légèrement la tête dans notre direction et marmonna :

« Changement de règlement.

– Vous avez sûrement raison, ce doit être ça. Je n'étais pas au courant, désolée. »

Soudain, les loquets des portières s'abaissèrent.

Curieusement, je fus d'abord rassuré. Nous n'étions pas en état d'arrestation. Je ne risquais pas la prison, du moins pas pour l'instant. Car ces types n'étaient pas plus policiers que moi.

Et pourtant, cela ne changeait pas grand-chose : nous étions à leur merci.

Il y avait toutes les chances qu'ils soient armés – leur large veste noire était idéale pour dissimuler un pistolet ou un revolver. Ce n'était pas non plus la peine d'essayer de passer un coup de téléphone. Nous étions à l'étranger, dans une voiture étrangère, à destination de Dieu sait où. Pour faire simple, nous l'avions dans le baba.

Quand je vis les doigts de Clarissa s'agiter contre sa cuisse, je me dis qu'elle devait être dans le même état de nervosité que moi. Puis je m'aperçus que ses doigts ne s'agitaient pas sans raison.

Elle rédigeait un SMS.

Avec la rapidité d'une élève de terminale en cours de maths, baissant les yeux de temps à autre pour suivre la progression du message. En moins d'une minute, elle l'avait écrit et envoyé. Je n'eus pas le temps de me demander qui en était le destinataire car le téléphone d'Alonzo se mit à vibrer.

Il regarda l'écran, jeta un coup d'œil interrogateur à Clarissa, puis supprima le message de deux pressions du pouce. Puis, avec lourdeur, il se passa le revers du bras sur le front.

« Désolé, dit-il. Messieurs, s'il vous plaît ? La clim' ? »

Clarissa laissa passer une vingtaine de secondes.

« Alonzo, s'exclama-t-elle. Qu'est-ce qui ne va pas ?

– Pas bien, répondit-il en s'appuyant sur les tempes, oscillant légèrement. Pas... bouche...

– Qu'est-ce qu'il y a, la bouche ?

– Picotements. »

Il parlait de plus en plus doucement.

« Nom de Dieu », murmura Clarissa.

La tête d'Alonzo se mit à trembler. Puis le tremblement descendit petit à petit à son cou, puis à ses bras et ses doigts. Quelques secondes plus tard, l'air même semblait vibrer.

Milberg tourna vaguement la tête.

« Il a la tremblote ?

– Si par *tremblote...*, commença Clarissa avant de s'interrompre pour reprendre son calme. Si par tremblote, vous voulez dire crise d'hypoglycémie, alors oui, il a la tremblote. Alonzo, dites-moi. Quand est-ce que vous avez pris votre insuline pour la dernière fois ?

– Hier soir, murmura-t-il entre deux convulsions.

– Hier soir ? Mais... »

Je passai alors à mon tour à l'action.

« C'est de ma faute », déclarai-je.

Clarissa se tourna vivement vers moi.

« De quoi tu parles ?

– C'est moi qui lui ai dit de ne pas ranger sa trousse d'insuline dans son bagage cabine.

– Pourquoi ?

– Tu sais bien comment ils sont, la sécurité, à l'aéroport. Je me suis dit qu'avec des seringues...

– Bravo, Henry. Vraiment. Ton conseil est des plus... merci encore. Alonzo, écoutez-moi. Où sont les seringues ? »

Il émit un grognement. À présent, même son torse était saisi de frissons.

« Où ? répéta Clarissa. Dites-moi où !

– Valise... »

Clarissa se rassit au fond de son siège et poussa un profond soupir.

« Merde. »

Il était impossible de savoir ce qu'à l'avant, les deux agents avaient pensé de notre petit cinéma. Milberg avait visiblement été attendri, car il déclara :

« On est bientôt arrivé.

– Euh, dit Clarissa en se pinçant l'arête du nez. Le problème, c'est que *bientôt*, ce n'est pas assez tôt. »

Comme elle n'obtenait pas de réponse, elle reprit d'une voix cassante :

« Mais regardez-le, bon sang ! »

Quand enfin l'agent Milberg consentit à se retourner, voilà le spectacle qui s'offrit à lui : un homme de cent dix kilos (au bas mot), le visage blafard, les yeux mi-clos, tremblant comme un arbre dans la tempête.

« Je ne veux pas être alarmiste, dit Clarissa. Et ce n'est pas comme si vous me l'aviez demandé, mais je crois qu'il est de mon devoir de vous informer que cet homme est à deux doigts du coma diabétique. C'est assez grave, vous savez.

– Alonzo, murmurai-je en lui attrapant l'épaule. Ça va aller, tiens bon.

– Écoutez, il a besoin de son insuline. Il faut arrêter la voiture. »

Pour la première fois, le visage imperturbable de l'agent Milberg laissa paraître un signe d'inquiétude. Il jeta un coup d'œil à Alonzo, puis à son partenaire, avant de se retourner doucement.

« Si vous voulez que cet homme meure à l'arrière de votre voiture, déclarai-je, c'est votre problème. Mais je ne suis pas sûr qu'Interpol verrait cela d'un très bon œil. »

Comme je n'obtenais pas de réponse, je repris d'une voix plus insistante :

« Il vaut beaucoup plus vivant que mort. »

Toujours pas de réponse. Mais je n'étais pas à court d'argument. J'allais ouvrir la bouche quand la voix grave de l'agent Mooney demanda :

« Elle est où, sa trousse ?

– Dans sa valise, répondit Clarissa. Je peux aller la chercher.

– Moi, je peux aller la chercher, dis-je.

– Henry, je t'en prie. Tu es incapable de trouver quoi que ce soit. J'en ai pour trente secondes, maximum. »

Nous regardions l'arrière du crâne de l'agent Mooney, attendant un signe de sa part. Mais le signe vint de la voiture, qui se rangea sans prévenir sur le bas-côté et s'arrêta brutalement dans un nuage de graviers, à côté d'un talus.

« Vous avez une minute », dit l'agent Mooney.

Alors que Clarissa m'escaladait pour atteindre la porte, il ajouta avec une pointe d'espièglerie :

« Mon collègue sera ravi de vous assister. »

Le collègue en question était visiblement surpris, car son visage se ratatina jusqu'à ressembler à un Shar-Peï.

« Simon est très doué pour ça, reprit le Wisigoth, content de lui. N'est-ce pas, Simon ? »

Milberg grommela en ouvrant la portière. Puis il se traîna jusqu'à l'arrière de la voiture et ouvrit le coffre.

À présent, la peur que j'avais réussi à contenir revenait au galop. Clarissa aurait beau prendre tout son temps, les deux hommes finiraient bien par passer au peigne fin chaque valise. Et au final, ils n'allaient trouver ni seringues, ni insuline.

Et c'en serait fini de nos espoirs de fuite.

Comme s'il lisait dans mes pensées, l'agent Mooney me dit :

« J'ose espérer que vous n'êtes pas en train de vous payer notre tête. Après tous les efforts que nous avons faits pour être aimables et prévenants. »

Je ne répondis pas et me contentai de retirer ma ceinture de sécurité, puis j'ôtai mon blouson pour en couvrir Alonzo.

« Attendez quelques secondes, elle va bien finir par trouver. »

Mais les secondes se transformaient en minutes, le coffre restait ouvert, et pas un son ne provenait de l'extérieur.

« Mais dites-moi, demandai-je, surpris par la légèreté de mon ton, ça fait longtemps que vous travaillez pour Bernard Styles ?

– Jamais entendu parler.

– C'est curieux parce que, comment dire... je ne vois pas qui d'autre pourrait bien vouloir nous parler.

– Ça, ce n'est pas à moi de vous le dire. Mais qu'est-ce qu'ils fabriquent, bon sang ! » s'exclama-t-il en donnant trois brefs coups de klaxon.

Je voyais ses yeux alignés dans le rétroviseur. Tout son visage rond trahissait l'agacement. Il laissait échapper un bourdonnement à chaque respiration. Ses doigts pianotaient sur le volant. Enfin, n'y tenant plus, il ouvrit sa vitre d'une pression du pouce, passa la tête à l'extérieur, et cria :

« Simon ! C'est pas bientôt fini ? »

C'est alors qu'il se retrouva nez à nez avec le canon d'un pistolet.

Un Desert Eagle semi-automatique, pour être exact. Qui paraissait encore plus gros que d'ordinaire dans les mains menues de Clarissa.

« Si ça ne vous dérange pas, dit-elle à peine essoufflée, je vous prierais de descendre de la voiture.

– Mais bien sûr. Bien sûr, ma jolie. »

Sa main gauche ouvrait la porte, pendant que la droite se coulait sous la veste.

« Tu l'as désarmé, hein, ma jolie ? Bien joué. »

Tandis qu'il parlait, les pans de son manteau s'écartaient doucement. Une manœuvre discrète... suivie d'une brève pause... puis sa main émergea à nouveau, tout doucement.

« On se calme », déclarai-je.

En temps normal, je n'aurais pas fait le poids face à lui – mes deux mains suffisaient à peine à faire le tour de son poignet – mais là, les chances étaient de mon côté. Il y avait Clarissa, armée et parfaitement attentive. Et il y avait Alonzo, qui sur le siège arrière avait à présent retrouvé toute sa vigueur. Il ne fallut pas longtemps au

Wisigoth pour analyser la situation. Il relâcha son pistolet en arborant un sourire étonnamment timide.

La seconde d'après, l'arme chaude et bombée se trouvait dans ma main.

« Très bien, dit Clarissa. Maintenant, je vais vous expliquer ce qui va se passer, agent Mooney. Vous allez sortir de la voiture. Vous allez rester de ce côté-ci, et vous allez garder la tête baissée. Je ne tiens pas à ce que d'autres automobilistes aient pitié de vous. Est-ce que j'ai été claire ?

– On ne peut plus claire, ma jolie. »

Apparemment, pas assez. Quand il sortit de la Lincoln, sa tête – par instinct, peut-être – se redressa. Clarissa lui asséna alors un violent coup de crosse. Sonné, le Wisigoth chancela avant de tomber à genoux.

« Dis donc, c'est que c'est lourd, ces trucs ! s'exclama Clarissa. D'ailleurs, je me demande si les agents d'Interpol ont le droit d'avoir une arme. Qu'en penses-tu, Henry ? »

Je ne répondis pas, parce que je venais de trouver l'agent Milberg. Étalé sur le gravier. Pas complètement immobile, mais presque.

« Comment ? murmurai-je.

– Ah, ça ? dit Clarissa. J'ai suivi un cours d'autodéfense. Ça marche du tonnerre face à quelqu'un qui ne s'y attend pas.

– Et c'est quoi le programme, maintenant, Nikita ?

– Commençons par demander à l'agent Mooney de s'allonger sur le ventre. »

Le Wisigoth s'exécuta, le visage radieux. À croire qu'il était ravi de pouvoir se reposer.

« Henry ? appela Clarissa d'une voix grave et dure. Tu as une ceinture ?

– J'ai une ceinture.

– Bon... »

Exaspérée, elle désigna du doigt le colosse allongé au sol. Je m'agenouillai à côté de lui, et lui mis les mains dans le dos. Il s'adressa alors à moi.

« Écoute, mon gars. »

J'enroulai ma ceinture autour de ses poignets. Un tour... deux...

« Tout ça ne te concerne pas, murmura-t-il. Ce n'est pas après toi qu'on en a. »

Je resserrai la ceinture. Passai l'extrémité dans la boucle.

« Tu vois ce que tu fais, là ? reprit-il. Tu n'arranges pas ta situation. Tu en es conscient, non ?

– Personnellement, dit Clarissa, je trouve que la situation s'arrange. »

Elle se pencha, dénoua la cravate rouge de Mooney, et l'enroula autour de ses chevilles. Elle était tellement concentrée qu'elle ne parut pas entendre son monologue.

« Écoutez-moi bien, tous les deux. Nous savons qui vous êtes. Alors si vous ne faites pas vite quelque chose, si vous partez comme ça, je ne réponds plus de rien. Compris ? Oh, vous m'écoutez ? »

Clarissa lui asséna un coup de pied dans les côtes qui le fit taire.

« Désolée, répondit-elle. J'ai seulement besoin de votre téléphone. »

Il s'agissait d'un iPhone 3GS. Je le tirai de la poche et passai en revue le répertoire, à la recherche de Bernard Styles ou de Halldor. Rien.

« Bon », dit Clarissa.

Du pied gauche, elle poussa l'agent Mooney... et le regarda prendre de la vitesse tandis qu'il dévalait la pente du talus. Je lui reconnais au moins cela : il n'émit pas un son. Pourtant, ce n'était pas l'envie qui devait lui manquer.

Pendant toute l'opération, Alonzo ne prit pas même la peine de sortir de la voiture (c'était un homme habitué à déléguer). Quand Clarissa et moi remontâmes à bord, sa seule remarque fut :

« J'attends.

– Tu attends quoi ? demandai-je.

– Vos louanges pour ma performance d'acteur. David Garrick et Edmund Kean en auraient eu les larmes aux yeux. Shakespeare aurait écrit des pièces sur mesure pour moi.

– Vous avez été super, répondit négligemment Clarissa en avançant son siège vers le volant. Henry, il n'y a pas de GPS. Tu penses pouvoir trouver le chemin ?

– Oui, ça devrait aller.

– Dans ce cas, en route, mauvaise troupe. »

Elle démarra doucement, jusqu'à entendre craquer sous la roue l'iPhone de l'agent Mooney. Puis elle se pencha vers moi et m'embrassa à pleine bouche. Ses lèvres avaient le goût de la transpiration, du cuivre, et du poulet lyophilisé qu'on nous avait servi dans l'avion.

« Mmh ! C'est bon ! m'exclamai-je.

– Mmh ! C'est bon ! répondit-elle en écho.

– Euh... Bonnie ? Clyde ? Je suis toujours là, s'exclama Alonzo derrière nous. Et nous avons du pain sur la planche. »

Isleworth, Angleterre
1603

34

Et dire qu'il l'avait trouvée quelconque. Était-ce la petitesse de sa bouche ? Il n'avait pourtant pas encore vu les différentes expressions dont étaient capables ses lèvres : humides sous l'effet de la curiosité, pincées en cas de grande concentration, plus ou moins gonflées selon son humeur. Il n'avait pas encore remarqué que la forme arrondie de son menton rappelait celle de ses yeux verts. Et, plus que tout, comment avait-il pu ne pas tomber sous le charme de son nez aquilin, des sillons bleus des veines de sa tempe, des muscles saillants de ses avant-bras qui donnaient une impression de puissance ? Une fois de plus, il ne peut s'empêcher de repenser aux quelques vers de Sidney :

Non point de prime abord ni d'un trait maladroit
Amour me fit cette blessure qui saignera toute ma vie.
Je reconnus avec le temps l'excellence de Stella,
Qui par degrés me conquit tout entier[1].

1. Philip Sidney, *Astrophel et Stella*, sonnet 2, Éd. Montaigne, 1962 [trad. de Michel Poirier].

Il reconnaît son existence, certes. Mais maintenant qu'il a été conquis tout entier, que peut-il faire ?

Ils continuent comme avant, ils n'ont pas le choix. Mais depuis qu'il s'est abîmé les yeux en observant le soleil, il a changé d'attitude à l'égard de Margaret. Souvent maussade, il devient parfois hargneux. Pour atteindre le comble de l'odieux quand le parfum de pomme verte de sa peau vient le distraire.

« Venez ! Nous n'allons pas y passer la nuit. »

« Vous ne pouvez pas écrire plus vite ? »

« Vous me cachez la lumière ! »

Elle supporte ses remontrances avec une grande douceur.

« Je suis navrée, maître. »

Cela a le don de le rendre encore plus furieux.

« Pourquoi m'appelez-vous maître ? Personne ne vous l'a demandé.

– Comme vous voudrez, monsieur.

– Monsieur n'est pas mieux.

– Comment dois-je vous appeler alors ? »

Il s'aperçoit qu'il n'y a jamais réfléchi.

« Mes amis m'ont toujours appelé Tom. »

Sitôt qu'il a dit cela, il s'aperçoit qu'elle n'osera jamais prendre une telle liberté. Hélas, il est trop tard pour faire marche arrière. Les anciennes formules lui étant interdites, elle n'aura d'autre choix que de ne plus l'appeler du tout.

Les deux oiseaux de nuit, pour qui l'obscurité est à la fois synonyme de travail et, qui sait ? de refuge, se voient menacés par l'arrivée de l'été : le soleil se couche chaque soir un peu plus tard, pour venir les surprendre chaque matin un peu plus tôt. Après tout, il est en la Nature une sagesse à laquelle nul mortel ne peut résister. Après discussion, ils décident donc de consacrer les après-midi aux sorties.

Rien de populaire, il a été ferme sur ce point. Pas de théâtre ni de combats d'animaux. Quitte à affronter le monde extérieur, autant que cela se révèle utile. Ils étudient donc les mouvements formés par le sillage des cygnes à côté de l'île de Chiswick. Ils observent les marées à l'île de Brentford, utilisent un astrolabe pour mesurer des latitudes depuis le Pont de Londres, et calculent la réfraction des rayons du soleil dans la brume qui enveloppe les escaliers de Blackfriars.

La deuxième semaine de juin, une étonnante nouvelle parvient de Greenwich. Une créature marine, repérée du côté de Rainham, a remonté le fleuve sous la menace des harpons et des lances, pour venir s'échouer sur un banc de sable en face de l'île aux Chiens.

Personne n'est en mesure d'expliquer comment elle a pu s'aventurer si loin de la mer, ni pourquoi les pêcheurs lancés à sa poursuite ne l'ont pas tuée sur place. Cependant, leur altruisme a été récompensé : des curieux, prêts à mettre un demi-penny chacun pour avoir la chance de voir le monstre marin, se pressent en une file ininterrompue.

Ayant pris conscience de la manne providentielle que représente l'animal, les pêcheurs ont donc décidé de faire payer aux badauds un penny supplémentaire pour avoir le privilège de le toucher. Margaret et Harriot ne se font pas prier. Lorsque enfin ils posent pied sur le banc de sable, la marée s'est retirée, révélant la créature dans toute sa grandeur : ventre blanc, nageoire en forme de faucille, tête escarpée. Face à une telle masse, Harriot ne peut qu'opposer des nombres.

« Vingt et un en longueur, je dirais. Seize en hauteur. Circonférence de douze, j'imagine, peut-être treize... »

Ils n'ont apporté ni papier, ni plume, et Margaret est de toute façon trop occupée à faire le tour de l'immense poisson. Décontenancé, il la suit, s'arrêtant quand elle s'arrête, examinant chaque entaille sur le ventre et la tête de la bête, se sentant obligé de trouver une explication à tout.

« Il ne fait aucun doute que cette bête a heurté des bateaux pendant son voyage. À moins qu'elle n'ait été traînée le long du fleuve. D'après mes propres mesures, les bras morts de la Tamise ne dépassent jamais les deux brasses de profondeur... »

Elle continue de marcher.

« Extraordinaire, Margaret, n'est-ce pas ? Que l'animal respire encore, après tout ce temps. Jamais je n'ai vu de poisson avec une telle capacité... »

Soudain, la peau se ride pour découvrir un œil. Sans cil, sec, veiné... et remarquablement petit. Pendant de longues secondes, il frissonne dans son orbite, avant de disparaître sous la peau. Ce simple épisode semble faire tout basculer, sans que Harriot ne parvienne à savoir comment.

Margaret lève la tête et murmure :

« Vers l'amont.

– Pardon ?

– Le poisson. Il regardait vers l'amont. Curieux, non ? Pourquoi pas en aval ? D'où il est venu...

– Eh bien, j'imagine qu'il n'avait d'autre choix, étant donné la position dans laquelle il se trouvait. »

Elle secoue la tête.

« Il devait avoir à faire par là-bas.

– Mais enfin, comment voulez-vous qu'un poisson ait... Je pense plutôt qu'il a été attiré par un changement magnétique dû aux marées. Peut-être en rapport avec le mouvement des étoiles. D'ailleurs, j'ai depuis bien longtemps noté une corrélation entre les mouvements orbitaux de Mars et... et... »

Les lèvres de Margaret se pincent, comme à chaque fois qu'elle se concentre. Sauf que cette fois, ce n'est pas sur lui qu'elle se concentre.

« Et si on le poussait ? demande-t-elle.

– Le pousser ?

– Oui, si on le remettait à l'eau.

– Ma chère Margaret...

– Peut-être qu'il retrouverait son chemin.

– Mais c'est contraire à la raison, enfin. L'animal doit peser bien plus que deux tonnes. Rien que pour le déplacer, il faudrait au moins cinq grands gaillards. Sans compter que la pauvre bête n'aurait jamais la force nécessaire pour finir son voyage... »

Il est rationnel, rien de plus. Mais jamais la rationalité n'a semblé plus malvenue.

Margaret pose la main sur le flanc de la bête, blanchi par le soleil. Elle l'y laisse. Puis, d'une voix douce, elle déclare d'un air étonné :

« Comme il est tard. Nous devrions rentrer. »

Une averse tardive vient prolonger brièvement la vie du monstre marin. Le lendemain matin, à sept heures et trois minutes, il rend son dernier soupir. Pendant la journée suivante, d'autres curieux viennent l'admirer une dernière fois. Puis la bête est découpée en morceaux qu'on met à bouillir dans des chaudrons pour en récupérer la graisse.

Les jours suivants, Harriot se persuade que quelque chose a changé entre Margaret et lui. Ne sachant pas comment vérifier, il se surprend à l'observer attentivement quand elle ne regarde pas et développe des théories à chacun de ses silences. Parfois, il n'y tient plus et ose quelque question directe.

« Êtes-vous heureuse ici, Margaret ?

– Oui.

– Je veux dire, êtes-vous satisfaite ?

– Oui, bien sûr.

– Vous ne désirez pas vous occuper à quelque autre tâche ?

– Non, ceci me convient parfaitement. »

Les mots sont censés le rassurer, il le sait, mais Astrophel et Stella auraient-ils eu ce genre de conversation ?

Et depuis quand Thomas Harriot s'identifie-t-il aux amants imaginés par Sidney ?

Quelque chose s'adoucit en lui, cela ne fait aucun doute. Plus souvent qu'il ne le souhaiterait, son passé – son enfance plus précisément – refait surface. Cette tendance se renforce avec l'approche de la Saint-Jean, le seul soir de l'année où son père dansait (la gigue de l'évêque de Chester, la seule danse qu'il connaissait), le soir de l'année où Harriot se sentait en sécurité avec son père. Et maintenant, il ferme les yeux et entend crépiter les feux d'antan. Il se revoit, à six ou sept ans, jeter des brindilles dans le brasier, ramasser des branches de bouleau et épingler des pieds-d'alouette et du millepertuis au-dessus du linteau de la porte.

Enfin, le 24 juin arrive, et Harriot semble plus perturbé que jamais. Il fait des taches d'encre partout, laisse tomber des fioles, et demande sans cesse à Margaret de se répéter. Finalement, il se lève d'un bond et s'écarte de la table de travail.

« C'en est trop ! »

À quoi elle répond la même chose que d'habitude.

« Comme vous voudrez. »

Mais aujourd'hui, ces mots sont comme teintés d'une grâce particulière. Affranchi de ses tâches, il se tourne vers elle et s'exclame :

« Et si nous prenions le temps de nous détendre ?

– Ce soir, vous voulez dire ?

– Oui. »

Il s'aperçoit qu'elle est prise au dépourvu. Il en tire d'ailleurs un obscur plaisir.

« Comme vous voudrez. »

Dans le garde-manger, ils prennent un pichet de cidre, quelques noix et des morceaux de fromage hollandais. Harriot bourre sa pipe ; Margaret la lui allume à l'aide d'une braise dans la cheminée. Enfin, ils sortent. Dehors, ils sont accueillis par une brise estivale qui les arrête aussi sûrement qu'une bise glaciale.

« Où voulez-vous aller ? » demande Margaret d'une voix étonnamment faible.

Il lui fait signe de le suivre. Ils passent un portail, contournent un bosquet de chênes et de peupliers, passent un jardin planté de marguerites de la Saint-Michel... pour se retrouver au pied de la façade du manoir. Avec un sourire entendu, Harriot désigne du doigt le sommet de la tour nord-ouest.

« Là-bas ?

– Naturellement.

– Je voulais dire, jusqu'en haut ?

– Vous n'aurez qu'à prendre mon bras s'il y a trop de marches.

– Je n'ai pas besoin d'aide, merci », répond-elle d'un ton légèrement pincé.

Ce soir, la plupart des domestiques du domaine ont obtenu un congé. Il n'y a donc personne pour les arrêter, personne pour leur demander où ils vont. Ils gravissent l'escalier en colimaçon, suivis seulement par l'écho de leurs propres pas.

Ils arrivent devant une lourde porte en bois ceinte de fer noir. Harriot tire une clef de sa cape, l'introduit dans la serrure et appuie de tout son poids contre la porte. Elle s'ouvre en grinçant et quelques instants plus tard, Margaret et lui se tiennent au sommet du manoir.

Et comme tout semble différent vu d'en haut ! De là, ils voient des feux illuminer la campagne, au sud et à l'ouest. Des troupeaux qui paissent dans les prairies. Les rayons rosés du soleil qui baignent les saules.

Margaret s'appuie contre un des créneaux et baisse la tête.

« Êtes-vous fatiguée ?

– Non, c'est juste un souvenir d'enfance. La nuit de la Saint-Jean, ma mère nous disait toujours de faire très attention à ne pas nous faire voler notre âme.

– Quelle curieuse idée...

– Pour être en sécurité, le meilleur moyen est de veiller toute la nuit et de ne pas rester seul, disait-elle. Si vous avez l'imprudence de vous attarder près d'un cimetière, vous risquez de voir errer des âmes perdues, et l'une d'elles pourrait vous attraper pour ne plus jamais vous lâcher.

– Je vous propose donc de vérifier. Ce soir même.

– Oh non ! Je l'ai déjà fait. Quand j'avais quatorze ans, ma sœur et moi nous sommes approchées discrètement du cimetière de Saint-Botolphe. Nous avions apporté des couvertures, et nous nous sommes installées à côté des tombes des enfants, nous disant que c'étaient sûrement ceux qui avaient le plus besoin de compagnie. J'imagine que je me suis endormie, car j'ai été réveillée par les hurlements de ma sœur. Je ne l'avais jamais vue aussi pâle. Elle montrait du doigt le porche d'entrée. *Je l'ai vue, Margaret ! Je l'ai vue !*

– Une âme ?

– Oui. Apparemment, elle pensait que c'était un nuage de fumée. Mais elle m'a dit qu'elle avait ressenti une telle tristesse à son passage, qu'elle avait compris qu'il s'agissait d'un esprit damné. »

Doucement, le sourire s'efface des lèvres de Margaret.

« Moins d'une année plus tard, mon père est mort. Aujourd'hui encore, ma sœur croit que c'est son fantôme qu'elle a vu cette nuit-là. Selon elle, il visitait sa dernière demeure. »

Harriot aspire une bouffée de sa pipe, et fixe du regard les champs et forêts alentour.

« Et ce soir, pensez-vous qu'il est de sortie, votre père ? »

Elle ne répond pas, il n'insiste pas. Ils se replient dans le silence. Le soleil darde ses derniers rayons, des étoiles apparaissent dans le crépuscule, et les odeurs de la journée – le trèfle, le foin, le crottin de cheval, le fumier – remontent et les enveloppent.

« Ah ! »

Margaret se frappe soudain le front.

« J'avais complètement oublié ! Attendez-moi ici ! »

Elle revient dix minutes plus tard. Il fait à présent tout à fait nuit, et Margaret a le souffle court après avoir grimpé les marches quatre à quatre. Sur son flanc, un objet ballotte, tel un membre atrophié. À la lumière de la lune, Harriot en distingue la forme : un cylindre aux proportions familières, enveloppé dans une pochette en cuir verte.

Sa lunette.

« Je me demandais où elle était passée.

– Je suis désolée, je l'ai égoïstement... »

Elle presse la main contre sa poitrine pour reprendre son souffle.

« Vous ne semblez pas l'avoir abîmée, Margaret.

– Au contraire, j'espère. Vous souvenez-vous ? Vous m'aviez dit que... qu'une configuration différente des lentilles concaves et convexes permettrait peut-être d'obtenir un coefficient de grossissement plus élevé ?

– Oui, j'en suis d'ailleurs de plus en plus persuadé...

– Pendant mon temps libre, j'ai essayé de mettre votre théorie en pratique. Je me suis appuyée sur la loi des sinus pour changer les angles et le diamètre des lentilles. Je ne vais pas vous ennuyer avec des détails, mais voilà, après de nombreuses erreurs et imprécisions, je... je crois que je suis parvenue à augmenter un peu le grossissement. Mais je vous laisse juge. »

Il se saisit de l'instrument. Applique son œil à l'extrémité. Et tourne l'objet en direction du ciel.

« Margaret, c'est...

– Oui ?

– C'est extraordinaire !

– Vous trouvez ?

– Oh, mon Dieu ! Tout est agrandi ! Et quelle résolution, quel grain... »

Il laisse échapper un rire tandis que les étoiles se pressent autour de lui.

« Mes vieilles connaissances ! Qui brillent comme au premier jour. La Balance... la Petite Ourse... et... »

Il s'apprête à dire la lune. Mais elle n'est pas à l'endroit où elle devrait être.

Il se retourne plusieurs fois, l'œil fixé à la lunette, incrédule. Deux lunes. Une qui ressemble à la bonne vieille lune. Et l'autre plus pâle et plus petite, prête à tout moment à replonger dans les ténèbres...

Dieu nous garde.

« Vénus. »

Il murmure le nom. Puis le murmure de nouveau.

« Vénus... »

Pendant des siècles et des siècles, les hommes ont parlé des phases de Vénus, mais rares sont ceux à les avoir observées à l'œil nu. Tellement rares que depuis bien longtemps, Harriot a cessé de croire qu'elles existaient vraiment.

Et là, en un clin d'œil, le mythe devient réalité. Vénus, dans toute sa splendeur. Collée à la voûte céleste, au paradis. Un simple morceau d'ongle dans le ciel.

À sa grande surprise, il sent des larmes se former dans ses yeux. Il ne s'agit pas de l'humidité habituelle au goût bileux, non. Quelque chose de plus lucide.

Il marmonne déjà des excuses.

« La fumée, je crois... de l'autre côté du fleuve... »

Elle lui prend la main et se tourne vers lui. Comme il est soulagé de ne voir aucune trace de pitié dans ses yeux. Il ne peut que dire :

« Merci, Margaret. »

Puis il l'embrasse. Et ces lèvres que, dans son aveuglement, il avait cru trop petites... comme elles gonflent à cet instant. Et quel goût !

35

Amants.

Le temps passe mais le terme garde pour Harriot tout son mystère. Il se prend à admirer l'esprit pratique des Romains qui, conscients de la fugacité de leur quête, inventèrent une cohorte de verbes pour la qualifier. *Amare. Diligere, delectare, placere, observare.*

Parmi ce fouillis linguistique, quel mot correspond le plus à son sentiment ? *Amare*, oui, il en a fait l'expérience. Lorsqu'il est arrivé pour la première fois à Londres, il a fréquenté la Calotte du Cardinal, une maison close où les femmes vives et expérimentées, vautrées sur des draps déchirés, exigeaient leurs dix-huit pence d'avance pour se déboutonner, le temps de finir leur affaire.

Harriot n'avait jamais imaginé que cette *affaire* puisse être source de volupté et de désir mutuel. Il n'avait jamais imaginé qu'on puisse tour à tour taquiner et savourer, se remémorer et sublimer... encore des verbes ! Il est des jours où lui aussi s'imagine ainsi, conjugué à tous les temps et à toutes les formes. Et d'autres où il se sent...

« Trop vieux. »

Il le dit sans même y penser. L'aube poindra dans une heure ou deux, et ils sont allongés dans son lit à baldaquin, collés l'un à l'autre comme mortaise et tenon. La main de Harriot caresse doucement le duvet doré et soyeux, la partie de l'anatomie féminine dont l'accès lui avait jusqu'ici toujours été prohibé.

« Trop vieux pour quoi ? demande-t-elle.

– Pour tout cela. Pour vous.

– Oh... »

Elle le prend dans ses bras et touche doucement l'espace entre ses deux omoplates.

« Vous avez la peau douce ! Comme un nouveau-né. »

Mais il n'y a rien de maternel dans la façon dont ses doigts descendent à toute vitesse le long des côtes pour s'attarder sur les os du bassin. Ce corps, longtemps dissimulé sous les étoffes, a enfin besoin de lumière. A besoin de désirer, d'être désiré. Pour Harriot, c'est une révélation.

Il la serre, plus fort encore. Il la sent qui s'écarte pour l'accueillir. Mais il ne s'agit pas chez elle d'un acte de soumission, non. C'est elle qui a le pouvoir, car lorsqu'ils ont fini, Harriot ne peut s'empêcher de répéter, le souffle court :

« Restez. »

Et chaque fois, elle lui répond la même chose.

« Il est tard.

– Encore une heure... »

Elle ne cède pas. Quand elle est partie, il se sent désespérément seul. Son lit, qui jadis lui paraissait presque trop petit pour un seul homme, lui semble maintenant immense et vide. Les draps se souviennent de la forme de Margaret, la laine de son odeur.

Une nuit, Harriot apporte au lit une bouteille de *spiritus dulcis*. Les arômes de raisin et de rose le submergent. Il décide alors de verser le liquide petit à petit sur le corps nu de Margaret et d'en aspirer chaque goutte. Puis c'est au tour de Margaret de répéter l'opération et, avant même d'avoir pu consommer leur passion, ils se sont assoupis dans les bras l'un de l'autre.

Le lendemain matin, Mme Golliver entre dans la chambre tel un esprit maléfique, les yeux brillants et le visage figé.

«Je suis confuse, maître. Je... je pensais que...»

L'après-midi même, Harriot est convoqué par le comte de Northumberland à un entretien exceptionnel. Ils se retrouvent dans la bibliothèque du comte. Celle-ci, conformément à l'importance que lui accorde son propriétaire, occupe la totalité de l'aile nord du manoir. On y trouve une des plus belles vues sur le fleuve, mais le comte lui tourne toujours le dos, lui préférant les rayonnages de livres aux somptueuses reliures de cuir, aux pages en vélin, aux tranches dorées et aux feuillets annotés.

« On m'a rapporté des informations, Tom. »

Même lorsqu'il lui adresse la parole, le comte ne bouge pas d'un cil et c'est Harriot qui doit s'approcher de lui.

« Ces informations concernent-elles mon assistante ?

– Oui.

– Vous ont-elles été confiées par ma gouvernante ? »

Le comte marque une pause avant de répondre.

« Tu es le maître d'une maison bien indisciplinée, Tom.

– Je n'ai jamais prétendu en être le maître.

– Pas plus que je n'ai jamais prétendu être le tien. D'ordinaire, mon intendant ne viendrait jamais me déranger pour quelque désagrément domestique. Mais pour toi, il a fait une exception.

– Je suis navré de l'avoir tracassé.

– Comprends-moi bien, Tom, jamais je ne chercherais à te déshonorer. La façon dont tu vis ne regarde que toi. Cependant, je suis peiné de voir ton illustre nom souillé par la rumeur.

– Mon nom n'est peut-être pas si illustre que vous le pensez. »

Le comte l'observe. Puis, doucement, il tire un fauteuil en chêne, s'assoit dessus et invite Harriot à l'imiter.

« C'est donc vrai.

– Que mon cœur n'est plus à prendre ? Oui.

– Ton cœur. »

Le comte fronce les sourcils et passe la main devant la bouche.

« Si Kit te voyait, Tom...

– J'espère qu'il ne se ferait pas la même idée que vous.

– Et en quoi suis-je dans l'erreur ?

– Votre Grâce, vous pensez que je me compromets avec une fille qui m'est inférieure. Et c'est en cela que vous vous trompez lourdement. Margaret Crookenshanks est animée d'un des esprits... d'un des esprits les plus naturels qu'il m'ait été donné d'observer. Si vous m'en donnez la permission, je serais ravi de vous montrer certaines des merveilles qu'elle a...

– John Dee a mis au jour des merveilles. Herr Kepler aussi, dit-on. Pourtant, il ne me semble pas que tu partages la même passion pour eux. »

Harriot croise les bras et baisse la tête, comme un élève que son maître s'apprête à punir. Il est donc surpris d'entendre le comte reprendre la parole d'une voix douce.

« Dis-moi, Tom.

– Oui.

– Cette passion qui t'anime, est-elle merveilleuse ?

– Très souvent, elle est effroyable, Votre Grâce. Très souvent, elle est fabuleuse. Et elle est tout cela à la fois. »

Le comte hoche la tête, visiblement satisfait. Puis il se lève et lui tourne le dos.

« Dans ce cas, je te suggère de poursuivre l'expérience jusqu'au bout. »

Harriot, pensant l'entretien terminé, esquisse une révérence et se dirige vers la sortie. Il est à deux pas de la liberté quand la voix grave du comte l'arrête.

« À un moment, tu pourrais envisager d'épouser cette fille, Tom. Ce n'est certainement pas moi qui y trouverais à redire, puisque cela me ferait une bouche de moins à nourrir. »

Il marque une pause et ajoute enfin :

« Le mariage est une chose honorable. »

Ses narines se dilatent lorsqu'il prononce ces mots, comme s'il cherchait à expirer tout un code de conduite.

Mais ce code n'a jamais été celui de Harriot. De tout temps, son travail a été le plus jaloux des compagnons. L'idée qu'une femme puisse venir le remplacer et adopter ce code ne lui a jamais traversé l'esprit. Mais maintenant qu'il a rencontré une telle femme, les vieux principes sont ébranlés et les mots du comte le hantent autant qu'ils l'écœurent.

Le mariage est une chose honorable.

Pendant une semaine, il rumine le problème. Il se surprend à la fixer des yeux, comme si sa seule présence pouvait lui permettre de faire un choix. Parfois, il va jusqu'à s'éclaircir la gorge, tel un orateur prêt à se lancer dans quelque discours. Immanquablement, elle lui lance le même regard interrogateur ; immanquablement, il perd l'usage de la parole.

Le dimanche après-midi, elle le trouve dans son bureau, à moitié endormi sur un vieux volume de Salluste. Avec un sourire espiègle, elle lui fait signe de la suivre.

« Venez ! »

Ils empruntent le même chemin que le jour de la Saint-Jean pour se rendre à la tour nord-ouest du manoir. Cette fois, cependant, c'est Margaret qui ouvre la marche. Elle n'a pas pris la lunette avec elle mais son pas est déterminé. Elle passe devant dans l'escalier en colimaçon, tire la clé de la poche de son tablier, ouvre la porte, puis enjambe le parapet et désigne d'un geste quelque chose à l'ouest.

Là, de part et d'autre du soleil couchant, deux morceaux d'arc-en-ciel que rien ne relie.

Harriot cligne des yeux, bouche bée.

Un parhélie. C'est ainsi que les hommes de science appellent ce phénomène. Mais lui se souvient du nom qu'il a entendu en premier, quand il était enfant : *soleil double*. Sa mère lui racontait que parfois, Dieu devenait jaloux de la beauté de l'arc-en-ciel. Il l'attrapait alors aux deux extrémités et le brisait, ne laissant que deux racines de lumière reliées entre elles par un minuscule halo.

Il avait cru à cette histoire, bien sûr. Mais revoir ce phénomène extraordinaire, perché là, à cinquante pieds du sol, avec l'épaule de Margaret pressée contre la sienne... une fois encore, les mots ne sortent pas.

C'est donc Margaret qui s'en charge.

« Comme vous pouvez le constater, plus on est proche du soleil, plus la lumière est rouge. Plus on s'en éloigne, plus elle vire au bleu. Entre les deux... eh bien, nous avons du violet, c'est évident, mais voyez comme ces nuances sont floues et indéfinissables. Si on devait les comparer aux couleurs d'un véritable arc-en-ciel... »

Il remarque qu'au soleil couchant, la peau claire de Margaret paraît presque translucide, faisant ressortir plus que d'ordinaire la veine bleue sur sa tempe gauche.

«Je me demande si nous n'avons pas en face de nous une forme de réfraction d'un autre genre, dit-elle. Comme un cristal, invisible à l'œil nu. Il doit bien y avoir quelque chose, vous ne pensez pas ? Pour forcer ainsi les rayons à dévier de leur...

– Voulez-vous m'épouser ? »

Pour lui, la question était évidente. La proposition, des plus naturelles. Mais elle a un mouvement de recul comme si elle avait été frappée d'une balle de mousquet et toute l'attention qu'elle portait aux rais de lumières se reporte sur lui.

« Vous me demandez de vous épouser ?

– Oui.

– Et vous me demandez cela librement ? C'est votre cœur qui parle ?

– Oui.

– Sachant que je ne suis pas enceinte ? Et que vous n'avez pas la moindre obligation à mon égard ?

– Je sais tout cela.

– Alors laissez-moi vous répondre par une autre question : pourquoi devrions-nous nous marier ? »

Il lève les bras au ciel.

« Que voulez-vous que nous fassions ?

– Poursuivre comme avant.

– Je ne suis pas sûr que nous puissions. Je ne suis pas sûr de le vouloir. »

La peau de Margaret a désormais perdu toute translucidité. Son visage est un masque blanc et fragile.

« Mais qui vous a donné une telle idée ? Vous et moi...

– Oui ?

– Pour commencer, nous nous connaissons à peine. Nous venons de sphères radicalement différentes, nous ne sommes pas du même monde. Il n'y a pas deux mois, j'étais votre domestique.

– Et depuis que vous ne l'êtes plus, n'avons-nous pas passé chaque moment de la journée et de la nuit ensemble ? Y a-t-il une partie de mon cœur, de mon... ne nous connaissons-nous pas parfaitement ? »

Elle rougit, s'éloigne. Marche jusqu'à l'autre côté du parapet, tournant le dos au soleil double. Quand elle reprend la parole, sa voix est grave et agacée.

« J'entends d'ici les gens parler. Ils diront que je vous ai forcé. Ils me prendront pour une conspiratrice.

– Margaret...

– Une putain. Et je suis certaine qu'il se dit bien pire dans les cuisines des Golliver.

– Que vous importe l'opinion des autres ? Je m'en moque bien, moi. »

Pendant quelques instants, ils ne disent rien. Puis, très doucement, elle s'approche de lui. Elle serre ses longs doigts crayeux et le regarde dans les yeux.

« J'aimerais savoir quoi vous dire.

– Essayez.

– Pour la première fois de ma vie, je me sens libre. Et cette liberté, c'est à vous que je la dois. Je vous en prie, ne me l'enlevez pas.

– Mais jamais il ne me viendrait...

– Ce ne serait pas volontaire, je le sais bien. Vous m'épouseriez avec les meilleures intentions – c'est le cas de la majorité des hommes – mais la fin serait la même. Je serais votre propriété.

– Mais pour qui me prenez-vous ? La propriété n'est...

– Et quand ce sera le cas, je serai redevenue votre domestique. »

Elle lui pose la main sur la joue. Pas par colère, non, plutôt par pitié.

« Je vous aime, Tom. Mais je ne peux devenir votre épouse. »

Le lendemain, il garde ses distances. Elle croit sûrement qu'il se sent blessé, mais ce n'est pas le cas. C'est le trop-plein de sentiments qui le pousse à l'éviter. Elle a refusé ses avances, certes, mais pour la première fois, elle l'a appelé par son prénom. Et pas dans n'importe quelle phrase :

Je... vous... aime... Tom.

Ce verbe qui lui avait toujours paru si insaisissable, voilà qu'elle l'avait conjugué. Et c'était lui le complément d'objet direct. Et ce simple fait rend négligeable toute autre considération : la rancune des Golliver, les propriétés du comte, et jusqu'à la mission de Harriot. Si Margaret n'en fait pas partie, il ne peut y avoir de mission.

Le lendemain soir, il se rend au laboratoire à l'heure habituelle. Elle l'y attend. Aucun ne mentionne les événements de la veille. Ils continuent leur travail. Et c'est d'ailleurs dans la poursuite du travail qu'il accepte enfin le refus de Margaret, ou plutôt qu'il se rend compte que ce refus n'en est pas un.

Car la vérité lui apparaît de plus en plus clairement à chaque seconde : elle ne lui a rien refusé. Elle est bel et bien sienne.

Voyez comme d'instinct, elle se met à graviter autour de lui dans l'espace restreint, comme elle s'ajuste à ses déplacements. Écoutez comme elle chantonne doucement en débarrassant le plan de travail. Regardez comme elle s'éclipse peu avant minuit pour aller lui chercher une chope de bière.

Et à présent, regardez comme il lui laisse la moitié de la chope. Écoutez l'affection naturelle avec laquelle il prononce son prénom : *Merci, Margaret... Oui, Margaret, c'est parfait.* Ils ne se sont pas fait la moindre promesse, non, mais tout dans leur attitude sous-entend un accord tacite qu'ils sont heureux de respecter.

Et tout à l'heure, n'iront-ils pas se coucher tous les deux sur son matelas en plumes (le seul luxe qu'il s'est permis) ? N'explorera-t-il pas toute son anatomie avec la vigueur d'un jeune marié ? Et qu'est-ce que cela change, si elle s'éclipse à l'aube ? Elle le retrouvera dès l'après-midi. Elle se rendra utile, comme toujours. Elle installera les fioles et les prismes. Elle polira les pots d'étain et les disques en bronze. Elle lui reprochera sa lenteur à mesurer. Elle se penchera par-dessus son épaule quand il fera ses calculs, si elle n'est pas elle-même en train de noter ses propres résultats.

Et comme toujours, elle finira par lui demander :

« Pourquoi ne vous décidez-vous pas à publier ? »

À quoi il marmonnera immanquablement :

« Un jour... Je le ferai... l'année prochaine, peut-être... »

C'est le seul domaine où il se montre circonspect. En tant qu'atomiste, athée présumé et ami de l'homme le moins fréquentable du royaume, il sait qu'il ne doit pas se mêler des affaires du monde s'il ne veut pas que le monde vienne se mêler des siennes.

Margaret, elle, ne sait rien de tout cela, et se met joyeusement à l'ouvrage : elle trie les papiers, en fait des piles qu'elle noue joliment avec de la ficelle et qu'elle touche du doigt comme si elle savait que se trouvait là l'ébauche d'un futur volume en train de germer dans le cerveau fertile de Harriot.

Une nuit, alors qu'elle fourrage dans un de ses coffres, elle découvre les vestiges pourrissants d'un compartiment secret. Elle arrache les derniers fragments de bois moisi pour mettre au jour une pile de vieux papiers jaunis qui se décomposent en partie lorsqu'elle les approche de la lumière pour les observer.

« De quoi s'agit-il, Tom ?

– Ce sont là les annales de mon échec. »

Elle ne l'écoute plus. Déjà, son index rampe vers le mot unique griffonné au milieu de la première page.

Aurum.

Elle se tourne vers Harriot.

« De l'alchimie ? »

Il fait oui de la tête. Et quelque chose en lui se fige quand il aperçoit la flamme qui danse dans les yeux de Margaret. Car c'est à ce moment précis qu'il commence à la perdre.

Londres
Septembre 2009

36

Dès que nous pûmes, nous nous débarrassâmes de la Lincoln pour nous engouffrer dans le métro à la station Osterley. Nous empruntâmes la ligne Picadilly en direction de l'est, vers Londres. Assis dans la rame, nous tâchions tous trois de répondre à la même question.

Quel genre de fugitifs étions-nous ?

Une chose était sûre, nous n'étions pas poursuivis par la police. Nos deux ravisseurs, comme en témoignaient leurs manières peu orthodoxes et leurs connaissances limitées du droit international, travaillaient pour un particulier.

Il fallait donc réfléchir à ce particulier. Ayant raté une audience avec nous, n'allait-il pas se donner toutes les peines du monde pour en obtenir une autre ? Si, comme le croyait fermement Alonzo, ce particulier était bien Bernard Styles, n'allait-il pas mettre à contribution ses moyens illimités pour se lancer à nos trousses ?

Devions-nous alors partir du principe que nous étions suivis en permanence et faire le contraire de ce que nous avions prévu pour l'emmener sur une fausse piste ? Ou devions-nous croire que Styles ne devinerait jamais la raison de notre venue à Londres, et agir comme si de rien n'était ?

Au final, nous optâmes pour une version améliorée de la deuxième option. Nous prîmes nos quartiers à Old Brentford, dans la banlieue ouest de Londres, à quelques arrêts de bus de Syon Park. Plutôt que de réserver des chambres au Holiday Inn ou au Travelodge – pas assez discrets – nous posâmes nos bagages dans un petit bed and breakfast discret, le Dragon's Tongue. Une bâtisse victorienne dont la dernière rénovation devait remonter à vingt ans. Les porte-clés en chêne massif auraient pu faire office d'armes au Moyen Âge, mais les télévisions étaient à écran plat, et chaque chambre était équipée du WiFi. Au rez-de-chaussée, le bar-restaurant servait une purée de petits pois dont la couleur vert fluo n'était pas sans rappeler celle du wasabi.

Alonzo s'octroya la chambre Benjamin Disraeli, dont il appréciait l'obscurité crépusculaire (un vieux mûrier dans le jardin filtrait les rayons du soleil).

« Donnez-moi une heure, dit-il en refermant la porte derrière lui. En fait, je vais plutôt prendre la journée », cria-t-il une seconde plus tard.

Clarissa et moi déposâmes nos bagages dans la chambre William Pitt l'Ancien, située juste à côté. Il s'agissait d'une pièce lumineuse mais spartiate, dotée d'un unique fauteuil en rotin, d'un placard en faux acajou et d'un lit traîneau recouvert d'une courtepointe rose.

« Est-ce qu'on va aller à Syon House, aujourd'hui ? demanda Clarissa.

– Non, plutôt demain. Alonzo refusera d'enfiler ne serait-ce qu'une chaussette s'il n'a pas un plan précis en tête. »

Elle opina distraitement et se dirigea vers la fenêtre. Elle ouvrit les rideaux et observa les nuages bas qui s'étaient amoncelés au-dessus du fleuve.

« Tu penses qu'on va le retrouver ?

– Pardon ?

– Le trésor de Harriot ?

– Pas la moindre idée. »

Deux secondes plus tard, je sentis son corps contre le mien sur le lit, le chatouillement de ses cheveux contre ma joue. Une odeur de bergamote.

« Tu es toujours fatigué ? demanda-t-elle.

– Euh... bafouillai-je en ouvrant les yeux. Je peux faire un effort pour ne plus l'être. »

L'instant d'après, je ne l'étais plus.

Ce qu'il y a de mieux, selon moi, à partager un lit avec une femme, c'est la mollesse nonchalante qui suit l'acte. Caler sa tête dans la niche que forment les seins. Sentir son sexe fatigué reposer sur la cuisse, détendu.

« Henry.

– Oui.

– Dis-moi quelque chose sur toi. »

Je tournai la tête dans sa direction.

« Tu veux connaître mon poids et ma taille ?

– J'ai une petite idée de ton poids. Dis-moi plutôt quelque chose que tu ne m'aurais pas dit il y a deux jours. »

Je pris sa main et me l'appliquai sur le front comme une compresse.

« Hmm... Je ne sais pas quoi te répondre. Commence, toi. »

Elle me raconta alors que son père était narcoleptique. Mais comme il était aussi très fier, il mettait un point d'honneur à conduire la voiture pour partir en vacances. Chaque voyage prenait alors des allures de parcours du combattant, ponctué régulièrement par la voix calme de sa mère : « Lissie ? » C'était le signal. Clarissa tapait alors son père sur la tête pour qu'il ne parte pas dans le décor.

« Pourquoi ce n'était pas ta mère qui conduisait ?

– Nous ne nous sommes jamais posé la question. J'imagine qu'à cette époque, les mères ne conduisaient pas.

– Et tu ne trouvais pas ça bizarre, comme situation ?

– Je pensais que tous les papas étaient pareils. Pourquoi, ce n'est pas le cas ? »

Je l'embrassai sur le sourcil. Puis sur l'œil.

« À mon tour, maintenant. À quinze ans, j'ai écrit un poème.

– Pff ! Tu parles, j'en ai écrit des milliers...

– Attends, l'interrompis-je, ce n'était pas un poème avec des princesses et des licornes, mais un vrai sonnet, avec le bon nombre de pieds et tout.

– Ah.

– Ma muse s'appelait Sally Markowitz. Elle avait un an de moins que moi, faisait partie de l'équipe de pom-pom girls, et bien sûr, elle avait à peine vent de mon existence. J'ai donc écrit ce poème, et je l'ai montré à ma mère.

– Oh non !

– Parce qu'elle était prof de littérature. Je me disais bêtement que si elle le trouvait acceptable, Sally Markowitz serait forcément émue.

– Donc ta mère l'a lu…

– Et elle a éclaté de rire à la première ligne. Je crois que je ne l'avais jamais vue avoir un tel fou rire. Et puis elle a montré le poème à mon père, et lui aussi s'est mis à rire.

– Et toi, qu'est-ce que tu as fait ?

– Ben… je suis retourné dans ma chambre. Et j'ai effacé à jamais le poème de ma mémoire. Je serais d'ailleurs bien incapable de t'en réciter un morceau. »

Elle posa sa main sur mon torse.

« Je suis désolée, Henry.

– Il n'y a vraiment pas de quoi. C'est toi qui m'as demandé… c'est le premier truc qui m'est revenu en…

– Très bien.

– Pas besoin d'être désolée.

– Promis. »

Pendant quelques instants, elle resta immobile.

« Est-ce que c'est à ce moment-là que tu as décidé de devenir écrivain ?

– C'est à ce moment-là que j'ai compris que je devais me cantonner à l'étude d'autres écrivains ! »

Elle éclata de rire et grimpa sur moi. Ses cheveux me tombaient entre les lèvres, ses yeux noirs brillaient. Elle promena machinalement son index sur mon crâne. Son haleine sentait la cardamome.

« Tu sais quoi, Henry ? Si j'apprends que tu as inventé cette histoire, je te tue.

– Et je suis sûr que c'est dans tes cordes. Mais ne t'en fais pas, je ne t'ai pas menti.

– Très bien. Je ne me permettrais pas de te demander si tu as pleuré.

– Je n'ai pas versé une larme. Question de fierté.

– Mmh, murmura-t-elle en fermant doucement les yeux. On aurait dû mettre ta mère avec mon père dans la voiture, ça aurait résolu tous nos problèmes. »

Nous passâmes le reste de la journée au lit, toujours collés l'un à l'autre, à somnoler et à faire l'amour. Parfois, je me réveillai face à une autre partie de son anatomie – je goûtai un lobe d'oreille, embrassai le bas de sa colonne vertébrale, traçai des cercles autour de la pointe de ses seins – fasciné par la palette de sa beauté. Pendant près de dix minutes, j'examinai ainsi le paysage lunaire de son pubis, la façon dont les angles s'arrondissaient, l'ascension du mont de Vénus, puis la descente...

« Henry ? »

Sa voix était lointaine, mélodieuse.

« Tu m'écoutes ?

– Oui.

– Et si nous partions ?

– Partir ?

– Si on abandonnait ? Qu'on rentrait à la maison ? »

Je levai la tête.

« Pourquoi ferait-on une chose pareille ? demandai-je.

– Parce qu'il n'est pas encore trop tard. »

Je la fis rouler pour me retrouver dessus, le menton posé sur son ventre plat et immaculé.

« D'accord, mais c'est où, la maison ?

– J'y ai réfléchi.

– Ah oui ?

– Je pensais opter pour Kiawah Island, en Caroline du Sud.

– Eh ben !

– C'est un très bel endroit.

– Oui, bien sûr, mais je... qu'est-ce qu'on y ferait ? Je pourrais toujours me faire engager comme caddy par le club de golf. Ou comme gardien.

– Je te voyais plus en garde champêtre. Quelque part dans les terres.

– Un emploi stable, admis-je.

– Et ça t'irait bien, l'uniforme. Et pendant que tu serais au travail, je... je fabriquerais des bijoux à partir d'objets ramassés sur la plage. J'apprendrais le golf, et on pourrait participer à des tournois de poker.

– Et puis avec toi, ajoutai-je, on ne risque pas de se faire agresser.

– Il n'y a pas de voyous à Kiawah. Quelques alligators, c'est tout. Tu pourrais lire sur la plage. Tous les sonnets de Shakespeare, un par un. Les doigts de pied en éventail, Henry. Le thermos de mojito à portée de main. Tu ne t'y vois pas déjà ? »

J'essayai, vraiment. Mais dès que je fermais les yeux et pensais à la plage, je m'assoupissais pour être réveillé aussitôt en sursaut par l'image de la main d'Amory Swale dépassant du sable. Je clignai des yeux plusieurs fois pour recouvrer mes esprits et m'aperçus que j'observais fixement la poitrine blanche de Clarissa. Cette dernière ne m'avait pas quitté du regard.

« Mais bon, tu sais, ce n'était peut-être qu'une blague, dit-elle.

– Non, c'est une bonne idée.

– Je sais.

– Le seul problème c'est... l'aspect pratique.

– Oui, je sais. Oublie. »

Elle n'avait pas l'air fâchée. Mais je préférai m'en assurer et rampai vers elle, jusqu'à ce que mon visage soit juste au-dessus du sien.

« Une dernière question, dit-elle.

– Je t'écoute.

– Si Alonzo n'était pas là, tu serais prêt à partir maintenant ?

– Comment ça, s'il n'était pas là ? Il est là. »

Elle ne répondit pas. Je poussai un profond grognement, me laissai rouler à côté d'elle et fixai quelques instants le plafond.

« Alonzo m'a accueilli, expliquai-je. Quand tout le monde me tournait le dos. Cela m'a fait quelque chose, et j'ai une dette envers lui.

– Je sais tout cela. Je me demandais... comment sait-on quand on a payé sa dette ? »

Son doigt zigzagua de mon oreille à ma clavicule.

« Parce que moi aussi, Henry, je suis prête à te... faire quelque chose. »

Cela ressemblait si fort à une invite qu'il ne m'en fallut pas plus. Et de fait, quand je la serrai contre moi, son visage rayonnait de consentement. Ce fut seulement quelques jours plus tard, alors que l'affaire avait tourné au fiasco, que j'en vins à me demander si j'avais vraiment saisi le sens de ses propos.

Le soleil se coucha, mais je n'aurais su dire quand. Dans notre chambre régnait une pénombre permanente, et chaque fois que je me réveillais, je me rendormais aussitôt. Presque aucune intrusion du monde extérieur : le bruit d'une conduite d'eau, les bribes d'une dispute dans la rue, une sirène (imaginée sans doute). À un moment, j'entendis sonner l'horloge du hall.

Un coup, deux... je perdis le fil au huitième. J'allais sombrer de nouveau dans le sommeil quand, instinctivement, j'allongeai le bras vers l'autre côté du lit. Il était vide. Cela me tira aussitôt de ma torpeur.

« Clarissa ? »

Je scrutai l'ombre et finis par l'apercevoir, nue, la peau dorée à la lumière des réverbères. Un profil, qui prit du relief quand mes yeux finirent par s'adapter à l'obscurité.

Elle était debout près de la fenêtre, les cheveux écrasés par le sommeil. Elle se tenait bien droite, alerte.

« Clarissa ? »

Elle se tourna vers moi. Je croisai son regard. Jamais de ma vie je n'avais vu d'yeux aussi vides chez un être humain. Puis elle ouvrit la bouche.

« Elle est en train de mourir. Elle a besoin de notre aide. Elle s'appelle Margaret Crookenshanks, et elle est en train de mourir. »

37

« Mais bon sang ! s'exclama Alonzo. Avec quoi ils nourrissent leurs poules, ici ? »

Il repoussa ses œufs brouillés gris terne et croisa ses bras massifs.

« Et que vient faire cette Margaret au milieu de nos histoires ? Qui est-elle, d'ailleurs ? Qu'est-ce que ça peut nous faire qu'elle soit en train de mourir ?

– Je ne suis que le messager, répondis-je en levant les bras au ciel.

– Très bien, Hermès. Quand ta cocotte se décidera à descendre, tu n'auras qu'à lui transmettre le message suivant : il faut qu'elle se concentre sur de nouvelles visions. Des visions d'or par exemple. Épelle-lui s'il le faut. O-R. »

Je dispersai de la pointe de ma fourchette haricots et champignons grillés. Après douze heures de sommeil, je n'avais toujours pas d'appétit.

« N'oublie pas qu'elle nous a tirés d'un sacré pétrin, Alonzo. Sans elle, nous ne serions pas là.

– Je te l'accorde.

– Mais pour en revenir à ce que tu disais, elle ne peut pas contrôler ses visions. Tu m'as d'ailleurs fait remarquer que c'était précisément la raison pour laquelle tu y croyais.

– Je ne doute pas de leur authenticité. Je commence seulement à douter de leur intérêt, dit-il en enfournant le dernier morceau de saucisse. D'ailleurs, ne m'as-tu pas dit qu'elle avait pris de l'Ambien dans l'avion ?

– Oui, et alors ?

– Et alors, sur la longue liste d'effets secondaires de l'Ambien, à côté du noctambulisme, on trouve l'amnésie. Une cousine à moi en a gobé deux cachets, et elle a perdu souvenir de toute une nuit à Dubaï. Quand elle s'est « réveillée », en quelque sorte, elle était en train de descendre un toboggan dans une piscine.

– Clarissa n'a rien oublié. Au contraire, elle est en train de... »

J'allais dire *tout se rappeler*. Mais au dernier moment, je changeai la fin de ma phrase.

« *Devenir folle.* »

Quand elle s'était tournée vers moi dans la chambre, je n'avais vu que l'ombre autour de ses yeux. J'avais eu l'impression de plonger au plus profond de son esprit pour un voyage sans fin.

« Ce que je veux dire, Henry, c'est que quand nous serons partis d'ici, il faudra que cesse son petit numéro de Lady Macbeth. Si elle ne peut pas nous aider, qu'elle reste dans sa chambre à se laver les mains. »

Cependant, quand Clarissa dévala l'escalier à toute allure, peu avant neuf heures, elle avait l'air bien plus en forme qu'Alonzo et moi. Elle avala deux cafés, un verre de jus de pamplemousse et deux piles de toasts beurrés à souhait.

« On y va ? » lança-t-elle.

Nous n'approchâmes pas la demeure par l'ouest, comme l'auraient fait les visiteurs les plus prestigieux du comte de Northumberland, mais par le nord, à la manière des marchands et des colporteurs. C'était une longue promenade. Nous traversâmes une grande clairière, qui n'allait pas tarder à devenir un hôtel Hilton... des bâtiments publics... un parc d'aventures en salle. Dernière touche de modernité, les avions passaient en vrombissant au-dessus de nos têtes toutes les cinq minutes, amenant leur flot de touristes à Heathrow.

Enfin, nous atteignîmes la jardinerie de Syon Park, avec son réfectoire, ses salons de thé et son magasin aquatique où l'on pouvait acheter sa propre cascade en kit pour seulement trois cent cinquante-neuf livres. Nous nous contentâmes des neuf livres du ticket d'entrée. Puis nous empruntâmes une allée de graviers qui faisait le tour du bâtiment par le nord. Le crissement de nos semelles se superposait parfaitement, de sorte qu'on aurait pu croire que nous n'étions qu'un à marcher. Les nuages commençaient à cacher le bleu du ciel, et un vent du nord se leva, plaquant mon pantalon contre mes jambes.

Et soudain, nous n'avancions plus ni ne reculions, nous traversions. J'avais eu la même sensation lorsque nous étions allés à Fort Ralegh avec Clarissa : j'étais tombé dans une faille temporelle et je m'attendais à tout moment à croiser un homme vêtu d'un pourpoint et d'une collerette, ou une femme en jupons. Et plus j'avançais, plus je m'éloignais de la réalité.

« Henry ? »

Je sentis la main de Clarissa sur mon bras. Nous nous trouvions devant une porte cochère. Cela suffit à rompre le charme, car ce type d'entrée n'existait pas à l'époque de Thomas Harriot, et ce dernier n'aurait jamais reconnu le grand hall dans lequel nous pénétrâmes. Disparus le toit à deux versants, la boue et le mortier, le cuir et le bois. Place au marbre, au stuc, aux statues gréco-romaines. L'architecte écossais Robert Adam avait entrepris de transformer le vieux hall élisabéthain délabré en une vitrine flamboyante du néoclassicisme. Au final, il n'avait gardé de la demeure de Henry Percy que la structure.

Ou du moins c'est ce qu'il avait essayé de faire. La seule pièce qui sentait encore l'ancien était la longue galerie que le comte sorcier avait jadis arpentée, passant d'une étagère à une autre, un volume à la main. Cette galerie était à présent une salle d'exposition, ornée d'œuvres de peintres du XVIIIe siècle, tels que Gainsborough et Van Dyck. Elle donnait sur un petit salon, tout en acajou et en bois de satin, lequel donnait sur un autre salon, vert, où trônait une cheminée en stuc. Petit à petit, l'idée qu'on puisse retrouver ici quelque chose ayant appartenu à Thomas Harriot nous parut de plus en plus difficile à concevoir.

À chaque nouvelle salle, l'espoir diminuait, et quand une femme corpulente vêtue d'un gilet à motifs de losanges s'approcha de nous, nous la regardâmes, hébétés.

« Vous avez des questions ? demanda-t-elle.

– Aucune à laquelle vous puissiez répondre », soupira Alonzo.

Nous n'étions restés à l'intérieur qu'une dizaine de minutes, mais quand nous sortîmes, nous ne remarquâmes même pas que le vent était tombé, que le soleil refaisait son apparition, et que des vaches paissant tranquillement nous ramenaient vers la vieille Angleterre. Et pourtant, la vieille Angleterre n'avait jamais paru si lointaine.

L'accoutrement d'Alonzo, mis en valeur par la lumière de midi, ne m'arracha même pas un sourire. Chemise de golf jaune, pantalon décontracté noir, coupe de cheveux à la Elvis... L'illustration même de notre échec.

« Bon, dit Alonzo. Bon, bon. »

Des tréfonds de son pantalon, il tira une photocopie de la carte de Harriot et l'examina d'un œil expert.

« Vous savez, reprit-il. Nous n'avons aucune raison de croire que le trésor se trouve dans le manoir. »

Cette remarque éclaira son visage. La voix de Clarissa se fit l'écho de cet optimisme contagieux :

« S'il s'y trouvait, quelqu'un aurait fini par le trouver. Toutes ces rénovations, tous ces murs qu'ils ont démolis...

– Ce n'aurait pas été malin de la part de Harriot », renchéris-je.

L'espoir renaissait. Évidemment, ce n'était pas là qu'il fallait chercher ! Si Harriot avait quelque chose à dissimuler, il aurait trouvé une cachette sur le domaine. Un endroit dont lui seul avait connaissance. Un endroit où il aurait pu revenir à loisir.

« Tout ce dont nous avons besoin, dit Alonzo en pointant l'index vers la croix sur la carte, c'est de trouver le point de départ. »

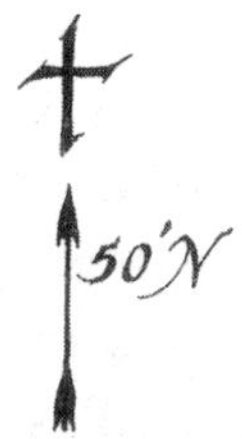

« Et à partir de là, répondit Clarissa, nous n'aurons plus qu'à marcher cinquante pieds vers le nord.

– Dans ce cas, déclarai-je, pourquoi ne pas commencer par la maison de Harriot ? »

Il y avait au moins une bonne raison de ne pas le faire. La maison n'existait plus. Il n'en restait que quelques fondations, à une centaine de mètres du manoir, enterrées sous au moins un mètre de terre.

Nous y allâmes quand même. Nous passâmes un portail, longeâmes une vieille glacière pour arriver enfin sur une petite colline – l'endroit exact où avait jadis vécu et travaillé Thomas Harriot.

Grâce aux archives, nous savions que la maison faisait trente mètres de long et cinq mètres de haut avec un toit en tuiles. Elle était dotée d'une chambre, d'un long bureau, d'une salle à manger, d'un garde-manger, d'une cuisine et d'une bibliothèque. Toute la demeure croulait sous les papiers, sous les livres *traictans de toutes sortes de sçavoirs*, comme l'avait écrit l'émissaire du roi après avoir fouillé les lieux et fait l'inventaire des biens. À présent, ne restait plus qu'une sensation. La sensation étrange et vertigineuse de se trouver au-dessus d'un endroit où s'était produit un événement historique.

Une minute s'écoula sans un mot. Puis Alonzo déclara :

« Marchons.

– Où ça ?

– À ton avis ? Vers le nord. Cinquante pieds. »

Il tira de sa poche une petite boussole. Nous le suivîmes en calculant la distance. À la fin de l'opération, nous nous trouvions... dans un bosquet qui n'existait pas du temps de Harriot. Pas de flèche gravée, pas de message codé, pas de croix... seulement des troncs d'arbre, des racines et les premières feuilles mortes de la saison qui crissaient sous nos semelles.

« Qu'est-ce que... ? s'exclama Alonzo en traçant un cercle au milieu des peupliers, des bouleaux et des pins. Où est-ce que... ? »

Je m'adossai à un vieux cèdre et me massai les tempes :

« Ce n'est pas bon signe. »

Seule Clarissa paraissait déterminée à garder espoir.

« Dites, il y a toujours un comte de Northumberland, non ?

– C'est un duc.

– Et si on l'appelait ? On pourrait lui dire qu'on a besoin de lui pour un projet de fouilles archéologiques.

– Oui, et au fait, peut-être qu'on va même trouver de l'or. Mais ne vous en faites pas, on partira avec. Et joyeux Noël à vous ! »

Clarissa ne se laissa pas démonter par le ton railleur d'Alonzo. Elle resta simplement debout un long moment, à humer l'air. Puis elle se mit à marcher.

Elle retourna vers l'emplacement de la maison de Harriot ; passa de nouveau le portail, où elle marqua une courte pause avant de reprendre en direction de l'ouest et de l'allée de tilleuls.

Elle s'arrêta au niveau des deux petits pavillons carrés qui marquaient l'entrée du parc, dont Northumberland avait entrepris la construction en 1603. Ce n'est qu'alors qu'elle se retourna.

À présent, Alonzo et moi l'avions rejointe. Encore une fois, nous nous trouvions tous les trois face à Syon House. Une bâtisse carrée typiquement Renaissance, à deux étages, dotée d'une cour intérieure et d'une tour crénelée à chaque angle.

J'essayai d'imaginer à quoi elle pouvait ressembler du temps de Harriot. Je gommai l'entrée principale et la remplaçai par deux entrées latérales. Je grattai les pierres extérieures pour laisser apparaître les briques d'origine. J'ajoutai un toit à deux versants, une multitude de cheminées crachant de la fumée noire, ainsi que deux bâtiments en brique de chaque côté...

C'est alors que je vis Clarissa tendre le bras.

« Là », dit-elle.

Elle désignait la tour nord-ouest. Celle qui se trouvait le plus près de la demeure de Harriot.

« Là, insista-t-elle.

– Alonzo, murmurai-je, à quelle hauteur penses-tu que s'élève cette tour ?

– Que veux-tu que j'en sache ? »

Avant que j'aie pu me lancer à la recherche d'un guide, Clarissa avait téléchargé une photo de l'édifice sur son Palm.

« Qu'est-ce que tu fais ? demandai-je.

– C'est une application. Ça permet de calculer la taille des bâtiments. »

Une application qui marchait du tonnerre, car moins d'une minute après, nous avions notre réponse.

« À peu près cinquante pieds », déclara-t-elle.

Je me mis à rire.

« Henry, dit Alonzo. Un peu de tenue.

– Je n'y peux rien. Harriot nous a encore dupés.

– Ah oui ? Et en quoi ?

– Quand il parlait du nord, nous sommes partis du principe qu'il s'agissait de latitude.

– Que veux-tu que ce soit d'autre ?

– L'altitude. »

Le masque de confusion d'Alonzo tomba, laissant place à un sourire resplendissant. Il fixa la tourelle et, d'un ton admiratif, il s'exclama :

« Le vicieux. Il a enterré son trésor au-dessus du sol.

– À cinquante pieds au-dessus du sol », précisai-je.

Le plus naturellement du monde, Clarissa posa la question qui nous fit tous redescendre sur terre :

« Comment allons-nous faire pour le récupérer ? »

38

Eh oui. Comment faire ? Cette simple question suffit à enfermer Alonzo dans un mutisme opiniâtre. Ce n'est qu'après avoir poussé la porte d'entrée du Dragon's Tongue et gravi les escaliers menant à sa chambre qu'il se décida à nous adresser la parole.

« Donnez-moi jusqu'à la fin de la journée, dit-il avant de disparaître.

– Qu'est-ce qu'il va faire ? me demanda Clarissa.

– Le connaissant, il compte appeler des gens.

– Des gens...

– *Complices* serait certainement un terme plus approprié.

– Des criminels, tu veux dire ?

– Allons, tout de suite les grands mots.

– Mais comment Alonzo peut-il connaître ce genre de personnes ? Il vient d'une famille respectable, non ? »

Je lui expliquai qu'effectivement, Alonzo venait d'une famille des plus respectables : le juge Wax avait été du temps de sa grandeur l'un des plus brillants avocats de Washington. Escroqueries, agressions sexuelles, conduite en état d'ivresse, trafic de stupéfiants, coups et blessures, braquages à main armée, meurtres... à piocher dans un terreau aussi putride, un avocat finit par dénicher des larves intéressantes. Et si l'avocat en question a un fils intelligent, ce dernier peut vite apprendre à soigner et élever les larves dans le dos de son père.

Clarissa pinça les lèvres.

« Et donc quoi ? Alonzo a un carnet d'adresses spécial mafieux ?

– Non, rien d'aussi tape-à-l'œil. Disons plutôt qu'il va appeler un type qui connaît un type qui connaît un type...

– Et qui connaîtrait un type à Londres ?

– Ça lui a permis d'arriver jusqu'ici, non ? Tu en connais beaucoup, toi, des morts capables d'obtenir un passeport en quarante-huit heures ? »

Nous étions à présent de retour dans la chambre William Pitt l'Ancien. J'étais assis sur le fauteuil, Clarissa sur mes genoux. J'allais me lancer dans la tâche délicieuse de démêler ses cheveux lorsqu'elle me dit :

« Henry ?

– Oui.

– Quand je t'ai parlé de l'École de la nuit la première fois, je sais que tu m'as prise pour une cinglée. Non, c'est vrai, et je ne t'en veux pas. On a vu les mêmes émissions télé, tu sais !

– Et en quoi ton cas est-il différent de ceux qu'on voit dans ces émissions, justement ?

– Je ne suis pas médium. Je suis incapable de faire la moindre prédiction. Et personne ne me parle à l'oreille comme Jeanne d'Arc, il n'y a personne... ce ne sont que des spasmes. Des flashes.

– Et cette tour, elle faisait partie de tes flashes ?

– Je ne sais pas s'il y a un trésor là-haut. Tout ce que je peux te dire, c'est que lui, il était là-haut. Et que elle aussi, elle était là-haut. »

L'air peiné, elle se leva. Seule la légère rougeur au niveau de ma cuisse pouvait témoigner de son bref passage.

« Très bien, déclarai-je. Quel est le rapport entre cette Margaret Crookenshanks et le trésor de Harriot ?

– Je ne sais pas.

– De quoi est-elle en train de mourir, alors ?

– Je n'en sais rien. Elle est dans une pièce et... c'est comme si je pouvais sentir que la vie la quittait, dit-elle avant de s'interrompre. Il y a quelqu'un avec elle.

– Harriot ?

– Si c'est à ça qu'il ressemble, alors oui. Ça te va, comme réponse ?

– Et qu'est-ce qu'il fait ?

– Je crois qu'il est en train de la tuer... »

Au départ, nous avions pensé qu'il était certainement plus sage de rester dans notre chambre, à l'abri des menaces extérieures. À présent, cependant, l'idée de rester là, entourés de fantômes, nous paraissait insupportable. Nous décidâmes donc de mettre de côté notre peur de croiser les agents Mooney et Milberg et partîmes nous promener jusqu'au Kew Bridge, qui enjambe la Tamise.

Le verbe *se promener* est peut-être mal trouvé, car il sous-entend une confiance en soi que je n'éprouvais pas particulièrement. En effet, je passai les premières minutes enfermé dans une paranoïa aiguë : si les piétons m'ignoraient volontairement, c'est que le monde entier en avait après moi. Heureusement, Clarissa, sans aller jusqu'à me redonner du courage, me fournit l'énergie nécessaire pour mettre un pied devant l'autre. La simple sensation de son épaule contre la mienne eut l'effet de me rappeler à mon corps et de me faire prendre conscience que, à ma grande surprise, j'avais faim. Une envie primaire. Et dans ces circonstances, c'était une raison tout à fait valable pour continuer à marcher.

Quand nous atteignîmes le pont, nos éventuels poursuivants m'étaient complètement sortis de la tête, et je pus observer la Tamise à loisir. Ces eaux bouillonnantes sujettes aux marées, capables d'engloutir feuilles et brindilles, et qui pour l'heure laissaient passer un simple canoë, piloté par deux rameurs en parkas. Aucun des deux ne nous accorda le moindre regard.

Comme la scène aurait été différente du temps de Harriot ! Une flottille de lourdes barges surmontées de voiles carrées, remontant le fleuve. Bacs, sloops, bateaux-poubelle, et sur les quais, les passagers qui criaient *Rame ! Rame !* aux bateliers à la peau tannée par le soleil. La Tamise était une bête autrement plus impétueuse, en ce temps-là. Sans prévenir, elle sortait de son lit, et elle était tellement boueuse – remplie de détritus, d'excréments, de chiens crevés, d'entrailles de porc – que même les carpes avaient du mal à retrouver leur chemin.

J'enveloppai Clarissa de mon manteau et la tirai vers moi.

« Partons du principe que Margaret existe, déclarai-je, et que nous sommes à la période où cette carte a été dessinée.

– 1603.

– Tout à fait, et il ne faut pas oublier qu'en plus d'être l'année du sacre de Jacques Ier, 1603 était une année de peste.

– Non, répondit-elle. La peste de Londres, c'était en 1605, non ? Un an avant le grand incendie.

– Ça, c'était la Grande Peste, expliquai-je. Mais l'hygiène étant ce qu'elle était à cette époque, avec les rats et les puces, la peste revenait à peu près une fois par génération. Et l'épidémie de 1603... disons que c'est une des pires. »

La maladie frappa d'abord le quartier de Southwark, avant de s'étendre vers le nord et l'ouest de la ville. Fin juillet, elle faisait mille quatre cents victimes par semaine ; en septembre, plus de trois mille. Pendant tout le temps que dura l'épidémie, un Londonien sur six était soit malade, soit mourant. La ville était tellement désertée que de l'herbe poussait dans les rues.

« Ils ont fermé tous les théâtres, expliquai-je. Annulé toutes les festivités, tous les rassemblements. Plus aucun procès ne pouvait se tenir. Le roi, qui devait organiser un défilé dans Londres, dut s'arrêter à Hampton Court, à trente kilomètres. Pour finir, il s'est réfugié avec sa cour à Salisbury. Sans certificat garantissant qu'on ne venait pas d'une zone infectée, il était impossible d'entrer au palais. »

Clarissa regardait des cygnes qui se laissaient porter par le courant.

« Tu veux dire que Margaret est peut-être morte de la peste ?

– Je veux seulement dire que si elle habitait à Londres, la probabilité n'est pas négligeable.

– Mais comment peut-on le savoir ?

– Les actes de décès. Une fois par semaine, les dirigeants de la ville mettaient à jour la liste des morts dues à la peste. C'était pour eux un moyen de suivre la progression de la maladie. Évidemment, ils ne pouvaient pas recenser toutes les morts, mais ces employés paroissiaux étaient quand même très méticuleux. Je pense que ça vaut le coup d'y jeter un œil.

– La British Library ?

– Non, ça prendrait trop de temps. J'ai une amie qui enseigne l'histoire de la Renaissance anglaise à Columbia. Je vais lui passer un coup de fil.

– Une amie, répéta-t-elle en plissant les yeux. Une vieille amie, ou une amie récente ?

– Une vieille amie. »

Ce n'était pas tout à fait exact. Sabina et moi étions amis depuis peu, mais nous étions divorcés depuis longtemps. Au total, nous avions passé trois fois plus de temps divorcés que mariés, mais cela nous réussissait mieux.

Elle parut d'ailleurs bien plus avenante en répondant au téléphone qu'elle ne l'avait été lors de notre nuit de noces. Il faut dire que cette fois, je n'étais pas en train de flirter avec la serveuse philippine de l'hôtel St. Regis. Nous n'avions jamais déblayé les débris de notre mariage, mais le simple fait que tant de nos amis mutuels soient heureux – comprenez *en couple* – nous poussait à nous réconforter mutuellement. Bien sûr, pour maintenir cet équilibre précaire, il fallait que nous soyons tous les deux célibataires et malheureux.

Je jetai donc un regard coupable en direction de Clarissa, de l'autre côté du pont. Elle était belle, emmitouflée dans son paletot en laine. Le vent rendait ses lèvres encore plus rouges.

« Sabina, je suis un peu pressé. Je t'appelle de Londres, enfin juste à côté. J'ai une collègue qui a une question pour toi.

– Une collègue, soupira-t-elle. Dis-moi ce que tu veux, Henry. »

L'estomac de Clarissa gargouillait autant que le mien lorsque nous poussâmes la porte d'entrée du Dragon's Tongue. Nous envisageâmes d'aller directement nous restaurer, mais Clarissa voulait auparavant enfiler un pull. Nous montâmes donc à l'étage et, alors que je tirais de ma poche l'énorme porte-clés en bois, Alonzo sortit de sa chambre comme un boulet de canon. Il avait dans les mains deux sacs en plastique et arborait le sourire radieux du télévangéliste.

« Je connais ta taille, Henry, mais j'ai dû deviner celle de Clarissa. »

Il nous fourra chacun un sac dans les bras et attendit avec une impatience non dissimulée qu'on regarde à l'intérieur.

« Essayez-les, bon sang !

– Essayer quoi ? »

C'est alors que je vis Clarissa sortir de son sac un corset, des bas, un vertugadin, un corselet et un jupon. Je regardai alors dans mon sac et y découvris un chapeau à plumes, une petite cape, ainsi qu'une collerette ramollie par les transpirations successives.

« J'espère que tu ne t'es pas ruiné pour ça ! m'exclamai-je.

– T'occupe, ce sont mes affaires. Et en prime, je vous invite à dîner. Mais vous devez avant cela me promettre d'aller vous coucher directement après. Et pas de galipettes, s'il vous plaît, je veux que vous soyez en forme demain.

– Où va-t-on ? Un bal costumé ? »

Quel regard ! Ses yeux lancèrent mille éclairs.

« Les enfants, nous allons à un mariage. »

39

Mesdames et messieurs, les futurs mariés ! Elle : vice-présidente du service investissement au siège londonien de la société de courtage Morgan Stanley Smith Barney. Lui : rédacteur en chef de la division marketing chez Ralph Lauren. À eux deux, un salaire annuel de plus de cinq cent mille livres sterling. Quand était venu le temps de se mettre d'accord pour la mise en commun des biens, ils s'étaient également mis d'accord sur un détail clé : comme ils s'étaient rencontrés à un bal costumé sur le thème de la Renaissance, ils tenaient à célébrer leur union de la même manière. Quel meilleur choix alors que Syon Park et son manoir, fermés au public le samedi et réservés aux soirées privées ?

C'est ainsi que ce samedi soir de septembre, des centaines de Londoniens parmi les plus fortunés enfilèrent leurs costumes trop serrés – jarretières, jupons, plastrons et gilets en bougran – pour assister à une cérémonie qui, de loin, ressemblait plutôt à une reconstitution historique.

C'est dans cette foule de privilégiés humiliés que voulait nous plonger Alonzo Wax. S'il avait un plan pour nous faire sortir, il le cachait bien. À chaque question que nous lui posions, il esquivait comme un escrimeur.

« Pourquoi aller à un mariage ?

– Parce que cela nous permettra de nous rendre sur le terrain.

– Mais pourquoi une réception qui se déroule la nuit ?

– Parce que nous sommes l'École de la nuit, tiens !

– Comment passera-t-on la sécurité ?

– Ils font des rondes à horaires bien précis. Pas d'inquiétude, j'ai effectué une mission de reconnaissance. Si on m'avait dit que j'utiliserais cette expression un jour...

– Et comment va-t-on faire, pour ne pas déclencher les alarmes de la maison ?

– Ah, oui, répondit Alonzo, lassé. C'est pour ça que j'ai engagé Seamus. »

Il n'en parla plus jusqu'à l'arrivée du Seamus en personne, deux heures avant l'événement, déguisé en moine cistercien. Vingt-huit ans, peut-être vingt-neuf. Des sourcils comme Groucho Marx, un visage dur et froid. Il était venu avec un sac à dos et se tenait assis, immobile, ne parlant que lorsqu'on lui adressait la parole, comme pour dépenser le minimum d'énergie nécessaire à sa survie.

« Ne vous fiez pas à son comportement, nous dit Alonzo. Seamus est une machine à escalader. Il a gravi le mont Rainier, le Makalu, c'est bien cela, Seamus ? Sans oublier l'Annapurna et le K2. Un spécialiste de l'alpinisme et de l'escalade sur glace. Honnêtement, nous ne pouvions rêver mieux.

– Mieux pour quoi ? demandai-je.

– Henry. Combien mesure la tour ?

– Cinquante pieds.

– Combien mesure le K2 ?
– Plus.
– Donc lequel des deux est le plus facile à escalader ?
– La tour.
– Tu as tout compris.
– Tu veux escalader la tourelle nord-ouest ?
– Par rapport à l'Annapurna, ce sera du gâteau. Il nous faudra à peine dix minutes pour atteindre le sommet. Qu'en penses-tu, Seamus ?
– Comment ça, nous ? »
La cornée d'Alonzo s'éclaira d'une lueur rouge.
« Allons, Henry ! Tu es toujours à peu près en forme, non ?
– Ça ne fait pas de moi un alpiniste ! Et toi, tu seras où pendant ce temps-là ?
– En bas, bien sûr, avec Mlle Dale. Nous ferons le guet.
– Et nous serons là pour te rattraper », ajouta Clarissa avec un clin d'œil.
Je finis ma tasse de café, fermai les yeux, et m'imaginai en train de m'écraser sur les bras tendus de Clarissa.
« D'accord, mais il me reste une question. Comment fait-on pour entrer ? C'est une soirée privée, non ?
– Et alors, Henry ! répondit Alonzo. Tu ne t'es jamais invité à un mariage ?
– À part les miens, non.
– Alors écoute-moi bien. C'est très facile. Je me suis invité à des inaugurations, des sacres. Des Bar Mitsvah. C'est juste une question de culot. »
Le culot, Alonzo n'en manquait pas, mais je pense que lui-même fut surpris par le niveau de sécurité autour de Syon Park ce soir-là. À peine les invités étaient-ils

arrivés au niveau du parking à bord de leur Bentley, leur Jaguar, leur Lexus, qu'un pirate à la barbe rousse avec un bandeau sur l'œil les arrêtait pour vérifier leur permis de conduire. Nous prîmes donc le bus et, plutôt que d'entrer directement, nous fîmes le tour par le fleuve, franchîmes un saut-de-loup pour nous retrouver, par quelque étrange miracle, à cinq mètres du chapiteau où avait lieu la réception. Cela avait été si facile qu'une fois encore, j'eus l'impression que la seule volonté d'Alonzo parvenait à contourner les lois de la nature.

En revanche, contourner le Myrmidon vêtu d'un costume de bourreau qui se tenait devant l'entrée risquait de se révéler plus compliqué. Les bras croisés contre la poitrine, une oreillette à l'oreille, il transpirait l'antipathie. Je l'imaginai quatre cents ans plus tôt, enfonçant des vis sous les ongles des réfractaires catholiques, sous le regard bienveillant de Richard Topcliffe, le chasseur de prêtre.

Plutôt que de l'affronter directement, nous nous regroupâmes à côté d'une Mercedes Classe G, faisant comme s'il s'agissait de la nôtre. Puis nous observâmes les invités déguisés pénétrer dans le bâtiment, tâtant leurs poches pour s'assurer qu'ils n'avaient pas oublié le téléphone portable ou le Palm qui leur permettrait au besoin de retourner à la civilisation.

« Ils ont l'air effrayés, fis-je remarquer.

– Il y a de quoi, répondit Clarissa. Il faudrait me payer cher pour participer à un mariage costumé. »

Il nous fallut une demi-heure pour repérer un allié potentiel, en la personne d'une femme leste et émaciée qui devait avoir entre quarante et soixante ans. Elle portait une perruque orange et avait revêtu une robe à paniers qui, à défaut d'être typique de l'époque élisabéthaine, avait l'avantage de tout emporter sur son passage.

« Est-ce que nous pourrions tenir sous cette robe ? se demanda Alonzo.

– Il y aurait assez de place pour Henry », dit Clarissa.

Physiquement, Seamus l'escaladeur était sûrement un meilleur candidat pour le rôle du séducteur, mais il avait déjà mis son iPod sur les oreilles et ne prêtait plus attention à nous. On pouvait entendre les écouteurs cracher les accords d'une chanson de Panic ! at the Disco. Clarissa m'assura que mon costume de comte d'Essex mettait en valeur mes jambes, Alonzo ne la contredit pas, puis sans prévenir, tous deux me poussèrent dans le dos, et je me retrouvai face à mes responsabilités.

Notre proie fouillait son sac à main. Ses traits de marsupial trahissaient l'énervement, et je l'entendis jurer entre ses dents.

« C'est cela que vous cherchez ? » demandai-je en lui tendant un briquet.

Elle fut trop surprise pour protester, mais une fois sa Camel n° 9 allumée, elle prit tout son temps pour m'examiner de bas en haut.

« Quel culot ! » finit-elle par dire.

Je pensai que c'était de moi qu'elle parlait, mais très vite, elle ajouta :

« Ils auraient pu prévenir que c'était un mariage non-fumeurs. Le noter sur leur carton d'invitation minable. Si c'était pour se retrouver à la merci de cette petite... Gestapo de l'air pur... »

Elle prit une profonde bouffée et continua de m'étudier.

« Américain, n'est-ce pas ? Qu'est-ce que vous faites ici ?

– Je suis le cousin d'Aurelia. Je viens de New York. »

Son sourcil gauche parfaitement taillé se haussa d'un demi-centimètre.

« Elle ne m'a jamais dit qu'elle avait de la famille chez les Yankees.

– Pas étonnant. Elle n'en est pas fière. D'ailleurs, elle m'a bien dit de rester dans mon coin et de n'adresser la parole à personne.

– Vous avez échoué.

– Et je peux vous assurer que je ne le regrette pas. »

Je lui décochai un sourire qu'après quelque hésitation, elle finit par me rendre.

« Dites-moi, monsieur...

– Daniell.

– Où logez-vous ?

– À Kew.

– C'est vrai qu'ils tiennent à vous cacher !

– Je n'ai pas mon mot à dire. C'est le mariage d'Aurelia, c'est elle qui décide. »

Elle se passa la main devant la bouche.

« Bon, eh bien je crois que je vais devoir vous garder pour moi toute seule, monsieur Daniell.

– Vous m'en voyez ravi. Comment dois-je vous appeler ?

– Millicent.

– C'est votre vrai nom ?

– Pour ce soir, oui. »

Je sortis à mon tour une cigarette, et nous fumâmes en silence. Puis elle passa doucement son bras sous le mien.

« Retour au musée des horreurs ! » annonça-t-elle.

Quand il me vit, le bourreau se raidit. Il bomba le torse, fronça les sourcils et plaqua sa main sur l'oreillette... c'est alors que Millicent déclara d'une voix traînante :

« M. Daniell est avec moi. »

Cinq mots prononcés avec un accent bourgeois, et l'imposant plébéien fit marche arrière.

Je n'eus pas le temps de savourer mon triomphe car, au moment où nous pénétrâmes sous le chapiteau, la lumière du jour disparut pour laisser place à une pénombre crépusculaire. Des flambeaux allumés au mépris des normes de sécurité dégageaient une épaisse fumée. Immédiatement, je fus trempé de sueur. J'examinai la scène à travers les volutes opaques et écoutai le mélange de harpe, de pipeau et de cymbalum.

« Vous avez vu les saloperies qu'ils servent ? demanda Millicent. Des cuisses de dinde fumées. De la bière, bon sang. Avec qui faut-il donc que je couche pour avoir une coupe de champagne ? »

Alors que mes rétines commençaient à s'habituer à l'absence de lumière, je parvins à distinguer des invités parmi le fouillis de membres autour de moi. Cependant, le fait de les distinguer tout à fait ne changeait rien à l'effet de discordance qui prédominait. La reine Élisabeth discutait joyeusement avec Mary Tudor. Henry VIII donnait l'accolade au pape. Un jeune évêque dansait la gavotte avec une vieille trayeuse. Un chœur de matrones plantureuses entonnait des madrigaux :

Tant qu'il ne la vit poinct
Il battit les lisières,
Mais quand il l'eut treuvée,
Quels baisers se donnerent.

Les doigts de Millicent parcouraient mon poignet. Elle me parlait depuis au moins deux minutes.

« ... Bah, qu'importe, je ne suis pas en mesure de critiquer. À mon mariage, il y avait tellement de tulle que ça donnait la nausée. Ça me soulève le cœur rien que d'y penser. »

J'observai son annulaire.

« Votre mari est ici ? demandai-je.

– C'est possible. »

À présent, nous étions entourés par un essaim de cracheurs de feu. La chaleur qu'ils dégageaient était insupportable – je me sentais soudain trop déshydraté pour transpirer – et lorsque je fermai les yeux, j'eus la sensation que le toit du chapiteau s'effondrait sur moi.

Haletant, je finis par reprendre mes esprits. Pendant cette brève absence, Millicent s'était procuré deux coupes de champagne.

« Et on dit merci qui ? lança-t-elle.

– Ils réservaient le champagne pour le toast, non ?

– C'est maintenant que nous en avons besoin. »

Elle avait enfoui sa main dans la mienne, et le contact de sa peau me procura un étrange réconfort. Je distinguais la finesse de ses os, je sentais l'odeur du talc sous sa perruque. Je l'imaginai alors, m'emmenant dans son pied-à-terre de Notting Hill où devait trôner un divan surchargé de coussins.

Et soudain, l'aiguillon du remords. Car à quelques mètres de ce chapiteau se trouvait Clarissa Dale. La distance qui nous séparait me parut immense, je me sentis abattu. Ma cavalière avait beau m'envelopper de ses paroles, me toucher la main, le bras, la taille, j'avais la tête ailleurs. Où est Clarissa ? Comment la faire venir ici ?

Comble de l'ironie, ce fut Millicent qui m'apporta la solution. Après avoir traversé la piste de danse où le chœur de matrones chantait *Now is the Month of Maying*, le fameux madrigal de Thomas Morley, elle vida une autre coupe de champagne et me glissa dans la main deux billets de cinquante livres.

« Pourriez-vous aller demander de la coke au videur ? »

Je regardai les billets, interdit.

« Allons, vous n'allez pas me dire que vous n'avez jamais fait ça ?

– Si, mais les dealers que j'ai connus n'avaient pas des têtes d'assassin.

– Oh ! s'exclama-t-elle en me caressant la joue. Ne vous en faites pas, il a l'habitude. J'ai déjà fait affaire avec lui. »

J'hésitais toujours. Comme Alonzo et Clarissa l'avaient fait plus tôt, elle me poussa dans le dos.

« Allez-y ! »

De derrière, le videur paraissait encore plus impressionnant. Un bloc de granit battu pendant des siècles par les océans mais qui ne gardait comme trace de l'érosion que l'aspect poli de l'onyx.

« La dame... », bafouillai-je.

Ses muscles maxillaires se raidirent.

« Elle voudrait savoir, poursuivis-je, si vous pourriez lui trouver quelque chose de plus stimulant que du tabac. »

Pendant au moins cinq secondes, il m'observa comme s'il cherchait à s'imaginer à quoi ressemblerait mon visage sans les dents. Puis il fit un pas en arrière et tourna la tête vers la droite.

Je le suivis en faisant un geste de la main dans mon dos. Cela me parut futile, mais quand je me retournai, je fus ravi de voir que mes collègues comploteurs s'engouffraient à l'intérieur. Une minute plus tard, je passai de nouveau la porte, des petits sacs en plastique dans la poche.

« Bravo ! » s'exclama Millicent de sa voix de contralto.

Elle n'avait pas l'intention de partager. Elle cacha son butin sous son corset et fila droit vers un panneau *Privé.*

« Ne jamais s'interposer entre une femme et sa poudre », plaisanta Alonzo.

Avec ses tout petits pieds, il était parvenu une fois de plus à se faufiler discrètement derrière moi.

« Où est Seamus ? demandai-je.

– Il fait la sieste.

– Sois sérieux.

– Nous lui avons trouvé un endroit discret derrière les clavecins. Maintenant, écoute-moi. Je te parle comme si nous venions de nous rencontrer. Une minute, pas plus, après quoi on se sépare. N'oublie jamais que tu ne me connais pas plus que les autres invités. Et ne prends pas l'air surpris quand je te donnerai ceci. »

Je sentis un objet lisse et froid se glisser dans le fourreau qui pendait à droite de ma ceinture.

« Qu'est-ce que c'est ? demandai-je.

– Une rapière, bien sûr. À l'époque d'Élisabeth, les nobles en avaient toujours une sur eux.

– Elle ne me paraît pas bien longue.

– Tu m'excuseras, mais je n'ai trouvé qu'un couteau à découper. Je l'ai volé au traiteur.

– Et que veux-tu que j'en fasse ?

– C'est au cas où.

– Bon. Dis-moi où se trouve Clarissa.

– Quelque part. Elle attend l'occasion de te rentrer dedans par inadvertance. Je te fais confiance pour éviter tout débordement libidineux. »

Pas question pour autant de laisser qui que ce soit empiéter sur mon territoire : quand je vis Clarissa dix minutes plus tard, un berger énamouré était en pleine conversation avec elle et semblait attendre l'opportunité de lui passer sa houlette autour du cou. J'eus le plaisir de voir le visage de Clarissa s'éclairer à ma vue.

« Ça ne vous dérangerait pas d'aller remplir mon flacon d'hydromel, s'il vous plaît ? » demanda-t-elle au berger.

Il s'exécuta, l'air boudeur. Je me glissai à sa place laissée vacante.

« Nous avons une minute, déclarai-je. D'après Alonzo.

– Dans ce cas... Je t'aime. »

Ma première réaction, j'ai honte de le dire, fut d'éclater de rire. Un rire si tonitruant qu'il fit se retourner au moins trois têtes. Puis je la regardai au fond des yeux, et compris qu'elle ne plaisantait pas.

« Tu ne me crois pas ? demanda-t-elle.

– Ce n'est pas que je croie ou pas. Je ne... Je suis... »

Je t'ai aimée dès le moment où je t'ai vue à l'enterrement d'Alonzo.

J'avais les mots sur le bout de la langue, et peut-être les aurais-je prononcés, ou peut-être pas, trop surpris que j'étais par l'aplomb avec lequel elle venait d'enjamber des mois et des mois de tâtonnements, d'erreurs et d'efforts infructueux. Une partie de moi refusait de croire à ce qui venait de se passer. Car dire sérieusement à quelqu'un « je t'aime » et se l'entendre dire avec le même sérieux en retour paraissait trop simple pour être vrai.

J'arrêtai donc de bafouiller et regardai, impuissant, la flamme s'éteindre dans ses yeux. J'allais dire quelque chose, n'importe quoi, pour la ranimer, quand je sentis qu'on me tapait sur l'épaule. Il ne s'agissait pas du berger, comme je l'avais d'abord pensé, mais d'un homme d'une petite soixantaine d'années, au visage épais et aux yeux cernés. Il portait un déguisement de Thomas More dans lequel il n'était visiblement pas à l'aise.

« Pourriez-vous aller parler à ma femme ?

– Votre femme ? »

Il fit un signe de tête vers l'autre côté de la salle, où Millicent, plus exaltée que jamais, avait enroulé sa jambe autour du poteau central du chapiteau. Sa perruque tombait sur le côté, son corsage était maculé de taches, et elle avait ôté ses chaussures.

« Dites-lui que je suis exténué et que je l'attends dans la voiture. »

Il resta quelques instants debout à côté de moi, à regarder sa femme se déhancher, une coupe à la main, arrosant sans s'en rendre compte ses manches avec le précieux liquide.

« C'est vrai qu'elle adore danser », concéda-t-il.

La fête battait toujours son plein, même si les effets de l'humidité, de la laine, de la nourriture trop salée, auxquels venait s'ajouter l'hystérie naturelle que les mariages ne parviennent souvent qu'à limiter, commençaient à faire leur lot de victimes. Me sentant moi-même déshydraté, je me mis en quête de Clarissa. Je la trouvai effondrée sur un tabouret à côté du buffet réservé aux boissons fraîches. La fatigue qu'elle éprouvait n'était pas la même que celle des autres invités, et ressemblait plutôt à l'état d'abattement absolu qu'elle avait ressenti à Stanton Park. C'était comme si, à l'intérieur de son corps, les lumières s'éteignaient une à une, cellule après cellule.

« Bon sang ! m'exclamai-je. Ça va ?

– Oui, oui.

– Tu en es sûre ?

– Mmh. »

Je me retournai à demi, les yeux rivés au sol. C'est alors qu'elle m'adressa la parole :

« Henry. »

Elle tenta de se lever, mais dut se résoudre à se rasseoir.

« Désolée pour ce que je t'ai dit tout à l'heure.

– Non, ce n'est rien.

– Sûrement l'hydromel. Ça fait de l'effet.

– Ne t'en fais pas. »

Une fois de plus, je me sentis incapable de dire quoi que ce soit. Je me contentai donc de rester planté là, à attendre que ses joues retrouvent des couleurs.

Je sentis alors une vibration au niveau de ma hanche. Ce n'était pas la rapière, mais mon téléphone portable.

« Allô ?

– Tu m'es redevable, dit Sabina.

– Quoi ? Je ne t'entends pas. »

Je balayai la pièce du regard et aperçus des costumes en hermine pendus à des cintres, qui me permettraient d'étouffer le bruit ambiant. Je me bouchai l'oreille et dis :

« Je t'écoute.

– Pour commencer, les registres de décès ne te donnent que le nombre de morts par paroisse. Pas les noms.

– OK.

– Comme je suis une sainte, j'ai épluché chaque registre paroissial pour l'année 1603. Paroisse par paroisse, ça m'a pris un temps fou.

– Qu'est-ce que tu as trouvé ?

– Pas de *Crookenshanks.* Par contre, j'ai trouvé deux *Crokenshents.* À St. Helen's Bishopsgate. La mère et la fille. Mortes à quelques semaines d'intervalle.

– Tu as trouvé les causes de la mort dans le registre ?

– Non. Mais vu la période, je dirais que c'est la peste.

– Prénoms ?

– La mère s'appelait Audrey.

– Et la fille Margaret.

– Raté, Sherlock Holmes. C'est pour cela que j'ai hésité à t'appeler. Mais comme c'était un nom bizarre – du moins pour l'époque – je me suis dit que ça t'intéresserait quand même. »

Je ne l'entendis pas. Pas la première fois. Je dus donc lui demander de répéter.

« Henry, tu es toujours là ?

– Oui, répondis-je en tâchant de surmonter la soudaine douleur que je ressentais au niveau des yeux. Désolé.

– Il y a du bruit, où es-tu ?

– Une fête.

– J'imagine que ta collègue est là, elle aussi ? »

Ma collègue.

J'écartai vivement les manteaux de fourrure... Clarissa était là où je l'avais laissée. Sur son tabouret. L'air toujours aussi exténuée.

Le soulagement que je ressentis alors disparut bien vite. Car entre les quinze mètres qui nous séparaient, je venais d'apercevoir une silhouette familière. Et cette silhouette s'avançait vers Clarissa, doucement, mais avec détermination.

Il était toujours aussi immense, mais depuis qu'il avait troqué son T-shirt de touriste contre la cape, la collerette et le chapeau à plumes d'un officier de cavalerie,

Halldor dégageait un certain raffinement. Il se déplaçait avec la grâce d'un danseur, le dos droit et les épaules souples. Parfois, le mouvement de son torse me permettait d'entrevoir le visage de Clarissa.

J'entendais à peine la voix de Sabina.

« Henry. Henry, qu'est-ce qui ne va pas ? »

J'étais trop occupé à courir pour répondre.

Du moins, j'essayais de courir, mais toute l'assemblée semblait s'être décidée à me barrer la route. D'un côté, un bouffon affublé d'une couronne en papier mâché et de l'autre, le juge Shallow et Othello. Tel un joueur de rugby, je courbai les épaules pour me frayer un passage, mais tombai nez à nez avec un groupe de filles de joie sorti tout droit du quartier de Shoreditch. Je n'en fus pas plus tôt débarrassé que des danseurs d'époque m'encerclèrent, levant haut leurs jambes gainées de blanc. Je me jetai sur eux en hurlant, mais personne ne m'entendit sous le bruit des ocarinas et des tambours. Personne ne me vit tituber jusqu'au tabouret qu'occupait Clarissa, et qui était désormais vide.

Elle avait disparu.

40

Si un gouffre s'était ouvert sous ses pieds, l'engloutissant dans le ventre de la terre, elle n'aurait pas disparu plus sûrement. Je scrutai les alentours. J'avançai, centimètre par centimètre, sondant les niches, les coins et les recoins. Je calculai tous les itinéraires qu'elle aurait pu emprunter. Si cela avait été possible, j'aurais fait sortir tous les convives à coups de fouet, mais je devais me rendre à l'évidence, c'était inutile. Clarissa avait bel et bien disparu.

Et moi qui pensais tout savoir de l'impuissance, parce que j'avais laissé défiler une bonne partie de ma vie sans rien faire pour l'arrêter. Jamais je n'aurais cru que l'attente puisse susciter une telle agonie.

Dix minutes plus tard, la sonnerie de mon téléphone résonna comme une libération. Même la voix mielleuse de Bernard Styles me réchauffa le cœur.

« Monsieur Cavendish.

– Où est-elle ?

– Elle se repose, mon garçon. Elle est épuisée. »

Je serrai mon téléphone portable de toutes mes forces.

« Espèce de salopard.

– Ce n'est pas à vous d'être courroucé, monsieur Cavendish… Vous savez pertinemment que si vous aviez été honnête depuis le départ, nous n'en serions pas là.

– Je ne crois pas que vous ayez été plus honnête que moi. »

Ma voix était calme, mais mes yeux fouillaient inlassablement le chapiteau, à la recherche de mon interlocuteur.

« Si vous essayez de me chercher, j'ai bien peur que vous ne fassiez chou blanc. Je ne suis même pas à Syon Park. Mais peu importe, monsieur Cavendish, je suis tout à fait d'accord avec vous. Tâchons d'être aussi franc l'un que l'autre. Je commence ? Nous avons chacun quelque chose que l'autre veut. Que diriez-vous d'un petit échange ?

– Vous voulez parler de la lettre ?

– Bien sûr.

– Je suis désolé, mais ce n'est pas moi qui l'ai. C'est Alonzo.

– Ah, oui. Feu Alonzo. C'est fort dommage, monsieur Cavendish. Étant donné l'enjeu, je m'attendais à plus d'audace, plus d'initiative de votre part. »

Alonzo, je le savais, n'avait pas la même vision que moi de l'enjeu. S'il devait choisir entre sauver Clarissa et trouver le trésor de Harriot, il n'hésiterait pas une seconde. Cela ne faisait aucun doute. Il fallait donc trouver autre chose à offrir à Bernard Styles.

« Et si nous faisions monter l'enjeu ? » proposai-je.

J'avais peur de ne pas m'être fait comprendre, mais le rire qui finit par résonner à l'autre bout du fil me rassura sur ce point.

« Monsieur Cavendish, pensez-vous vraiment que j'accorde le moindre crédit à vos histoires de trésor rocambolesques ?

– Dans ce cas, pourquoi nous suivez-vous ?

– Mais parce qu'à mon âge, on a besoin de distraction.

– Il existe, répondis-je. Le trésor existe vraiment. »

Cette fois, au moins, il n'éclata pas de rire. Je m'accrochai à son silence et renchéris :

« Moi aussi, j'étais sceptique, monsieur Styles. Croyez-moi. Mais à présent, je ne peux plus ignorer les preuves. Le trésor se trouve ici.

– Et pourquoi cherchez-vous à me convaincre ?

– Parce que si vous me laissez quelques heures, il est à vous.

– C'est très généreux de votre part, dit-il sèchement. Mais qu'attendez-vous en retour ? »

Je serrai les dents de toutes mes forces pour ne pas exploser.

« L'échange dont vous parliez, répondis-je. C'est tout ce qui m'intéresse.

– Oh, monsieur Cavendish, quel Roméo vous faites ! »

On pouvait presque l'entendre battre des cils.

« Donnez-moi jusqu'à trois heures du matin. Cela suffira. »

Une autre pause, légèrement plus longue.

« Si vous savez où se trouve le trésor, pourquoi ne me le dites-vous pas, tout simplement ? Ne serait-ce pas plus simple ?

– Impossible, répondis-je. Vous devez me croire, je suis le seul à pouvoir le récupérer.

– Et pourquoi vous ferais-je confiance après ce qui s'est passé ?

– Parce que... parce que s'il est question de Clarissa, vous pouvez... »

Je dus laisser passer quelques secondes pour me maîtriser.

« Vous pouvez me faire confiance. »

Je fermai les yeux et me mis à compter. Un... deux...

Bernard Styles répondit enfin :

« Très bien. »

Il disparut dans un champ d'interférences avant de ressurgir soudainement :

« J'attends votre appel à trois heures précises. Si je suis sans nouvelles de vous, je considérerai notre accord comme nul et non avenu. Est-ce bien clair ? »

Les personnages du passé de Bernard Styles me revinrent en mémoire. Cornelius Snowden, assassiné dans un jardin public. Maisie Hartzbrinck, jetée sous un bus. Le professeur de Southampton, poussé d'un toit. Amory Swale. Était-ce sa définition de nul et non avenu ?

« C'est clair », répondis-je.

Alonzo me retrouva quelques minutes plus tard, sous un voile soutenu par des colombes en silicone.

« Bon Dieu ! s'exclama-t-il, on dirait que tu es resté enfermé dans une crypte !

– Je crois que j'ai sniffé un peu de la poudre de Millicent.

– Tu crois ?

– Mes souvenirs sont flous.

– Tu m'en vois ravi, Henry. Une chasse au trésor sans junkie, c'est tout de suite moins amusant. J'espère qu'au moins Clarissa, elle, aura gardé la tête froide.

– Clarissa est partie. »

Les mots paraissaient légers. L'écho qui suivit parut aussi léger.

« Elle est partie, répéta Alonzo.

– Elle ne se sentait pas bien. Elle est retournée à l'hôtel. Si tu veux mon avis, je pense qu'elle avait la trouille. Ce n'est pas plus mal comme ça, elle nous aurait ralentis. Nous devons garder la tête froide. »

À présent, il me regardait comme si ma peau était en train de partir en lambeaux.

« Tu as peut-être raison, finit-il par dire. Peut-être que Clarissa a fini de jouer son rôle. »

Il accentua très légèrement le dernier mot. À moi de deviner s'il s'agissait d'une insulte, et si c'était à moi qu'elle était destinée.

« Résumons, dit-il. Les danses traditionnelles sont terminées. Il y a eu le toast. La mère du marié est ronde comme une queue de pelle. Oui, je pense que ça ne va pas tarder à être à nous.

– Qu'est-ce que je dois faire ?

– Garder la tête froide, bien sûr. »

À 23 h 30, les mariés étaient partis ; à minuit, on invitait plus ou moins gentiment les convives à quitter les lieux. Trois d'entre eux n'avaient cependant pas l'air vraiment pressés de s'en aller.

C'était presque aussi simple que l'avait prévu Alonzo. Nous nous glissâmes derrière la grande serre pour atteindre discrètement les jardins. Nous trouvâmes le sac à dos de Seamus dissimulé sous un tas de feuilles mortes. À présent, il ne nous restait plus qu'à attendre.

La pluie se mit à tomber. Bientôt, seul le crépitement des gouttes contre les chênes et les châtaigniers se faisait entendre. Les étoiles s'étaient cachées derrière des nuages orangés. Dans le lointain, la voix grave de Millicent résonna, parvenant à nos oreilles telle une rivière fantôme.

« Monsieur Daniell ?... Hou-ouuuu ! Monsieur Daniell, où êtes-vouuuuus ? »

L'espace d'un instant, je me dis qu'elle allait nous trouver. Puis la voix s'éloigna et je l'imaginai, retrouvant le chemin de sa voiture, où son admirable mari l'attendait toujours.

Après quelque temps, nous n'entendions plus que les « au revoir » que s'échangeaient les musiciens, les directives pour charger les camions du traiteur et le grésillement des talkies-walkies des agents de sécurité. Et puis plus rien, à part le chant du rossignol.

C'est alors que mon téléphone sonna.

« Ne réponds pas », souffla Alonzo.

L'instinct prit le pas sur la prudence. Déjà, j'appuyais le portable sur mon oreille.

« Monsieur Cavendish ?

– Oui.

– Ici l'inspecteur Acree. J'appelle de Washington. »

Les événements s'étaient tellement précipités ces derniers jours qu'il me fallut un certain temps avant de me souvenir de lui. Par bribes. Inspecteur égal police. Washington, la ville où j'habitais...

– Bonjour, dis-je doucement.

– Vous avez un moment, monsieur Cavendish ? »

Laissez-moi réfléchir, inspecteur, je m'apprête à escalader une tour. Dans l'espoir de trouver un trésor. Avant la fin de la nuit, la femme que j'aime sera peut-être morte, et moi avec. Tandis qu'un homme officiellement mort sera peut-être mort une deuxième fois.

Ou bien nous serons peut-être milliardaires.

Une chose était sûre, nous serions certainement des criminels.

« Pas longtemps, répondis-je.

– Je vous réveille ?

– Non.

– Vous parlez doucement.

– Ça doit être un problème de réseau. Pour tout vous dire, je suis à l'étranger.

– Je l'ignorais, monsieur Cavendish.

– Je ne vous l'avais pas dit. »

S'il fut surpris par mon insolence, il n'en laissa rien paraître.

« Je pensais que vous voudriez savoir, dit-il. Nous menons notre enquête concernant la mort de Lily Pentzler, et il y a quelque chose que je voudrais vous montrer.

– Oui ?

– Mais comme vous êtes à l'étranger...

– Vous pourriez peut-être me le dire. »

Un très long silence.

« Je peux vous garantir que je n'ai pas l'intention de prendre la fuite. »

Je ne saurais expliquer pourquoi cet homme qui me soupçonnait du meurtre de Lily décida finalement de se confier à moi. Ni pourquoi, ayant entendu ce qu'Acree avait à me dire, mon cerveau mit si longtemps à tirer les conclusions.

« Monsieur Cavendish ?

– Je vous rappelle dès mon retour à Washington, ça vous va ?

– Ce sera quand ?

– Je n'ai plus que... plus que quelques heures à passer ici, donc... lundi ou mardi ? Ça vous va ?

– Il faudra bien, monsieur Cavendish. »

J'éloignai le téléphone de mon oreille, avant de l'y coller de nouveau.

« Inspecteur ? Vous êtes encore là ? »

Un moment de faiblesse, je l'admets. Un seul regard d'Alonzo suffit à ce que je me reprenne. Car ce regard me disait ce que je savais déjà. Si j'avais voulu parler, il aurait fallu le faire plus tôt, lorsque j'avais vu la main d'Amory Swale dépasser du sable. Nous étions allés trop loin pour faire demi-tour.

La voix de l'inspecteur Acree bourdonna dans mon oreille.

« Monsieur Cavendish ?

– Oui, désolé. Je tenais seulement à vous remercier. Pour l'appel.

– Je ne fais que mon travail, monsieur Cavendish.

– Certes.

– Bonne chance pour vos affaires.

– Merci. »

Je gardai un instant le téléphone à la main, puis le fourrai dans ma poche.

La pluie avait cessé. Un croissant de lune apparut derrière un nuage.

« C'est à nous », dit Alonzo.

41

L'histoire ne dit pas pourquoi le premier propriétaire de Syon House, le duc de Somerset, décida de construire une tour de quinze mètres de haut à chaque angle de sa demeure. Espérait-il simplement avoir une meilleure vue sur le fleuve ? Quoi qu'il en soit, ses ennemis considérèrent que ces fortifications trahissaient une attitude belliqueuse. On condamna Somerset pour acte de sédition, et on l'exécuta.

Cependant, personne ne crut bon de démolir les tours. Et il y a fort à parier que même le duc n'aurait jamais imaginé un assaillant de l'étoffe de Seamus. Ce dernier n'attaqua pas la tour nord-ouest avec arquebuses, arbalètes ou autres trébuchets, mais avec tout un arsenal de gadgets : étriers, sangles, pitons, coinceurs. Chaque objet était étudié pour offrir une force de traction maximum pour un minimum de poids et de taille.

Apparemment, l'organisme de Seamus fonctionnait sur le même principe : Alonzo m'avait ainsi expliqué qu'au repos, son pouls était de trente-six battements par minute (« Comme un ours en hibernation, Henry »). D'ailleurs, tout en lui rappelait la bête sauvage : la façon dont il touchait chaque objet pour faire l'inventaire de son équipement, et jusqu'à son allure ramassée, que j'avais tout le loisir d'observer à présent qu'il avait troqué son déguisement de moine contre une polaire légère et un short en lycra. Sous sa peau, chaque muscle se dessinait. Il avait beau faire quinze centimètres de moins que moi, je préférais ne jamais avoir à me mesurer à lui. Même Alonzo prit le parti de s'éloigner.

« Je ne ferais que vous gêner, se justifia-t-il.

– Mais où vas-tu ? » demandai-je.

Alonzo indiqua d'un signe de tête le bosquet à proximité.

« Ne t'en fais pas, dit-il. Je reste sur le qui-vive. Si quelqu'un s'approche, je le verrai. À présent, écoute-moi bien, Henry. Quand tu seras là-haut, tu m'appelles, compris ? Je veux que tu me dises comment ça se présente. Chaque crevasse, chaque fissure, c'est clair ? Tous les deux, on va le trouver. Ah, et au fait, Henry...

– Oui.

– Fais-moi rêver. »

Je ne pus m'empêcher de sourire.

« Fais en sorte que personne ne vienne nous déranger », répondis-je.

Heureusement, il n'alla pas jusqu'à me prendre dans ses bras. Cependant, des sentiments avaient dû déborder, car lorsque je me retournai pour le regarder marcher vers les arbres, la vue de sa silhouette imposante (et de ses pieds ridiculement petits) me fit quelque chose. Comment pouvais-je donner le trésor d'Alonzo à Bernard Styles ?

C'est alors que l'image de Clarissa telle que je l'avais vue la dernière fois, à moitié cachée par les épaules puissantes de Halldor, vint se superposer à l'histoire que je partageais avec Alonzo.

Je fermai les yeux, mais cette image ne voulait pas disparaître. Je me tournai donc vers Seamus, qui étalait méticuleusement son matériel.

« Seamus, je peux vous demander quelque chose ?

– Mmh.

– Pourquoi est-ce que vous faites cela ? »

Il poussa un léger grognement tandis qu'il plantait un premier piton dans la pierre.

« Il finance ma prochaine expédition.

– Qui ça ? Alonzo ?

– Un gros morceau, dit-il sans se préoccuper de ma question. Le Nanga Parbat. La montagne tueuse. Quatre mille six cents mètres de vide. »

Il ponctua sa description sommaire d'un signe de tête, mais je dois dire que j'étais moins impressionné par le Nanga Parbat que par le culot d'Alonzo. Car quoi qu'il arrive, les chances que Seamus touche le moindre centime pour son travail étaient encore plus infimes que nos chances de trouver le trésor. J'éprouvai une certaine tendresse pour lui en le voyant accrocher sa lampe frontale et enfiler ses chaussons d'escalade.

« Quand je serai en haut, dit-il, je vous ferai un signal avec la lampe. Deux coups, et c'est tout. À ce moment, vous accrochez la corde à votre baudrier, et vous donnez deux petits coups. Là, je vous hisserai.

– Vous allez me hisser ?

– J'ai levé plus gros. »

Sa remarque était à la fois insultante et rassurante.

« Vous ne pensez pas que je vais avoir besoin de la lampe pour grimper ?

– Vos pieds feront l'affaire. »

Seamus passa une dernière fois en revue son matériel, serra mon baudrier, avant de se hisser jusqu'au premier piton.

« À tout de suite. »

Sur ce, il s'élança.

Mais cette phrase quelconque ne saurait traduire la pureté, la légèreté de l'action. Il creusait le mortier, plantait son pied, se hissait jusqu'au niveau supérieur, le tout avec un rythme uniforme et parfaitement réglé. C'était comme observer l'évolution d'un organisme vivant. Ou plutôt, de deux organismes vivants, Seamus et la tour, qui enroulaient leur brin d'ADN pour former une molécule parfaite.

Je fus donc surpris quand, à peine dix minutes plus tard, je levai les yeux et ne vis plus Seamus accroché au mur. Privée de son pendant, la tour allait-elle s'écrouler ? L'arrivée d'un brin de corde d'une finesse incroyable me tira de mes pensées : une gaine en polyester autour d'une âme en nylon. J'attendis quelques instants, puis, au-dessus de ma tête, j'aperçus le signal lumineux : deux coups, puis plus rien.

Je passai la corde dans les anneaux de mon baudrier, fis un nœud, et tirai deux fois. Avant que j'aie eu le temps de réagir, la corde avait pris vie et mes pieds ne touchaient plus le sol. Je sentis monter la panique tandis que mon corps s'approchait de la paroi. Mes pieds, dans leurs chaussons adhérents, touchèrent les pierres humides. Une impulsion, et je faisais mon premier pas vers les cieux.

Je n'avançais pas aussi vite que Seamus, mais je ne pouvais pas me voiler la face : j'étais bien en train de « monter » en rappel ! Le seul moyen de fuir cette réalité consistait à fixer le beau ciel orangé au-dessus et me dire que j'étais en train de descendre. Je plongeais doucement vers une mer chaude couleur clémentine.

Cette illusion disparut à l'instant où mon pied dérapa. Je m'empressai de la remplacer par une autre image : celle de Clarissa. Elle m'attendait au sommet, ses longs bras pâles tendus vers moi. C'était elle que je voyais, alors que j'arrivais en vue des merlons et des créneaux. Et il ne fait aucun doute qu'elle aurait su m'attraper et tenir bon, si une voix n'avait pas résonné dans l'obscurité.

« Qui est là ? »

Un son d'un autre temps. Une sentinelle interpellant un étranger sur son cheval fourbu, en contrebas. Suspendu à douze mètres du sol, je n'avais plus le choix, je devais répondre. C'est alors que la voix d'Alonzo s'éleva depuis les arbres en dessous.

« Je suis vraiment navré, pourriez-vous m'aider ? »

La corde était immobile, je ne montais plus. J'étais suspendu dans le noir, mes pieds effleurant la pierre, impuissant.

Une minute s'écoula. Je n'osais plus respirer. En bas, Alonzo se confondait en excuses. J'entendais des bribes de voix.

« Tellement navré !... J'ai dû m'endormir... n'arrive pas à retrouver la... pardon pour le dérangement... un beau mariage, néanmoins, n'est-ce pas ? »

Il mettait à contribution sa taille, son volume, pour aveugler son monde. À chaque protestation, il s'éloignait un peu plus, attirant les regards. Sa voix se faisait plus sourde, moins distincte.

J'attendis. Une minute. Deux. Puis j'appuyai mes pieds sur la paroi et donnai un coup sur la corde.

Seamus m'attendait au sommet – ce n'était pas surprenant, mais je fus tout de même surpris – et à l'instant où il m'attrapa les bras pour me hisser, je laissai échapper un long soupir de soulagement.

J'enlevai mon harnais, me mis debout et contemplai le ciel.

La lune était claire. Et je restais là, démuni de ne pas voir Clarissa. Je me retournai pour me retrouver face à un Seamus parfaitement immobile. Il attendait que je passe à la suite.

« Alonzo, déclarai-je en sortant mon portable de ma poche.

– Peut-être pas une bonne idée », fit remarquer Seamus.

Il n'avait pas tort. Si Alonzo avait été emmené en garde à vue, la dernière chose à faire était certainement de l'appeler.

« Très bien. Je peux vous emprunter votre frontale ?

– Tant que vous ne nous faites pas repérer. »

Je tombai à genoux et scrutai la surface de la plate-forme où nous étions perchés. Les dalles de pierre s'allumaient avant de retomber dans l'obscurité. Pas de trappe magique. Pas de flèche dessinée avec du sang. Du blanc. Partout du blanc. Je me trouvais au sommet d'une des plus vieilles demeures d'Angleterre, et je n'étais pas plus avancé que lorsque je me trouvais de l'autre côté de l'océan.

« Là », indiqua Seamus.

Grimpeur émérite qu'il était, il avait repéré une forme rectangulaire – assez large pour permettre le passage d'une boîte ou d'un être humain. Le rectangle était très légèrement plus foncé que le mortier qui l'entourait.

L'usure naturelle, pensai-je d'abord. À moins que ce ne soit l'œuvre de quelqu'un.

« C'est friable », dit Seamus en glissant son doigt dans la fissure.

Il plongea la main dans son sac à dos et en tira un petit couteau à la lame effilée.

« Voyons voir ce qu'en dit ce petit bonhomme. »

Si j'en avais eu la force, sa réflexion m'aurait certainement fait rire. Mais déjà, il plongeait la lame dans le mortier. Seamus sortait tour à tour du sac des objets de plus en plus larges – couteaux, pitons – et à l'aide d'un petit maillet, il les enfonçait dans le sol. Motte par motte, le ciment volait, laissant échapper de petits nuages de protestation. Enfin, il ne resta plus que la pierre nue, sur laquelle se reflétait la lune.

Seamus s'essuya le front, reposa son outil, et prit une profonde inspiration. Il ne m'adressa pas le moindre regard, mais dès que je lui dis « Essayez », il prit son maillet et frappa quelques coups timides sur la dalle. Puis il se mit à frapper pour de bon, muscle contre roc. Cependant, comme chaque coup était asséné à la perfection, le bruit s'étouffait à nos pieds.

Jusque-là, le succès de Seamus avait été si progressif que nous nous attendions certainement tous les deux à ce qu'il en soit de même à présent, et que la dalle ne cède que centimètre après centimètre. Hélas, le travail silencieux des siècles – l'eau, le froid, la chaleur, le temps – nous réserva une surprise détonante au dixième coup de maillet. La pierre explosa en une volée de fragments, avant de disparaître aussi brusquement, laissant place à un trou béant et sombre.

« Bon sang ! » murmurai-je.

Je passai la main dans la cavité... et ne sentis que du vide. Je me mis à plat ventre et plongeai mon bras. Encore du vide.

J'observai l'anfractuosité un long moment, attendant que l'obscurité se dissipe d'elle-même. En vain. Je ne sentais que l'air froid et humide, comme dans un puits.

« Il faut que vous me fassiez descendre », déclarai-je.

Seamus haussa un de ses sourcils broussailleux.

« Y a que du vide, fit-il remarquer.

– Je sais.

– Je ne pourrai pas vous voir. La lumière n'éclaire pas jusqu'au fond.

– Je sais. Mais je ne vois pas d'autre moyen. »

Il ne répondit rien et me regarda d'un air réprobateur. J'insistai :

« De nous deux, je pense être le seul à savoir quoi chercher. »

Évidemment, ce n'était pas tout à fait exact, car je ne savais pour ainsi dire rien. Mais cela suffit à convaincre Seamus, qui m'aida à remettre mon baudrier et ajusta la lampe sur ma tête. Puis il s'installa à côté de la poulie et, après m'avoir laissé quelques secondes pour changer d'avis, il demanda :

« Prêt ? »

Prêt.

Le mot resta coincé dans ma gorge. Je ne pus que lui signifier mon assentiment d'un hochement de tête, mais même ce simple geste me parut plus difficile à réaliser que je ne l'aurais cru.

Passer par le trou se révéla autrement plus complexe. La cavité qu'avait creusée Seamus était assez large pour s'y faufiler, mais guère plus. Des obstacles invisibles m'assaillaient de toutes parts : saillies et arêtes me râpaient les côtes, les reins et le thorax. La pierre me griffait les genoux, me heurtait les hanches et, alors que je pensais que c'était terminé, le boyau se resserra si rapidement que j'eus l'impression de me retrouver coincé dans la gorge de la tour.

La gravité finit par me venir en aide et, tandis que je poursuivais ma descente dans l'obscurité, le conduit se dilata comme un œsophage. Mon dos ne frottait plus contre la roche, mes jambes balançaient dans le vide...

J'atterris alors avec violence sur une surface dure et cassante. Je ne pouvais la toucher avec les mains, faute de place pour me pencher. Je levai donc mon pied droit et le reposai pour écouter le bruit que cela produisait. Puis je réitérai l'expérience, pour en avoir le cœur net.

Du bois.

Je me tenais sur une boîte en bois.

Je ne saurais dire combien de temps s'écoula entre cet instant et le moment où j'entendis la voix de Seamus. Il me fallut alors une bonne minute pour comprendre ce qu'il disait.

« Ça va ? »

J'allais répondre, mais un cognement assourdissant m'en empêcha. Je me rendis compte qu'il s'agissait des battements de mon cœur. Dans cet espace exigu, ils semblaient faire trembler jusqu'aux fondations de la tour.

« Ça va », répondis-je.

Soudain, je me rappelai que j'avais une lampe accrochée au front.

Je baissai la tête, la lumière baigna mes pieds, dégageant l'obscurité pour révéler... rien, d'abord.

Puis, dans le noir, je parvins à distinguer un morceau de bois. Du chêne. Qui se fendait légèrement sous mon poids. Et dessous, un sac en toile qui enveloppait quelque chose que je ne pouvais ni voir, ni atteindre.

Quand j'y repense, je me dis que j'aurais dû remonter. Dire à Seamus ce que j'avais découvert et trouver un moyen de remonter la boîte. Cependant, tiraillé que j'étais entre l'envie de savoir ce qui se trouvait dans la boîte et l'impossibilité d'y accéder, je ne pouvais m'y résoudre. J'essayai donc de me pencher, de me tortiller, bref, de faire tout ce qui était en mon pouvoir pour savoir ce sur quoi je me tenais.

Jamais il ne me vint à l'idée que le travail du temps sur la roche à l'extérieur ait pu affecter de la même manière la roche à l'intérieur, ni que le rebord soutenant la boîte ait pu attendre tous ces siècles qu'un homme s'appuie dessus pour lâcher.

C'est pourtant précisément ce qui se passa. Je n'eus pas le temps de dire ouf que déjà, je chutais comme une pierre.

Et soudain, je ne tombais plus. La corde, toujours accrochée à la poulie de Seamus, s'était tendue, enrayant ma chute. L'impact provoqua une onde de choc qui se propagea le long de ma colonne vertébrale, mon estomac remonta dans ma poitrine, mes jambes pendaient toujours dans le vide. En contrebas, j'entendis la boîte se fracasser contre le sol... mais je m'en fichais. J'étais vivant.

Parfois, il m'arrive encore de tenir mon père responsable de ce qui se passa ensuite.

Quand j'avais huit ans, je lui avais expliqué que mes amis Isaac Shapiro et Hans Bjornen avaient rejoint les scouts, et que je voulais par conséquent faire pareil. Mon père m'avait rappelé que j'étais déjà inscrit au baseball et au foot, et qu'il était hors de question que lui ou ma mère fasse un aller-retour de plus en voiture par semaine.

« Tu veux devenir scout ? m'avait-il dit. Très bien, mais tu dois choisir entre le foot et le baseball. Et ne compte pas sur moi pour devenir chef de meute. »

Je ne rejoignis jamais les scouts. Et je n'appris donc jamais à faire correctement les nœuds. Cette lacune allait se révéler lourde de conséquences, car lorsque j'avais accroché plus tôt la corde à mon baudrier, je pensais avoir fait un solide nœud de chaise, alors que je n'avais obtenu qu'un demi-nœud raté. Plutôt un quart de nœud. Plutôt rien, car à cet instant, il achevait de se détacher.

Les yeux hagards, je regardai mes doigts tremblants tâcher de réparer les dégâts, mais mon poids ne jouait pas en leur faveur. Mes mains engourdies laissaient filer l'une après l'autre les dernières fibres de corde. Quand mon cerveau prit la mesure de la situation, il était déjà trop tard. Je chutais de nouveau. À la différence près que cette fois, plus rien ne me rattachait au monde.

Je tombai sans un bruit et ne rencontrai aucun obstacle. Masquée derrière ma terreur, une partie de moi, plus apaisée, s'imaginait traversant la terre pour ressortir de l'autre côté, au grand jour.

En moins d'une seconde, la réalité se rappela à moi : la terre m'étreignit avec la fougue d'un jeune amant. La douleur sortait par chaque pore de ma peau. Une nouvelle obscurité jaillit de l'intérieur de mon corps, pour ne faire qu'un avec l'obscurité ambiante.

« Margaret », murmurai-je.

Puis la nuit m'avala tout entier.

Isleworth, Angleterre
août 1603

42

Il lui fournit une table pour ses expériences. Il dispose dessus tous les instruments : la balance, les marmites et autres récipients, les vingt-six ballons de verre classés par ordre alphabétique et lutés à l'argile réfractaire. Page par page, il lui expose ses notes, lui indique le degré de pression ou de température qu'il a appliqué à chaque substance. À contrecœur, il lui raconte à quel moment l'expérience a échoué et lui explique les mystères qu'il est parvenu à élucider et ceux qui sont restés obscurs.

« Le défi, Margaret, c'est du moins ainsi que je le conçois, consiste à détruire toutes les impuretés de l'élément de base tout en parvenant au même moment à reconstituer l'équilibre des éléments correspondant à la Nature. Le métal ainsi obtenu correspondrait de fait à la quintessence que l'on peut trouver dans les planètes, les étoiles et les cieux. »

Il poursuivrait bien ses explications, mais il a de plus en plus de mal à supporter le ton doctoral qu'il emploie.

Et ne serait-ce pas tenter le destin que de parler du véritable but de l'alchimiste ? Cette pierre philosophale dont la perfection permettrait de transmuter la création elle-même ?

Si des hommes aussi illustres que Thomas d'Aquin et Roger Bacon ont échoué lamentablement, comment peut-il s'attendre à ce que Margaret n'échoue pas ? Mais même s'il ne peut pas s'attendre à ce qu'elle – ou quiconque – réussisse, il sait qu'il ne peut l'empêcher de tenter l'expérience. Jadis, il a été à sa place. Ainsi, ce fameux premier jour, il se contente de sourire puis de faire deux pas en arrière.

« Appelez-moi si vous avez besoin de quoi que ce soit. »

Et la touche finale : un rideau de damas qu'il a fixé au plafond par des tringles en fer, et qui sépare le laboratoire en deux. Un hochement de tête courtois, et il referme le rideau derrière lui. Elle est seule.

Elle a besoin d'une minute avant de pouvoir faire un mouvement. Et même alors, elle ne se hasarde à effectuer que les opérations les plus simples.

Attraper la barre de plomb.
Mettre la barre dans la fiole en verre.
Placer la fiole sur la grille au-dessus de l'athanor.
Allumer les charbons.
Attendre.

Au début, la transformation est lente, presque invisible. D'abord, un voile de buée apparaît sur la barre. Puis une bulle argentée s'échappe. Le plomb devient flou sous l'effet de la chaleur, bouillonne. Puis, d'un seul coup s'embrase dans un éclat rouge qui disparaît l'instant d'après, ne laissant qu'un peu de cendre cassante. Après s'être exprimé de la sorte, le plomb se renferme sur lui-même et il n'y a plus rien à faire. Quelle que soit la température appliquée, le métal ne réagit plus.

Avec ses gants en coton, Margaret se saisit de la fiole pour regarder à l'intérieur. Noir. La couleur de l'échec, elle le sait. Signe que le métal vil, après s'être approché du *nouveau*, est redevenu vil.

Pourtant, ce n'est pas du noir dont elle se souvient, mais de l'éclat rouge. C'est lui qui la pousse à revenir le lendemain soir : l'espoir de pouvoir l'observer une fois de plus, tout en essayant de le persuader de rester un peu plus longtemps, puis encore un peu plus, jusqu'à ce qu'il se transforme en une spirale passant par toutes les autres couleurs de l'arc-en-ciel.

Elle joue sur la température : basse avec quelques rares réchauffements soudains, puis haute au départ avec de longues périodes de refroidissement. Elle ajuste la position de la fiole et de la flamme. À l'aide d'un étau, elle fait varier la pression appliquée au plomb. Elle essaie différents types de charbon : anthracite, bitumineux. Le rouge refuse de revenir.

Harriot pensait au début qu'elle ne consacrerait qu'une heure par soir à ces expériences alchimiques et qu'elle passerait le reste du temps à l'assister dans ses travaux d'optique. Mais elle a de plus en plus de mal à quitter sa table. Une fois, il l'appelle à trois reprises sans qu'elle l'entende. Il décide donc de passer son visage par le rideau et déclare d'un ton ironique :

« Chère mademoiselle Crookenshanks, j'ai l'immense honneur de vous informer que je m'apprête à prendre la mesure réfractive du mortier de chaux... »

En temps normal, cela l'aurait fait rire. Ce soir, elle ressemble à quelqu'un qu'on aurait réveillé trop tôt.

« D'accord. »

Il l'a entendue hésiter. Il fronce les sourcils et dit :

« Et si vous poursuiviez plutôt ce que vous faisiez ?

– Vous en êtes sûr ?

– Je ne voudrais pas vous interrompre. »

Et chaque jour, sans le vouloir, sans même le remarquer, elle s'octroie de plus en plus de temps. Il ne s'en plaint jamais. Au contraire, il se fait obséquieux et use de mille délicatesses pour ne pas l'importuner.

« Je suis navrée, ma chère. J'ai fait tomber le chausse-pied. »

Et quand il n'est pas occupé à demander pardon, il invente des excuses pour s'absenter.

« Une petite promenade devrait me permettre d'y voir plus clair... »

Parfois, il disparaît ainsi pendant plus d'une heure. Et bien qu'il revienne toujours très enthousiaste, elle voit bien que ses encouragements sont fabriqués de toutes pièces. Elle s'imagine Harriot devant la porte, en train de construire son compliment, brique par brique.

« Alors Margaret, plus de chance aujourd'hui ? Non ? Eh bien, poursuivez vos efforts. »

Cependant, tous les efforts du monde ne parviennent pas à faire tourner la chance. Chaque jour apporte son lot de doigts brûlés, de poignets ébouillantés, de sourcils calcinés. Les fioles explosent. La poix bouillante roussit les murs, mange le plancher. Des gaz mystérieux lui agressent les narines et lui piquent la gorge.

Et à ce prix, qu'a-t-elle obtenu ?

Des résidus informes qui ne sont ni naturels ni transmutés. Des morceaux de rien.

Au retour d'une de ses promenades, Harriot la retrouve un soir au comble du désespoir, fixant du regard un ballon brisé et un dépôt de lave noire qui forme une croûte sur le plan de travail.

Il ne dit rien et fait mine d'attraper le résidu carbonisé.

« Attention ! prévient-elle. Vous allez vous brûler.

– Oh, mais attendez ! Qu'est-ce que c'est que cela ? »

Un sourire espiègle aux lèvres, il lui présente une bague en or.

« Vous avez fabriqué une merveille, Margaret ! »

Elle ne peut s'empêcher de rire. Mais quand il lui tend la bague, elle comprend qu'il ne s'agit pas uniquement d'une farce.

« Ne craignez rien, la rassure-t-il. Ce n'est pas une bague de fiançailles. Vous pouvez la mettre au doigt que vous voulez. Ou même la garder sous votre oreiller, je n'en prendrais pas ombrage. »

Elle décide finalement de la porter à l'auriculaire gauche, car elle se dit que c'est là qu'elle gênera le moins. Ils ne parlent plus de la bague, mais le lendemain matin, à la lumière de sa fenêtre, elle découvre un message gravé sur la face interne.

Ex nihilo nihil fit.

Rien ne vient du néant.

Comme elle ne sait rien des atomistes, elle ne peut pas deviner qu'il s'agit là d'une citation de Parménide. Ni que Parménide s'inscrivait en faux contre la doctrine du *creatio ex nihilo*, la création à partir de rien. Selon les

Grecs, il est impossible que le monde ait été créé à partir du néant, car le monde a toujours existé sous une forme ou une autre et existera toujours. L'homme est mortel, la matière éternelle.

Margaret ne sait rien de tout cela. La seule chose qu'elle ressent d'abord, c'est la négation conférée par ces mots. *Rien ne vient du néant.*

Et finalement, c'est sa foi en Harriot – par la foi qu'il a en elle – qui la pousse à comprendre la maxime à l'envers : on ne peut rien accomplir si on ne fait aucun effort. Ce qui signifie par conséquent que les possibilités sont infinies.

Un jour, se dit-elle, elle lui offrira une bague, elle aussi. Faite avec l'or qu'elle aura fabriqué.

Elle remet l'anneau et retourne au travail.

Après le plomb, le zinc. Puis l'étain. Aucun élément n'a jamais subi un tel traitement. Flamme après flamme, ils se consument tels des martyrs chrétiens. Margaret, debout, observe attentivement leur agonie, note chaque torture de couleur et de forme. Et la plus grande torture : ne tirer de tous ces efforts que des morceaux calcinés et inutilisables.

Elle n'est pas fière d'avouer son embarras à Harriot.

« Le *pneuma* n'est-il pas composé d'atomes ? Comme tout élément vivant ? Pourquoi ne parvient-on pas à forcer ces atomes à se *reconfigurer* ? Après tout, l'eau devient glace. Le feu devient cendre. Pourquoi le plomb résiste-t-il à sa propre transformation ? »

Harriot secoue la tête.

« Il n'y a pas de raison naturelle. »

Ce n'est que plus tard, en repensant à sa réponse, qu'elle entend l'accent qu'il a mis sur le mot *naturelle.* Elle s'est plongée dans le travail sans jamais regarder en arrière mais, dans les moments calmes, elle commence à comprendre pourquoi un homme aussi pieux que le roi Jacques a une sainte horreur de l'alchimie : celle-ci brouille la distinction entre créateur et créature et fait de l'homme l'auteur de son propre univers.

Et puis, un après-midi, alors qu'elle est occupée à faire chauffer du cuivre, il se produit un phénomène extraordinaire. Après la transformation habituelle en un morceau noir sans intérêt, la lumière jaillit.

Et quelle lumière ! Argent... violet... bleu... vert...

Elle sent sa respiration s'arrêter. *La queue de paon.*

L'événement qu'elle attendait depuis des semaines. Un début de preuve – du moins c'est ce qu'elle croit – qu'un élément est en train de subir une transformation, un perfectionnement.

Et cela se passe là. Maintenant. Sous ses yeux qui croient rêver. Le vert cède la place à un jaune électrique, puis à un orange resplendissant. Et enfin, l'orange explose en une lumière rouge.

Cette fois, il ne s'agit pas d'un simple éclat mais d'une véritable procession passant par toutes les nuances de rouge : rose, rubis, pourpre, et enfin un rouge écarlate d'une puissance extraordinaire, un rouge écarlate dans lequel un prêtre romain rêverait de se draper.

Elle ne se rend compte qu'elle a crié que lorsque Harriot écarte vivement le rideau pour apercevoir la dernière lueur de rouge qui s'éteint. La couleur de la perfection, et c'est elle qui l'a créée.

Comme elle se sent loin de lui à cet instant. Quoi qu'il dise, quoi qu'il fasse pour se mettre à sa hauteur, ce rouge est à elle. Il lui appartient. Pour toujours.

Ils se sentent pataudes lorsqu'ils sont ensemble. Ils ne parviennent plus à anticiper les mouvements de l'autre. Quand ils ne se rentrent pas dedans, ils s'arrêtent juste avant la collision et se dévisagent, interdits.

Il n'y a qu'au lit qu'ils se sentent à l'aise, et même alors elle ne lui appartient pas complètement. Avant, elle ne pouvait s'empêcher de toucher sa peau, d'admirer son corps. Maintenant, ses réactions sont conditionnées, et bien qu'elle fasse de son mieux pour cacher ses sentiments, il n'est pas dupe. Une nuit, il lui demande, non sans amertume :

« Qu'est-ce qui vous ronge l'esprit ? Des visions d'*aurum* ? »

Elle voudrait lui répondre que ce n'est pas d'or qu'elle rêve mais d'une table et d'un repas.

À cette table seraient assis Aristote, Thomas d'Aquin, Kepler, Copernic, Giordano Bruno, Tycho Brahe – sans oublier Thomas Harriot – tous rassemblés pour un dîner. Il y aurait une chaise vide, pour elle. Mais comment oserait-elle s'y asseoir ? Qu'est-ce qu'elle, Margaret Crookenshanks de St. Helen's Bishopsgate, a accompli pour mériter sa place ?

Le paradoxe est amer : plus elle cherche à être digne de lui, plus elle le repousse et l'éloigne.

Il ne s'excuse plus quand il fait du bruit.

Il ne l'attend plus pour s'endormir.

Il est toujours debout et vaque à ses occupations quand elle se réveille.

Elle ne remarque plus quand il passe la tête par le rideau.

Plus elle échoue, plus elle insiste, et plus le monde extérieur disparaît à ses yeux. Quand elle ne travaille pas au laboratoire, elle se plonge dans des textes hermétiques. C'est un article de foi, les alchimistes d'aujourd'hui se contentent de redécouvrir l'art oublié des anciens, un art caché derrière des voiles impénétrables d'allusions, de symboles et d'allégories.

Elle dévore donc l'Ancien Testament et les apocryphes. *Les Métamorphoses* d'Ovide. Les vieux mythes du roi Midas, Jason et les Argonautes, les douze travaux d'Hercule. Hélas, malgré son acharnement, les mots refusent de livrer leur secret.

Au début du mois de juillet, elle décide de faire des expériences sur le mercure. Les effets sur sa personne mettent du temps à se faire sentir, mais ils sont terribles. Elle perd deux molaires. Ses mains sont prises de crises de tremblements. Tous les matins, elle découvre des touffes de cheveux sur son oreiller.

Ce sont les vapeurs qui l'affectent le plus. Ainsi, alors qu'elle atteint la dernière étape de son expérience, un épais nuage de gaz s'échappe du ballon et l'enveloppe entièrement. Instantanément, tous ses nerfs s'arrêtent, telle une horloge brisée.

« Margaret ! »

Harriot s'agenouille à côté d'elle. Elle a juste assez de force pour le rassurer.

«Je vais bien, ne vous en faites pas.»

Elle se relève. Elle époussette son tablier d'un revers de main et, après un dernier balancement, retourne droit au plan de travail.

Il l'observe pendant quelques minutes. Puis il disparaît de l'autre côté du rideau.

Le lendemain après-midi, alors qu'elle descend les escaliers, elle croise Harriot vêtu de sa tenue de voyage. Signe du fossé qui les sépare désormais, elle n'est ni surprise, ni inquiète de le voir partir. Ce n'est que par politesse qu'elle lui demande :

« Où allez-vous ?

– Voir un ami.»

43

Au moins, l'endroit est confortable. Walter Ralegh a connu pires logements.

La cellule qu'il occupe est plus grande qu'une cabine de bateau. Et plus confortable, cela ne fait aucun doute, que les forêts guyanaises où il a passé tant de nuits, harcelé par les insectes. Plus sûre que Cadix, aussi. Et enfin, plus proche du cœur des choses que Munster ou l'île de Jersey dont il était gouverneur. La pièce est bien aérée, le coffre et la table sont en bon état. La paillasse est trop petite, certes, mais quel lit a jamais été à la taille de sir Walter ?

Oui, pense Harriot, pour qui ne craint pas la mort, il y a pire que la Tour Sanglante.

Sir Walter est occupé à se curer les dents.

« J'espère que le repas te convient, Tom. »

Lapin frit. Épaule de mouton. Poule au pot avec poireaux et champignons. Deux verres de vin blanc doux d'Italie.

« C'est parfait.

– Tu as apporté ta pipe, n'est-ce pas ? »

Ils s'assoient près du feu – même au plus fort de l'été, la Tour est glaciale – tandis que le domestique de Ralegh allume leur pipe. Ils fument en silence, savourant leur bien-être. Pendant une minute ou deux, Harriot s'imagine qu'ils sont au château de Sherborne.

Mais un détail le rappelle à la réalité : la barbe de Ralegh.

Toujours impeccable auparavant. Toujours bien taillée en pointe bien que, contrairement à d'autres, il n'utilise pas de fer à friser. À présent, elle pend, informe, tel un tapis qu'on aurait suspendu à la fenêtre de la cuisine pour le battre.

« Ils m'ont interdit les rasoirs, tu comprends. »

Ralegh essaie de deviner ce que pense son compagnon.

« Oui, c'est ce que je me demandais.

– Je leur ai pourtant assuré que si je devais essayer d'attenter de nouveau à ma vie, je trouverais bien plus efficace. Comme tu le sais, je suis expert en poisons. »

Et pourtant, ce n'était pas une toxine exotique qu'avait choisie Ralegh trois semaines auparavant, mais un simple couteau à découper. Il se l'était planté au niveau du cœur, mais une côte avait arrêté la lame. Edward Hancock, son fidèle secrétaire qui voulait accompagner son maître dans la mort, avait quant à lui parfaitement réussi son geste, et c'est peut-être là la plus grande humiliation qu'ait connue le poète. À moins qu'il ne s'agisse de la preuve particulièrement perverse que, malgré toute sa volonté et tous ses efforts, il est incapable de mettre fin à ses jours.

La blessure est dissimulée sous des couches de velours noir, et un voile de torpeur vient couvrir les yeux de Walter Ralegh tandis qu'il se tourne vers la fenêtre.

« Bess et Wat ? Ils vont bien ?

– Ils sont forts, ce sont des Ralegh.

– Des Ralegh qui d'ici peu n'auront plus de toit.

– Tu as de nombreux amis qui pourront les héberger.

– J'ai bien peur que mes ennemis soient encore plus nombreux. »

Il tapote sa pipe contre la cheminée pour en enlever les cendres.

« D'après eux, si le comte d'Essex a été exécuté, c'est de ma faute. Un complot que j'aurais fomenté.

– Oui, mais ce n'est pas vrai.

– Tu dis cela parce que tu me connais, Tom. Mais les gens ne me connaissent que de réputation. »

Il repose sa pipe et se met difficilement debout.

« Enfin, je devrais m'estimer heureux d'avoir un endroit où faire de l'exercice. »

En effet, Ralegh n'étant pas un prisonnier ordinaire, il a accès à une partie des remparts pour y faire sa promenade. Quand le temps le permet, il peut voir jusqu'à Greenwich. Aujourd'hui, cependant, une pluie continue tombe sur Londres, fusionnant avec le fleuve et le brouillard pour former un semblant de rideau qui disparaît au toucher.

« J'ai bien peur de m'être attiré des ennuis, Tom.

– Mais tu n'es pas responsable.

– Dans ce cas, n'ai-je plus besoin de me défendre ?

– Oh, mon ami ! Comment puis-je t'imaginer capable d'une telle infamie ? T'allier avec l'Espagne ? Conspirer contre le roi ? C'est une insulte à la raison.

– Ils sont pourtant déterminés à m'accabler. Comme ils n'ont pas de preuve, ils en fabriqueront. Cobham m'a déjà accusé. Sous la torture, les autres suivront.

– Tu es déjà sorti libre de cette prison par le passé. L'histoire se répétera. »

Ralegh esquisse un sourire.

« Quoi qu'il en soit, Tom, je veux juste être sûr que Bess et Wat ne mourront pas de faim.

– Je t'en fais la promesse. »

Ralegh regarde le fleuve en contrebas. Des navires aux voiles carrées continuent de naviguer malgré la pluie. Venus de Hollande, de Suède, de France. De Gênes et de Venise. Autant d'endroits qu'il ne verra plus jamais.

« Tu es venu en bateau, Tom ?

– Oui, c'était le seul moyen. La ville est condamnée.

– C'est ce qu'on m'a dit. D'ailleurs, il paraît que la peste frappe même ma prison. Ces trois derniers jours, autant de gardiens ont été terrassés par la maladie. Qui sait, peut-être qu'on m'épargnera la potence après tout. Et le croc de boucher.

– Je t'en prie, mon ami. Ne parle pas ainsi. N'oublie pas ta famille et tes amis qui prient pour toi...

– Ah ! Et à qui s'adressent leurs prières, Tom ? »

Le voile de torpeur devant les yeux de Walter s'est déchiré, découvrant un regard froid et brillant. Harriot répond en pesant bien ses mots :

« Au Dieu qui créa l'univers. Au Dieu qui guide notre navire par son amour et sa sagesse éternelle.

– Naturellement, répond Walter d'une voix sèche. D'ailleurs, Tom, cela me rappelle quelque chose que je voulais te demander.

– Oui ?

– Qu'est-il advenu de notre sombre trésor ? »

La même question que lui avait posée le comte de Northumberland, plusieurs semaines auparavant. Et tandis que le batelier ramène Harriot vers Syon House, cette fameuse nuit d'été au château de Sherborne lui revient en mémoire.

Ils n'étaient que cinq : Harriot, Ralegh, Northumberland, Marlowe... et un homme qu'il ne connaissait pas, le dernier disciple de Marlowe dont on tolérait exceptionnellement la présence (à la demande de Kit) dans le sanctuaire de l'Académie.

Jeune et visiblement impressionné, le jeune homme passa la nuit assis à l'écart, s'abstenant de tout commentaire. À la surprise générale, ce fut Harriot qui prit la parole en premier. Il voulait parler de la Virginie.

« Sir Walter ici présent pourra vous confirmer le but véritable de ma mission : faire l'inventaire des richesses, naturelles et artificielles, en vue d'une exploitation commerciale. C'est bien cela, sir Walter ?

– Tout à fait.

– Dans ce but, je fus amené à passer beaucoup de temps avec les Algonquins. Je passais d'un village à un autre en prenant soin de développer des liens privilégiés avec les prêtres locaux. En grande majorité, ils étaient très accueillants et fascinés par tout ce que j'avais à leur montrer. Armes, instruments de mesure. Boussoles, longues-vues, astrolabes. Les choses les plus simples faisaient l'objet d'une admiration sans limites. La montre à ressort ! Voyez comme elle fonctionne toute seule, sans le moindre artifice. Vive la montre à ressort !

« Ils prenaient ces talismans magiques entre leurs mains calleuses et demandaient tous, l'un après l'autre, s'il s'agissait de l'œuvre des dieux ou de celle de l'homme.

« Celle de l'homme, je leur répondais. Mais je me hâtais d'ajouter que l'homme avait été créé et imaginé par un Dieu tout puissant et omniscient. J'allai jusqu'à leur montrer notre Bible. Ils étaient incapables de la lire, bien sûr, et firent donc ce qui était pour eux comme une seconde nature. Ils se la frottèrent contre la poitrine, se l'appliquèrent contre le front, l'embrassèrent, encore et encore, avec un enthousiasme débordant.

« En bon chrétien que j'étais, je m'efforçai de corriger leur idolâtrie. Je leur expliquai que Dieu ne tirait pas sa puissance salvatrice du livre en tant qu'objet, mais de son contenu. Ce qui était, dois-je le dire, la véritable doctrine du salut par le Christ.

« Ils ne comprenaient pas la différence. La Bible était miraculeuse, certes – il y avait des mots écrits à l'intérieur, après tout, et ils n'en avaient jamais vu – mais pas plus que la montre à ressort. L'Évangile était – comment dirais-je ? – une arme de plus dans notre arsenal. Au même titre qu'un mousquet ou un bouclier.

« Et ainsi, peu à peu, je ramenais ces prêtres sauvages dans le chemin du Christ. Une révélation divine ? Non. Je les impressionnais par des tours. (Moïse le jongleur, te rappelles-tu, Kit ?) Je jouais de leur crédulité. Je prétendais que nos inventions étaient des cadeaux du ciel. Je les poussais à croire que, sans notre Dieu, leurs villages et leurs récoltes seraient détruits. Et, alors même qu'ils gisaient au sol, mourant, je leur expliquais que c'était la volonté de Dieu. Machiavel aurait été fier de moi.

« Oh, vous pouvez juger ces sauvages avec dédain, comme on considérerait des moutons. Mais j'ai une question à vous poser, mes amis. Étions-nous si différents lorsque nous avons embrassé la religion ? N'avons-nous pas, enfants, été séduits par des tours – musique, encens, signes, présages ? N'avons-nous pas été éblouis par la puissance ? Nos parents, nos prêtres, nos rois et nos reines, qui tous disaient tirer leur souveraineté de Dieu ? N'étions-nous pas aussi crédules que les autochtones de Virginie ? N'avons-nous pas obéi aussi aveuglément ?

« Depuis le jour de notre naissance, nous avons été manipulés. Nous avons été conquis, messieurs, aussi sûrement que les Algonquins. Pourquoi ? Parce que sans notre accord, sans l'accord de tous les hommes, une société, une église, une monarchie ne peuvent pas espérer perdurer. Il faut donc obtenir cet accord général. Et pour cela, quel est le moyen le plus rapide et le plus efficace ? Dieu.

« Ce soir, je vous le demande. Dieu vous a-t-il jamais parlé ? À chacun d'entre vous, directement ? Ou Dieu n'est-il que le bâton qui vous a fait tomber à genoux ? »

Ils restèrent longtemps sans rien dire. Pas par indignation, il le savait bien – ce n'était après tout pas la première fois que leur petite Académie se hasardait à des discours aussi imprudents. Non, tous cherchaient simplement à trouver la réponse la plus appropriée.

Enfin, Marlowe saisit une bougie, une plume et du papier, et se mit à écrire.

« Poussons cette idée jusqu'à sa conclusion ! Naturelle ou non. »

Et cette nuit-là, ils écrivirent un poème.

En vers classiques : des pentamètres iambiques. Marlowe, toujours enclin à se faire remarquer, avait demandé à ce qu'on utilise la forme du sonnet italien. Les autres l'avaient ignoré et s'étaient mis à la rédaction – le compagnon de Marlowe proposa même un vers ou deux. Plus le temps passait, plus le poème s'allongeait pour atteindre une longueur inédite. Chaque fois qu'une page était noircie, Marlowe en prenait une autre et se remettait à l'ouvrage.

Il faisait jour depuis une demi-heure quand il inscrivit le point final. Les yeux fébriles et la main tremblante, il prit les feuillets et les leur tendit.

« Notre sombre trésor ! »

Puis, d'une voix ferme et mesurée, il entama la lecture. Ils comprirent alors qu'ils étaient allés beaucoup trop loin.

Alors, plus avisé que le vulgaire
Et sachant des lois la fragilité
Quand elles ne sont de tous respectées,
Un sage enrichit le vocabulaire
De noms tels Dieux, culte, ciel et enfer,
Tous vides de sens à la vérité,

Plus Marlowe progressait, plus sa voix se faisait exaltée, pour atteindre un ton triomphal lorsqu'il récita les deux vers qu'il avait lui-même inventés.

Mais assez terrifiants pour inciter
L'homme à subir le joug sans protester.

Les premières lueurs du jour apparaissaient derrière les rideaux et les bougies étaient presque entièrement consumées quand, enfin, Marlowe déclama la dernière strophe.

Qu'est l'au-delà sinon nuit éternelle,
Royaume exempt de quelconque menace,
Désert où méchants et justes se mêlent ?

Si donc après la mort rien ne se passe,
Menons sans crainte ici bas la vie belle!

Suivant la suggestion de Marlowe, ils avaient bien poussé l'idée... mais sans arriver à aucune conclusion.

Ralegh, après un long silence, déclara enfin :

« Peut-être la meilleure chose à faire serait-elle de brûler le résultat de notre travail. »

Puis, avec un sourire timide, il ajouta :

« À moins de vouloir nous-mêmes finir sur le bûcher. »

Puis, à la surprise générale, le compagnon de Marlowe, resté silencieux presque toute la nuit, s'empara en premier des papiers sur la table et y mit le feu.

Une larme roula sur la joue de Christopher Marlowe tandis qu'il regardait le travail de toute une nuit disparaître en fumée.

Ils avaient tout lieu de croire qu'ils n'entendraient plus jamais parler de cet épisode. Cependant, trois ans plus tard, une tragédie écrite par un anonyme fut montée dans plusieurs théâtres londoniens – une pièce d'une qualité exécrable, *Le Règne tragique de Selimus*. Elle mettait en scène un tyran turc qui, pour justifier le meurtre de son père, déclamait ce même poème qu'avaient écrit les membres de l'Académie, au château de Sherborne, si longtemps auparavant.

Comment le sombre trésor avait-il pu survivre aux flammes ? Et qui en avait assuré la publication ? Marlowe était mort, et Ralegh, le comte de Northumberland et Harriot avaient tout intérêt à ce qu'il reste dans l'oubli.

Ne restait plus que le jeune homme discret qu'avait amené Marlowe.

L'inconnu silencieux devint soudain l'objet de toutes les spéculations. Avait-il passé la nuit à apprendre par cœur chaque vers ? Avait-il profité d'un moment d'inattention pour subtiliser le sombre trésor, le cacher sous sa cape, et donner le change en brûlant d'autres papiers ? Avait-il adopté le genre préféré de Marlowe, la tragédie, pour montrer aux membres restants de l'Académie que c'était désormais lui qui avait le pouvoir ?

Heureusement, maigre compensation, le texte ne faisait ni mention de l'Académie, ni de ses membres. Mais dans l'ombre, les liens avaient été faits. Ainsi, peu de temps avant son assassinat, Marlowe avait été accusé d'hérésie et de blasphème. Quelques semaines après la publication de *Selimus*, Ralegh et Harriot avaient été convoqués devant une commission ecclésiastique pour faire face à des accusations d'athéisme et d'apostasie. Ils avaient été relâchés faute de preuves, mais la souillure était ineffaçable.

Et sir Walter Ralegh, qui va être jugé pour haute trahison, risque fort de voir ces vers sortis de l'oubli le conduire à l'échafaud.

La question qu'il pose à Harriot, dans ces circonstances, n'a rien d'étonnant :

« Qu'est-il advenu de notre sombre trésor ?

– Depuis cette fameuse nuit, je ne l'ai jamais revu, répond Harriot d'un air attristé.

– Sous-entendrais-tu qu'il est toujours en possession d'un certain gentilhomme ?

– Je ne vois pas d'autre explication. »

Ralegh observe des goélands qui tournent et plongent en piqué entre les mâts des navires au mouillage. Puis, à la grande surprise de Harriot, il part d'un grand éclat de rire.

« Kit aurait dû faire plus attention en choisissant ses amants, tu ne trouves pas ? »

44

Août 1603 : Londres meurt.

Les victimes se comptent par milliers. Âme après âme. Heure après heure. On meurt dans les tavernes, dans les maisons aux fenêtres condamnées. Dans les fourrés, les fossés, les ruelles. Sur le parvis des églises.

Parfois, la peste prévient un jour à l'avance, parfois seulement quelques minutes. Les rues, si fourmillantes quelques semaines auparavant lors du sacre du roi Jacques, sont désormais étrangement immobiles. Ceux qui doivent se déplacer marchent au milieu de la route. C'est le meilleur moyen d'éviter la contagion, mais cela ne suffit pas à échapper aux bruits. Un concert de gémissements, et parfois un bref cri de surprise, comme si la mort était une sorte de pincement.

Le roi est loin, et les Londoniens les plus aisés ont depuis longtemps abandonné la ville. Les pauvres, eux, n'ont d'autre choix que d'errer au hasard dans les campagnes. Personne ne veut leur ouvrir la porte, et beaucoup meurent sur les routes, dans les champs, dans des granges. Un homme, traînant derrière lui une brouette, parvient jusqu'aux abords de Syon House, avant que la peste ne le rattrape. Il meurt sur la rive du fleuve, dans la boue, à 20 h 31, au son des alouettes.

Dans Syon House, justement, le comte de Northumberland a annoncé son intention de s'installer au château de Tynemouth. Tous les domestiques, quel que soit leur rang, sont mis à contribution. Même les trois savants rémunérés par le comte doivent laisser de côté leurs tâches journalières. Robert Hues supervise l'emballage de l'argenterie et des verres en cristal, William Warner prend en charge les œuvres d'art, et Thomas Harriot s'occupe des livres.

Après tout, on ne confie pas une bibliothèque aussi importante que celle du comte au premier venu. Imaginez ce qui pourrait arriver en chemin. Le cocher s'endort, la roue se coince dans une ornière… et toute une masse de connaissances disparaît dans la boue et la crotte de mouton.

« Il faut que ce soit toi, Tom, dit le comte. Seul toi sais ce que représentent ces livres. »

Harriot rassemble donc un échantillon de deux cents volumes qu'il protège avec de la paille. Puis il recouvre le tout avec trois bâches et en surveille le chargement, avant de prendre la route pour le château de Tynemouth.

Trois jours pour y aller, trois jours pour en revenir. Pendant ce temps, un silence inquiet pèse sur la maison de Harriot. Le jour, elle appartient aux Golliver, qui s'occupent des préparatifs du départ en s'envoyant des petites piques acerbes. La nuit, Margaret arpente le laboratoire. Les flammes s'élèvent plus haut que jamais.

Elle ne voit jamais les Golliver, et ceux-ci font tout pour l'éviter. Elle est donc stupéfaite de trouver un jour Mme Golliver qui l'attend avec à la main un plateau d'argent sur lequel trône une feuille de papier jauni, pliée en quatre et scellée à la cire rouge.

« Pour vous, j'imagine. »

Un mot de Harriot, sans doute. Sûrement des instructions de dernière minute concernant le rangement de ses instruments. Ou bien quelque note sentimentale rédigée quelque part sur la Old London Road qui relie Towton à la capitale.

Ce n'est pas Harriot, mais la dernière personne dont elle se serait attendue à recevoir une lettre. Sa mère.

Ma très chère Margret,

Je suis très gravement malade. J'ai besoin de toi à mes côtés. Viendras-tu ? Si tu ne le peux, prie pour moi, ma petite fille.

Elle ne reconnaît pas l'écriture. Quoi de plus normal, après tout, puisque Mme Crookenshanks ne sait que signer d'une croix. Elle a dû faire appel à un voisin ou à un pasteur.

Curieusement, elle ne reconnaît pas non plus le langage. *Ma petite fille. J'ai besoin de toi. Très chère Margret.* Si plaintif et bizarre. Depuis que Margaret est en âge d'avoir des souvenirs, sa mère n'a jamais témoigné la moindre marque d'affection. Cette lettre ne lui ressemble pas.

Mais après tout, ce changement d'attitude soudain à l'approche de la mort témoigne sûrement de la situation désespérée dans laquelle elle se trouve. Elle redevient la personne qu'elle était censée être, avant que la vie ne l'endurcisse.

Margaret relit la lettre, encore et encore. Elle est bien consciente qu'il n'y a personne de l'autre côté du rideau, mais elle n'a aucun mal à imaginer la réaction de Harriot s'il était là.

Cette lettre est datée de la semaine dernière, Margaret. Votre mère, Dieu ait son âme, est très certainement morte. Peut-être même déjà enterrée. Il n'est plus rien que vous puissiez faire pour la réconforter.

Puis, il ajouterait : *Au moment où vous pénétrerez dans la maison de votre mère, on condamnera la porte derrière vous. Un élu de la ville restera stationné à l'extérieur pour s'assurer que vous n'en sortiez jamais. La seule issue qui vous restera, Margaret, votre seul espoir, sera de mourir à votre tour. Et c'est très certainement ce qui se passera.*

Et enfin, si cet argument venait à échouer, Harriot la rappellerait à la priorité des expériences qu'elle a entreprises.

Dans le seul but d'atteindre la transmutation, vous avez déjà tout sacrifié : votre santé, votre tranquillité d'esprit, notre amour.

Non, il serait bien trop courtois pour se permettre cette dernière remarque. Mais il aurait touché sa corde sensible. Car si elle part maintenant, ce n'est pas seulement son travail qu'elle abandonne, mais aussi la nouvelle identité qu'elle s'est forgée. Et pourquoi ? Pour voler au secours de celle qui a toujours rejeté cet aspect de la personnalité de sa fille.

Durant des heures, Margaret reste assise à fixer les mots, jusqu'à ce qu'ils deviennent illisibles.

Quand elle va se coucher, elle n'y voit pas plus clair, mais un souvenir en particulier lui revient en mémoire : l'après-midi où elle a surpris sa mère qui observait fixement son écriture. Mme Crookenshanks ne comprenait rien à tous ces symboles abscons, et ses yeux s'embuaient de honte.

Une faiblesse fugace, vite réprimée, mais qui laissait entrevoir un immense sentiment de vide. Et c'est à ce souvenir que Margaret ne peut s'empêcher de penser car, curieusement, c'est le moment où elle s'est sentie le plus proche de sa mère.

Harriot revient le lendemain soir : il a mal partout, et l'ennui l'a rendu irritable. On imagine donc aisément sa colère lorsqu'il se rend compte que seuls les Golliver l'attendent et que ses documents n'ont pas été emballés. Et tout le monde qui doit partir le lendemain !

« Pour l'amour de Dieu, où est Margaret ? »

Ils ne répondent pas. Ils se contentent de lui tendre une lettre.

Tom,

Ma mère m'a demandé de la rejoindre. Elle est malade.

Je n'ai pas attendu votre retour car vous m'auriez demandé de rester. Et je vous aurais peut-être écouté.

J'ai envers vous une dette infinie. Je vous en prie, n'ayez aucun regret de m'avoir accordé votre confiance.

Je n'ai pas agi de manière irréfléchie.

Les mots ne sont rien. Croyez mon cœur.

Margaret

Il s'affaisse avec une telle lenteur qu'il ne s'en aperçoit que lorsque le sol le rattrape et que le mur lui heurte le dos. Cependant, ses facultés mentales sont intactes.

Elle est partie pour Londres.

Avec un tact qui ne leur ressemble pas, les Golliver quittent le salon. Il s'en aperçoit à peine. Il reste immobile et pourtant, il se sent chuter à travers l'espace et le temps. Rien n'est plus comme avant.

« Margaret... »

Il se couvre le visage. Dix minutes s'écoulent. Vingt. Enfin, il écarte les mains. Ses yeux, libérés de l'obscurité, aperçoivent un objet à proximité. Petit, blanc, situé au fond de la cheminée.

Il se relève doucement et se dirige vers les vestiges du feu de la veille. Là, protégé de la combustion par l'humidité du bois, se trouve un morceau de papier.

Il se dit d'abord qu'il s'agit d'une première lettre qu'elle lui a écrite. Un brouillon. Elle a dû changer d'avis au milieu de la rédaction. C'est comme si elle revenait auprès de lui pour le supplier encore une fois de pardonner son imprudence.

Mais ce n'est pas l'écriture de Margaret. La lettre a été écrite par quelqu'un qu'il n'a jamais vu.

À l'attention de Mlle Crookenshanks,

Votre sœur tient à vous informer que votre mère a rendu l'âme mercredi dernier. Ces souffrances furent intenses mais de courte durée. Elle est réconciliée avec Dieu.

Avec ma profo

Révér

Le coin en bas est calciné, mais le reste du document est d'une limpidité édifiante.

Il serre le papier entre ses mains et descend à la cuisine, où il trouve les Golliver penchés au-dessus d'une chope de bière brune. Il pose le document sur la table et les observe tandis qu'ils ouvrent des yeux tout ronds. Puis, d'une voix tremblante, il déclare :

« On a été maladroit, semble-t-il. »

Comme ils ont l'air ahuris : les têtes se baissent, les regards se dérobent. *Des chiens acculés*, se dit-il.

« Dites-moi si je me trompe, mais ne s'agit-il pas là de la lettre que Margaret aurait dû recevoir ? »

Ils n'osent toujours pas lever les yeux.

« Vous lui avez donné une autre lettre, n'est-ce pas ? Un faux. Vous lui avez fait croire que sa mère était encore en vie. Et qu'elle l'attendait. »

Il sait qu'il ne pourra supporter de voir leurs visages et passe donc derrière eux, les yeux rivés sur l'arrière de leur crâne épais.

« Vous savez ce que vous avez fait, j'en suis sûr, reprend-il. Vous l'avez assassinée, aussi sûrement que si vous lui aviez plongé un poignard dans le cœur. »

Et bien évidemment, au premier signe de pression, leur solidarité de façade vole en éclats.

« C'est lui qui a écrit la lettre.

– Mais c'était son idée, pas la mienne.

– Oh, mais tu n'étais pas contre, si ?

– Je ne pensais pas que la petite s'y laisserait prendre.

– Peut-être, mais tu n'as certainement rien fait pour l'arrêter.

– Parce que toi, si, peut-être ? »

Harriot abat soudain son poing sur la table.

« Vous êtes aussi abject l'un que l'autre. »

Il se tourne vers la fenêtre et regarde à l'extérieur, le temps de reprendre ses esprits.

« Détestiez-vous Margaret à ce point ? »

Il n'attend pas de réponse. Et s'attend d'autant moins au fiel que déverse soudain Mme Golliver.

« Moi aussi, j'aurais pu être utile ! Ne serait-ce qu'une fois ! C'est injuste ! »

Isleworth, Angleterre
Septembre 2009

45

Clarissa était collée contre moi. Ses jambes étaient enroulées autour de mes hanches, son souffle me réchauffait le cou, sa main me caressait la joue, elle me ramenait à la vie... elle était...

Froide comme la mort.

Je me réveillai. Ce n'était pas sa main sur ma joue, mais celle d'un squelette.

Je poussai un hurlement et me dégageai brusquement. Les ossements de doigts disparurent dans l'obscurité. Je restai assis, craignant qu'ils ne reviennent ramper jusqu'à moi. Mais je dus me rendre à l'évidence, il n'y avait que moi qui bougeais, ici. Mes poumons, mon cœur, mon crâne... chaque partie de mon corps tremblait sous l'effet du froid, de la douleur, et de l'adrénaline.

Où suis-je ?

Apparemment, en plongeant dans ce trou, j'avais plongé dans le passé. Un saut de six siècles. Car cet espace froid et humide ne pouvait que faire partie des ruines de l'abbaye sur laquelle Syon House avait été construite.

Je laissai échapper un ricanement affligé : j'avais découvert l'endroit parfait pour passer l'éternité.

À présent, j'avais oublié Seamus, qui devait toujours m'attendre au sommet de la tour. J'avais oublié Alonzo, qui aux dernières nouvelles tentait d'échapper au service de sécurité de Syon Park. J'avais même oublié Clarissa et les terribles conséquences qu'elle devrait subir si je ne fournissais pas à Bernard Styles ce qu'il voulait avant trois heures du matin.

Ma mémoire était limitée. Je remontai au moment – cinq minutes ? cinquante ? – qui avait précédé ma chute. Je me rappelai ainsi, comme si je le découvrais pour la première fois, ce sur quoi je me tenais avant que tout ne s'effondre.

Une boîte.

Une boîte en bois, dont le contenu était impossible à discerner. Elle aussi avait chuté, sur le même sol en pierre. Elle m'attendait, cachée quelque part dans ces ténèbres impénétrables.

Je rampai sur le sol, tâtant dans toutes les directions. Chaque mouvement réveillait de nouvelles douleurs aux côtes, aux genoux, aux épaules. Le froid imprégnait ma peau et bientôt, je n'effectuais ces mouvements que dans le seul but d'assurer ma circulation sanguine. C'est alors que ma main gauche tomba sur un objet dur.

Doucement, j'en palpai les contours. Un coin. Un autre coin.

Puis un couvercle, brisé, béant.

Je me penchai vers l'ouverture. J'aperçus quelque chose dans l'obscurité. Un objet métallique, suffisamment brillant pour percer les ténèbres.

Je m'en saisis et l'approchai de mes yeux. Hélas, il faisait encore trop noir. Mon cerveau, en revanche, retrouvait doucement des couleurs, car je me souvins soudain de la lampe frontale.

Par je ne sais quel miracle, elle était restée accrochée à mon front malgré la chute. Par je ne sais quel miracle, elle fonctionnait encore. Bientôt, un fin rayon transperçait les ténèbres.

C'est costaud, ces petites bêtes, pensai-je. *Comme Seamus.*

Je détachai la lampe et la pointai en direction de l'objet posé sur ma paume.

Une bague.

Simple, distinguée. En or. À l'intérieur, quatre mots étaient gravés. Bien qu'à peine lisibles, ils résonnèrent immédiatement dans mon esprit : *Ex nihilo nihil fit.*

Les mots qu'avait entendus Clarissa dans sa vision.

À l'aide de la lampe, je fis l'inventaire du contenu de la boîte. Choqué, je me retournai, le regard vide, incapable de la moindre émotion. Je dus me soutenir à la boîte pour ne pas m'effondrer. Je restai ainsi quelques instants, jusqu'à ce qu'un étrange bruit de grattement me ramène à la réalité.

Au début, je crus qu'il s'agissait de rats. Mais le bruit cessa soudain pour reprendre, dix ou quinze secondes plus tard, multiplié par cent. Sans prévenir, le mur devant moi explosa dans une pluie de poussière et de pierres. Deux silhouettes apparurent, brandissant des lampes-torches qui éclairèrent instantanément l'espace de leur cône lumineux.

Je reconnus d'abord Halldor, toujours vêtu du déguisement de cavalier qu'il arborait à la réception. Juste derrière lui, Bernard Styles, en costume blanc à rayures roses, brandissait son parapluie comme un sabre.

« Monsieur Cavendish », dit-il.

Il faisait penser à un de ces excentriques du XIXe siècle, descendant de son ballon dirigeable. Il parut sincèrement surpris lorsque je me mis à rire.

« Eh bien ! s'exclama-t-il en époussetant la poussière sur sa manche, je suis ravi de vous trouver de si bonne humeur, monsieur Cavendish. Je vous félicite, vous êtes un homme de parole.

– Et je vous félicite également, c'était une sacrée entrée.

– Halldor, je suis ravi de le dire, s'est découvert de nombreux talents au cours de sa carrière. La démolition fait partie de la liste.

– Et vous ne vous êtes pas dit que vous risquiez de me démolir également ?

– Pour être honnête, cela ne m'est jamais venu à l'idée. Êtes-vous gravement blessé ?

– Pas par vous, répondis-je en me massant les côtes. J'ai pris le chemin de la gravité pour arriver ici.

– Bah, peu importe, vous aurez le loisir de faire traîner la convalescence aussi longtemps qu'il vous plaira. À présent, je vous demanderais de bien vouloir vous éloigner de la boîte... »

Je me levai.

« Si je ne m'abuse, nous avions parlé d'un échange.

– C'est exact. »

Il fit un signe de tête à Halldor, lequel se pencha par la brèche dans le mur. L'instant d'après, Clarissa marchait vers moi. Pâle, minuscule. Presque une illusion.

« Est-ce que... ? »

Je n'achevai pas ma question. Ou plutôt, j'y répondis en la prenant dans mes bras et en la serrant avec une telle force que j'en fus moi-même surpris. Elle aussi, apparemment. Collé à elle, j'éprouvais un tel soulagement que j'aurais pu rester ainsi plusieurs heures... si elle ne s'était brusquement reculée, avec dans les yeux comme une lueur de regret.

« Nous y voilà, dit Bernard Styles d'un ton passablement gêné. Tout est bien qui finit bien, n'est-ce pas, monsieur Cavendish ? À présent, au risque de paraître grossier, je vais devoir me répéter. Veuillez vous éloigner de la boîte.

– Tout bien réfléchi, reste où tu es, Henry ! » tonna une voix.

Et moi qui pensais que Bernard Styles était le roi du coup de théâtre ! Il ne manquait que les feux d'artifice à l'entrée d'Alonzo. Quelle audace ! Quelle impudence ! On aurait cru assister à une comédie : son ventre bedonnant se dandinait tandis qu'il franchissait la brèche dans le mur tout en déclamant sa tirade, sous les feux des lampes-torches.

« Bonsoir tout le monde ! Ou peut-être devrais-je dire bonjour ? »

Le jour, pensai-je. *Est-ce vraiment le jour ?*

C'en fut trop pour mon sens de la réalité. Penser qu'à quelques mètres au-dessus de notre tête, le monde continuait de tourner, tandis qu'ici-bas, deux des plus grands collectionneurs du monde se regardaient en chiens de faïence, tels deux piliers de comptoir après la fermeture du bar.

« Alonzo.

– Bernard. »

Le ton policé des gentlemen. Cela paraissait complètement décalé, car il y avait d'un côté Styles, toujours couvert de poussière de ciment et de pierre, et de l'autre

Alonzo, traînant derrière lui son costume grotesque. Aucun des deux ne semblait avoir conscience du ridicule de la situation.

« Henry, dit Alonzo, je peux te demander quelque chose ?

– Mmh.

– Pourquoi faire un marché avec un fumier pareil ?

– Parce qu'il allait tuer Clarissa.

– Bien sûr que non.

– Qu'est-ce que tu en sais ?

– Je le sais. Clarissa est de son côté. »

Il se trouve qu'à ce moment-là, j'étais précisément en train de la regarder. Pourquoi refusait-elle de franchir les deux mètres qui nous séparaient ? Une si courte distance, et rien d'autre pour la remplir que la voix d'Alonzo.

« Henry, t'es-tu jamais demandé comment Styles était au courant de nos moindres faits et gestes ? Comment il a pu te suivre à Washington, en Caroline du Nord, et à présent ici ? C'est tout de même extraordinaire quand on y pense. À chaque instant, il savait exactement où tu te trouvais. Soit il avait en sa possession une boule de cristal des plus efficaces, soit – et c'est ce qui m'a paru le plus vraisemblable – il disposait d'une taupe.

« Au début, je l'admets, j'ai cru qu'il s'agissait d'Amory. Un bon camarade, c'est vrai, mais facile à acheter. Malheureusement, alors que je m'apprêtais à le confronter à ce sujet, il a pris le parti plutôt surprenant de mourir. Ce qui signifie qu'il n'aurait jamais pu parler à Styles de notre venue en Angleterre. Ni lui dire à quel mariage nous avions prévu d'assister, et à quelle date. Ces informations ne pouvaient venir que d'une autre source. Qu'en dites-vous, mademoiselle Dale ? »

Le visage de l'intéressée – et croyez-moi, je ne le quittais pas des yeux – ne trahit pas la moindre émotion. Celui d'Alonzo, en revanche, laissa entrevoir un soupçon de déception.

« Oh, pardon, ce n'est pas Dale votre nom n'est-ce pas ? Mais Gordon. Clarissa Gordon. Consultante en sécurité de M. Bernard Styles.

«Je dois dire que vous avez remarquablement réussi à brouiller les pistes. Rien sur Google qui vous lie à votre employeur, et croyez-moi, j'ai bien cherché. Malheureusement pour vous, vous figurez sur une photographie prise au banquet du Grolier Club, au printemps dernier. Une manifestation à laquelle je n'ai pu assister, étant mort depuis peu, mais sur laquelle j'ai lu quelques articles pendant mon temps libre. Je regrette seulement de ne pas avoir vu la photo plus tôt, cela aurait épargné à mon bon ami Henry des dommages collatéraux. »

L'instant d'après, il plongea la main sous la collerette flétrie qu'à ma grande surprise, je portais toujours autour du cou. Il lui fallut une dizaine de secondes pour en tirer un morceau de métal d'un centimètre, bleu à la lumière artificielle.

« Un GPS, à première vue, déclara-t-il. Le même genre de traceur qu'on utilise pour les enfants. »

Dis-lui. Chacun de mes neurones envoyait à Clarissa le même message. *Dis-lui qu'il a tort.*

Mais ses yeux étaient tellement vides qu'ils ne pouvaient même pas éviter mon regard. Comme personne ne l'interrompait, Alonzo poursuivit :

« Elle a dû le cacher sur toi pendant l'après-midi, Henry. Comment crois-tu que Styles et elle aient pu te retrouver ? Ils ne voulaient pas te laisser l'occasion de te défiler. Ce traceur prouve qu'ils savaient que tu y arriverais, Henry. Tu devrais le prendre comme un compliment. »

Sûrement essayait-il de me remonter le moral. Toujours est-il que si on m'avait laissé étrangler une personne dans la pièce, c'est peut-être lui que j'aurais choisi.

« Eh, Henry ! Ne me regarde pas comme ça. Je te l'aurais dit plus tôt, je te le jure, mais je n'avais pas de preuves. Je n'ai commencé à en avoir qu'après notre arrivée en Angleterre. Et j'ai jugé plus sage de jouer le jeu jusqu'au bout.

« Mais tu as raison, Henry, de te sentir trahi. À ta place, je serais pareil. Néanmoins, tâche de voir le bon côté des choses : ce n'est plus à toi de protéger Clarissa. D'ailleurs, cela n'a jamais été le cas. Et maintenant, ces sauvages n'ont plus aucune emprise sur toi. Il n'y a plus que nous deux, Henry. Nous pouvons faire ce que nous voulons. »

Styles s'éclaircit la gorge.

« Reste le problème de la loi, Alonzo. Car tu restes un escroc doublé d'un voleur.

– Et toi, Bernard, tu es un cambrioleur, un terroriste qui vient de faire sauter un mur dans une des plus belles demeures d'Angleterre. Par politesse, j'ai omis de préciser que tu étais également un assassin.

– Il n'a jamais tué personne, dit Clarissa en regardant ses pieds.

– Oh ! s'exclama Alonzo, tout sourire. Comme c'est attendrissant, vous pensez que votre employeur est bon et honnête ! Je doute cependant que Lily et Amory partagent votre point de vue.

– Allons ! rugit Styles, tu ne peux pas décemment penser que je suis capable d'une telle cruauté, Alonzo !

En tout cas, tu ne peux certainement pas le prouver. Et c'est bien cela qui te chagrine.

– Je n'ai pas besoin de prouver quoi que ce soit, répondit Alonzo. Il y a en revanche une chose que j'attends avec impatience, c'est de te regarder dans les yeux quand Henry et moi repartirons avec notre dû. »

La voix de Styles se fit légèrement plus aiguë, plus appuyée.

« Repartir avec votre dû ? Ce document est à moi, il l'a toujours été.

– Mais oui, bien sûr. Avec en prime toutes les propriétés intellectuelles qui en découlent, pendant que tu y es ! Si je puis me permettre, c'est risible. Sans moi, tu n'aurais jamais eu la moindre idée de ce que tu avais entre les mains.

– Et tu n'as toujours aucune idée de ce que tu as entre les tiennes, répondit Styles en souriant.

– Assez ! » hurlai-je.

Les deux collectionneurs se tournèrent vers moi, surpris.

« Vous êtes aussi ridicules l'un que l'autre, m'emportai-je, à vous disputer sur la valeur de votre précieux butin. Et si vous alliez plutôt y jeter un coup d'œil, au lieu de pérorer ? »

Curieusement, aucun des deux n'avait l'air pressé. Styles avait sûrement senti un piège. Mais le cas d'Alonzo était plus complexe. Je pense qu'il avait imaginé cet instant pendant si longtemps qu'il s'en était fait une image idyllique que seule la réalité pouvait écorner. De sorte qu'au moment où son rêve allait se concrétiser, il hésita et, à l'instar de son rival, se mura dans le silence, immobile.

Clarissa profita de l'instant pour arracher la lampe-torche des mains de Halldor.

« Bon, on ne va pas y passer la nuit. »

Elle éclaira la boîte et se pencha dessus. Elle regarda à l'intérieur. Puis elle se redressa et se retourna.

À présent, tout le monde s'approchait : Alonzo, Styles, même Halldor. Les mêmes gestes : se pencher, se redresser, bafouiller.

« Je ne...

– C'est... »

Et pour la première et dernière fois de ma vie, j'entendis la voix de Halldor.

« Non. »

Je ne pouvais pas lui en vouloir, car il n'avait pas sous les yeux un monceau d'or, mais les restes d'un être humain. La mâchoire figée en un sourire moqueur, le bras droit à demi levé pour un petit salut posthume que gâchait l'absence de main. Cette main qui, dix minutes plus tôt, caressait ma joue.

« Mesdames et messieurs, le trésor de Harriot ! »

46

« Asseyez-vous, déclarai-je. Je vais vous raconter une histoire. »

Le problème, c'est qu'il n'y avait aucun endroit où s'asseoir. Ils restèrent donc debout, tandis que je m'installais à même le sol dur et froid, appuyé contre la vieille boîte branlante.

« Thomas Harriot ne s'est jamais marié. Mais il a aimé. Une femme du nom de Margaret Crookenshanks. »

Clarissa se tourna vers moi.

« Les archives indiquent qu'elle est morte en septembre 1603, poursuivis-je. À St. Helen's Bishopsgate. Deux semaines après sa mère. Étant donné la date et le lieu, on peut penser qu'elle est morte de la peste. D'une façon ou d'une autre, Harriot est parvenu à ramener son corps et à le dissimuler ici. Il l'a enterrée à un endroit où il savait que personne ne la trouverait. Un endroit qui signifiait quelque chose pour lui – et pour elle, qui sait ? La tour nord-ouest. »

Aucun conteur n'aurait pu rêver silence plus absolu de la part de son auditoire.

« Le temps passa. Mais le chagrin de Harriot était sans fin. J'imagine que seule une idée lui apportait du réconfort : un jour, la femme qu'il a aimée serait connue. Pas par ses contemporains, ils n'auraient pas compris. Non, il plaçait ses espoirs sur le futur.

« Évidemment, il aurait pu épancher sa peine. Mais il préférait faire ce qu'il faisait le mieux, et peut-être pensait-il que c'est ce qu'elle aussi aurait préféré. Être encodée, cachée derrière des chiffres et des lettres. Afin que seuls des esprits aussi avertis que le sien puissent comprendre une partie de ce qu'il ressentait. Tout ce qu'il ressentait. »

Le visage d'Alonzo Wax se ferma brusquement.

« Oh, mais bon sang... Ce n'est pas un Livre des morts que Harriot nous a laissé, Henry, mais une carte. Il n'aurait pas pu être plus explicite. *Profusion d'ors fins unique et sans pareille... Il espere estre extraict du virginien limon.*

– Tu veux une anecdote amusante ? Une bonne amie à moi a épluché les registres paroissiaux de 1603. Margaret Crookenshanks s'y trouve, certes. Sauf que ce n'était pas son vrai prénom. Son nom de baptême était autrement moins commun à cette époque, un nom bien difficile à porter pour une jeune fille, étant donné les connotations. »

Clarissa écarta les lèvres, laissant échapper le prénom comme un soupir.

« Virginie.

– Quel meilleur moyen pour des parents patriotiques de rendre hommage à Élisabeth, la reine vierge, que d'appeler leur fille Virginie ? »

Je m'étais relevé à présent, et je regardai tour à tour chacun dans les yeux.

« Thomas Harriot n'a jamais enterré d'or à Syon House. Il a enterré le trésor qui lui était le plus cher. Et ce trésor, déclarai-je en désignant la boîte en bois béante, le voici. »

Clarissa s'avança à petits pas timides. Elle regarda à l'intérieur de la boîte pour y observer une dernière fois les vieux ossements.

C'est alors que de ses yeux jaillit une étincelle. Elle tendit la main et ressortit un long cylindre, recouvert de vieux cuir, couvert de vert-de-gris.

« Laissez-moi voir ça ! » aboya Alonzo.

Mais Clarissa enveloppa l'objet dans ses bras d'un geste maternel.

« Pas de quoi s'exciter, expliquai-je. Ce n'est pas un trésor. Du moins, pas le genre de trésor que vous espérez. Il s'agit d'un télescope. C'est avec cela que Harriot a pu observer les étoiles. La lune.

– Et Vénus, murmura Clarissa pour elle-même. Les phases de Vénus. »

S'installa un silence pesant qu'Alonzo finit par rompre d'un rire amer.

« La vieille fripouille ! »

Il se laissa doucement tomber sur le sol et, tandis qu'il plongeait son visage dans ses mains, il laissa échapper un dernier éclat de rire.

« Alors, c'est ça, notre récompense, dit-il. Après tout ce que nous avons fait ? Une longue-vue minable et un tas d'os ? »

Il frappa dans ses mains de toutes ses forces.

« N'importe, reprit-il. Il n'y a pas de quoi perdre espoir. Nous avons fait une erreur à un moment, voilà tout. Nous avons dû mal lire cette foutue carte.

– Alonzo...

– Personnellement, j'ai toujours cru que nous faisions fausse route en venant ici. La piste indienne que nous explorions avec Amory commençait à donner des résultats. C'est sûr, si nous n'avions pas été distraits, nous aurions... Non, faites-moi confiance, ce n'est qu'une question de temps, et bientôt...

– Alonzo ! »

J'approchai mon visage à un centimètre du sien et attendis qu'il me remarque.

« C'est fini, déclarai-je.

– C'est exact, dit Bernard Styles. Mais d'un autre côté, ce n'est pas encore fini. »

Il parcourut l'assemblée avec sa lampe-torche avant de s'attarder sur Alonzo.

« Votre petite intrigue abracadabrantesque de roman d'aventures est terminée, c'est vrai. Et c'est tant mieux, car j'ai toujours trouvé les chasses au trésor profondément vulgaires. Reste cependant le petit problème de ma lettre. »

Il tendit la main, paume ouverte, vers Alonzo.

« À ta place, je la rendrais maintenant, pendant que je suis d'humeur clémente. Après tout, elle ne te servira plus à rien, à présent. »

Alonzo ne répondit pas. Bernard Styles reprit donc d'une voix encore plus mielleuse :

« Écoute-moi, *mon vieux*[1]. Je suis disposé à oublier tout ce qui s'est passé. Je sais que nous avons eu par le passé des divergences d'opinion, mais je ne vois pas pourquoi une fois encore nous ne pourrions pas nous réconcilier. Tout ce que je te demande, c'est de me rendre ce qui m'appartient.

– Je ne l'ai pas, répondit Alonzo.

– Bien sûr que si.

1. En français dans le texte. (NdT)

– Non.

– Alonzo, dit Styles d'un air las, tu as fait de nombreuses erreurs de jugement, mais tu ne vas pas me faire croire que tu es assez bête pour perdre mon document. Ma patience est légendaire, tu le sais ; mais elle n'est pas infinie. Dois-je compter jusqu'à dix ?

– Tu peux compter jusqu'à dix millions, si ça te chante. »

Ils restèrent ainsi debout, face à face, l'un dans la lumière, l'autre dans l'ombre. Si, dans le futur, il se trouve deux hommes pour se détester autant que ces deux-là à cet instant précis, j'espère ne plus être vivant pour y assister.

« C'est vraiment malheureux, Alonzo. Vraiment très malheureux. »

Il fit un signe de tête à peine perceptible, et tout changea. Telle une panthère jaillissant d'un fourré, Halldor se jeta sur Alonzo. Il enroula son long bras autour du cou épais d'Alonzo tandis qu'avec son autre main, il tirait une lame longue, froide et immaculée.

Un coup de dague, pensai-je, en référence au soliloque de Hamlet. Mais l'apparition d'une goutte de sang sur le cou d'Alonzo acheva de m'ôter toute envie de rire.

« Bernard, murmura Clarissa. Je t'en prie.

– Alonzo disait tout à l'heure que je n'avais plus d'emprise sur lui. Eh bien, je m'efforce simplement de faire justice de cette présomption... bien présomptueuse. »

Le deuxième coup de couteau fut plus profond. Le sang d'Alonzo ruisselait à présent jusqu'à sa clavicule.

« Extraordinaire, le cou, commenta Bernard Styles. Presque aussi puissant qu'il est fragile. Je suis persuadé que si nous laissons l'évolution suivre son cours, la carotide et la trachée finiront par se retrouver deux ou trois centimètres plus à l'intérieur. Et ce afin d'éviter une si périlleuse exposition. »

Comme pour illustrer les dires de son maître, Halldor traça un cercle autour de la zone exposée. À présent, le sang ne ruisselait plus, il jaillissait.

« Alonzo, dis-lui où se trouve son document, bordel ! » hurlai-je.

La poitrine d'Alonzo se soulevait et s'abaissait. De son larynx s'échappait un affreux gargouillis. Une larme roula sur sa joue blanche. Cependant, l'expression dans ses yeux ne changea pas.

J'étais impuissant. Un seul geste de ma part, et Halldor achèverait de l'égorger.

« Je sais où il se trouve ! » criai-je.

La tête de Styles se tourna vers moi.

« Vraiment, monsieur Cavendish ? Où donc ?

– Dans sa chambre.

– Quelle chambre ?

– Sa chambre d'hôtel. Le Dragon's Tongue. C'est la... merde... la chambre Disraeli. »

Styles m'adressa un sourire triste.

« C'est très gentil à vous de rafraîchir la mémoire de notre ami. Cependant, j'espère que vous comprendrez que, vu l'urgence de la situation, j'ai besoin de l'entendre de sa bouche. »

Un coup de couteau de plus, vers le bas cette fois-ci. Sur le cou d'Alonzo, le sang ressemblait à de la peinture épaisse.

« D'ailleurs, techniquement parlant, remarqua Bernard Styles, je me demande si tuer un homme légalement mort peut être considéré comme un meurtre. »

Ce qui se passa ensuite m'apparaît aujourd'hui encore comme un affront aux lois de la physique. Un instant, Halldor se tenait debout, entourant Alonzo de son bras. L'instant d'après, il était à genoux, puis à quatre pattes, et son couteau disparaissait dans l'obscurité. Et là, à la place qu'il avait occupée, se tenait Clarissa, brandissant telle une matraque l'antique télescope de Thomas Harriot.

Libéré de l'étreinte de Halldor, Alonzo tituba jusqu'à moi. J'ôtai ma cape de comte d'Essex pour l'enrouler autour de son cou.

« Tiens-la dans cette position, d'accord ?

– Monsieur Cavendish. »

Bernard Styles n'avait pas bougé d'un pouce. Seulement, il avait à présent en main un revolver Webley 38 mm. Une antiquité, d'une certaine manière, mais une antiquité prête à l'emploi.

Son autre main tenait toujours la lampe-torche. Il parcourut l'assemblée de son faisceau. D'abord Alonzo... puis moi... et enfin, il accorda une attention toute particulière à Clarissa.

« Oh, ma chère ! dit-il. Il semblerait que vous ayez développé le syndrome de Stockholm. Il faut croire que vous avez passé trop de temps en compagnie de l'ennemi. C'est regrettable. »

Ses yeux étaient aussi menaçants que son arme.

« L'ennemi avait raison, Bernard.

– L'ennemi n'a jamais raison.

– Tu es un tueur.

– Foutaises, je suis un homme d'affaires. Rien de plus.

– Je te conseille de bien viser, dit-elle. Parce que tu n'auras pas le temps de tous nous tuer.

– Ah oui ? »

Et là, je dois avouer que j'avais sous-estimé Alonzo. Car il ne s'occupait pas seulement de panser ses blessures, comme je l'avais d'abord pensé, il attendait son heure. Et quand Bernard Styles le quitta un instant du regard, il jeta sa cape maculée de sang dans sa direction.

L'idée était bonne, mais la visée laissait à désirer, car la cape effleura seulement la tempe de Styles pour atterrir sur son épaule. En revanche, je pense que le sang fit toute la différence. Le sang d'Alonzo qui tachait à présent la peau, les vêtements et les cheveux du vieil homme, le déconcentrant suffisamment pour laisser à Alonzo l'occasion de se jeter sur lui.

La lampe-torche tomba par terre, suivie de près par Styles, qui s'écroula comme un arbre pendant la tempête. Cependant, la main droite de Styles, bien que plaquée par terre, tenait toujours fermement le revolver. Deux détonations retentirent et les balles allèrent se ficher dans un mur. Pour mon crâne endolori, ce bruit fut une véritable torture. Je me bouchai les oreilles en attendant que le bourdonnement cesse. Je commençais tout juste à recouvrer mes esprits quand une masse énorme et acharnée m'attrapa au niveau des hanches et me fit tomber au sol.

Sonné, je levai la tête et croisai le regard de panthère de Halldor. J'y lus immédiatement mon destin.

Avec ses pouces, il appuya sur ma trachée (*Extraordinaire, le cou*). Il était résolu. Il allait me tuer. De la façon la plus rapide et, il faut bien le dire, la moins cruelle.

Il s'acharnait sur moi comme si j'étais un soufflet dont il aurait cherché à épuiser les dernières réserves d'oxygène. Il allait toucher au but quand un poids supplémentaire vint s'ajouter au sien. Clarissa, qui s'était agrippée au dos de Halldor, et qui le griffait, lui tirait les cheveux... un simple coup de poing donné à l'aveuglette permit à celui-ci de se débarrasser du problème. Clarissa vola en arrière. Tandis que ma vision se troublait de plus en plus, je l'aperçus, allongée sur le sol, un peu plus loin.

Halldor était à présent tout à fait libre de poursuivre son entreprise. Il appuya sur ma gorge de toutes ses forces et, à ma grande surprise, ce n'était plus la panique qui parcourait mes veines, mais la sérénité. Mon cerveau qui s'éteignait m'expliquait tranquillement les choses.

Tu vois, Henry. Voilà ce que l'on ressent quand on meurt.

Et je crois bien que je me serais laissé faire, si un minuscule instinct de survie ne s'était manifesté. Comment sinon me serais-je souvenu du couteau ?

Le couteau qu'Alonzo m'avait donné à la réception. Le couteau qui se trouvait toujours dans son fourreau, le long de ma cuisse droite. Pas une rapière, mais vu les circonstances, il ferait bien l'affaire. Je n'aurais eu aucun mal à le dégainer si mes mains avaient été libres, si mes membres n'étaient pas affalés contre la pierre froide.

Je canalisai toute l'énergie qui me restait pour remuer les doigts de ma main droite. Ces doigts rampaient à présent doucement le long de ma hanche... s'arrêtant quelques secondes en haut de la cuisse... progressant de toutes leurs forces vers le manche du couteau... le tirant de son fourreau, millimètre par millimètre...

Et le simple fait de dégainer la lame me donna le courage de passer à l'étape suivante. Je serrai plus fermement le manche et frappai Halldor à la cuisse.

Un grognement de surprise. Je sentis sa jambe reculer. Trois centimètres, pas plus, mais cela me suffit pour retirer la lame et l'enfoncer légèrement au-dessus.

À présent, le haut du corps de Halldor ne pouvait plus ignorer l'agitation qui s'était emparée du bas. Ses doigts desserrèrent imperceptiblement leur emprise sur ma gorge, et pourtant, la lumière en moi s'éteignait inexorablement. Il ne me restait qu'un seul essai. Je rassemblai donc mes ultimes forces et plongeai la lame dans son aine.

Halldor hurla et fit un bond en arrière. Ses mains lâchèrent prise, laissant l'air s'engouffrer dans mes poumons. Je devais profiter de ce répit pour lui asséner un dernier coup de couteau dans le plexus solaire.

Le coup ne fut pas violent, il faut l'avouer, mais cette fois, la gravité jouait en ma faveur. Plus la vie quittait Halldor, plus son corps s'empalait profondément sur la lame. Je ne pouvais rien faire d'autre qu'assister au spectacle : le sang qui coulait doucement entre ses lèvres, les yeux qui se révulsaient.

Il se battit jusqu'à la fin. Ses dents étouffaient d'inaudibles jurons, ses mains cherchaient à m'agripper, tout son être suintait la haine. Seul son désir de me nuire lui permit de rester en vie aussi longtemps. Je ne saurais dire combien de temps s'écoula ainsi – deux minutes ? Vingt ? Cependant, au moment où j'avais perdu l'espoir d'un jour pouvoir me relever, les yeux de Halldor s'immobilisèrent, sa respiration s'interrompit et ses mains arrêtèrent brusquement de s'agiter.

Impossible de célébrer ma victoire : la douleur était trop intense. Je pensais que le fait de pouvoir respirer de nouveau serait une libération. Ce fut une souffrance pire que l'étranglement qui avait précédé. *Comme un bébé à la naissance*, pensai-je. Sauf qu'aucun son ne sortit. Je n'avais même plus la force de repousser le lourd cadavre qui m'écrasait.

Je restai donc allongé – nous restâmes allongés – jusqu'à ce que ma respiration se fasse plus naturelle, que mes poumons puissent puiser suffisamment d'énergie pour réveiller le reste de mon corps. Je poussai Halldor une première fois, puis une deuxième, une troisième... et enfin, j'eus la satisfaction de voir son énorme corps rouler sur le côté.

Enfin libéré, je me relevai péniblement. À ma droite se trouvait Clarissa, face contre terre. À ma gauche, les corps enchevêtrés de Bernard Styles et d'Alonzo Wax, allongés sur le sol, à moitié dans la lumière, à moitié dans l'ombre.

Une minute s'écoula. Puis un des deux hommes ouvrit les yeux et fixa quelques instants le plafond. Puis il observa le revolver dans sa main, et la tache de sang qui s'élargissait sur la poitrine de l'autre homme. Il poussa un grognement et se redressa à grand-peine.

« Henry, dit Alonzo. Tu ne pourras pas dire que je ne t'avais pas prévenu. »

47

Un énorme hématome s'était formé autour de l'œil de Clarissa, et du sang lui coulait de chaque narine... mais elle respirait encore et, quand je m'allongeai à côté d'elle, elle ouvrit imperceptiblement les yeux avant de les refermer.

« Pff, soupira-t-elle en se touchant le nez avec précaution.

– Cassé ?

– Mmh. »

J'attrapai sa main et l'aidai à s'asseoir. Elle regarda d'abord Styles, puis Halldor, puis moi. Elle était probablement surprise que je sois le seul encore debout.

« Bon sang ! » finit-elle par s'exclamer.

Dans un froissement de jupon, elle se leva. Elle tituba jusqu'à l'endroit où se trouvaient les vestiges du télescope de Thomas Harriot, baignés par le faisceau de la lampe-torche de Halldor. Elle se pencha, ramassa les éclats de verre et tâcha de les reconstituer dans la paume de sa main.

« Tu l'as détruit pour la bonne cause », déclarai-je.

Elle avait revêtu le masque blanc de la concentration et ses yeux ne voyaient plus rien. Elle tâchait de canaliser ses visions, à la différence près que cette fois, elle était complètement éveillée.

« Désolé de vous interrompre, dit Alonzo, mais je crois qu'il faudrait penser à prendre la fuite.

– Clarissa, demandai-je, tu viens avec nous ? »

Elle fit non de la tête.

« Tu ne peux pas rester là, insistai-je.

– Henry...

– Oui ?

– Adieu. »

Elle avait dit cela d'un ton léger, mais le côté irrévocable de ce simple mot me frappa de plein fouet. Il fallut qu'Alonzo me pousse sans ménagement pour que je me décide à bouger. Et alors que je quittais la pièce, j'espérais encore qu'elle me rappelle, qu'elle m'offre une autre porte de sortie... mais elle avait dit tout ce qu'elle avait à dire.

S'il y avait bien une chose pour laquelle on pouvait remercier Bernard Styles, c'était de nous avoir balisé le parcours. Nous n'avions qu'à suivre le chemin qu'il s'était frayé avec Halldor pour retrouver la sortie. Nous remontâmes les escaliers, traversâmes le grand hall pour atteindre la porte d'entrée que Halldor avait enfoncée. Dehors, nous retrouvâmes Seamus et son air toujours aussi impassible, le sac à dos vissé entre les épaules comme une excroissance de chair.

En notre absence, il avait simplement descendu la tour en rappel et avait attendu notre retour. S'il était curieux de savoir ce qui nous était arrivé, il n'en laissait rien paraître.

« Il s'fait tard, hein ? »

Effectivement. Il se faisait tard. Quand nous posâmes enfin le pied sur l'asphalte, il était cinq heures du matin. Le bus 237 avait terminé son service. Nous songeâmes à héler un taxi, mais en regardant nos déguisements déchirés et nos mines meurtries, nous décidâmes qu'il s'agissait d'une mauvaise idée. Pour finir, nous parcourûmes à pied le kilomètre et demi qui nous séparait de Brentford. Puis Alonzo, après avoir renvoyé Seamus avec cent livres sterling (et lui avoir promis qu'il lui donnerait le reste bientôt), ouvrit la marche jusqu'à l'hôtel.

À l'aide des pansements et de l'eau oxygénée de ma trousse de rasage, je soignai comme je pus le cou d'Alonzo. Je volai également des glaçons au bar-restaurant pour calmer ma douleur à la tête. Après quoi, nous n'avions plus rien à faire, et chacun regagna sa chambre.

Même après avoir ingéré quatre Advil, je n'arrivais pas à m'endormir. Allongé sur ce lit trop dur, j'observai les premiers rayons du soleil s'insinuer entre les rideaux. Puis je me levai, pris une douche, et avec ma seule carte de crédit encore en état de marche, je réservai deux billets pour le vol Virgin Atlantic de treize heures à destination de Washington. Enfin, je frappai à la porte d'Alonzo.

Une heure plus tard, nous étions en bas, dévorant saucisses et tomates farcies. Nous avions toute la matinée devant nous, mais comment la remplir ? Avec des mots ? Des gestes ? Rien ne semblait convenir après les événements de la nuit. Nous optâmes donc pour la plus simple des solutions : enfiler nos manteaux et partir en promenade.

Il faisait frais et inhabituellement clair, comme si la pluie avait lavé le paysage. Dès que j'essuyais une bourrasque de vent, je ne pouvais m'empêcher de regretter mon chapeau et ma parure de comte d'Essex, cette laine épaisse qui permettait aux hommes de la Renaissance d'affronter les éléments.

« On va les retrouver, déclarai-je.

– Tu parles de nos amis tombés au champ d'honneur ? Je pense qu'ils ont déjà été retrouvés.

– Ça ne t'inquiète pas ?

– Bah ! Le temps que la police trouve une première piste, nous serons loin.

– Oui, mais passibles d'extradition.

– Henry.

– Je ne sais pas moi. Des traces d'ADN, des empreintes digitales...

– Allons, nous ne sommes pas dans *Les Experts*. Personne ne va se pencher sur son microscope dans un labo sombre. Ça va aller. »

Ça va aller.

Cette remarque suffit à me rassurer, jusqu'à ce qu'on atteigne Kew Bridge. Il me fut alors impossible de traverser le pont sans penser à Clarissa. Tremblante dans son manteau rouge. Ses lèvres rendues plus rouges encore par le vent. Le souvenir était pour moi comme une blessure.

« *Cinglée*, murmurai-je.

– Pardon ?

– Rien, c'est un mot qu'avait employé Clarissa, quand nous étions sur ce même pont. »

Alonzo me lança un regard pénétrant.

« Dis-moi, Henry, avoue que tu te méfiais quand même un peu d'elle. »

J'appuyai mes mains sur la balustrade du pont.

« Non, je n'étais sûr de rien. C'est juste... quand elle est entrée dans la pièce avec Styles et Halldor, ce n'était pas une victime. C'était un fantôme. Comme si elle était hantée.

– J'espère bien qu'elle est hantée. Je ne comprends pas comment toute cette histoire ne te met pas hors de toi.

– Je ne sais pas, répondis-je en souriant timidement. J'imagine qu'à quarante-quatre ans, on a plus de recul. Même si parfois, c'est douloureux. »

Alonzo laissa échapper un sifflement tandis qu'il se tournait vers le fleuve.

« Ce n'est certainement pas à moi de te dire ce que tu dois ressentir, Henry, mais n'oublie pas qu'elle nous a dupés depuis le départ. Qu'elle nous a utilisés. Et au risque de paraître cruel, elle est complice de vol et de meurtre.

– Non, Alonzo. Elle n'est complice de rien du tout. »

Il croisa les bras.

« Ah oui ? Tu comptes développer ?

– Elle ne peut pas être complice de vol et de meurtre, puisque Bernard Styles n'a rien volé et n'a tué personne. En tout cas, il n'a pas assassiné Lily Pentzler. Ni Amory, je pense. »

Je pris bien garde de ne pas croiser son regard.

« Hier soir, poursuivis-je, l'inspecteur Acree m'a appelé.

– Le policier dont tu m'avais parlé ?

– Oui. Apparemment, il est tombé sur un détail intéressant en regardant la vidéo de surveillance de l'immeuble de Lily datée du jour de sa mort.

– Ah ?

– Il a vu un individu qui montait les escaliers. Un individu beaucoup plus jeune que les veuves qui habitent l'immeuble. Plus gros, également. »

Je marquai une pause.

« Apparemment, il te ressemblait beaucoup, Alonzo. »

À présent, même si j'en avais eu envie, je n'aurais pas pu le regarder en face.

« Bon, évidemment, l'inspecteur ne peut être sûr de rien, puisqu'il ne t'a jamais vu, en personne. Et puis, le problème, c'est que tu étais déjà censé être mort. Il y avait même un certificat de décès. Mais partons du principe que tu n'aies pas été mort... pourquoi prendrais-tu le risque de te faire repérer par une caméra de sécurité ?

– Eh oui ? Pourquoi ?

– Il y a un élément qui j'en suis sûr va t'intéresser. Cette caméra était cassée depuis plus d'un an, et le syndic n'a décidé de la réparer qu'il y a trois semaines. Tu ne pouvais pas le savoir, n'est-ce pas, Alonzo ? »

Il croisa les bras contre sa poitrine.

« Des caméras de sécurité, railla-t-il. Je ne sais même pas quoi te dire, Henry... D'ailleurs, je ne vois même pas pourquoi je devrais dire quoi que ce soit. J'étais en Caroline du Nord quand Lily est morte. Et tu le sais pertinemment.

– Non, je ne le sais pas pertinemment.

– Amory aurait pu te le confirmer.

– Sauf qu'il n'est plus en mesure de le faire. C'est curieux, la nuit dernière, quand nous nous promenions dans les bois derrière la Syon House, j'ai repensé à quelque chose. Quelque chose que tu m'as dit quand nous étions chez Amory, justement. Tu m'as demandé si je croyais vraiment que Lily aurait pu laisser tomber une cigarette allumée dans un coffre-fort. *Maniaque comme je la connais.*

– Oui, c'est précisément ce que j'ai dit.

– Comment pouvais-tu savoir que c'était une cigarette qui avait déclenché le système anti-feu du coffre ? »

Du coin de l'œil, je vis ses lèvres se pincer.

« Mais enfin, Henry, c'était dans le journal. Le *Washington Post*...

– J'ai lu l'article du *Washington Post.* J'ai même été vérifier sur Internet. On parle du vol de tes livres, mais pas un mot sur la mort de Lily. Rien sur la cigarette, rien sur le coffre. *Circonstances suspectes*, c'est tout ce qu'on pouvait lire, parce que la police ne voulait pas en dire plus. »

À cet instant, je décidai de me tourner franchement vers lui pour le regarder dans les yeux.

« C'est une erreur de débutant, Alonzo. Et moi, je n'ai même pas su la repérer. C'est sûr que je me serais fait virer du Club des Cinq. »

Sa voix ne trembla pas.

« C'est vrai, Henry. Je ne l'ai pas lu dans le journal.

– Alors comment pouvais-tu le savoir ?

– On me l'a dit.

– Qui ?

– Je ne révèle jamais mes sources, Henry...

– Tu ne peux pas faire un écart ? Juste une fois ? »

Je fermai les yeux.

« Joanna », finit-il par dire.

Je rouvris les yeux.

« Joanna ?

– La demi-sœur de Lily. Tu aurais dû l'entendre, elle était dans tous ses états. *Calme-toi*, je lui ai dit. *Je ne comprends rien à ce que tu racontes.* C'est vrai, j'aurais pu être plus gentil avec elle. Elle était bouleversée. D'ailleurs, je n'ai pas trop compris pourquoi, Lily et elle n'ont jamais été proches.

– D'accord, répondis-je en réfléchissant à la suite. Le problème, c'est que tu m'as dit que Joanna était à Cinq Terres quand Lily est morte. Avec son nouveau cou. Celui que tu lui avais payé. »

En d'autres circonstances, j'aurais pris plaisir à laisser Alonzo Wax sans voix. Mais là, je ne savourais rien : l'affaissement dans son visage, dans ses épaules, ses mains qui se serraient.

« Je sais, repris-je doucement. La confession, ce n'est pas ton fort. Mais nous n'avons pas beaucoup de temps, alors si tu faisais un effort ? »

Je regardai de nouveau en direction du fleuve, de l'autre côté des prés, à l'endroit où se dressait la Syon House.

« Tu pourrais commencer par reconnaître que tu étais criblé de dettes, insistai-je. Je le sais, j'étais ton exécuteur testamentaire. J'ai eu le privilège de passer en revue tous tes papiers. Tu avais atteint le plafond de cinq de tes cartes de crédit. Tu étais convoqué par des tribunaux d'instance. Partout où tu passais, tu laissais des ardoises : le marchand de vin, l'épicier du coin, le pressing. Ça faisait près d'un an que tu n'avais pas payé ton loyer. Au total, je dirais que tu devais au moins un million de dollars.

« D'ailleurs, tu sais quoi, Alonzo ? Je commence à me dire que les deux gorilles qui nous attendaient à l'aéroport – tu te souviens ? les agents Mooney et Milberg – ne travaillaient pas pour Styles, au final. Je pense plutôt qu'il s'agissait des hommes de main d'un usurier à qui tu devais des sous. On n'échappe pas si facilement à ses dettes, pas vrai ? »

Alonzo ne disait rien.

« Par contre, poursuivis-je, tu avais un bien très précieux. Car ta bibliothèque, tout le monde le sait, valait beaucoup plus qu'un million. Et si tu parvenais à la faire disparaître, tu n'avais même plus besoin de la revendre.

« Le problème, c'est que tu aurais été la première personne soupçonnée – les compagnies d'assurance n'apprécient pas trop ce genre de magouille – il te fallait donc faire quelque chose au préalable. Il fallait que tu te fasses disparaître. Car comment un mort pourrait-il voler ses propres livres ? Ou toucher l'argent de l'assurance ? Ce qui signifie que tu avais besoin d'un bénéficiaire. Quelqu'un dont tu saurais qu'il pourrait garder l'argent en lieu sûr en attendant que tu en aies besoin. Apparemment, ce quelqu'un, c'était moi. Même si, bien sûr, tu n'as jamais jugé nécessaire de me le faire savoir.

« Quant au reste... J'imagine que c'est Lily qui a fait acheminer tes livres en lieu sûr, Dieu sait où. Et toi ? Toi, tu étais désormais libre comme l'air. Libre d'aller en Caroline du Nord retrouver Amory dans son taudis, et te lancer à la poursuite de ton rêve. De ta chance sur un million de toucher le pactole.

« C'est vrai qu'on ne peut pas t'accuser d'être un petit joueur, Alonzo. De surcroît, tu es un malin. Tu savais que Bernard Styles en aurait après toi. Il allait bien finir par vouloir récupérer son document, n'est-ce pas ? Tôt ou tard, il allait venir frapper à ta porte. Et comme tu as de la ressource, tu y as vu une occasion à saisir. L'occasion d'en faire ton bouc émissaire. »

Alonzo restait impassible, mais il hochait à présent très légèrement la tête.

« C'est là qu'intervient Clarissa. Tu la perces vite à jour, mais tu la laisses faire ses rapports à Styles, parce que tu sais qu'il va venir fouiner. Tu savais qu'il serait parfait dans ce rôle. Et c'est vrai, ce type est tellement sinistre qu'il suffit de passer une minute avec lui pour voir la mort partout.

« C'était un excellent choix, Alonzo, il a joué son rôle à la perfection. Et moi, j'ai tout gobé : l'hameçon, la ligne et jusqu'au moulinet. Quand les deux gorilles nous attendaient à l'aéroport, je me suis dit que c'était Styles qui avait dû les envoyer. Quand Amory a été assassiné, j'ai oublié un détail essentiel : tu étais seul avec lui à ce moment-là. La voie était libre pour le... au fait, comment l'as-tu tué, Alonzo ? Empoisonnement ? Étranglement ? »

Les coins de sa bouche tombaient, à présent.

« Qu'importe, repris-je. Je peux au moins deviner pourquoi tu l'as fait. Amory avait besoin d'argent, ça, c'est évident. Il était facile à acheter. Peut-être l'as-tu vu passer un accord avec un autre collectionneur. Peut-être même avec Styles. Comprends-moi bien, Alonzo, je n'approuve absolument pas ton geste, mais quelque part, je peux le concevoir. »

Je marquai une pause.

« Mais Lily ! m'exclamai-je en m'approchant de lui. La femme qui t'avait rendu service pendant tant d'années, Alonzo. Comment as-tu pu faire une chose pareille ? »

À présent, tout avait changé entre nous, car il savait bien que cette fois-ci, son ton autoritaire ne le tirerait pas d'affaire. Il ne pourrait pas railler mes propos et reprendre la main. Non, il lui fallait tenter une autre approche.

« Ce n'est pas de la faute de Lily, murmura-t-il. Elle était simplement trop faible. »

Je le regardai droit dans les yeux pendant un long moment.

« Qu'est-ce que tu cherches à dire, Alonzo ?

– Je veux dire qu'elle aurait craqué. »

À présent, ses cent dix kilos bouillonnaient de rage.

« Elle me l'a dit, Henry ! Elle m'a raconté comment elle avait failli te révéler toute l'affaire après seulement quelques verres ! Tu crois vraiment qu'elle aurait pu tenir le coup pendant un interrogatoire de police ? Non. Bien sûr que non ! J'avais besoin de plus de temps. Et c'était au-dessus de ses forces. »

J'appuyai mes mains contre mes tempes.

« Mon Dieu, Alonzo. »

Quelque part, j'imagine que la Terre continuait à tourner sur son axe. Mais sur le pont où nous nous trouvions, elle s'était arrêtée.

« Très bien, repris-je. Une chose, encore. Qu'est-ce que tu comptais faire de moi ? »

Son regard trahit un étonnement sincère.

« Tu ne peux pas me reprocher de me le demander, poursuivis-je. Une fois le trésor découvert, je ne t'aurais plus servi à rien, moi non plus. Alors pourquoi t'embarrasser de ma présence ? »

Je n'étais même pas en colère. J'étais simplement curieux, je voulais savoir. Mais je ne m'attendais certainement pas à une telle réaction de la part d'Alonzo. Il ouvrit la bouche et me parla avec une telle violence que quelques passants se retournèrent.

« Comment ? hurla-t-il. Comment peux-tu dire une chose pareille ? »

Pendant quelques secondes, il tremblait tellement qu'il ne pouvait formuler le moindre mot.

« Henry, tu crois... tu crois vraiment que, depuis des années, je m'embarrasse de ta présence, comme tu dis, par bonté d'âme ? »

Les poings serrés comme un boxeur, il s'avança vers moi.

« Tu ne crois pas que j'avais mieux à faire que de m'occuper de toi après ta carrière ratée ? Après ton mariage raté ? Tes coups de blues, tes cuites à répétition, tu crois que les gens ne se demandaient pas pourquoi j'en avais quelque chose à faire ? Tu crois que je ne me le demandais pas, moi ? Crois-moi, si j'avais trouvé un moyen de... de n'en avoir rien à foutre, Henry, je t'aurais laissé tomber depuis longtemps. Mais je ne pouvais m'y résoudre. Depuis le jour où je t'ai croisé à l'université, j'ai tout perdu. Je me suis perdu moi, j'ai perdu la capacité d'envisager ma vie sans toi à mes côtés. Et si ce n'est pas la plus grande tragédie de ma vie, Henry... »

Un hoquet l'interrompit au milieu de sa phrase.

« Et la plus grande joie de ma vie... »

Je me souviendrai toujours à quel point il avait l'air jeune, tandis qu'il me regardait dans les yeux, dans l'attente d'une réponse. Je n'étais même plus capable de penser. Je me souviens seulement qu'il se mit à rire. Le rire le plus triste que j'aie jamais entendu.

« Et tu sais, ajouta-t-il, je m'en fichais de perdre tout mon argent. Je me disais, bah ! Ce n'est que justice. Maintenant, Henry et moi sommes dans le même pétrin. Nous sommes égaux. Et puis Styles m'a montré cette lettre – la deuxième page, c'est tout ce que j'ai vu – et je me suis dit : quel meilleur cadeau pourrais-je faire à

Henry ? Les mots de Thomas Harriot. Quel meilleur moyen de faire renaître... »

Il me frappa sur la poitrine du plat de la main.

« ... toute cette passion, toute cette vivacité qui te caractérisaient, Henry. Et toi, tu as tout foutu en l'air, et je t'ai haï pour ça, et malgré tout, ça ne changeait rien à ce que je ressentais. »

Son visage s'affaissa sous mes yeux, tandis que – chose que je n'avais jamais vue chez lui – de grosses larmes roulaient sur sa joue.

Il se reprit. Essuya les larmes d'un revers de main rageur.

« Écoute-moi, Henry. Le trésor n'importait pas, c'est ce qu'il apportait qui m'intéressait. Car il y a d'autres trésors. Le monde en est infesté ! Tôt ou tard, nous toucherons l'argent de l'assurance, crois-moi. Et avec, nous serons libres de...

– Libres de quoi ? »

Il chercha ses mots quelques secondes.

« Libres de partir. Quelque part, n'importe où. Où on veut, Henry. Nous pourrons faire ce que nous avons toujours voulu faire. Vivre nos rêves. Et je ne parle pas du côté physique, ne t'en fais pas. Ce n'est pas ce que... »

Il se mit à hurler :

« Si tu veux une femme, prends une femme ! Je ne m'en suis jamais plaint. Prends Clarissa, si ça te chante ! Tout ce que je demande – la seule chose que j'aie toujours voulue – c'est que tu restes avec moi. Cela ne me paraît pas trop difficile, si ? Avoue qu'il y a pire ! »

Le fleuve s'était remis à suivre son cours : doucement, tout doucement. Deux goélands nous observaient, un joggeur solitaire courait sur le trottoir. Quelque part, des cloches sonnaient.

Dimanche.

Je me passai la main dans les cheveux.

« Alonzo, je n'arrive pas à croire que c'est pour moi que tu as fait toutes ces choses horribles.

– Pour nous, corrigea-t-il.

– Eh bien j'en suis désolé. Je suis désolé que ces personnes aient dû mourir pour nous. Je suis désolé de ne pas avoir été digne d'eux. J'aimerais pouvoir les oublier, mais c'est impossible. »

À présent, son visage n'avait plus l'air si jeune.

« Qu'est-ce que tu essaies de me dire, Henry ? Après tout ce que nous avons vécu, tu vas faire quoi ? M'arrêter ? Me passer les menottes ? »

Je fis un pas en arrière.

« Je rentre à Washington cet après-midi, répondis-je. Par le vol de treize heures. Demain matin, j'appelle l'inspecteur Acree, et je lui raconte tout.

– Et pendant que tu cherches à exorciser ta culpabilité, Henry, qu'est-ce que je suis censé faire ?

– Je n'en sais rien. Ça ne m'intéresse pas. »

Il n'aurait pas tressailli plus vivement si je lui avais enfoncé une aiguille à tricoter dans le crâne.

« Il n'y a pas de coucher du soleil au bout de la route, Alonzo. L'École de la nuit est fermée. »

Il hocha la tête, à deux reprises. Puis il fourra la main dans la poche de son manteau et en tira une feuille de papier enroulée.

« Qu'est-ce que c'est ? demandai-je.

– La carte de Harriot. Que voulais-tu que ce soit ?

– Pas l'original.

– Si, bien sûr. »

Ma main trembla en s'en approchant, puis elle s'arrêta en l'air, à deux centimètres du document.

« Ne sois pas bête, Henry. Styles n'en a plus l'utilité, à présent. Si quelqu'un doit la garder en lieu sûr, autant que ce soit toi. »

Puis, avec un petit rire très étrange, il ajouta :

« Je risquerais de la perdre. »

Tandis que j'attrapais la carte, deux pulsions se battaient en moi : celle de remercier Alonzo pour ce cadeau, et celle de déchirer le document sur place. Comme aucune des deux ne prédomina, je restai là, debout, à regarder le morceau de papier qui avait été la cause de tout ce gâchis.

« Tu as un avion à prendre », dit Alonzo.

Je fis oui de la tête, et m'apprêtai à parler.

« Adieu, Henry. »

Un écho bizarre. C'était la deuxième fois de la journée qu'on me disait adieu.

Et tandis que je traversais le pont, c'était à une partie de mes cruelles illusions que l'Angleterre disait adieu. Thomas Harriot, Margaret Crookenshanks, Walter Ralegh, Henry Percy... tous ces personnages du passé qui s'éloignaient pour aller hanter quelqu'un d'autre.

Le vent me faisait grelotter. Je resserrai le col de mon manteau. Après ces dernières vingt-quatre heures, la fatigue m'atteignait enfin, et je n'avais plus qu'une envie : me réfugier au chaud dans un lit, sous une couverture. Dans mon lit à moi, aussi ridicule que cela puisse paraître. Je l'imaginais parfaitement, avec sa couette en boule.

La vision de deux silhouettes faisant leur entrée sur le pont me rappela à la réalité : l'agent Mooney et son acolyte l'agent Milberg.

Ils étaient vêtus du même costume sur mesure qu'à l'aéroport, mais ils avaient l'air nettement moins affables. Ils marchaient dans ma direction d'un pas déterminé.

Je ne pus que rester là, immobile, à les regarder approcher inexorablement. Ils auraient pu m'attraper par les bras et m'emmener que je n'aurais même pas songé à protester.

Cela ne s'avéra pas nécessaire. Ils passèrent à côté de moi sans même m'accorder un regard, et poursuivirent leur route du même pas lent et implacable. Je me rappelai alors ce que Mooney avait essayé de me dire lorsque je le ligotais. *Tout ça ne te concerne pas.*

Depuis le départ, ils en avaient après Alonzo. Et cette fois, il n'était pas question de le laisser s'échapper. Il avait tiré sur la corde pendant des années, à emprunter de l'argent à l'un pour rembourser l'autre, et il allait en payer le prix.

L'idée qu'ils puissent faire du mal à Alonzo suffit à me faire réagir. Je fis demi-tour. Un cri d'alarme monta en moi, et ma bouche le laissa échapper...

Mais il n'y avait plus personne à prévenir. Alonzo n'était plus là.

Plus exactement, il n'était plus là où je l'avais laissé. Je dus tourner légèrement la tête pour l'apercevoir. Malgré son embonpoint, masqué par le pardessus qu'il portait, il escalada le parapet avec agilité. Cet homme-là n'avait plus une seconde à perdre.

Je m'élançai, mais je savais qu'il était déjà trop tard. Il sauta sans un mot, sans un geste, sans un regard en arrière. Quand j'arrivai haletant à l'endroit d'où il s'était laissé tomber, il avait déjà disparu dans les eaux brunes du fleuve.

Pour sa seconde mort, Alonzo Wax avait de nombreux témoins. Une mère qui poussait un landau. Un prêtre anglican, qui s'était arrêté pour changer de chanson sur son iPod. Deux adolescentes au crâne rasé sur leur skateboard. Un vieil homme avec un foulard qui traînait sa canne en bois comme une laisse.

J'entendis un hurlement, quelques petits cris en écho. Je vis des passants se précipiter vers le parapet, scruter l'eau avec attention comme si cela pouvait suffire à faire remonter Alonzo à la surface.

Je vis Mooney et Milberg s'arrêter pendant à peine une seconde, avant de se remettre à marcher.

Plus personne ne pouvait rien pour Alonzo, c'était fini. Il avait coulé comme une pierre. Les eaux troubles l'avaient englouti et l'emmenaient déjà vers la mer.

Quatrième partie

Ô Mort! Qui ne vouloit entendre raison, ton éloquence l'a convaincu ; ce que nul n'osoit, ta toute puissance l'a accompli ; celuy que le monde flattoit, ta justice l'a retranché du monde avec mespris. Tu as rassemblé toute l'enfleüre, tout l'orgueil, la cruauté, l'ambition des hommes, et tu les as recouverts de ces deux humbles mots, Hic jacet!

Sir Walter Ralegh,
Préface à *L'Histoire du monde*

Isleworth, Angleterre
1603

48

Harriot est debout à l'aube. Il s'habille en vitesse, se hâte d'atteindre l'embarcadère du domaine pour y héler un bateau. Hélas, plus aucun batelier n'accepte d'aller à Londres, dorénavant. C'est même une insulte que d'oser leur demander.

« Pour qui me prenez-vous ? »

« Par là-bas, il n'y a que la mort. »

Ce matin de septembre, Harriot n'a donc d'autre choix que d'acheter une barque à prix d'or, d'y grimper sans assistance, et de descendre la rivière à la rame.

Sa mission est urgente mais la marée est contre lui. Aussi, plutôt que de lutter, il se force à s'adapter au rythme du fleuve. Une heure et demie plus tard, il aperçoit les toits de Westminster qui percent le brouillard matinal. Les bâtiments familiers défilent, dans l'ordre : l'abbaye, la Chambre étoilée, le palais de Whitehall, Charing Cross et son monument en marbre. Harriot a bien conscience qu'il manque quelque chose, mais il lui faut une bonne minute pour trouver quoi.

Les bateaux.

La Tamise est vide.

Tout le monde cherche à éviter la contagion et Harriot se retrouve donc à plonger ses rames dans des eaux vierges, comme lorsqu'il était en Virginie. Seul le claquement des vagues contre la coque se fait entendre.

Personne pour le saluer depuis la rive. Aucune torche allumée le long des escaliers de Old Swan. Et bien entendu, pas un cheval à disposition. Si Harriot veut trouver St. Helen's Bishopsgate, il devra s'y rendre à pied.

Il jette un œil à sa boussole. Puis il s'enroule dans sa cape – l'air est toujours frais – et s'engage dans Fish Street.

La dernière fois que Harriot a arpenté les rues de Londres, c'était il y a moins d'un an, mais la ville est si différente aujourd'hui qu'il ne la reconnaît pas. Pas une prostituée pour l'interpeller. Toutes les fêtes et tous les rassemblements ont été annulés, toutes les foires ont été interdites dans un rayon de cinquante milles. Les auberges sont condamnées, les mairies sont vides. On ne croise plus ni bardes, ni crieurs publics. On n'entend plus les chiens aboyer car les élus de la ville, croyant qu'ils étaient le vecteur principal de la maladie, les ont fait abattre par milliers.

Comme il est étrange, comme il est inquiétant d'entendre le vent dans les rues de Londres. Le vent qui fait vibrer les maisons abandonnées et se faufile dans les allées. Le vent et les cloches des églises, dont le glas lent résonne depuis chaque paroisse, pour accompagner jusqu'aux cieux les âmes toujours plus nombreuses.

Harriot poursuit sa route au milieu de l'air humide. Il sirote un flacon de cidre et grignote des noix dont il jette les coquilles par-dessus son épaule. Il ne s'arrête que quand quelque chose vient lui barrer la route :

une charrette à l'abandon, un cheval mort, les naseaux encore bourrés d'herbe de grâce. Peu après avoir dépassé l'auberge de Cross Keys, il manque de trébucher sur un crâne humain aux orbites rivées vers le ciel. Il accélère le pas et tombe sur un fémur cassé en deux, dont on a aspiré la moelle.

Près de l'angle formé par Aldgate Street et Grace Church, il croise un mendiant boiteux, lui-même presque à l'état de squelette. Le premier être vivant que voit Harriot depuis qu'il a mis pied à terre.

« La charité, monsieur. »

Mais quand Harriot lui tend un shilling, le miséreux poursuit sa route, sans le voir.

« La charité... la charité... »

Le soleil vient de dépasser le zénith quand, enfin, Harriot arrive épuisé à St. Helen's Bishopsgate. Ici, les cloches ne sonnent plus. Il entre. L'obscurité règne et les deux nefs parallèles sont vides. Harriot s'apprête à s'asseoir sur un des bancs pour reprendre son souffle quand il remarque un rai de lumière sous la porte de la sacristie.

À l'intérieur se trouve un jeune pasteur, les manches retroussées comme s'il avait l'intention de polir les encensoirs qui l'entourent, mais ses mains sont paresseusement posées sur ses cuisses. Il a une longue barbe et porte un surplis gris détrempé. Le vide immense dans ses yeux se dissipe doucement quand Harriot engage la conversation.

« Crookenshanks ?

– Oui, c'est le nom que je cherche.

– Vous arrivez trop tard, elle a été enterrée il y a quatre jours. Nous en avons informé l'employé de la paroisse.

– Je suis au courant. Sa fille m'a demandé de récupérer ses effets personnels.

– Il y en a peu, je vous l'assure. »

Tandis qu'il étudie Harriot, sa bouche se plisse.

« Vous venez d'arriver à Londres ?

– Ce matin même.

– Dans ce cas, vous m'excuserez de vous parler aussi abruptement, monsieur, mais si le Seigneur a jugé bon de vous épargner jusqu'ici, il voudrait que vous quittiez cet endroit au plus vite. »

Puis, comme s'il prenait soudainement conscience de son impolitesse, il s'empresse d'ajouter :

« Non pas que votre compagnie me soit désagréable, bien sûr.

– Vous êtes trop bon. Comme Lui, d'ailleurs. Hélas, le devoir m'appelle et j'ai bien peur de ne pouvoir y échapper. Auriez-vous l'amabilité de m'indiquer l'adresse des Crookenshanks ? »

Une lueur de rage apparaît dans les yeux cerclés de rouge du pasteur. Mais très vite, ils retrouvent leur immense vide.

« Bevis Marks. À l'est de St. Mary Axe.

– Je vous remercie. »

Lorsqu'il sort de la sacristie, Harriot entend derrière lui la voix du pasteur.

« Auriez-vous l'amabilité de refermer la porte derrière vous ? Je ne pense pas pouvoir supporter une autre visite. »

Symbole du retournement de situation, le mur de Londres, construit par les Romains pour empêcher les étrangers de pénétrer dans la ville, sert à présent à empêcher les citoyens d'en sortir. Au sud du mur, on trouve Bevis Marks, une petite rue usée par les ans. Par endroits, elle fait à peine quelques pieds de large et, de part et d'autre, les mansardes vacillantes semblent vouloir s'étreindre tels des amants enivrés. D'ordinaire, ce boyau exigu est des plus animés : les enfants rapportent de l'eau depuis la citerne, les femmes vident des casseroles et étendent du linge. On y croise aussi pêle-mêle vidangeurs, cochers, bourreliers, chasseurs de rat et, de temps à autre, un Juif marchant tête baissée pour ne pas se faire remarquer.

Aujourd'hui, la rue est vide, à l'exception d'un garçonnet de huit ou neuf ans, assis sur une couverture de calicot et vêtu d'un pagne en peau de chien. Petite touche d'hérésie, il porte autour du cou la médaille de saint Christophe. Ses os forment des lames sous la peau. Sa bouche n'est qu'un cratère noir.

Harriot tire de sa poche une poignée de shillings qu'il dépose dans la main inerte du garçon.

« Crookenshanks ? »

Les doigts de l'enfant se referment sur les pièces. Sa tête tombe doucement en arrière. Harriot pense d'abord qu'il est en train de s'assoupir, mais il s'aperçoit qu'en fait, il désigne du menton une maison à colombage de deux étages, à la peinture écaillée et aux murs desséchés. Elle ressemble en tout point aux maisons voisines, à part la porte, sur laquelle on a peint en rouge une immense croix. Juste au-dessus, un avis placardé.

Que Dieu ait pitié de nous.

Devant la porte, sur une chaise, se trouve un homme d'une vingtaine d'années, pieds nus et hirsute. Il a un regard étrangement triomphal, comme un petit propriétaire jubilant à la vue de ses cinquante acres de terrain. Un guetteur, engagé par le maire pour surveiller les maisons infectées et empêcher les gens d'en sortir.

Harriot se cache derrière une fenêtre en saillie et écoute attentivement sa respiration.

Pas de précipitation. Au moindre faux pas, tout est perdu.

Et soudain, il prend conscience que l'homme qu'il vient de voir est synonyme d'espoir. En effet, jamais un guetteur ne perdrait son temps devant une maison dont les occupants sont tous morts. À l'intérieur, quelqu'un est encore en vie.

Et de fait, lorsqu'il lève les yeux vers les fenêtres condamnées, Harriot distingue une faible lueur ocre, comme prise au piège dans la maison.

Elle est là. Margaret est là.

Il parvient cependant à contenir sa joie. Car pour l'heure, il ne voit pas comment lui venir en aide.

Les guetteurs peuvent être soudoyés, dit-on. Mais celui-ci est robuste et même son immobilité confère un sentiment de brutalité. Par ailleurs se trouve à ses côtés une hallebarde menaçante – véritable fusion entre un crochet, une hache et une épée – qui ne demande qu'à être utilisée. Un argument de poids.

Du reste, même si son propriétaire était ouvert à la négociation, Harriot n'a plus que quelques piécettes dans sa bourse. Et si d'aventure le guetteur se révélait cruel ou capricieux, Harriot pourrait bien se retrouver enfermé à la prison de Newgate et voir son dernier espoir de libérer Margaret brisé à jamais.

Autre chose. Il doit y avoir un autre moyen...

Sans qu'il ne puisse rien y faire, son corps prend alors le relais. Ses yeux d'abord, qui repèrent un petit espace entre deux maisons. Puis ses jambes, qui le portent à travers latrines, étables vides et jardins en friche. Et enfin ses bras, qui écartent des piles de linge délaissé, de plats et de bougeoirs – autant d'articles que les pillards auraient raflés depuis longtemps en d'autres circonstances – pour se frayer un passage jusqu'à la ruelle qui devait jadis se trouver là.

Son cerveau se rend compte de ce qu'essaie de faire le reste du corps : trouver une autre voie d'accès.

Il sent son cœur qui accélère... et qui soudain se contracte. Car il se trouve à présent de l'autre côté de la maison des Crookenshanks, et il n'entrevoit toujours pas la moindre solution. L'arrière paraît aussi impénétrable que la façade. Des poutres robustes. Plusieurs épaisseurs d'argile et de plâtre. Une porte unique, évidemment condamnée. Sur chaque fenêtre, des planches ont été placardées.

Il se prend la tête dans les mains, au désespoir, et appuie de toutes ses forces sur ses tempes. C'est alors qu'il aperçoit un élément qu'il n'avait pas remarqué.

Une fenêtre.

Il regarde de nouveau.

Oui. Oui.

Seule la partie inférieure de la fenêtre de droite du deuxième étage a été couverte de planches. Peut-être le résultat de la précipitation, ou d'une négligence. Ou peut-être était-ce intentionnel. Ce n'est pas large, certes, mais c'est une entrée. Ou une sortie.

Il envisage un instant l'escalade. Hélas, les poutres ne fournissent aucune prise. Il essaie en vain d'agripper la paroi desséchée. Il se sent ridicule. Il n'ose pas appeler Margaret et frappe du poing contre le plâtre, impuissant.

Ses coups sont si violents et désespérés qu'un morceau de mortier se détache du mur. D'abord, c'est le trou qui l'intéresse. Il le mesure... y introduit un pied... considère la facilité avec laquelle il pourrait en faire une prise... pour reproduire ensuite l'expérience... et atteindre ainsi petit à petit la fameuse fenêtre.

Puis ses yeux tombent sur le morceau de plâtre à ses pieds. Il le ramasse et le soupèse. Il vise, puis le lance en direction de la fenêtre. Le tir est trop court, le caillou retombe par terre. Il le ramasse de nouveau et réitère l'expérience. Cette fois, il a visé juste. Le fracas contre la vitre résonne jusque dans le sol. Il attend. Dix secondes, vingt. Rien.

Imperturbable, il effectue un autre lancer. Puis un autre. Il s'apprête à jeter le caillou pour la cinquième fois quand il distingue des frémissements en provenance de la maison. Quelle douce musique ! Les bruits se font plus fréquents : quelqu'un s'approche de la fenêtre.

Il retient son souffle. La seconde d'après, le visage diaphane de Margaret apparaît derrière la vitre.

Une sensation qu'il n'aurait jamais imaginé éprouver. La voir, au moment où elle le voit.

Il n'a pas le temps de s'émerveiller et commence à faire de grands gestes.

Ouvrez la fenêtre. Ouvrez la fenêtre.

Elle fait le geste de soulever le châssis, mais cela ne reste qu'un geste, car elle sait quelque chose qu'il ne va hélas pas tarder à découvrir. On a cloué la fenêtre.

Le sentiment de joie qui l'habitait disparaît instantanément. Hagard, il scrute Margaret, les yeux suppliants.

Elle se contente de l'observer. Puis elle lève un doigt.

L'index droit, note-t-il, preuve qu'il a recouvré ses esprits. Elle maintient le doigt dans la même position quelques instants, puis d'un mouvement circulaire, elle indique une direction. Celle par laquelle est arrivé Harriot.

Faire demi-tour ?

Elle n'est pas sérieuse.

Pour toute réponse, elle fait lentement oui de la tête. Comme il ne réagit pas, elle brandit le doigt de manière menaçante. Surpris, Harriot recule comme si elle l'avait poussé puis, la mort dans l'âme, retourne sur ses pas. Il dépasse les tas de cendres et d'ordures et l'appelle en silence. Il la pleure déjà...

Margaret. Margaret.

Il n'y a plus rien à faire, il a renoncé. Il pense déjà à l'avenir atroce qui l'attend. Quand soudain il l'entend crier, c'en est trop. Ses bras tombent le long du corps, ses poumons se serrent, muets.

Il court.

Il court comme si sa vie en dépendait, il aperçoit le guetteur qui se redresse sur sa chaise. Ce n'est pas tant le cri qui a tiré celui-ci de sa torpeur que la vision de Thomas Harriot, fonçant vers lui comme un forcené, en poussant des cris d'orfraie.

« Ouvrez la porte ! Elle est mourante !

– Je sais bien qu'elle est mourante, c'est pour ça que je suis là, répond le guetteur avec un air menaçant.

– Non ! Non, je voulais dire… elle est morte. »

Harriot est haletant. Le guetteur le considère des pieds à la tête. Enfin, à contrecœur, il tire la clé de sa poche et l'introduit dans la serrure.

Cette dernière résiste pendant une vingtaine de secondes. Puis, la porte finit par s'ouvrir dans un gémissement, pour laisser apparaître une forme blafarde. Une femme vêtue d'une simple chemise de nuit, étendue sur le dos, la bouche ouverte. Les yeux rivés au plafond, éteints.

Margaret.

Il entend le guetteur hurler :

« Éloignez-vous ! »

Mais la pudeur n'est plus de rigueur, à présent. Il s'effondre contre le corps sans vie de Margaret, presse son visage contre le sien. Il l'enveloppe de sa respiration.

Et puis il voit une des paupières se refermer doucement. Tout doucement. Il n'a pas rêvé, c'est bien un clin d'œil.

Est-ce un sanglot ou un éclat de rire qu'il laisse échapper ? Peu importe. Il sait tout ce qu'il a besoin de savoir.

« J'avais raison, déclare-t-il. Elle est bien morte.

– Faites voir. »

Harriot passe doucement sa main sur le visage de Margaret pour lui fermer les paupières.

« Comme vous voudrez. Mais ne me tenez pas responsable si… »

Nul besoin d'achever sa phrase. Le guetteur, insensible à la peur, est en revanche très fier de sa santé, et entend le rester. Il reste donc à l'écart, renfrogné, et laisse à Harriot le soin de contrôler le pouls et la respiration, et de constater le décès.

« Quelle tristesse. Si jeune. »

Le guetteur ne répond pas. Harriot, sentant la pression de ce silence, s'empresse d'ajouter :

« Je suis médecin, naturellement. J'avais omis de le préciser. »

Il entend bien que sa voix sonne faux, mais il poursuit :

« Il va sans dire que je prends en charge le corps. D'ailleurs, je sais qu'il y a... Enfin, je crois qu'il y a un cimetière. Pas très loin d'ici...

– Un cimetière », reprend le guetteur d'un ton sinistre.

Ses lèvres s'écartent en un sourire qui découvre des gencives noires.

« C'est bien charitable à vous, monsieur, reprend-il. Mais je crois que vous n'aurez pas à vous donner la peine. »

Harriot ne comprend d'abord pas ce qu'il a voulu dire. Puis, il entend le tintement d'une cloche et une voix haut perchée : quelqu'un remonte la rue.

« Sortez vos morts... Sortez vos morts... »

Harriot jette un regard par la porte ouverte et découvre une charrette à trois roues qui avance lourdement dans la rue, tirée par un géant aux cheveux de paille qui tient à la main une baguette rouge vif.

Je vis une scène mythologique, se dit Harriot, abasourdi. Mais ce n'est ni le conducteur ni son véhicule qui attire son regard, mais le funeste chargement. Une pile de bras et de jambes entremêlés. Des corps, empilés les uns sur les autres.

La charrette des morts.

49

Margaret est trop occupée à étouffer les pulsations de son cœur et à rester immobile pour comprendre le destin qui l'attend. Elle entend Harriot hurler :

« Vous n'avez pas le droit ! C'est monstrueux. Je vous l'interdis. »

Puis la réponse glaciale du guetteur :

« Et qui êtes-vous pour interdire quoi que ce soit ? Vous avez un mandat du maire ? Non ? Eh bien, dans ce cas... Edgar ! »

Qui est cet Edgar ? Les yeux clos, elle écoute à présent avec attention les bruits qui l'entourent. Le grincement des roues d'une charrette. Le frottement d'un pantalon en laine grossière. Le grognement du guetteur.

« J'en ai une pour toi.

– Âge ?

– Aucune idée.

– Nom ?

– Crookenshanks.

– Nom de baptême ? »

Elle l'entend alors : ce nom qu'elle n'a plus entendu depuis près de quinze ans, ce nom dont elle avait même oublié qu'il était le sien. Exhumé des vieux registres baptismaux.

« Morte depuis combien de temps ?

– À l'instant. Ce gentilhomme pourra vous le confirmer. »

Il n'y a rien à craindre, se rassure-t-elle. Edgar est l'employé de la paroisse. Il enregistre son décès, comme il a enregistré celui de sa mère. Le protocole, rien de plus. Elle se sent presque soulagée de la facilité avec laquelle elle les a bernés.

Mais dans ce cas, pourquoi Harriot fait-il preuve d'une telle inquiétude ?

« Vous ne pouvez pas !

– Cela ne vous concerne plus, monsieur.

– Vous n'avez pas le droit !

– Vous feriez mieux de vous éloigner, monsieur. »

Harriot a-t-il obéi ? Est-il véritablement en train de partir ?

Elle sent sa peau qui se refroidit progressivement. Quelque chose ne va pas. Elle voudrait crier.

Restez...

Quand elle entend la voix du guetteur, elle sait que c'est mauvais signe. Car il a parlé plus fort, ce qu'il ne ferait pas si le gentilhomme en question était resté à proximité.

« Un voleur de cadavre, si tu veux mon avis.

– Ils sont partout, répond Edgar.

– Il devrait s'estimer heureux que je ne l'aie pas assommé. »

Margaret, pourquoi ne cries-tu pas ? Pourquoi les laisses-tu t'emmener ?

Elle ne tarde pas à trouver une réponse, d'une logique implacable.

Parce que si tu n'entretiens pas l'illusion, ils vont t'enfermer à nouveau dans cette horrible maison. Et la maison n'aura plus qu'à finir ce qu'elle a déjà commencé.

Si elle y retourne, elle signe son arrêt de mort. À l'air libre, elle a sa chance.

C'est du moins ce qu'elle se dit. Hélas, cet espoir de liberté s'évanouit en quelques secondes, lorsque les deux hommes l'enveloppent dans un linceul. Elle n'a pas le temps de s'estimer heureuse de n'avoir pas eu à toucher leur peau qu'ils la soulèvent et la balancent une fois, deux fois... puis la lâchent. Elle s'aperçoit horrifiée qu'elle vole.

Pas vers le haut, contrairement à ce qu'elle croit un instant, mais parallèlement au sol. Enfin, elle atterrit sur un tas d'objets pointus.

Par instinct de survie, elle va jusqu'à imaginer qu'elle est allongée sur des légumes : des navets, carottes et betteraves qui lui rentrent dans les côtes. Son lit pour la nuit.

Hélas, la mèche de cheveux qui se retrouve sur ses lèvres n'a rien de végétal. Non, c'est clairement animal.

L'illusion est brisée. Les légumes se transforment en épaules, en genoux, en orteils, en mentons. Avant qu'elle n'ait le temps de réagir, la charrette s'est mise en route, et son conducteur fait tinter sa sinistre clochette.

« Sortez vos morts ! Sortez vos morts ! »

À présent, elle connaît le sort qui l'attend. La fosse commune.

Elle ne prête plus attention aux cahotements de la charrette lorsque celle-ci bute sur une bosse ou tombe dans une ornière. Elle ne grimace même pas quand trois cadavres supplémentaires lui atterrissent dessus. Au contraire, elle y voit l'opportunité d'une cachette provisoire. Elle peut enfin se détendre et ouvrir les yeux.

Elle s'aperçoit alors qu'elle a en face d'elle une bouche humaine.

Elle ne saurait dire s'il s'agit d'une femme ou d'un homme. Elle ne voit qu'une langue, un palais, et des dents grises. Qui cherchent à la happer.

Elle voudrait hurler, mais le poids des autres corps l'en empêche. Elle ne peut pas bouger, et respirer est une épreuve. Elle n'a d'autre choix que d'attendre et d'accepter son sort. Le *corbeau*, comme on appelle la personne en charge de la charrette macabre, est fort, patient, infatigable. Il traverse des quartiers entiers en répétant inlassablement la même litanie. C'est un homme dévoué à son travail.

Collée à tous ces cadavres couverts de pustules, Margaret n'espère plus la libération mais l'extrême-onction. À l'article de la mort, elle veut auprès d'elle tous les serviteurs de Dieu – le sacristain, l'enfant de chœur, le prêtre – pour la conduire à sa dernière demeure.

Alors, comme pour répondre à ses prières, les cloches d'une église se mettent à sonner. Un message qui n'est destiné qu'à elle.

Tu vas nous manquer, Margaret. Nous te pleurerons quand tu ne seras plus parmi nous.

Pendant plusieurs minutes, elle perd connaissance. Un sommeil gris, sans rêve. C'est l'absence de mouvement qui la réveille.

La charrette s'est arrêtée.

Quelle distance ont-ils parcourue ? Où sont-ils ? La sensation d'étouffement s'estompe, elle parvient même à distinguer quelques rayons de soleil. Il fait encore jour. Elle n'a aucune idée de l'endroit où elle se trouve, mais il fait encore jour.

Ah ! Sentir l'air revenir dans les poumons ! Elle ne prend pas le temps de se demander pourquoi. Brusquement, elle sent qu'on soulève le corps qui l'écrasait, et prend soudain conscience de la situation. La charrette est arrivée à destination, et le corbeau entame la dernière partie de son travail. Le déchargement.

Il lui faut moins d'une minute pour se débarrasser d'un cadavre. Il est donc facile pour Margaret de calculer le temps dont elle dispose. Après elle, trois corps ont été entassés sur la charrette. Trois corps la précéderont donc dans la fosse.

Quand son tour arrive, elle n'a pas grand mal à faire la morte, avec tout l'entraînement qu'elle a eu. Comme elle paraît légère dans les bras du corbeau. Et comme il doit être triste de la quitter, car il se penche et lui murmure à l'oreille :

« Eh hop, direction le ciel ! »

Mais il n'est pas question d'ascension mais de chute. Et quelle chute.

Six pieds, dix, peut-être. Elle ne saurait dire. Mais elle sait qui elle retrouve. Certains l'attendent déjà, d'autres suivent et l'écrasent. Les corps tombent, les uns après les autres, comme une pluie de météorites.

Quand tout est fini, elle reste allongée longtemps, immobile. Sa respiration n'est qu'un filet d'air, mais ses sens sont plus éveillés que jamais.

Le corbeau est parti, si elle en croit le grincement des roues de sa charrette. Les corps n'ont pas été recouverts : au plus fort de l'épidémie, on ne prend plus la peine d'enterrer. L'heure de la délivrance est arrivée.

Elle ouvre les yeux. Elle est rassurée de ne plus ressentir la peur. Tous ces corps en putréfaction autour d'elle, les rictus, les paupières gonflées, les membres bleuâtres et purulents... des obstacles, rien de plus. Une simple barrière entre elle et la lumière.

La difficulté consiste à trouver un endroit stable d'où se lancer. En effet, les corps sont mouvants et glissent quand elle les touche. Elle doit prendre appui sur un abdomen sans le moindre égard pour son propriétaire, et de là, il faudra creuser et pousser.

La puanteur suffirait à l'anéantir, mais elle ne s'en préoccupe pas plus que de l'identité de ses macabres compagnons. Ce n'est plus une mère, une grand-mère ou un fils mais un coude, une épaule, une hanche. Ces longs cheveux n'ont jamais appartenu à la fille de quiconque. C'est simplement le moyen idéal pour se hisser un peu plus haut.

Elle pousse des grognements terribles, mais ils lui fournissent l'énergie dont elle a besoin. Ils lui donnent la force d'atteindre la poche d'air suivante, une anfractuosité, bref, de faire le nécessaire pour atteindre l'épaisseur du dessus, avant de s'attaquer à celle d'après.

Tandis qu'elle peine ainsi, elle a la sensation que l'axe de la Terre s'est incliné, de sorte qu'elle n'escalade plus, mais qu'elle rampe pour trouver la sortie. Qu'elle nage parmi cet océan de chair...

Soudain, elle découvre de l'autre côté un autre nageur qui, comme elle, écarte les eaux. Il tend les bras vers elle, la bouche figée par l'effort. Elle ouvre à son tour la bouche pour répondre, et dans ce qui pourrait être son dernier soupir, elle n'a que la force de murmurer :

« Tom... »

50

Ils marchent côte à côte en direction de la rivière. Leur pas est lourd. Ils ont la bouche sèche et les yeux hagards. Ils atteignent les escaliers de Old Swan. Le bateau de Harriot n'a pas bougé. Cela les tire provisoirement de leur hébétude.

Il l'aide à monter à bord. Il reste un instant immobile, comme s'il hésitait entre graver la ville dans sa mémoire ou l'effacer à jamais. Puis il se met à ramer.

Ils ne prononcent pas un mot du trajet, et l'arrivée à l'embarcadère de Syon House achève de leur ôter toute envie de parler. En effet, le comte de Northumberland et sa suite ayant quitté les lieux depuis plusieurs heures déjà, il ne reste plus la moindre torche pour éclairer le chemin. Sans lumière, impossible de retrouver la maison de Harriot. Les deux voyageurs n'ont d'autre choix que de passer la nuit à l'endroit où ils ont accosté. Ils s'effondrent dans l'herbe froide et humide.

Quelques secondes plus tard, ils ne forment plus qu'un. Et qui pourrait le leur reprocher ? Ne viennent-ils pas de défier la mort et de s'en tirer indemnes ?

Cette exaltation qui les unit est comme une révélation : ils redécouvrent les sensations de leurs premières rencontres, mais ces sensations sont décuplées. Le calme est aussi délicieux que l'émoi qui l'a précédé. Le monde les a épargnés.

« Virginie », murmure-t-il.

Malgré l'obscurité, il la voit rougir.

« Non, Tom.

– Mais c'est un prénom magnifique.

– Une idée loufoque de mon père. Il s'était mis en tête de me présenter un jour à la reine. »

Il lui pose son doigt sur les lèvres et l'embrasse, juste au-dessus de la clavicule.

« Virginie. »

La rosée sur son visage le tire du sommeil. Au-dessus de lui volète un papillon. Plus loin, il aperçoit un lapin occupé à manger des mûres. Sur l'eau, les cygnes se laissent porter par le courant. Il tend l'oreille et entend en provenance de l'ouest le son d'un luth. Son bras est engourdi. Il s'aperçoit qu'elle s'est endormie dessus. En cet instant, il est le plus heureux des hommes.

Comme les Golliver ont été renvoyés, Margaret et Harriot sont entièrement seuls. Ils se réfugient dans le lit et passent la matinée à somnoler. Après le déjeuner, Margaret va chercher au puits de l'eau et la met à chauffer dans la cheminée de la cuisine. Puis elle retire sa robe et entreprend de se laver, pour effacer de son corps les stigmates du douloureux épisode londonien.

Cependant, elle remarque sur son épaule une tache de suie, de la taille d'un penny, qui refuse de partir. Elle a beau frotter, rien n'y fait.

Elle la touche. Ce n'est pas de la suie, la tache se trouve sous la peau. Et elle peut jurer qu'elle n'y était pas la veille.

Instantanément, un frisson glacé la traverse jusqu'aux orteils. Elle entend un hurlement qui n'est pas le sien. À la porte de la cuisine, Harriot a les yeux rivés sur l'épaule de Margaret.

L'instant d'après, il tombe à genoux, secoué de sanglots irréfrénables. Elle s'approche de lui et le prend dans ses bras, de peur qu'il n'explose.

La fièvre la saisit la nuit même. Une fièvre violente qui l'anéantit. Un instant elle s'enroule dans la courtepointe, l'instant d'après, elle la rejette avec furie. Quant à Harriot... il ne peut rien faire à part lui humecter le front ou le sécher, selon ses besoins, et tenter de la rassurer en lui glissant à l'oreille que tout va s'arranger... tout va s'arranger...

Lorsque le corps de Margaret se met à convulser et à ruer, il la serre dans ses bras jusqu'à ce qu'elle retombe, épuisée. Alors, il lui repose la tête sur l'oreiller.

Le cou, l'aine et les aisselles ne sont à présent plus que souffrance. Elle a l'impression d'avoir des couteaux sous la peau. Chaque caresse que lui prodigue Harriot est une véritable torture. Il ne peut plus rien faire. Il tente de lui faire avaler du sirop de coquelicot pour calmer la douleur, mais elle le vomit presque instantanément. Elle se tortille et pousse des gémissements, ses doigts agrippent les draps et les déchirent... il se sent désemparé, impuissant.

Ah, si j'avais été à sa place, se dit-il. *Comme elle aurait été plus forte.*

Jadis, il avait échafaudé des théories sur la peste. Ainsi, lorsqu'il était encore à Oxford, il avait conclu qu'un vent chargé de poussière combiné à la fumée des champs et à la terre en putréfaction créait une atmosphère viciée qui, sous l'effet de la chaleur, se transformait en poison.

Quelques années plus tard, frappé par la récurrence cyclique du phénomène, il chercha des causes astrologiques. Au mois de janvier dernier, il passa trois jours à essayer de rattacher les éruptions de peste aux conjonctions de Saturne avec Jupiter dans la constellation du Sagittaire.

Comme ces abstractions lui paraissent arides et inutiles en cet instant ! La théorie s'écroule devant la pratique : changer les vêtements, laver les draps, éponger la vomissure, la bile, le sang.

Lui qui pensait savoir, il s'aperçoit maintenant qu'il ne sait rien.

Les taches noires se propagent sur le corps de Margaret, telles de petites traces de pas. Il essaie tous les remèdes dont il a entendu parler : les pelures d'oignon autour du lit, les oranges et les clous de girofle, l'ail, le beurre, le sel. Il lui lave la peau avec de l'eau de rose, brûle de la mélasse, du goudron, de vieilles chaussures. Il fait chauffer une brique qu'il plonge ensuite dans du vinaigre. Il confectionne un petit bûcher avec des feuilles de genièvre et de laurier, le glisse dans un chauffe-plat et y met le feu. Puis il transporte cet encensoir de fortune de pièce en pièce.

Harriot est prêt à tout. Si un charlatan frappait à la porte avec ses racines d'angélique et ses fioles de chlorure de chaux, il achèterait toute la cargaison. Et quand il aurait utilisé toutes les réserves, il s'emparerait de son mousquet pour aller chasser la licorne.

Elle pousse des hurlements sans avoir conscience qu'elle est observée. Quand les cris s'arrêtent, il espère qu'elle va s'endormir mais non. Elle attend, tremblante, les yeux vitreux, l'arrivée de la prochaine crise.

Une nuit, elle prend Harriot pour le corbeau : elle le pousse de toutes ses forces et le fait tomber du lit. Quand il essaie de remonter, elle se relève, le visage blême, et dit d'un ton suppliant :

« Poursuivez votre route... Je ne suis pas prête... »

Le matin du troisième jour, ses crises de délire s'estompent et elle peut se redresser pour boire quelques gorgées de bière. Son visage blafard tire sur le bleu et ressemble à un bloc de marbre qu'on aurait martelé toute la nuit.

« Papier... »

Il attrape une feuille à portée de main. Une lettre restée au-dessus de la pile de documents qui attendent toujours d'être empaquetés. Il ne prend pas le temps de regarder qui la lui a adressée. Il se contente de la retourner, de la placer sur les genoux de Margaret et de plonger la plume dans l'encrier.

Puis il attend.

La main de Margaret reste suspendue au-dessus du papier. Puis, comme si elle attrapait les lettres au vol, elle griffonne un mot :

pneuma

La plume tombe par terre. Elle n'a plus la force d'écrire, mais peu importe, il comprend exactement ce qu'elle a voulu dire.

Étrange comme leurs pensées, à la faveur de la nuit, ont pris la même direction. À moins que ce ne soit elle qui, par ce mot unique, ce rai de lumière, soit parvenue à aligner leurs caps.

Le *pneuma.* L'étincelle de la création qui se situe au cœur de chaque chose et qu'on ne peut éteindre. Assurément, au moment où la mort surviendra, cette étincelle, libérée de son enveloppe charnelle, restera suspendue dans l'air, ne serait-ce qu'une seconde. Assurément, un alchimiste émérite tel que Harriot saura s'en emparer, saura se l'approprier pour transmuter cette substance pure, vraie et éternelle, et défier la mort.

Assurément, s'il veut la sauver, c'est le seul moyen.

Il s'agenouille à son chevet. Il appuie sa joue humide contre la main de Margaret.

« Je ne suis pas prêt à prendre ce risque, Margaret. Je préfère que vous restiez ici. Avec moi. »

Parler est devenu une gageure pour elle, mais il a besoin d'entendre sa voix. Une dernière fois. Elle entrouvre ses lèvres desséchées et murmure :

« Tom... vous devez... »

Les instruments se trouvent tels qu'elle les a laissés. Les grilles. Les fioles, les marmites. Les ballons lutés à l'argile réfractaire. Les charbons, les pierres.

Il vérifie tout une dernière fois puis, d'un pas lourd, il se dirige vers elle.

Il la soulève du lit. Ce n'est pas l'effort qui lui tire un gémissement mais la facilité avec laquelle il effectue l'opération. Elle ne pèse plus rien. Il la transporte jusqu'au laboratoire et l'installe sur le matelas en paille. L'ancienne paillasse du grenier qu'il a pris soin de descendre.

Il s'installe devant l'athanor. Il allume les charbons et observe les flammes qui se concentrent et s'élèvent. Exactement comme il a vu Margaret le faire. Exactement comme il avait coutume de faire, lui aussi.

Il se sent terrorisé. De grosses gouttes de sueur perlent sur son front et ruissellent dans son cou. Il s'aventure en terrain inconnu, il le sent, à présent. Ce n'est pas à lui, un philosophe de la nature, d'entreprendre une telle transformation. Il doit se faire prêtre.

Il baisse la tête et réfléchit... et soudain, le ton badin de Ralegh lui revient en mémoire.

À qui s'adressent tes prières, Tom ?

Je ne sais pas.

Dans ce cas, quelle est ta prière ?

Je ne sais pas.

Les seuls mots qui lui viennent, finalement, sont ceux qu'il a fait imprimer sur la bague qu'il a offerte à Margaret. Cette bague qui vacille à présent à son auriculaire gauche, telle une roue mal fixée. Et lui qui pensait que rien ne pouvait être perdu à jamais. Ce qui était, est. Ce qui est, sera.

Mensonge ! Car, à chaque seconde qui s'écoule, il sent qu'il la perd de plus en plus. Il s'agenouille à côté d'elle. Il tâte le poignet de Margaret et sent le pouls qui faiblit, battement après battement. Il voit ses yeux qui se figent en un vernis émaillé. Il écoute les intervalles de silence toujours plus longs qui séparent chaque râle.

« Margaret... »

Elle ne répond pas.

« Margaret ! »

Sous le choc, il se redresse vivement et regarde autour de lui. Elle est là. Dans la pièce, partout. Elle l'attend.

Vite, il jette les lapis dans le récipient en cuivre.

« *Ex nihilo...* »

Il allume la flamme sous le cuivre.

« ... *nihil...* »

Il écoute les pierres qui se réveillent et crépitent.

« ... *fit.* »

Un tourbillon de fumée grise s'élève, avant de se transformer en poudre. L'atmosphère se charge de courant. Harriot écarte les bras et rugit. Quatre siècles plus tard, il rugit toujours...

Washington D.C.
Automne 2009

51

Voilà ce que je vis.

Un homme imposant, aux larges épaules, gravissait les marches d'un escalier. Il portait des lunettes de soleil et, chose inhabituelle pour une scène censée se passer en été, un bonnet en laine. Il se déplaçait lentement, l'air pensif, en laissant traîner sa main gauche sur la rampe.

En tout et pour tout, la silhouette n'apparaissait sur la vidéo saccadée et floue qu'à peine trois secondes. L'inspecteur August Acree, en revanche, n'avait pas, lui, l'intention de disparaître.

« Comme vous le savez, je n'ai jamais eu le plaisir de rencontrer M. Wax, dit-il en tournant l'écran de son ordinateur portable vers moi. Je vais donc vous demander de regarder ces images une fois de plus et me dire ce que vous en pensez.

– Ce que j'en pense ?

– Je voudrais que vous me disiez si cet individu ressemble à Alonzo Wax. »

Je fis une moue désapprobatrice. Puis je me penchai vers l'écran et fis mine de m'intéresser à la silhouette qui montait l'escalier.

« Ah ! Ça y est ! Je comprends pourquoi vous vous dites que c'est lui.

– Ah, vous voyez !

– C'est à peu près le même gabarit.

– C'est exactement ce que je me suis dit.

– Pour le reste...

– Oui ?

– Disons que si on prend en compte tous les autres éléments, le doute n'est plus permis. Cet homme n'est pas Alonzo Wax.

– Les autres éléments ?

– Oui, tenez, je suis en train de regarder son visage. Enfin, ce qu'on en voit. Il est légèrement plus rond que celui d'Alonzo. Et... il se déplace différemment, également. Une démarche un peu chaloupée.

– Chaloupée.

– Les mains, aussi. Et plein d'autres petits détails. Je ne sais pas quoi vous dire, inspecteur, je connais Alonzo depuis très longtemps, et ce n'est pas lui.

– Vous en êtes sûr ?

– Oui, enfin après, l'image n'est pas de bonne qualité.

– Est-ce que vous voulez bien regarder une dernière fois ?

– Oui, bien sûr, c'est juste que... oui... non. C'est sûr, ce n'est pas lui. »

L'inspecteur Acree se rassit sur sa chaise et se cala le menton entre les mains.

« La sœur de M. Wax, dit-il d'un ton désinvolte. Nous lui avons également montré la vidéo.

– Ah oui ? »

Je me rendais bien compte que je marchais à présent en terrain miné. Et je ressentais l'effet des trois bêtabloquants que j'avais avalés avant de venir.

« Que vous a-t-elle dit ? demandai-je.

– Elle a jeté un coup d'œil, et elle a dit *Ne dites pas de bêtises, mon frère est mort.*

– Ah. »

L'inspecteur caressa sa superbe moustache qui n'allait pas du tout avec ses petits yeux.

« Vous voulez regarder une dernière fois, monsieur Cavendish ?

– Non. Je ne crois pas que ce soit nécessaire.

– Très bien. »

Nous nous levâmes. Je lui tendis la main. La sienne resta immobile.

« Merci d'être passé, dit-il.

– Ce fut un plaisir.

– Comment s'est passé votre voyage ?

– Mon voyage ?

– En Angleterre, il me semble.

– Ah oui.

– Ça s'est bien passé ?

– Très bien. »

Pas de hochement de tête. Pas d'au revoir formel. Un instant, il me regardait dans les yeux ; l'instant d'après, il se retournait.

Je le regardai ouvrir son tiroir de bureau et en sortir un paquet de Lucky Strike sans filtre. Il se contenta de le soupeser, comme s'il s'agissait d'un sac de poussière d'or. Une échappatoire, pensai-je, dans le boulot pourri d'August Acree.

« Inspecteur ? »

Il leva ses petits yeux.

« Si vous voulez mon avis, Alonzo Wax s'est noyé. Je ne pense pas qu'on entende de nouveau parler de lui. »

En homme intelligent et soupçonneux de métier, l'inspecteur Acree aurait pu se donner la peine d'éplucher les journaux londoniens du jour. Mais aurait-il été interpellé en apprenant qu'un individu non identifié s'était jeté dans la Tamise ? Aurait-il pu se douter une seule seconde qu'Alonzo Wax ait pu utiliser la même stratégie de sortie deux fois d'affilée ?

D'après les rapports de police, le corps n'avait toujours pas été retrouvé, et les témoignages étaient si contradictoires que les reporters n'avaient pas été en mesure de rédiger un article dépassant les deux cents mots.

Quant à l'autre histoire, elle aussi, contrairement à ce que j'aurais pu croire, ne tenait qu'en quelques lignes. Quelqu'un était entré par effraction dans la Syon House, certes, mais les employés étaient formels : rien n'avait été volé. Les articles ne faisaient mention que du démantèlement du système d'alarme, d'un trou au sommet de la tour nord-ouest, et d'une brèche mystérieuse ouverte dans un des vieux murs de l'abbaye. Pas un mot sur les responsables potentiels, ni sur leur mobile éventuel. Pas un mot non plus sur les corps qu'ils avaient laissés derrière.

Deux possibilités : soit la police londonienne avait refusé de révéler qu'il y avait eu homicide... soit Clarissa, femme aux multiples talents cachés, avait réussi à se débarrasser des cadavres.

Si c'était le cas, comment s'y était-elle prise ? Le simple fait de déplacer Halldor lui aurait pris la demi-journée. Malgré un nez cassé et un possible traumatisme crânien, elle était parvenue à nettoyer la scène de crime et à s'enfuir sans éveiller les soupçons. D'ailleurs, quand on apprit trois jours plus tard la disparition de Bernard Styles, Clarissa Gordon fut parmi les premières personnes à témoigner devant les caméras.

Selon les différents médias, elle était présentée comme l'adjointe, l'assistante ou la consultante de Bernard Styles. Mais à chaque fois, le refrain était le même. « C'est incompréhensible » (Le *Guardian*). « Nous sommes évidemment très inquiets » (le *Times*). « Nous ne perdons pas espoir » (le *Telegraph*). Prudente jusqu'au bout. Elle avait tellement bien joué le jeu que chaque article se terminait systématiquement par la même phrase : « La police n'a toujours aucune piste. »

Jamais je n'aurais imaginé un tel dénouement. Après tout ce qui s'était passé, comment avais-je pu m'en tirer à si bon compte ?

À présent, Clarissa avait dû fouiller tous les dossiers électroniques de Styles, effacer tous les fichiers faisant mention de l'École de la nuit ou de la lettre de Ralegh, vider son répertoire téléphonique... Bref, gommer toute l'histoire. Je n'aurais pas été contre qu'elle procède de même avec mon cerveau. Car les fantômes qui y résidaient – Styles, Halldor, Amory, Lily, Alonzo – étaient des locataires bien mal élevés. Quelquefois, la nuit, ils faisaient un tapage de tous les diables. Et il n'y avait que moi pour l'entendre.

Fin octobre, je reçus un pli recommandé de la société d'assurances Dominion. À l'intérieur, un chèque à mon nom. D'un total de 3 400 062 dollars.

Je le posai sur une table et fis un pas en arrière, comme s'il s'était subitement mis à faire tic-tac. Puis je sortis mon téléphone et appelai le service client de Dominion.

« Vous êtes bien Henry Cavendish, non ?

– Oui.

– Et c'est bien votre numéro de sécurité sociale ?

– Oui.

– Alors, il n'y a pas d'erreur, monsieur. Vous êtes le bénéficiaire désigné par M. Alonzo Wax. La somme correspond à une estimation de la valeur de la collection de M. Wax. »

La collection de M. Wax.

Les livres d'Alonzo qui avaient disparu. Ces derniers jours et ces dernières semaines, ils avaient également disparu de mes pensées. Soudain, ils faisaient un retour en fanfare.

« Alors, ce ne sont pas des blagues ? demandai-je.

– Non, monsieur. »

Dans un geste de bravoure, je me saisis du chèque. Je pouvais sentir le poids des chiffres à travers le papier.

« Aviez-vous d'autres questions, monsieur Cavendish ?

– Ce sera tout. »

Cette nuit-là, je dormis peu. Le lendemain matin, je me rendis chez Peregrine Coffee. Me sentant d'humeur à faire des folies, je commandai un triple latte que je dégustai assis en terrasse. Penché sur ma tasse, je tâchai de faire la liste des raisons que j'avais de garder l'argent.

1. Alonzo était mort. Cette fois pour de vrai.

2. Je n'avais jamais demandé à être son bénéficiaire.

3. Je n'avais joué aucun rôle dans la disparition de sa collection. Je ne savais rien à ce sujet. Et jamais je n'aurais cru qu'elle me rapporterait un jour quoi que ce soit.

4. Je n'avais aucune idée de l'endroit où pouvait se trouver la collection, ni comment la retrouver. Les seules personnes au courant étaient mortes.

D'un point de vue strictement légal, mes arguments étaient tout à fait valables. Et d'un point de vue extra-légal... Alonzo n'aurait-il pas souhaité que j'hérite de son argent ? Moi, plus qu'un autre ?

C'est alors que mon raisonnement éthique s'effondra. Car si telle était vraiment la volonté d'Alonzo, mon argumentaire ne valait plus rien. Je devenais complice de ses forfaits, je les approuvais.

Je vidai ma tasse et la reposai sur la table plus violemment que je ne l'aurais voulu. C'est alors que je vis la chaise en face de moi se déplacer.

Elle bouge toute seule, pensai-je, jusqu'à ce que j'aperçoive une petite main posée sur le dossier.

Clarissa Gordon – ou Dale – vêtue de son manteau rouge. Pâle, les traits tirés, mais aussi stimulée par l'automne : ses lèvres étaient plus rouges, le noir de ses yeux plus profond.

« Cette chaise est prise ? » demanda-t-elle.

52

Nous ne restâmes pas assis longtemps, nous n'étions pas prêts pour un rapprochement aussi immédiat. Nous nous levâmes donc pour marcher.

Il faisait beaucoup plus froid que la fois où nous nous étions promenés à Capitol Hill. Le soleil était timide et tiède, et seuls les érables rayonnaient. Mais comme la dernière fois, Clarissa dut s'arrêter après une centaine de mètres.

« On peut s'asseoir, Henry ? »

Elle n'avait pas l'air particulièrement fatiguée.

« Euh... Je ne vois pas de...

– Et là ? »

Elle désignait un minuscule banc en pierre, avec des gravures d'animaux, situé devant une vieille ferme. Le genre de banc sur lequel on imagine ses enfants assis par un bel après-midi de juillet, riant, buvant de la limonade, fabricant des souvenirs. Même si on sait qu'ils auront tout oublié le lendemain.

« C'est le jardin de quelqu'un, fis-je remarquer.

– Je suis sûre qu'il n'y a personne. »

Pour tenir sur ce banc, nous dûmes nous accroupir au maximum et regrouper nos genoux contre la poitrine.

Impossible dans cette situation de se sentir adulte... si des sensations adultes ne s'étaient soudain emparées de moi. Déclenchées uniquement par l'odeur de menthe et de clou de girofle de Clarissa.

«J'ai réfléchi, commença-t-elle. À toutes les raisons que je t'ai données de me détester. Je te propose d'en faire la liste, et ensuite tu pourras me dire si j'en ai oublié.

– D'accord.

– Premièrement, il y a les mensonges, je te l'accorde. Même s'ils sont moins nombreux que tu pourrais croire. J'ai vraiment fait des études de commerce, par exemple. Bernard trouvait que ce n'était pas la peine de prétendre être une experte en littérature.

– Il n'avait pas tort.

– Bref. Ce que je veux te dire, c'est que toutes ces questions que je te posais sur Harriot et Ralegh, elles étaient sincères. Ça m'intéressait vraiment. Et être avec toi et Alonzo a été une expérience très instructive.

– Être avec toi aussi.

– Comment ça ? dit-elle en posant son menton sur ses genoux. Tout bien réfléchi, ne réponds pas à cette question. Donc, une autre raison que tu as de me détester, ce sont les visions. Tu te dis sûrement que c'est une histoire que j'ai inventée de toutes pièces. Ce n'est pas vrai, c'est d'ailleurs à cause d'elles que j'ai rencontré Bernard la première fois. J'habitais à Londres à cette époque, et ces foutues visions venaient toutes les nuits. Un véritable supplice. Et un jour, j'ai vu que Bernard donnait une conférence sur, je te le donne en mille, l'École de la nuit.

« Alors, j'y suis allée. Et après la conférence, j'ai été le voir, tout comme j'ai été voir Alonzo quelques semaines plus tard. Je lui ai raconté mon problème et il m'a dit que cela tombait bien, parce que lui aussi avait un problème. Quand il a appris que j'avais bossé dans la sécurité, il m'a proposé de travailler avec lui. Il m'apprendrait tout ce que je devais savoir sur l'École de la nuit, si en échange, je l'aidais à récupérer son document. Tout le monde y gagnait. »

Elle s'interrompit quelques instants pour réfléchir.

« J'avais besoin d'argent, c'était un boulot. Enfin, c'est ce que c'était censé être. »

Elle ramassa une feuille de poirier de Chine et se mit délicatement à la dépiauter. D'abord les contours, puis les nervures secondaires, et enfin la nervure principale. Quand il ne resta plus que le pétiole, elle s'en débarrassa d'une chiquenaude.

« Au mariage, Henry. Quand je t'ai dit...

– Oui.

– Quand je t'ai dit que je t'aimais.

– Oui.

– Ça non plus, ce n'était pas un mensonge. J'ai seulement... mal choisi mon moment, dirons-nous. Enfin, quoi qu'il en soit, pour toutes les choses sur lesquelles j'ai menti, je te demande pardon. Sincèrement. Et je m'excuse également de t'avoir mis en danger, ce n'était absolument pas mon intention. Et... »

Elle poussa un soupir et haussa les épaules.

« J'en ai oublié ? demanda-t-elle.

– Je n'en sais rien. Je n'ai pas tenu les comptes.

– Tant mieux.

– Je suis content que tu sois venue.

– Je suis de nouveau au chômage, alors... »

Nous restâmes assis quelques minutes. Tout seuls, à part un tricycle qui passa mystérieusement à côté de nous, sans enfant à proximité.

« Le moment n'était pas mal choisi, déclarai-je. Quand tu m'as dit « je t'aime ».

– Ah non ?

– Tu sais, il faut que tu comprennes que j'ai un rapport assez tendu avec ces mots. Je les ai dits à la première fille avec qui j'ai fait l'amour. J'étais tellement... reconnaissant, c'est sorti tout seul. Et depuis... Pff, une dizaine ? Plus d'une dizaine de femmes, je pense, les ont entendus de ma bouche. Et la plupart du temps, ce n'était pas vrai. Je ne dis pas que ce n'était pas sincère sur le moment, mais voilà, je suis incapable de les prononcer sans penser que c'est encore une connerie. Et j'en ai assez des conneries, ma vie en est pleine.

– Je comprends.

– Non. Non... »

À présent, je ne pouvais plus rester assis sur ce minuscule banc qui me torturait, mais la circulation dans mes jambes avait été interrompue trop longtemps, et lorsque je tentai de me lever, elles se dérobèrent et je tombai à genoux, dans l'herbe humide. Je regardai Clarissa. J'avais tout à fait conscience du ridicule de ma situation, mais j'avais également conscience que c'était la meilleure attitude à adopter quand tout se précipite.

« Je t'aime, déclarai-je. Je t'aime, Clarissa Dale... Gordon... Borgia, quel que soit ton nom. Quel que soit le mal que tu aies pu faire. Je t'aime plus qu'il ne le faudrait. Pour moi comme pour toi. Je t'aime pour durer. Les cinq actes, plus l'épilogue, plus le salut. Je t'aime tout entière. »

Une larme apparut au coin de son œil. Elle l'essuya d'un geste rageur.

« Henry.

– Il n'y a qu'une chose que je regrette...

– Quoi ?

– D'être dans cette position, parce que je ne sais pas comment je vais pouvoir me relever. »

Elle éclata de rire.

« Mais tu ne sais rien de moi, Henry. »

Elle m'aida à me remettre debout, puis elle se blottit dans mes bras et me serra de toutes ses forces. Et soudain, elle était là, son odeur, son toucher, son cœur et son âme, un concentré de beauté. Ses yeux noirs brillaient à ne plus en pouvoir. *Il n'est pas de beau visage qui ne soit noir autant que le sien...*

« Je suis contente qu'on ait pu s'expliquer », dit-elle.

À ce moment-là, une vieille femme vêtue d'un pull multicolore qui promenait son chien passa à côté de nous. Son visage s'alluma d'un sourire quand elle nous vit. Nous le lui rendîmes, ravis qu'elle nous ait pris pour ce que nous étions enfin.

« Marchons », suggéra Clarissa.

Et nous marchâmes. Sans but, pendant des kilomètres. Nous passâmes devant des petites fontaines, des azalées, des magasins, des écoles abandonnées. La brise nous rafraîchissait la peau, et le soleil venait tout adoucir. En cet instant, j'étais le plus heureux des hommes.

« Henry, je peux te demander quelque chose ?

– Bien sûr.

– Alonzo. Est-ce qu'il... c'est lui qui a sauté du pont ? »

Je fis oui de la tête.

«Je suis désolée, dit-elle. Ça va te paraître bizarre, mais il va me manquer.

– Je comprends. Je ne sais pas si... en fait, j'ai découvert qu'Alonzo était...

– Lily et Amory, oui. C'est la conclusion que j'avais tirée également. Mais bon, Bernard l'aurait fait que je n'en serais pas plus choquée. Ce que je ne comprends pas, en revanche, c'est pourquoi. Il n'avait aucune raison de le faire.

– Et le trésor ? Ça ne te semble pas une bonne raison ?

– Non. D'ailleurs, Bernard n'y a jamais trop cru. Il était prêt à attendre un petit peu, pour voir si ça donnait quelque chose, mais ce n'était pas ça qu'il cherchait.

– Que cherchait-il ?

– Eh bien, enfin ! Le document, Henry !

– Mais ce... »

Je fronçai les sourcils.

« Ça n'a pas de sens, repris-je. Pourquoi tout ce tapage pour quelques lignes écrites par Walter Ralegh ? Bien sûr, ça vaut un peu d'argent, mais pas tant que ça. En tout cas, pas assez pour risquer la mort.

– Pour lui, si.

– Mais pourquoi ?

– Parce que sans la deuxième page, sans la signature de Ralegh, la première page ne vaut plus grand-chose. Elle ne vaut plus rien, même. »

Je la regardai droit dans les yeux.

« Il y a une première page ?

– Eh oui !

– Mais Alonzo...

– Il ne l'a jamais vue. Tu sais, Bernard n'était pas aussi idiot qu'Alonzo le pensait. Il pouvait te montrer une carte ou deux, mais jamais toute sa main.

– Et depuis le début, Styles avait la première page.

– Exactement.

– Et que voulait-il faire ? La réunir avec la deuxième ?

– Exactement.

– Et qu'est-ce qu'elle a de si extraordinaire, cette première page ? »

C'est alors que Clarissa se mit tout doucement à sourire. Elle ouvrit son sac à main en cuir et en tira une feuille de papier pliée en quatre.

« Juge par toi-même. »

Il s'agissait d'une photocopie. Écrite de la même main que l'autre document. Écrite par le même homme, au même moment. Mais cette simple page changeait la face du monde.

« C'est impossible, murmurai-je.

– Continue à lire. »

À monsieur Thomas Harryot de Londres

Mon tres affectueux ami & maistre

Monsieur, vous eustes la bonté de vous enquerir de nostre estat.

La Royne gist à present sans vie à White Hall. Venuë à la tombée des feuilles, elle s'en est allée avecq le printemps, & jamais, ce crois je, la Nation angloise ne s'estoit autant vestuë de noir, comme vous faictes. Outre l'effroy commun en quoy sa mort jette trétous, vous comprendrez que j'ay plus grande cause que d'aultres de pleurer sa perte. La roue de Fortune a tourné. Un soleil nouveau se leve au nord & la Verité ne sera bientost plus ma sauvegarde.

Déjà, de honteuses calomnies se colportent. Je ne sçay pas quand je seray moy mesme accusé, malgré quoy je dois confesser n'avoir point le cueur lourd, mais d'une legiereté singuliere, pour je ne sçay quelle raison. Besse & moy nous sommes rendus aus Inns of Court pour y voir la derniere fantaisie de Shaxper. La piece avoit pour titre Tout Est Bien Qui Finit Bien, & oncq me fut il donné d'en voir de plus estrange ny de plus curieuse. Je fus estonné par l'epithete reservée au heros, nommé Bertrand, à sçavoir «petit niais écervelé, mais malgré tout très paillard[1] *».*

N'est-ce pas là mot pour mot ce que disoit Kit de Shaxper ? Il vous souvient fort bien, je l'espere, de cette soirée à Sherburne, où Kit mena son mignon pour qu'il se meslast enfin avecq nos escholiers. Le jouvenceau se monstrant avare de ses paroles, nous cherchions dans les orbes les plus lointaines l'eclaircissement de leur profond mystere, quand il n'estoit, à dire le vray, rien de plus mysterieux ni de plus glorieux à ses yeux à luy que son bien-aimé Kit. Combien peu nous luy manifestâmes d'esgards, ce soir-là, sauf lorsque les moqueries & railleries de Kit luy eurent presque tiré les larmes.

Je la relus, encore et encore. Je m'attendais à ce que les mots disparaissent, mais ils restaient bien en place, comme obstinés. Et ils s'enchaînaient à la perfection avec les premiers mots de la deuxième page, qui me revenaient à présent en mémoire.

1. William Shakespeare, *Tout est bien qui finit bien*, acte IV, scène 3, Éd. La Pléiade, 1959 [trad. de François-Victor Hugo].

Il n'estoit pas le premier mignon à souffrir ce tretement de la part Kit, lequel se plaisoit à souffler le chaud & le froid dans une mesme respiration & pouvoit arguer en faveur du Diable ou de notre Sauveur selon l'humur où le vent le poussoit.

Le seul personnage auquel je n'avais jamais trop prêté attention, l'amant de Marlowe, c'était lui le colosse qui se tenait au-dessus de notre tête depuis le départ.

Cela me fit rire si fort que j'en perdis l'équilibre. Je me retrouvai allongé de tout mon long dans un massif de fleurs.

« Henry ? »

Pour ma défense, ce n'est pas tous les jours que la sphère des spécialistes de Shakespeare vole en éclats. Un tel choc a de quoi rendre un peu tremblant.

« Respire, Henry. »

Mais j'avais déjà trop d'oxygène. Trop de possibilités.

Par où commencer ? Si cette lettre était authentique, elle représentait la plus grande découverte depuis... depuis la découverte des pièces elles-mêmes.

Elle permettrait de remplir le trou de sept ans entre la naissance des jumeaux de Shakespeare à Stratford et sa première apparition sur la scène londonienne.

Elle prouverait que l'École de la nuit, en plus d'avoir existé, fut à l'origine de certaines des plus grandes œuvres que l'Angleterre ait connues.

Elle permettrait de relier Shakespeare à Ralegh, Harriot, Chapman... et surtout à Marlowe, qui n'était plus seulement le collègue, le rival ou l'associé de Shakespeare, mais son intime.

Et ceci n'était pas anodin, car on pourrait désormais étudier la carrière de Shakespeare sous un angle radicalement nouveau : celui de la vengeance.

« Relève-toi et explique-moi ce dernier argument, dit Clarissa.

– Si on en croit cette lettre, répondis-je, le jeune Shakespeare était fou amoureux de Christopher Marlowe. *Rien de plus mysterieux ni de plus glorieux à ses yeux à luy que son bien-aimé Kit.*

– D'accord.

– Mais les deux amants n'étaient pas sur le même pied d'égalité. Ils avaient le même âge, certes, et tous deux avaient un père commerçant. Mais Marlowe était allé à l'université, il avait lu Machiavel, il était passionné par la "nouvelle philosophie", cela se voit dans chacune de ses pièces. Comparé à Marlowe, Shakespeare avait moins d'éducation, il était moins accompli. Un plouc, quoi.

– Et Marlowe le lui a fait payer.

– Apparemment. Et pas seulement Marlowe. Il semble que tous les membres de l'École aient réprouvé le jeune William, le *jouvenceau*, comme ils l'appellent. *Combien peu nous luy manifestâmes d'esgards.* J'imagine qu'ils ne l'ont jamais réinvité, et que Marlowe a rompu avec lui peu de temps après. Ce qui, quand on est un jeune homme amoureux...

– Et ambitieux.

– ... doit faire l'effet d'un coup de poignard dans le dos. »

Le soleil était à présent à son zénith, et baignait de ses rayons la feuille de papier blanc.

« Alors, que fait Shakespeare ? demandai-je. Il se construit une vie, une vie dédiée au travail, en opposition directe à l'École de la nuit et ses membres. Il écrit des pièces où il se moque de leurs prétentions. Il plante son drapeau dans le camp d'Essex, l'ennemi de l'École. Et peut-être va-t-il plus loin. Peut-être témoigne-t-il contre Marlowe, peut-être attaque-t-il la réputation de Harriot.

– Ce ne sont que des suppositions.

– N'empêche que des informations ont filtré sur les activités de l'École, c'est un fait. Qui plus que l'amant rejeté avait de meilleures raisons de trahir ? Pense à ce qui s'est passé quand Ralegh a commencé à avoir des ennuis avec le roi Jacques Ier. De nulle part est apparu un poème remettant en cause l'existence de Dieu : *Les Vers diaboliques*, attribué à Ralegh. Un poème qui scelle la condamnation à mort de son auteur. Qui aurait pu divulguer un document aussi explosif ? Quelqu'un qui a accumulé la rancune. Et surtout, quelqu'un qui savait exactement ce que manigançait l'École.

– Shakespeare n'apparaît plus vraiment comme un type sympathique, à présent.

– Sympathique ou pas, cela n'a pas d'importance. Ce qui compte, c'est que c'est un homme différent de ce qu'on a toujours cru. Ce n'est plus seulement un survivant, c'est un joueur : un homme qui voulait se venger des hommes qui l'avaient rejeté. »

C'en était trop pour mon cerveau. Je dus m'enfouir le visage dans mes mains. *Respire, Henry.*

Je pensais aux dix dernières années de ma vie. Un terrain vague de chômage volontaire, d'endettement financier et spirituel. Et à présent, grâce à Alonzo Wax et Bernard Styles, tout cela était sur le point de changer.

Une simple lettre de deux pages allait devenir... comment Styles avait-il formulé les choses ? *Une découverte historique majeure qui pourrait faire l'objet d'une thèse époustouflante. Une thèse de nature à relancer une carrière.*

« Mais dis-moi, Clarissa, est-ce que tu as l'original ?

– Je ne m'occupais pas de la sécurité de Bernard pour rien. Évidemment que j'ai l'original. Je l'ai mis en lieu sûr. Et toi, tu as l'autre partie ?

– Oui.

– Alors nous voilà parés ! »

Elle avait dit cela de façon tellement naturelle qu'elle avait failli m'emporter dans son élan. Hélas, ma nature me pousse à oublier la forme pour ne m'intéresser qu'au sens. *Parés*... oui, mais parés à quoi ?

« On ne peut pas, répondis-je, les dents serrées. On ne peut pas. Ce n'est même pas légal.

– Comment ça ?

– Cette lettre est encore légalement la propriété de Styles. »

Comme une funambule, Clarissa leva une jambe. Puis elle se tourna vers un cornouiller à proximité.

« En théorie, j'aurais tendance à être d'accord avec toi, Henry. Mais je suis presque sûre que Bernard n'a pas acquis cette lettre de façon aussi innocente qu'il le prétendait. Toute cette histoire d'archives de notaire ? J'ai vérifié, ça ne tient pas debout. D'ailleurs, pose-toi plutôt la question : s'il avait obtenu ce document de façon légale, pourquoi n'a-t-il pas appelé la police quand il a disparu ? Cela lui aurait épargné pas mal de déconvenues.

– Il n'y a donc plus rien qui relie la lettre à Styles ? »

Elle réfléchit quelques instants à ma question, puis elle secoua la tête.

« Non, plus maintenant.

– Quelqu'un d'autre est au courant ?

– Toutes les personnes au courant sont mortes. »

Mais les morts peuvent toujours te couillonner. Ma carrière s'était achevée à cause d'un dilettante du XVIIIe siècle. Toute cette histoire pourrait n'être qu'une...

« Une supercherie, déclarai-je d'un ton morne. C'est très probable.

– On ne sait jamais, dit Clarissa. J'imagine que ça va être à toi de le prouver.

– Moi ?

– Qui d'autre ? »

Elle me sourit. Juste assez pour me briser le cœur.

« Dans l'idéal, Henry, il vaudrait mieux que la personne qui s'en occupe soit encore en vie dans un an. »

53

Les médecins étaient formels, elle était condamnée.

À trente-six ans, Clarissa Gordon avait les caractéristiques biologiques d'une femme de soixante-dix ans : télomères raccourcis, homéostase en déclin constant, division cellulaire au point mort. Elle vieillissait deux fois plus vite que la normale, mais ses symptômes ne correspondaient à aucune pathologie connue (progéria, syndrome de Werner, syndrome de Cockayne, ataxie télangiectasie) et certaines parties de son corps – sa peau, ses cheveux, ses os – étaient imperméables à la sénescence qui affectait le reste de son organisme.

« C'est comme le vieillissement des stars, me dit-elle. Glamour jusqu'au bout. On ne peut pas rêver mieux. En plus, tu peux parier qu'ils vont donner mon nom à la maladie ! »

Avant la fin, il fallut aller voir plus d'une dizaine de spécialistes : des physiologistes, des gérontologues, des généticiens, des biologistes évolutionnaires, des embryologistes. Elle dut se soumettre à des analyses ADN à répétition, ses cheveux et sa salive furent étudiés sous toutes les coutures. Tout comme ses organes, ses épithéliums, sa moelle osseuse. Un chercheur de Bethesda voulut lui consacrer toute une aile des National Institutes of Health. Un professeur de l'université d'Oklahoma la supplia de lui léguer ses organes.

Mais personne ne savait expliquer précisément ce qui se passait, ni pourquoi. La seule chose sur laquelle tout le monde tombait d'accord, c'était l'issue.

Cependant, je tiens à dire que Clarissa n'était pas seulement un objet d'étude qui passionnait les experts. C'était avant tout une femme avec une histoire à raconter.

Car dès l'instant où elle avait tenu entre ses mains le vieux télescope de Harriot, les fragments qui l'avaient hantée pendant tous ces mois avaient commencé à se rassembler pour former une espèce de récit. Il en manquait des morceaux, bien sûr, il y avait des trous, mais tandis que je couchais son histoire sur le papier, les trous se rebouchaient d'eux-mêmes, et la narration prenait forme. Clarissa parlait, j'écrivais. Et si le résultat mêlait autant la fiction que la réalité, je sais que pour nous, c'était vrai.

« Tu sais ce que ça signifie, n'est-ce pas, Henry ? »

Je venais d'imprimer la toute dernière version, et Clarissa la tenait timidement contre son sein.

« Ça signifie qu'à présent, tu es aussi fou que moi. »

Je n'en suis pas si sûr. Évidemment, je ne suis pas plus expert médical que métaphysicien, mais dans ces moments où les murs de mon empirisme vacillent, je me rattache à une théorie qui m'est propre. Tandis que sa bien-aimée était allongée sur son lit de mort, à l'agonie, Thomas Harriot ne resta pas inactif. Par chance, ou bien à dessein, ou peut-être une combinaison des deux, il sut saisir entre ses mains l'essence de Margaret, son *pneuma*, pour l'envoyer tournoyer dans le futur. Sans savoir ce qu'il en adviendrait.

Naturellement, on ne peut s'attendre à ce qu'il ait réussi du premier coup. Et à chaque incarnation, l'étincelle diminua, et peut-être allait-elle disparaître avec Clarissa. Ou peut-être ne disparaîtra-t-elle jamais.

Ce dont je suis sûr, en revanche, c'est qu'être avec Clarissa est quelque chose de rare et de précieux, et que ce sentiment n'est dû qu'à la brièveté inévitable de notre situation. Nous avons survolé toutes les étapes – la découverte, l'évolution, la lassitude – pour ne nous consacrer qu'à la dernière ligne droite. Notre *année d'or*, comme l'appelle Clarissa.

Ainsi, à l'instar de tous les vieux couples, nous passons beaucoup de temps sur les bancs. Notre histoire parle pour nous, j'imagine. Une histoire que le hasard a voulu que nous partagions avec deux personnes ayant vécu plusieurs siècles avant nous. À nous quatre, je dirais que nous avons vécu une belle vie.

L'argent ? Pour l'instant, nous dépensons celui d'Alonzo. Clarissa a fait une liste d'organisations caritatives qu'elle veut coucher sur son testament. Quant à moi, j'ai ma propre idée sur la question, mais pour l'heure, je la garde pour moi.

La lettre de Ralegh ? J'ai longtemps pesé le pour et le contre, mais une fois mon choix fait, rien ne fut plus facile que d'insérer ces deux feuilles de papier dans une enveloppe en papier kraft et de les envoyer à la bibliothèque Folger Shakespeare, anonymement. Que les experts se débrouillent avec. Qu'ils récoltent les lauriers, si cela leur chante. À ma grande surprise, ma carrière est là. Sur les bancs des parcs.

Une fois, je demandai à Clarissa :

« Pourquoi une telle robe ?

– Comment ça ?

– Le jour de l'enterrement d'Alonzo. Le jour où je t'ai vue pour la première fois. Tu ne portais pas le deuil. Tu portais une robe d'été. Rouge.

– Oh. »

Elle ferma les yeux, et pendant quelques instants, je crus qu'elle s'était assoupie (cela lui arrive souvent). Mais non, elle cherchait ses mots.

« J'imagine que c'est parce que je ne crois pas à la mort, me dit-elle, la mort avec un grand M. »

Pour moi, c'est la plus belle apostasie qui soit. Quand je me sens bien, ou peut-être plutôt quand je me sens mal, je choisis de ne pas croire, moi non plus. Et si cela ne me vaut pas un diplôme de l'École de la nuit, je ne vois pas ce que je pourrais faire d'autre.

Isleworth, Angleterre
Octobre 1603

54

Syon Park est plongé dans le silence. Les coucous, les hirondelles, les merles et les grives sont partis, laissant derrière eux les dernières roses de la saison, les chênes rougissants, les bosquets d'ormes et les feuilles de hêtre... ainsi qu'un héron, qui de temps à autre fait entendre son cri, de l'autre côté du fleuve. Afin de voir si quelqu'un l'écoute. Un moment parfait pour mourir.

Hélas, il semble que la mort ne s'intéresse pas à Harriot. Sinon, pourquoi l'a-t-elle empêché de lier son destin à celui de Margaret ? Pourquoi, dans les semaines qui ont suivi, n'a-t-il pas vu sa santé décliner ? S'agit-il d'un défi, pour voir s'il peut supporter cette épreuve ?

L'intendant du comte de Northumberland revient au début du mois de novembre. Il est stupéfait quand il s'aperçoit que Harriot est resté chez lui tout ce temps et qu'il porte désormais la barbe, ce qui, de mémoire, ne lui est jamais arrivé. Cependant, cette barbe n'a rien à voir avec celle, élégante, du comte. Non, il s'agit d'une touffe de poils gris irrégulière et repoussante à souhait.

À nouveau, les bateaux descendent le fleuve, toutes voiles dehors. Londres est hors de danger, ce qui n'est pas le cas de Ralegh. En effet, la découverte d'un poème résolument impie dont on le soupçonne d'être l'auteur a fait grand bruit, et même ses alliés de toujours, scandalisés, ont fini par lui tourner le dos. Sur le chemin qui le conduit au tribunal, les Londoniens se sont amassés dans le seul but de l'insulter... et de lui jeter des pipes de tabac.

Cependant, Ralegh assure sa propre défense avec une telle dignité qu'il ressort du tribunal en héros, malgré sa condamnation à mort. On raconte que ceux qui ont parcouru cent milles pour le voir pendre sont maintenant prêts à en parcourir mille pour le sauver. Plutôt que de faire face à ce changement d'opinion massif, le roi Jacques décide de commuer la condamnation à mort et fait renvoyer Ralegh à la Tour de Londres jusqu'à la fin de ses jours.

Harriot, qui n'est pas homme à fuir ses responsabilités, rend régulièrement visite à son vieil ami et protecteur. Il vient avec des instruments scientifiques, mais il a laissé au placard la sollicitude qu'il lui témoigne d'ordinaire. Ralegh doit donc faire la conversation. Un après-midi, alors qu'ils se promènent au milieu des pigeons qui ont élu domicile sur le rempart dominant la Tamise, c'est le condamné qui tâche de remonter le moral de son visiteur.

« L'École de la nuit. Elle perdure, n'est-ce pas ? »

Harriot passe la moitié de ses journées au lit, rejette toute forme de travail, erre de pièce en pièce. La barbe a disparu (trop de démangeaisons), mais son désir ardent pour Margaret perdure, plus profond que le deuil – à moins qu'il ne s'agisse simplement d'une facette du deuil.

D'une certaine façon, il vit sans vivre. La femme qui lui a tout appris à ce sujet n'est plus là, et comme il est dur pour l'élève de se séparer de son professeur. Finalement, par un matin d'avril brumeux, c'est le comte de Northumberland en personne qui vient à sa rescousse. Il passe la tête par une fenêtre ouverte et demande :

« Une petite partie de pêche, Tom ? »

La nuit de la Saint-Jean est la plus dure. Il ne peut s'empêcher de repenser à cette fameuse soirée avec Margaret, sur la tour. Les phases de Vénus... ses lèvres gonflées... ses histoires de fantômes.

Cette nuit-là, il gravit les marches de la tour nord-ouest. Il y a des nuages, mais pas de brume. Il scrute la pluie et attend.

« Êtes-vous là, Margaret ? »

Souvent, il regrette de ne pas lui avoir écrit quelque poème. Mais comment aurait-il pu rivaliser avec Astrophel et Stella ?

Il attrape alors la feuille de papier sur laquelle elle a griffonné son dernier message et se met à rédiger. Non pas des vers, ni même des mots à proprement parler, mais des codes, des énigmes, des fausses pistes : un témoignage de cette vie qu'ils ont partagée. Il tire même un certain plaisir à l'imaginer en train de lire par-dessus son épaule, tandis qu'avec sa loupe, il s'applique à écrire le plus petit possible.

Ça y est, je comprends, Tom. Bien vu.

Ce n'est finalement pas la peste qui le rattrape, mais un bouton rouge tenace sur la narine gauche. Il n'y prête pas attention, car le bouton ne semble pas pressé de coloniser le reste du nez. Ainsi, il lui faut treize ans pour s'étendre à la lèvre. Et là, enfin, il témoigne d'une certaine impatience et envahit le palais, la langue, la joue.

À la fin, Harriot a beaucoup de mal à parler. Le simple fait de respirer devient frustrant. Il passe ses derniers jours à Threadneedle Street, chez un négociant en tissus avec qui il avait fait le voyage jusqu'en Virginie, il y a si longtemps. Les médecins se succèdent à son chevet – l'un d'entre eux va même jusqu'à attribuer le mal au tabac, si cher à Harriot – mais lui ne pense qu'à l'infirmière qui veille sur lui, et qu'il est seul à voir.

Je connais votre douleur, dit-elle. *Mais bientôt, vous serez de l'autre côté, et vous verrez que cela ne vaut pas toutes les histoires qu'on en fait.*

Ralegh est passé de vie à trépas. Le comte de Northumberland est enfermé à la Tour. Le jour de la mort de Harriot, trois personnes sont à son chevet, et chacune croit que c'est à elle qu'il s'adresse lorsqu'il dit :

« Oh, vous aviez raison. Oui, je vois, à présent. Vous aviez tout à fait raison. »

Remerciements

Je tiens tout d'abord à remercier les nombreuses personnes qui m'ont permis de devenir moins bête. Parmi elles : Jessica Berman, Steve Cymrot, Daniel De Simone, Teresa Grafton, Barry Meegan, Katherine Neville, George Pelecanos, John Riley, Jonathan Simon, Francis Slakey et Dan Traister. Je voudrais également saluer la patience des employés de la bibliothèque Folger Shakespeare. Je pense notamment à Georgianna Ziegler, Richard Kuhta, Betsy Walsh, Heather Wolfe et Karen Lyon.

Un grand merci à Abby Yochelson, mon ange-gardien à la Bibliothèque du Congrès, qui a su répondre à toutes les questions bizarres que j'ai pu lui poser ; à Gary Krist (et son roman *Extravagance*) à qui je dois l'idée de la structure de cet ouvrage ; à James Reese pour ses conseils avisés et ses encouragements. Je remercie Leslie Feore et tous les membres du personnel de Syon House pour les informations qu'ils m'ont fournies, et je leur présente mes excuses pour avoir organisé un cambriolage fictif dans leur propriété. J'espère qu'ils me pardonneront également mes prises de liberté avec la réalité historique.

Enfin, merci à Marjorie Braman et Christopher Schelling, qui ont fait partie de l'aventure depuis le premier jour, et à Montuori, qui est bien sûr dispensé de lire ses lignes.

MIXTE
Papier issu de
sources responsables
FSC® C003309

Les papiers utilisés dans cet ouvrage
sont issus de forêts responsablement gérées.

Mis en pages par DV Arts Graphiques à La Rochelle
Imprimé en France par Normandie Roto Impression s.a.s.
Dépôt légal : octobre 2013
N° d'édition : 1876 – N° d'impression : 133807
ISBN 978-2-7491-1876-5